浯溪

元结撰文、颜真卿书丹《大唐中兴颂》拓片

元结诗文译注

祁阳市关心下一代工作委员会 / 组编

蒋 炼 蒋民主 周三好 / 编著

湖南大学出版社·长沙

图书在版编目（CIP）数据

元结诗文译注／蒋炼，蒋民主，周三好编著.
长沙：湖南大学出版社，2024.11. --ISBN 978-7-5667-
3820-2

Ⅰ. I214.22

中国国家版本馆 CIP 数据核字第 2024XP4218 号

元结诗文译注

YUANJIE SHIWEN YIZHU

编　　著：蒋　炼　蒋民主　周三好
责任编辑：饶红霞
印　　装：长沙新湘诚印刷有限公司
开　　本：710 mm×1000 mm　1/16　　印　　张：23.5　　字　　数：311 千字
版　　次：2024 年 11 月第 1 版　　　印　　次：2024 年 11 月第 1 次印刷
书　　号：ISBN 978-7-5667-3820-2
定　　价：78.00 元

出 版 人：李文邦
出版发行：湖南大学出版社
社　　址：湖南·长沙·岳麓山　　　　邮　　编：410082
电　　话：0731-88821006（营销部），88821594（编辑室），88821006（出版部）
传　　真：0731-88822264（总编室）
网　　址：http://press.hnu.edu.cn
电子邮箱：749901404@qq.com

阅读《元次山集》的粗浅认识

蒋　炼　蒋民主

我们有幸阅读了《元次山集》，从中比较全面地认识到了元结爱国、爱民、爱大自然的博大情怀。元结是一位积极用世的唐代荩臣，也是一个在创作道路上敢于创新、与时俱进的文学先锋，我们对他怀有无限崇敬之情。我们在阅读《元次山集》时收获甚多，特作陈述，以为本书代序。

一、深研治世理想，树立济世壮志，《自箴》做人，为积极用世奠定思想基础

元结年轻时，不拘世俗，不受礼法约束。他到十七岁时才立志求学，遵从父亲元延祖的教诲勉励，要为国效力。经族兄元德秀指引，他认真学习研究儒家思想，并学以致用，撰写了《补乐歌》十首、《二风诗》十篇，意在演唱开来，上感于君，下化于民。《说楚王赋》（上、中、下）以问答形式揭示昏暴君王的不同罪恶，并反映了部分君王知错悔改的不同情况，衬托出古代帝王的正面样板，希冀后人崇正反邪，彰善除恶。《皇谟》三篇以问答形式成篇，着力阐明政治主张，有纲有目，主旨鲜明。《系谟》中列出治世十六条，切合当时实况，想借此收到治国实效。在治学当中随即立志，他后来在《漫酬贾沔州》中回忆道，"往年壮心在，尝欲济时难。奉诏举州兵，令得诛暴叛"。由于有志，他"尝见时人不能自守性分，俯仰于倾夺之中，徘徊于名利之下，至有伤污毁辱之患"，便在《自箴》中提出"与时仁让""处世清介""必忠必直""必方必正"。由此来看，他治学、立志、自箴，全在于为其以后积极用世奠定思想基础，为争取做社稷大臣而积蓄动力。

二、讽喻时世，秉笔直谏，倡议用贤，冀图转变唐衰弱局势

元结深研治世理想，必然正视现实，在商馀山写的《系乐府》十二首都因时因事揭示世情时势：有讽刺封建礼教的，有暗讽唐统治阶级内部矛盾的，有讽刺官场谄媚奸邪的，有慨叹淳朴乐曲不传的，有伤叹贫穷知识分子家庭困苦的，有同情农民痛苦无处申诉的，有叹息遗贤的……在《时化》中，针对"安史之乱"爆发前夕，政治腐败不堪、人情世态日趋浇伪的时局，他将批判的笔锋上指宫廷内幕，下到州里各个方面，为人们勾勒了一幅乱世前的百丑图，希冀大家共同匡时救世。

难能可贵的是他以普通读书人的身份仗义执言，他的《为董江夏自陈表》，以恳切的笔调提出永王李璘实是奉命东巡的实据，使冤案终于昭雪，对当时和后世有着深远的政治影响。

由于国子司苏源明的荐举，他得到唐肃宗的召见，呈上《时议》三篇，直斥时政，贬议君王，批评肃宗未安忘危，以致奸恶罔上惑下，失去人心；言而不行，苛徭弊法，宦官专政。历史上如此恳切直陈的，实在不多，元结兴国恤民的忠贞确实感人。肃宗在国家危难正缺人才之时，读到《时议》三篇，高兴地说，"卿能破朕忧"，立即任命元结为"右金吾兵曹参军，摄监察御史，为山南西道节度参谋"，这正显示出元结的直陈是切合时势需要的。

《时议》里提出"任贤异"，就是针对小人当道的正面建议，他凭自己为官的经历和所见情况，在《谢上表》和《再谢上表》中，具体地提出使用州县官吏的主张，今日的刺史当是武略文才兼备，应有清廉率下的品质、变通救时的才能。用人不拘限官次，要精选择，不让凶庸贪猥之徒、凡弱下愚之类以贿赂权势而得官。任用官吏时要按时督查考绩，奖功罚罪，以安百姓。要积极革除弊政，推行教化来转变唐的衰弱局势。

三、为实践壮志"见危不惧，临难遗身"，确是保土安民的栋梁

元结接受肃宗任命之际，唐的主将在潼关接连被安禄山的叛军挫败，战局危急。他到唐、邓、汝、蔡等州招募义军，高晃等五千人归附后，大压敌境。他驻守泌阳时，将战死的战士尸骨筑成"哀丘"，将吏无不感动，无不奋勇捍敌。史思明叛乱，元结向肃宗建议不可与锐贼争锋，当用谋略对付。他一心保土，竭力守险，一共保全了十余座城池。文人参战取得如此战绩，显现出他确有军事才能，具有"见危不惧"的勇气和卫国保土的忠贞。他一贯热爱士卒，体恤士卒，从其所作《请给将士父母粮状》《请收养孤弱状》中可见一斑。他在《喻旧部曲》里也写道："忽见旧部曲。尚言军中好，犹望有所属。"这种官兵怀恋的深情，不由得令人动容。

元结不仅"见危不惧"而且"临难遗身"。他被调任为容州刺史兼经略使都督容州诸军事等，朝廷是让其解决安定疆域的难题。容州是个行政中枢，辖十四州，安史之乱时被溪洞夷蛮攻占，其时容州刺史只好借梧州或滕州作辖区治理所。他上任后，鉴于过去战祸兵灾的恶果，毅然改变过去经略使凭武力镇压"西南蛮"的手段，采取抚慰劝谕的措施，单车进入夷区工作。他的同行下属极力劝阻，可他不顾个人安危，冒着危险办事。他决意前行，"临难遗身"，同夷族首领们说理、缔交所展现的姿态，是诚恳坦率的。这种惠爱和平

的作风，使得夷胞们心悦诚服，因而只经过六十天，就安定了八州的社会秩序，抚谕的实效何等显著，连诗人杜甫都称赞他"结也实国桢"。

四、不忘人民疾苦，为百姓减负除患，勇于担当的精神光芒永耀

元结诗文中反映人民疾苦的思想十分突出，这与唐朝统治者施政日趋残暴和安史之乱是密切相关的。他早年居商馀山所作《系乐府》十二首之《农臣怨》中就写了农民到京城哭诉耕种的困苦。进入仕途后，他在《悉官引》里为冤屈者陈词：什么最痛苦？是"万邑余灰烬"；什么最悲伤？"生人尽锋刃"；什么最严重？"力役遇劳困"；什么最深沉？"孤弱亦哀恨"。在湖北樊上所作《喻常吾直》中写道："山泽多饥人，闾里多坏屋。战争且未息，征敛何时足？"在《酬孟武昌苦雪》中写道："兵兴向九岁，稼穑谁能忧？何时不发卒，何日不杀牛！耕者日已少，耕牛日已希。"元结由于关心民众疾苦，所以一一把它们揭示出来，盼望民众能得到解救。

元结调任道州刺史时，道州已被西原夷攻破，十室九空。朝廷派去的使臣不是招抚流亡、安顿灾民，而是催租逼赋。"到官未五十日，承诸使征求符牒二百余封，皆曰：'失其限者，罪至贬削。'"他向来体恤民众，针对当时人心惶惶的状况，决定以安人为重，毅然变通处理，停止征赋。随即上呈奏免科率状，着意写了《春陵行》，反映百姓的疾苦，"大乡无十家，大族命单赢。朝餐是草根，暮食是木皮。出言气欲绝，意速行步迟。追呼尚不忍，况乃鞭挞之！"借采风上闻朝廷。第二年又写了《贼退示官吏》，"使臣将王命，岂不如贼焉？"怒斥征税使臣坑害人民。杜甫读了这两首诗即写了《同元使君春陵行》对其赞扬道："道州忧黎庶，词气浩纵横。两章对秋月，一字偕华星。"

元结到道州上任时，道州旧有四万多户，今不满四千。他立即招抚流民，赈济灾民，修建房屋，安顿贫弱，同时督劝人民播种山林，繁殖畜养，开展生产自救，并且为道州再次奏免科率。在他的爱民行政措施下，经过两年，流亡归乡的人大都安居乐业了，他的政绩是显著的。

五、喜爱山林，开辟林泉，作记刻铭，导引群众倾情大自然

元结不仅忧国恤民，而且热爱大自然。颜真卿在《元君表墓碑铭》中曰其"雅好山水"，这不是一般的评述。为什么他"雅好山水"？这与他父亲徙居鲁山县商馀山有关。他长期生活在商馀山下，受到山水逞绿、林木挺秀的环境感染，自然会形成喜爱林泉水石的习性。他走出商馀山后，哪里有山水胜地，他都会前去游览，观赏后往往会作记刻铭。他避难江西瑞昌时，家居瀼溪。瀼溪峰谷回映，修竹夹路，扁舟到门，可说景美；"邻里能相分""相存"，可算多情。饮上瀼溪水，会想到"得不惭其心"，为瀼溪刻铭确有意义。这是他留下来最早的山水刻铭。

他家居武昌樊水边时，为武昌令马向刻《殊亭记》。我们读《殊亭记》，得知马向"才殊、政殊、迹殊"，也了解到此亭临大江，挺立山上，佳木相荫，清风长拂，远望无边的特殊景色，必然所获殊多。

在道州，元结开辟右溪，右溪原来没有名称，可是一湾清流两岸怪石，竹木薰荫，近在城郊。"置州以来，无人赏爱"，能不愤慨？他特地疏凿溪流，修建亭宇，种植花木，终成形胜，并且刻石命名"右溪"，彰示来者。

元结为虞舜立祠道州西山南，认为舜帝葬在九嶷，地处自己封域之内，且舜德普施天下，史书一直相传，理应为舜帝立祠刻表。

元结在祁阳城湘水之南的一条溪流上，见溪口胜异，其旁异石挺立和其东北处的怪石高耸，都可观可爱，便为其命名浯溪、峿台、㾗庼。因"浯、峿、峿"都含有"吾","吾"就是"爱",也即这三"吾"胜地人人都爱它。他又先后作铭刻石,并且在崖壁刻上"大唐中兴颂",显然他要让游人在此欣赏自然美和领会人文美。

元结在神州大地上,如上面所说那么开辟山林作铭刻石的共有二十三处,写山水记刻石的有三处。他写的铭文、游记,每一篇都细致地描绘出奇特胜异的画面,点明在于彰示"来者""后人"。

他作铭刻石的湖南江华阳华岩、零陵朝阳岩、宁远九嶷山、广西梧州冰泉等处,现在都已成为著名旅游胜地。浯溪摩崖石刻更成为驰名中外的胜迹,千百年间的孕育发展形成的浯溪文化,闪耀着爱国家、爱人民、爱大自然的光辉!

元结在自己的仕途上赢得唐肃宗、唐代宗的支持,他致力于实现政治理想,期望转变唐的衰弱局势,争取做赴危解难的栋梁,为人民减负除患、勇于担当。他倾情大自然,写诗撰文,务求致用,无不显示他积极用世的耿耿忠心,也表现了他刚烈、热情、忠直、方正的品性;尤其他为政敢于创新,创作乐于革新,是与时势并进的先锋,给人无限启迪!

当然,元结身上也不是白璧无瑕。他的诗文中流露出"忘情顺命"的思想,一些诗文提到退身隐居,导致人们对他的作品和为人有不同的评论。他的早期作品,由于追求古朴,句古、字古、陈言不少,后人阅读也不容易,可算不足。他的退隐思想与儒家的"独善其身"、道家的"全真守和"有关联,也可能与大自然林泉清幽、水石奇异的招引迷恋有关,还可以理解为他不肯与社会上邪佞之徒同流合污、不屈服于权势的反抗思想。元结有仕隐的矛盾思想,我们应该就其作品因地因时去分析领会。他一生的实际经历,验证他是积极用世的，没有长隐山林，他曾说："吾岂隐者邪！愚者也，穷而然尔！"公元 772 年，元结奉诏入长安。正月染病，四月逝世，年仅五十四岁。他毕生忧虑国事，可敬可叹！

关于对元结为人和著作的研究，过去做得不够。21 世纪近十五年以来在弘扬优秀传统文化的形势下，我们读到一些研读《元次山集》的书刊，感觉研究的深度、广度仍然不足。我们倡议：凡是关爱中华优秀传统文化的有心人，为继承文化传统的血脉，都应迈开步伐，对《元次山集》这类古典著作，力学深研，去领会其中的道德意蕴和艺术美！

编写说明

1. 元结(719—772)，是跨越盛唐、中唐的一位杰出的文学家。元结的散文创作对其后的韩愈、柳宗元影响很大；他的乐府诗开"新乐府运动"之先声。这样一位重要的作家，多年来人们对他的研究没有给予足够的重视。元结的部分诗文比较难读懂，故本书的译注，为深入研究元结作品略尽绵薄之力。

2. 新编《元结诗文译注》以孙望先生校本《元次山集》为底本，译注了其中的全部篇章，增加的元结《橘井》一诗，录自聂文郁注解的《元结诗解》一书。另，为帮助读者全面了解元结的为人与思想，打乱了《元次山集》原有的编写顺序，重新按文体并兼顾作品内容分类，书稿共分为七个部分，每一部分又按写作年代对篇章进行排序。

3. 本书稿的七个部分为：一、悲天悯人的治世理想(早期诗文)；二、趋向新乐府、披露民生疾苦的古体诗歌；三、乐山乐水的仁智情怀(山水铭)；四、针砭时弊、救时劝俗的杂文；五、内容驳杂、表现手法多样的杂记；六、良史信笔、直陈实情的政论公文与表刻；七、刚劲正直、情真意切的书信与书序、赠序。

另，每一部分的前面都写有阅读导引，意欲让读者对该部分的文章内容与写法特点有个初步的了解。

目　次

三、乐山乐水的仁智情怀（山水铭）

四、针砭时弊、救时劝俗的杂文

五、内容驳杂、表现手法多样的杂记

六、良史信笔、直陈实情的政论公文与表刻

七、刚劲正直、情真意切的书信与书序、赠序

一、悲天悯人的治世理想（早期诗文）

元结早期诗文为什么大多表现出他的治世理想呢？笔者试从他的家世出身、时代背景、师友关系、青年时期的经历等方面作出阐述。

元结是北魏常山（今河北正定）王元遵的后裔。元结祖父元亨曾经说："我承王公余烈，鹰犬声乐是习；吾当以儒学易之。"（《新唐书·元结传》）于是，元亨改变族人尚武旧习，尚文崇儒，以诗书传家。元结父亲元延祖也做过春陵令这种地方小吏，不久弃官归田；举家迁徙到河南商馀山下，定居鲁山县。生活"清俭恬淡"，"灌畦掇薪"以为生之须，过着"可适饥饱"的日子，这时其家境已经衰败下来了。

元结出生于唐玄宗开元七年（公元719年），这时朝廷开始奢侈淫靡了。李林甫任宰相后，朝政日益腐败。例如，对农民不再实行租庸调制；玄宗不时驾幸洛阳，必然搅扰农事。后封杨玉环为贵妃，杨氏一门，封官爵，宠贵赫然，大臣向贵妃进献珍宝成了升官捷径。为了满足贵妃生活欲望，玄宗竟命岭南驰驿日送荔枝，要求色味不变。由贞观、开元初的"去奢省费"，变成"奢侈浮靡"，李唐王朝逐渐腐朽没落下去了。

元结十六岁以前，直接受父亲元延祖的影响，受了一定的儒家思想教育。安禄山反叛后，元延祖告诫元结要为国效力，不得"自安山林，勉树名节，无近羞辱"。"结少不羁，十七乃折节向学"，从族兄元德秀学习。元德秀家境贫苦，继承元氏家风习儒学以"才行第一登进士"。元德秀做鲁山县令有惠政，为官爱民，不恋利禄，为当时人所钦佩。这位清德君子、方直之士的卓行被列入《新唐书·卓行传》。元结同他是长期的师友关系，必然共同认真踏实地学习，研究儒家思想。元德秀的高尚言行也必然感染、启发元结的为人。

元结在唐玄宗天宝五载（公元 746 年）走出鲁山县，顺着运河到淮阴一带漫游。这一年恰值黄河决堤，他目睹百姓溺死、庐舍漂浮的惨状，经过问苦采风，了解到之前从未听说过的人间灾难，大大加深了他对书本上所写的"民间疾苦"的领会。

天宝六载（公元 747 年），元结趁着唐玄宗"宣召天下士人有一艺者，皆得诣京师就选"的机会，到长安应考。由于奸相李林甫"恐草野之士对策，斥言其奸恶"，借"举人多卑贱愚聩，不识礼度，恐有粗言，污辱圣听"的诡词，指使考官来了个零录取，并上表唐玄宗，以"野无遗贤"敬贺，使得待制举人个个落第。元结身怀"欲济时难"的雄心，受到如此打击，能不感慨万千吗？朝廷奸臣当权，政治腐败这一课和长安的世俗民情这本书，必然让元结读得气愤不止，怒声不断，涕泪交下。

天宝十一载（公元 752 年），元结再去长安应进士试，他把过去所写的一些作品编成《文编》，送呈主考官礼部侍郎杨浚。杨浚认为《文编》作者如果只中个进士，是辱没了人才，这人应该成为治国理政的好帮手。第二年春天发榜，元结果然及第，在被录取的三十五名进士中名列第三。但由于朝政腐败，元结并没有得到或大或小的职位，于是又愤愤地回到商馀山。

身居商馀山下的长时间里，元结面对外面的混浊世界，不能有所作为，对现实的失望逼迫他寻找清静的精神世界，于是他对上古帝王、先秦君主的治乱得失作了切实而精深的研究，挥动笔杆写出了可以经世致用的《补乐歌》十首、《二风诗》十篇、《说楚王赋》等系列篇章。后来，元结为官就是按自己所追求的治世主张，上为朝廷分忧，下解黎民忧苦。其所写篇章，既完整也具体，用语质朴，其中主要反映的是儒家政治理想，但也杂有道家理念。

补乐歌十首 序

自伏羲氏至于殷室①，凡十代②，乐歌有其名亡其辞③，考之传记，而义或存焉。呜呼！乐声自太古始，百世之后尽无古音④。呜呼！乐歌自太古⑤始，百世之后遂无古辞。今国家追复纯古⑥，列祠往帝⑦，岁时荐享⑧，则必作乐。而无《云门》《咸池》《韶》《夏》之声⑨，故探其名义以补之。诚不足全化金石⑩，反正宫羽⑪，而或存之，犹乙乙冥冥⑫有纯古之声，岂几乎司乐⑬君子道和焉尔。凡十篇，十有九章，各引⑭其义以序⑮之。命曰《补乐歌》。

【注释】

①殷室：商朝。②十代：古代传说中的十个王朝，伏羲、神农、轩辕、高辛、颛顼、少昊、唐尧、虞舜、夏、殷商。③亡其辞：亡，同"无"。辞，歌词。④古音：古代的乐声。⑤太古：远古。⑥纯古：纯朴的古风。⑦列祠往帝：列祠，修建祠堂。往帝，先帝。⑧岁时荐享：岁时，每年一定的季节或时间。荐享，用礼物祭祀。⑨无《云门》《咸池》《韶》《夏》之声：《云门》，周代六乐舞之一，用于祭祀天神，相传为黄帝时所作。《周礼·春官·大司乐》："以乐舞教国子。舞《云门》《大卷》《大咸》《大磬》《大夏》《大濩》《大武》。"《咸池》，曲名，相传为尧乐，一说为黄帝之乐，尧增修沿用。《韶》，为虞舜之乐。《夏》，为夏禹之乐。⑩金石：指钟磬乐器。⑪宫羽：指五音中的宫调、羽调，代曲调。⑫乙乙

冥冥：象声词。⑬司乐：主管音乐。⑭引：引申。⑮序：通"叙"，介绍说明。

【译文】

　　从伏羲氏到商朝大约经历了十个朝代，其间有些乐歌虽然有它的名称，但遗失了歌词。通过查阅传记，或许还能够理解一些乐歌的旨意。唉！太古时乐声兴起，百代后就没有古乐声了。唉！太古时乐歌兴起，百世后就没有古歌词了。现在国家要恢复纯正的古音乐，为先帝修建祠堂，在特定的时节进行祭祀活动，并会演唱乐歌。可是，如今已经听不到《云门》《咸池》《韶》《夏》的乐歌声了，因此人们开始探寻它的名称和旨意来弥补空白。当然这样的补写不能领悟古代金石之音的纯粹和宫羽之音的和谐，但是有些还是保留了下来，还有乙乙冥冥的淳朴的古朴情调，这难道不是那些主管音乐事务的君子们所追求的和谐与道义的体现吗？总共十篇十九首，每篇引申它的旨意并加以说明介绍。取名叫《补乐歌》。

　　（一）网罟

　　《网罟》①，伏羲氏②之乐歌也。其义盖称伏羲能易③人取禽兽之劳④。

　　吾人苦⑤兮，水深深。网罟设兮，水不深。

　　吾人苦兮，山幽幽⑥。网罟设兮，山不幽。

【注释】

　　①网罟（gǔ）：捕鱼、捕禽兽的工具。《周易·系辞下》："作结绳而为网罟，以佃以渔。"②伏羲氏：我国古代传说中的帝王之一。《周易·系辞下》："古者包牺氏之王天下也，仰则观象于天，俯则观法于地，观鸟兽之文，与地之宜，近取诸身，远取诸物，于是始作八卦，以通神明之德，以类万物之情。作结绳而为网罟，以佃以渔。"③易：改变、替换。④劳：劳苦、劳累。⑤苦：以……为困苦

（劳苦）。⑥幽：深暗。

【译文】

《网罟》，是颂扬伏羲氏的乐歌。它的旨意在于称赞伏羲能够改变人们捕获禽兽的劳苦。

我们这些人在深深的水中捕鱼很辛苦，制作了捕鱼工具就不怕水深而能更好捕获。

我们这些人在深远的山林中捕猎很辛苦，制作了打猎的工具就不再感到山林深远而能更好猎取。

（二）丰年

《丰年》，神农氏①之乐歌。其义盖称神农教人种植②之功。

猗太帝③兮，其智如神；分草实④兮，济我生人⑤。

猗太帝兮，其功如天；均四时⑥兮，成⑦我丰年。

【注释】

①神农氏：我国古代传说中的帝王之一。神农氏曾制作农具，教百姓兴办农业，所以称为神农氏。《周易·系辞下》："包牺氏没，神农氏作，斫木为耜，揉木为耒，耒耨之利，以教天下。"②种植：栽种。③猗太帝：猗，含有赞美的意味。太帝，最受人尊崇的君皇，这里应指神农。④分草实：分辨草木、药物。⑤济我生人：济，养育。生人，人民、生民。⑥均四时：均，顺应。四时，四季，春夏秋冬，指春耕、夏耘、秋收、冬藏这些神农氏教人民种植农业的事。⑦成：完成，获取。

【译文】

《丰年》，是颂扬神农氏的乐歌。它的旨意在于称赞神农教授人们种植的功劳。

我们尊崇的君皇啊，才智犹如天神；他教我们分辨与种植草木药物，养育了人民。

我们尊崇的君皇啊，功劳大如上天；他懂得顺应四季，教我们获得丰年。

（三）云门

《云门》，轩辕氏①之乐歌也。其义盖言云之出，润益②万物，如帝之德，无所不施。

玄云溶溶③兮，垂雨濛濛④；类我圣泽兮，涵濡⑤不穷。

玄云漠漠⑥兮，含映⑦逾光；类我圣德兮，溥被无方⑧。

【注释】

①轩辕氏：古代传说中黄帝的名称。②润益：滋润获益。③玄云溶溶：玄云，黑云，浓云。溶溶，宽广深厚的样子。④濛濛：细雨蒙蒙的样子。⑤涵濡：涵养浸润。⑥漠漠：弥漫无边。⑦含映：含光。宋玉《登徒子好色赋》：“此郊之姝，华色含光。”⑧溥被无方：溥被，普遍覆盖。无方，没有止境。大地之上无处不受圣德的庇荫。

【译文】

《云门》，是颂扬黄帝的乐歌。它的旨意为云层升起，滋润万物使之受益。正如君皇的恩德，惠及天下苍生，无处不在。

黑云宽广深厚啊，下着蒙蒙细雨；犹如君皇的恩泽，涵养浸润无尽穷。

黑云弥漫无边啊，但能透射出无限的光芒；犹如君皇的恩德，庇荫着四面八方。

（四）九渊

《九渊》，少昊氏①之乐歌也。其义盖称少昊之德，渊然②深远。

圣德至深兮，蕴蕴③如渊；生类娭娭④兮，孰知其然。

【注释】

①少昊氏：古部落首领名称，也作少皞氏。②渊然：深潭般。③蕴蕴：蕴藏积聚。④生类娭(xī)娭：生类，犹生物，有生命的物类。娭，同"嬉"，嬉戏、玩耍。《楚辞·九章》："国富强而法立兮，属贞臣而日娭。"朱熹注："娭与嬉同。"

【译文】

《九渊》，是颂扬少昊氏的乐歌。它的旨意在于称赞少昊氏的德泽，像深潭那样深远博大。

君皇的德泽极深远啊，蕴藏积聚的圣德如同深潭；万物都能自由自在地生长，欢乐幸福，并不是所有生灵都能完全知晓的。

（五）五茎

《五茎》，颛顼氏①之乐歌也。其义盖称颛顼得五德②之根茎。

植植③万物兮，滔滔④根茎；五德涵柔⑤兮，飒飒⑥而生。

其生如何兮，柚柚⑦；天下皆自我君兮，化成。

【注释】

①颛顼(zhuān xū)氏：也称为高阳氏。古帝王名，五帝之一。《史记·五帝

本纪》："黄帝崩，葬桥山。其孙昌意之子高阳立，是为帝颛顼也。"②五德：指金、木、水、火、土。③植植：种植、培植。这里形容万物生长的茂盛景象。④滔滔：盛多。《诗经·齐风》："汶水滔滔，行人儦儦。"朱熹注："滔滔，流貌。"此处"滔滔"不能解释为流水的样子，应该是根茎盘连的样子。⑤涵柔：涵，包容、滋养。柔，柔和、融和。⑥沨（fēng）沨：形容万物广泛生长。⑦釉（yóu）釉：茂盛。

【译文】

《五茎》，是颂扬颛顼氏的乐歌。它的旨意在于称赞颛顼氏教化人民，培育了五种品德的根底，教化大成。

五行之德滋养着万物茁壮成长，滋生出的根茎源源不断；五行之德柔和滋养，使得万物生生不息。

它的长势怎样啊，无比茂盛；在君皇的治理下，万物都得到了滋养，呈现出一片繁荣的景象。

（六）六英

《六英》，高辛①氏之乐歌也。其义盖称帝喾能总六合②之英华③。

我有金石兮，击考崇崇④。与汝歌舞兮，上帝之风⑤。由六合兮，英华沨沨。

我有丝竹兮，韵和⑥泠泠⑦。与汝歌舞兮，上帝之声。由六合兮，根底嬴嬴⑧。

【注释】

①高辛：上古帝喾的称号。古代帝王之一。《史记·五帝本纪》："颛顼崩，而玄嚣之孙高辛立，是为帝喾。帝喾高辛者，黄帝之曾孙也。高辛父曰蟜极，蟜

极父曰玄嚣，玄嚣父曰黄帝。"②六合：上、下、东、南、西、北，即宇宙。③英华：原指美好的花木，后指优异的人和物，精华或精英。④击考崇崇：击考，敲打。崇崇，象声词，犹淙淙。⑤风：教化。⑥韵和：音韵柔和。⑦泠(líng)泠：象声词，形容声音清脆。⑧赢赢：形容根底深厚。

【译文】

《六英》，是颂扬帝喾的乐歌。它的旨意在于称赞帝喾能够聚合天下的英才与美好事物。

我有钟磬乐器啊，敲打起来，淙淙地响。同你们唱起来跳起来吧，欢乐和谐的氛围犹如圣王之风。君皇聚合宇宙的精华，美德传遍四方。

我有弦管的乐器啊，吹奏起来，音韵柔和，动听纯真。同你们唱起来跳起来吧，我们蒙受君皇教化之恩。君皇聚合宇宙的精华，美德根深厚重。

（七）咸池

《咸池》，陶唐①氏之乐歌也。其义盖称尧德至大②，无不备全。

元化③油油④兮，孰知其然？至德泪泪⑤兮，顺之以先。

元化浘浘⑥兮，孰知其然？至道泱泱⑦兮，由之以全。

【注释】

①陶唐：尧。古代帝王之一。尧初居陶，后封于唐，为唐侯，故称陶唐。②尧德至大：《史记·五帝本纪》中记载："帝尧者，放勋。其仁如天，其知如神。就之如日，望之如云。"如天、如神、如日、如云，极力颂扬尧德之大。③元化：宇宙间万物生成变化的过程。④油油：生生不息。⑤泪(gǔ)泪：水急流的样子，形容源源不断。⑥浘(wěi)浘：流水貌。⑦泱(yāng)泱：深远广大。《左

传·襄公二十九年》：“为之歌《齐》，曰'美哉，泱泱乎，大风也哉'。”

【译文】

《咸池》，是颂扬尧帝的乐歌。它的旨意在于称赞尧帝的德泽极大与极大的治理成就。

宇宙间万物生生不息，有谁能知其中的奥秘呢？尧帝的德行如同源源不断的流水，引领着人们不断向前。

宇宙间万物和谐滋生，像流水滔滔。有谁能知其中的奥秘呢？尧帝的德行至高，使得社会得以全面繁荣和谐。

(八) 大韶

《大韶》，有虞①氏之乐歌也。其义盖称舜能绍先圣②之德。

森森③群象兮，日见④生成。欲闻朕初⑤兮，玄封⑥冥冥⑦。

洋洋⑧至化⑨兮，日见深柔。欲闻《大濩》⑩兮，大渊⑪油油。

【注释】

①有虞：舜帝，名重华。《史记·索隐》：“虞，国名，在河东大阳县。舜，谥也。”《史记·五帝本纪》中说虞舜是黄帝的九世孙。②绍先圣：绍，继承。先圣，前代圣明君王。③森森：茂密，密集。④日见：一天一天地呈现。⑤朕初：朕，古人自称词，这里指舜自己。朕初，指舜摄天子位的最初几年。⑥玄封：天地。谓天地未分时的混沌状态。⑦冥冥：昏暗貌。⑧洋洋：盛大的样子。⑨至化：最美好的教化。⑩《大濩(huò)》：古代的一种乐舞。⑪大渊：大水潭。

【译文】

《大韶》，是颂扬舜帝的乐歌。它的旨意在于称赞舜帝能发扬光大前代圣君的德行。

繁荣昌盛的景象啊，一天一天地形成。想要了解虞舜初登帝位时的情景，那时天地混沌啊，昏暗阴沉。

虞舜的治理之道盛大美好，一天天深沉且柔和。想听闻《大濩》之音，它如同深渊般广阔无垠、源源不断。

（九）大夏

《大夏》，有夏氏①之乐歌也。其义盖称禹治水，其功能大中国。

茫茫②下土兮，乃生九州③。山有长岑④兮，川有深流。

茫茫下土兮，乃均⑤四方。国有安人⑥兮，野有封疆⑦。

茫茫下土兮，乃歌万年⑧。上有茂功⑨兮，下戴仁天。

【注释】

①有夏氏：帝禹，鲧的儿子。国号夏。《孟子·滕文公上》："当尧之时，天下犹未平。洪水横流，泛滥于天下，草木畅盛，禽兽繁殖，五谷不登，禽兽逼人，兽蹄鸟迹之道交于中国。"尧用鲧治水，九年不成。舜摄天子政，命禹继续治水。《史记·夏本纪》："禹伤先人父鲧功之不成受诛，乃劳身焦思，居外十三年，过家门不敢入。"终于治水成功。②茫茫：宽阔辽远。③九州：《尚书·禹贡》中分天下为冀、豫、雍、扬、兖、徐、梁、青、荆九州。④岑（cén）：小而高的山。⑤均：均衡。⑥安人：使人安居。⑦封疆：地域的疆界。⑧万年：与"万岁"同义。⑨茂功：丰功伟绩。

【译文】

《大夏》，是颂扬夏禹的乐歌。它的旨意在于称赞大禹治水，他对中国的贡献巨大。

宽阔辽远的大地啊，孕育出九州。高山上有连绵的山峰，水域中有深深的河流。

宽阔辽远的大地啊，各地均衡地发展。国内有安居的百姓，野外则有明确的边界和封疆。

宽阔辽远的大地啊，希望这种人民安居乐业、国家安定的生活能够永远持续下去。君王树立了丰功伟绩，下民拥戴着仁君。

（十）大濩

《大濩》①，有殷氏②之乐歌也。其义盖称汤救天下，濩然③得所。

万姓苦兮，怨且哭。不有圣人兮，谁护育？

圣人生兮，天下和。万姓熙熙④兮，舞且歌。

【注释】

①《大濩》：汤的乐歌。②有殷氏：相传契是汤的祖先，帮助夏禹治水有功，舜封契于商。自契至汤凡十四代。汤用伊尹做右相，用仲虺做左相，征灭了夏代最后一个暴君夏桀，即君主位。传十代到盘庚。盘庚携民渡河，迁都于殷（今河南安阳）。此后，商又称殷。本诗有殷氏指汤。③濩然：救濩，作救护解。意思是说经过这样的救护，才使天下各得其所。④熙熙：和乐的样子。《老子》："众人熙熙，如享太牢，如登春台。"

【译文】

《大濩》，是颂扬商汤的乐歌。它的旨意在于称赞商汤解救困苦中的人民，使万民得以各安其所的伟大功绩。

万民生活在苦难之中，埋怨并且痛哭。没有圣人出现，谁能够保护抚育他们？

圣人出来了啊，天下安定平和。人民生活和乐，载歌载舞！

【述评】

元结补作的乐歌《补乐歌》十首，选择了上古十位治世君皇，分别突出每位的特点并加以赞颂，合起来显示了正面的治世理想。写作形式上，从重章叠句和语气用词上看，有古朴的特点。其中《网罟》《丰年》《大夏》《大濩》是《补乐歌》中的上品，内容较充实，章法也较完整，历代对此都有好评。不过《六英》《咸池》《大韶》等诗却多空洞的赞美语。

二风诗① 并序

天宝丁亥②中，元子以文辞待制阙下③，著《皇谟》三篇、《二风诗》十篇，将欲求于司匦氏④以裨天监⑤。会⑥有司⑦奏，待制者悉去之⑧。

于是，归于州里。后三岁，以多病习静⑨于商馀山⑩。病间，遂题括⑪存之。此亦古之贱士⑫不忘尽臣之分耳。其义有论订⑬之。

【注释】

　　①二风诗：指治风诗与乱风诗，共十篇。②天宝丁亥：天宝是唐玄宗李隆基的年号；丁亥，公元747年，即天宝六载。③以文辞待制阙下：指应试长安，在宫殿下等候诏令。④司匦氏：主管天文、历法或相关事务的官员、机构。⑤以裨天监：有助于观测天文、占卜吉凶等事务。⑥会：适逢。⑦有司：官吏，实指相国李林甫。⑧去之：取消、罢去。⑨习静：静养。⑩商馀山：在今河南鲁山县。⑪题括：评理综合，写作。此处指写作本诗序文。《二风诗》是天宝六载所作，而序文却是天宝九载(公元750年)所作。⑫贱士：谦称。⑬有论订：有论，指作者的《二风诗论》。订，述说，说明。此句是指诗的内容已在《二风诗论》中论述说明了。

【译文】

　　天宝六载，我因文采出众被召见，在宫殿下等候诏令，写了《皇谟》三篇、《二风诗》十篇，想请求有关官吏给献上去，以辅助观测天文、占卜吉凶等事务。适逢高官上奏，将所有待制举人都解散了。

　　在这种情况下，我回到州里。这之后的三年，由于多病，我在商馀山静养身体。养病中就写作了这篇序文并留存下来。这也如同古代卑微的儒生并没有忘记尽臣子的本分罢了。《二风诗》的旨意已有诗论论述说明了。

治风诗五篇

其一　至仁

古有仁帝①，能全仁明，以封天下②，故为《至仁》之诗二章四韵十二句。

猗皇至圣兮，至惠至仁，德施蕴蕴③。

蕴蕴如何？不全不缺④，莫知所贶⑤。

猗皇至圣兮，至俭至明，化流瀛瀛⑥。

瀛瀛如何？不虢不絏⑦，莫知其极。

【注释】

①仁帝：指帝尧。《二风诗论》："夫至理之道，先之以仁明，故颂帝尧为仁帝。"②封天下：安定天下人民。封，安定、治理。③蕴蕴：内蕴深厚。④不全不缺：大意是说，并不是要什么有什么，但也不缺少什么，指一种自给自足的生活。⑤贶（kuàng）：赐予，赠予。⑥瀛瀛：浩大。⑦不虢（guó）不絏（xì）：虢，虎纹，含有奢华的意思。絏，赤色，这里有不张扬的意思。

【译文】

古代有位仁德的君皇，能够完美做到仁德圣明，安定治理天下人民，我因此为他创作了《至仁》诗两章。

我们的君皇品德最高尚啊，最是贤惠最讲德仁，布施的德泽无比深厚。

这深厚的德行怎么样呢？既不过分也不欠缺，没有谁知道该如何来报答这份恩德。

我们的君皇品德最高尚啊，最是节俭最是圣明，他施行的教化深大得很。

这深大的教化怎么样呢？既不奢华也不张扬，没有谁能探知其极限。

其二　至慈

古有慈帝①，能保静顺②以涵万物③，故为《至慈》之诗二章。

至化④之深兮，猗猗娭娭⑤。如煦如吹⑥，如负如持，而不知其慈。故莫周莫止，静和⑦而止。

至化之极兮，瀛瀛溶溶。如涵如封，如随如从，而不知其功。故莫由莫己，顺时而理。

【注释】

①慈帝：指虞舜。慈，慈善、慈爱、仁慈。《二风诗论》："安之以慈顺，故颂帝舜为慈帝。"②静顺：平静和顺。③涵万物：滋润万物、包容万物。④至化：最好教化。⑤猗猗娱娱：美盛和乐的情景。⑥如煦（xù）如吹：煦，温暖。此句大意是，像春风吹煦万物。⑦静和：平静和乐。

【译文】

古代有位仁慈的君皇，能够保持平静和顺来涵养包容万物，我因此写了《至慈》诗两章来颂扬他。

君皇最好教化之深厚，美盛和气。如阳光般温暖，如同春风吹拂般轻柔，又如同背负和扶持着万物，万物在不知不觉中享受着他的慈爱。因此，他的慈爱没有界限，也没有终止的时候；他平静而和谐，默默地滋养着万物，没有止境。

君皇最好教化之广大，浩大宽宏。如同包容万物的容器，又如同保护万物的屏障，万物如影随形，顺从着他的指导生长，万物在不知不觉中成长却不知他的功劳。因此，他的治理之道没有固定的方法，也没有私心；他顺应时势治理国家，长治久安。

其三　至劳

古有劳王①，能执②劳俭以大③功业，故为《至劳》之诗三章。

至哉勤绩，不盈不延④。谁能颂之？我请颂焉。

於戏劳王，勤亦何极！济尔九土⑤，山川沟洫⑥。

至哉俭德，不丰不敷⑦。谁能颂之？我请颂夫⑧。

於戏劳王，俭亦何深！戒尔万代，奢侈荒淫。

至哉茂功⑨，不升不圮⑩。谁能颂之？我请颂矣。

於戏劳王，功亦何大！去尔兆庶⑪，洪湮灾害。

【注释】

①劳王：勤劳的君皇，此指夏禹。《二风诗论》："成之以劳俭，故颂夏禹为劳王。"②执：坚持。③大：扩大。④不盈不延：盈，充满。《诗经·周南》："采采卷耳，不盈顷筐。"延，及的意思，即比得上的意思。⑤济尔九土：济，救济。九土，即九州。⑥沟洫（xù）：田间水道。⑦不敷：不够，不足。⑧夫：助词，用在句末，表感叹。⑨茂功：丰功，盛功。⑩不升不圮（pǐ）：升，升高。《诗经·小雅》："如月之恒，如日之升。"圮，断绝的意思。此句的大意是，夏禹并不认为自己功高不可攀。⑪兆庶：黎民百姓。

【译文】

古代有位勤劳的君皇，能够坚持勤劳节俭以扩大功业，我因此写了《至劳》诗三章来颂扬他。

君皇勤劳至极啊，处处有伟绩，无人能够比得上。谁来歌颂他？我请求赞美之。

啊！勤劳君王，勤劳至极！救济了九州百姓，修整好山川沟洫。

君皇俭德至极啊，生活既不追求美好丰盛，也不追求齐全充足。谁能歌颂他？我请求歌颂之。

啊！勤劳君王，这么节俭，训诫子孙万代，绝不奢侈荒淫！

君皇功业至极啊，但他并不以为自己高不可攀，也不认为是后无来者。谁能歌颂他？我请求歌颂之。

啊！勤劳君王，功劳多么大，救助了黎民百姓，免遭洪涝灾害。

其四　至正

古有正王①，能正慎恭和②以安上下，故为《至正》之诗。

为君之道，何以为明？功不滥③赏，罪不滥刑；

谠言④则听，谄⑤言不听。王至是然，可为明⑥焉！

【注释】

①正王：公正的君王，此处指成汤。《二风诗论》："修之以敬慎，故颂殷宗为正王。"殷宗就是成汤。②正慎恭和：公正谨慎、谦恭平和。③滥：无限制，过度。④谠（dǎng）言：正直的话。⑤谄（chǎn）：讨好，卑贱地奉承。⑥明：明君。正由明生。

【译文】

古代有位公正的君王，能够公正谨慎、谦恭平和地安定天下，我因此写了《至正》诗一章。

做人君的原则，怎样做才是睿智贤明？对立功者不无限制地行赏，对罪犯不过度用刑；对正直的言论就虚心地听从，谄媚的话就完全不听。君主能做到这些，可称明君！

其五　至理

古有理王①，能守清一②以致无刑③，故为《至理》之诗一章。

理何为兮？系修文德④。加之清一，莫不顺则⑤。

意⑥彼刑法，设以化人；致使无之，而化益纯⑦。

所谓代刑，以道⑧去杀⑨。呜呼！呜呼！人不斯察。

【注释】

①理王：善于治理的君王，此处指周成王。《二风诗论》："守之以清一，故颂周成为理王。"周成王，名诵，武王子。武王死，成王少，周公恐天下初定，诸侯叛逆，曾摄政当国七年，才归政于成王。②清一：教化清明。③无刑：不用刑的意思。《史记·周本纪》："故成、康之际，天下安宁，刑错四十余年不用。"④文德：指以礼乐教化进行治理。⑤则：准则，原则。⑥意：认为，料想。⑦纯：纯净，纯正。⑧道：指教化之道。⑨杀：斩杀，屠杀。

【译文】

古代有位善于治理的君王，能够坚持教化，使得国家清明没有刑罚，我因此写了《至理》诗一章。

怎么治理人民呢？就是要实施礼乐教化的文德。加上教化清明，没有不符合治理的准则。

料想那些刑法，其设置在于改造人；如果做到了不用刑罚，就表明教化更加纯净。

这就是代替刑罚，就是凭教化之道免去屠杀。唉！唉！人们没有这么明察！

乱风诗五篇

其一 至荒

古有荒王①，忘戒慎道②，以逸豫③失国，故为《至荒》之诗一章。

国有世谟④，仁信勤⑤欤。王实惛荒⑥，终亡此乎。

焉有力恣⑦谄惑⑧，而不亡其国？呜呼亡王，忍为此心！

敢正⑨亡王，永为世箴⑩。

【注释】

①荒王：荒诞放荡的君王，指太康。《二风诗论》："夫至乱之道，先之以逸惑，故闵太康为荒王。"太康，夏启的儿子，夏禹的孙子。太康的暴行：一是不关心人民死活；一是沉溺田猎，不管政事。被后羿所逐，不能回国都。②慎道：谨慎的原则。③逸豫：安乐。④世谟：治世的谋略。⑤信勤：诚信勤劳。⑥惛(hūn)荒：糊涂荒唐。⑦力恣：任意放纵。⑧谄惑：爱奉承，受迷惑。⑨正：与"证"通用。⑩箴(zhēn)：告诫规劝，箴规。

【译文】

古代有个荒诞放荡的君王，他忘记戒掉不谨慎的原则，由于追求享乐丢掉国家，我因此写了《至荒》诗一章。

治理国家要有治世谋略，做到仁惠、诚信、勤劳。君王实在糊涂荒唐，最终因此被废。

哪里有任意放纵、爱奉承、受迷惑，而家国没有亡的？唉！亡国君王竟然有这样的心境！

我希望以这亡国的君主为证，当作后世的规箴。

其二　至乱

古有乱王①，肆②极凶虐，乱亡乃已，故为《至乱》之诗二章。

嘻乎王家，曾有凶王。中世失国③，岂非骄荒。复复④之难，令则⑤可忘？

嘻乎乱王，王心何思？暴淫虐惑，无思不为；生人^⑥冤怨，言何极之！

【注释】

①乱王：指夏桀。《二风诗论》："坏之以苛纵，故闵夏桀为乱王。"②肆：放肆。③失国：指太康、帝相亡国。④复复：指太康失国、帝相失国等事。失国并非一次，复国也并非一次，复复就是这个意思。⑤令则：法则。意同教训。⑥生人：生民。

【译文】

古代有个暴乱的君王，十分暴虐凶残，直到国家混乱灭亡才停止(这种残暴行为)，我因此写了《至乱》诗。

唉！君王之家，曾经出现凶王。在朝代中期就曾亡国，这难道不是因为骄横荒唐？要想复国该是如何艰难，这样的教训又怎可遗忘？

那暴乱君王令人惊诧啊，君王心里是怎么想的？残暴荒纵、淫乱、迷惑，什么都做；老百姓受冤屈因而埋怨的事，那是说也说不尽啊！

其三 至虐

古有虐王^①，昏毒狂忍^②，无恶不及，故为《至虐》之诗二章。

夫为君上兮，慈顺明恕^③，可以化人。忍行昏恣^④，独乐其身；一徇所欲^⑤，万方悲哀。于斯而喜，当云何哉？

夫为君上兮，兢慎^⑥俭约，可以保身。忍行荒惑，虐暴于人；前世失国，如王者多。于斯不寤^⑦，当如之何？

【注释】

①虐王：指殷纣。《二风诗论》："覆之以淫暴，故闵殷纣为虐王。"殷纣，名辛。他荒淫残暴，宠妲己。以酒为池，悬肉为林，行炮烙之法。西伯昌被囚。昌死后，子武王会诸侯八百，战败商纣，纣自焚而死。②昏毒狂忍：昏毒，昏聩狠毒。狂忍，狂妄残忍。③慈顺明恕：慈顺，仁慈和顺。明恕，贤明宽恕。④昏恣：昏聩放纵。⑤一徇所欲：一味追逐财物女色。⑥兢慎：戒惧谨慎。⑦寤（wù）：通"悟"，觉悟，醒悟。

【译文】

古代有个暴虐的君王，昏聩狠毒，狂妄残忍，任何罪恶的事都敢干，我因此作《至虐》诗两章。

做君王的，仁慈和顺，贤明宽恕，可以教化人民。忍心干糊涂肆意的事，专意满足个人欢乐；一味追逐私欲，使万民陷入悲哀。对这些却很高兴，应当怎样评说呢？

做君王的，戒惧谨慎，刻苦节俭，才能保全自身。忍心干荒唐糊涂的事，残虐凶暴对人；这种亡国的君王，前代很多。对这种情况不能醒悟，该怎么办呢？

其四　至惑

古有惑王①，用奸臣以虐外②，宠妖女以乱内，内外用乱，至于崩亡，故为《至惑》之诗二章。

贤圣为上兮，必俭约戒身③，监察④化人，所以保福也。

如何不思，荒恣是为？上下隔塞，人神怨囊⑤；敖恶⑥无厌，不畏颠坠！

圣贤为上兮，必用贤正，黜奸佞之臣，所以长久也。

如何反是，以为乱矣？宠邪信惑，近佞好谀，废嫡⑦立庶⑧，忍为祸谟⑨！

【注释】

①惑王：指周幽王。《二风诗论》："危之以用乱，故闵周幽为惑王。"周幽王宠褒姒，生伯服。废太子宜臼，立褒姒为后。褒姒不喜笑，幽王举烽火也不笑。二次举烽火，褒姒大笑。宜臼与西夷大戎合兵讨伐幽王。幽王举烽火，诸侯不出兵相救，幽王被杀。②虐外：对外邦肆意征伐。③戒身：警诫自己。④监察：监督纠察。⑤奰(bì)：愤怒。⑥敖恶：沉迷遨游。敖，通"遨"，闲游。⑦嫡(dí)：宗法制度下，正妻所生儿子。⑧庶：宗法制下非正妻所生儿子，即旁子。⑨祸谟：祸果之因，祸端。

【译文】

古代有个惑乱的君王，任用奸臣，肆意征伐外邦，宠爱美女祸乱国内，以致搞得国家崩溃灭亡，我因此写《至惑》诗两章。

圣贤的君王，一定是节俭自律的，作为榜样以教化他人，这就保住了福气。

为什么不去反思荒唐放纵的行为？君民上下，隔离阻塞，百姓天神埋怨愤怒；沉迷闲游，没有限度，从不畏惧国家颠覆！

圣贤做了君王，用人必选贤任能，罢免奸邪谄佞之臣，所以立国长久！

为何要走向反面，致酿成祸乱？宠爱奸臣，愿受迷惑，亲近奸佞，喜欢阿谀奉承之人，废嫡立庶，自启祸乱！

其五　至伤

古有伤王①，以崩荡②之余，无恶不为也！乱亡之由，固在累积③，故为《至伤》之诗一章。

夫何伤兮？伤王乎，欲何为乎？将蠹枯④矣，无人救乎？

蠹枯及矣，不可救乎？嗟伤王！自为人君，变为人奴！

为人君者，忘戒此乎？

【注释】

①伤王：指周赧王。《二风诗论》：“亡之于累积，故闵周赧为伤王。”周赧王，名延。赧，谥号，愧的意思。赧王登位时，周室微弱，他只能在秦、楚间讨生活。②崩荡：倒塌冲洗，比喻受挫折的情况。③累积：积累，层层递加。④蠹（dù）枯：因虫蛀食而枯萎。

【译文】

古代有个受到伤痛的君王，由于遭到崩塌般的挫折，而无恶不作啊！国家混乱灭亡的原因，本来在于罪恶层层累积，我因此写了《至伤》诗一章。

受了什么伤痛呢？受了伤痛的君王，他想干什么呢？将要被虫蛀食而枯萎了，无人能挽救吗？

被虫蛀食就要枯萎了，不能救了吗？嗟叹这个受了伤痛的君王，原本做了人君，结果变成人奴！

为人君的，怎能忘记警戒呢？

二风诗论

客有问元子曰：“子著《二风诗》何也？”曰：“吾欲极①帝王理乱②之道，系古人规讽之流③。”曰：“如何也？”

“夫至理之道，先之以仁明，故颂帝尧为仁帝；安之以慈顺，故颂帝舜为慈帝；成之以劳俭，故颂夏禹为劳王；修之以敬慎，故颂殷宗为正王；守之以清一，故颂周成为理王。此理风④也。

"夫至乱之道，先之以逸惑，故闵太康为荒王；坏之以苛纵，故闵夏桀为乱王；覆之以淫暴，故闵殷纣为虐王；危之以用乱，故闵周幽为惑王；亡之于累积，故闵周赧为伤王。此乱风⑤也。"

订曰："子颂善，上不及羲、轩、汤、武；闵恶，又不及始皇、哀、灵⑥，焉可称极帝王理乱之道？"

对曰："於戏！吾敢言极，极其中道⑦者也。吾且不曰著斯诗也，将系规讽乎？如羲、轩之道也，久矣谁能师尊！如汤、武之德，吾则不敢颂，为规法过于是也。吾子审⑧之。"

【注释】

①极：尽力阐述。②理乱：善于治理政治乱象。③流：遗风。④理风：国家得到治理的风尚。⑤乱风：政治腐败的局势。⑥哀、灵：哀，指西汉的汉哀帝刘欣，在位七年。灵，指东汉的汉灵帝刘宏，在位二十五年。⑦中道：中庸之道。中庸，不偏叫中，不变叫庸，儒家以"中庸"为最高道德标准。⑧审：仔细研究，审定。

【译文】

有位客人问我元结说："你为什么写《二风诗》呢？"我答曰："我想尽力阐述帝王治国除乱的原因，承继古人规劝讽谏的遗风。"客人说："如何阐述？"

"最好的治理举措，首先能够做到仁德圣明，所以歌颂尧帝是仁德的国君；能够凭慈善和顺安抚百姓，所以歌颂舜帝是慈善的君王；能够倚仗勤劳节俭成就事业，所以歌颂夏禹是勤劳的君王；能够采取严肃谨慎的态度修养自身，所以歌颂商汤是纯正的君王；能够遵守祖宗成法使政治清明，所以歌颂周成王是善于治理的君王。这都是国家得到治理的风尚。

"致使国家混乱的行为，享乐惑妄先行，所以哀怜夏太康是荒诞的君主；肆意苛求放纵，所以哀怜夏桀是祸乱君主；由于荒淫凶暴，亡了国家，所以哀怜商纣王是暴虐的君主；由于糊涂，危害朝政，所以哀怜周幽王是陷入迷惑的君主；由于层层积累的暴政，使国家陷入灭亡，所以哀怜周赧王是令人伤痛的君主。这都是政治腐败造成亡国局面。"

客人评议说："你歌颂伟大的君王，上面并没提及伏羲、轩辕、商汤、周武王，批评罪恶君主，又没提及秦始皇、汉哀帝、汉灵帝，怎么可以说是尽力阐述了君王治理好国家或致使国家混乱的理由？"

我回答道："唉！我敢说尽力阐述的都是'中道'之帝王。我没有说过撰写这些诗歌是要继承规劝讽刺的遗风吗？比如伏羲、轩辕治国之道已经久远，难以被后人完全师法！至于商汤、周武的德行，我不敢颂扬，我担心自己的颂扬可能会让后人误以为规劝讽谏的标准就是商汤和周武王这样的完美君主。你自己去仔细研究审定吧。"

【述评】

这一组诗写于唐玄宗天宝六载之前，组篇很完整，前有序言，后有诗论。全诗所写内容在于辅助君王考察"极帝王理乱之道，系古人规讽之流"。理治包括"尧帝仁明""舜皇慈顺""夏禹劳俭""殷宗敬慎""周成清一"。乱风包括太康"逸惑"、夏桀"苛纵"、殷纣"淫暴"、周幽"用乱"、周赧"积过"。没有涉及羲、轩、汤、武，是据实况有原则的；对越过这种情况的可以类推。如此正反对举，有着相互衬托的作用，显示诗歌应起美刺的作用。

元谟①

古者纯公②，以昏愚③闻。或曰："公知圣人之道④。"天子闻之，咨⑤而问焉。公谢曰："臣生自山野，顺时而老，心如草木，身若鸟兽。主君所问，臣安能知？请说所闻，惟主君听之。

"臣曾记，有说风化颓弊⑥，或以之兴，或以之亡者。不知何代君臣，其臣曰：'上古之君，用真⑦而耻圣⑧，故大道精粹⑨，滋⑩于至德，至德蕴沦⑪，而人自纯。其次用圣而耻明⑫，故乘道施教，修教设化，教化和顺，而人从信。其次用明而耻杀，故沿化兴法，因教置令，法令简要，而人顺教。此颓弊以昌⑬之道也。迫乎衰世之君，先严而后杀，乃引法树刑，援令立罚，刑罚积重，其下畏恐。继者先杀而后淫⑭，乃深刑长暴，酷罚恣虐，暴虐日肆，其下须昊，继者先淫而后乱，乃乘暴至亡，因虐及灭，亡灭兆钟⑮，其下愤凶。此颓弊以亡之道也。'"

"其君叹曰：'呜呼！真圣之风，殁无象耶？明顺之道，谁为嗣耶？严正之源，开已竭耶！杀淫之流，日深大耶！吾其颂昌人之道，为戒心之宝。'"

【注释】

①元谟：这是篇阐述谋划治国根本的文章。元，为首的，根本的；谟，谋划。以"谟"题名源于《书经》。②纯公：作者创造的理想人物。③昏愚：糊涂愚笨。④圣人之道：指治国的谋划策略。⑤咨：询问，请教。⑥颓（tuí）弊：败坏。⑦真：本真，本性，纯真。⑧圣：精通至极。⑨精粹：精湛纯粹。⑩滋：滋生，滋蔓。⑪蕴沦：水中小小的波纹。⑫明：明智，英明。⑬昌：发达，兴盛。⑭淫：过甚，嗜杀。⑮兆钟：征兆。

【译文】

古有纯公，因糊涂愚笨而出名。有人说："纯公懂得圣人之道。"君王知道后，特地向他请教。纯公谦逊地回答说："小臣出生在山野，顺依时日活到老，心如草木，身若鸟兽。主君所问的内容，我怎能懂得？让我说说我曾听闻的一些关于治理国家的见解，请君王听取。

"小臣记得，有人说风俗教化败坏，有借之兴起的，有因此灭亡的。不知是哪个朝代的君臣，他们的臣子说：'远古的君主以真诚为本，不以追求圣人之名而自矜，因此大道得以精粹，至德得以滋养并深入人心，人们也因此自然淳朴。次一点的君主虽然也使用圣人之道，但却以追求明智为耻，因而凭借圣人之道施行教化，兴办教育，务求感化，教化和顺，人们也就顺从信赖。再次点的君主，希求贤明以杀戮为耻，以教化为本并辅以法律，这些法律是简明扼要的，并且是基于教化之上的，因此人民能够顺从教化。这就是使国家从衰败中振作起来，并走向兴盛的正确途径。到了衰世的君主，往往先以严苛的法律和刑罚来镇压人民，然后实行杀戮，导致刑罚越来越重，还制定法令树刑，援引法令立罚，刑罚逐渐加重，人民生活在恐惧之中。后继的君主，杀戮更加厉害，他们滥用刑罚，暴虐无道，导致人民心中积满愤怒和仇恨。再接任的君主纵欲乱行使得社会混乱，实是由残暴到灭亡，因暴虐而灭绝，灭亡的征兆是人们已积累了极大的愤怒和仇恨。这种治理方式就是国家走向衰败和灭亡的根源。'"

"当时的君王听了，感叹说：'唉！圣人之风埋没后看不到迹象了！明顺的治理之道，谁继承了呢？严正的治理源头，开辟后枯竭了吗？而杀罚暴虐的治理方式正在日益盛行！我将赞颂使得国家能够昌盛的治理之道，并将其作为自己心中的宝贵戒律！'"

【述评】

皇谟三篇《元谟》《演谟》《系谟》是阐述治国理政理想的文章。在《元谟》中，元结创造了一个理想形象"纯公"，借助这个"纯公"表达他的治世理想"昌人之道"，上者是"用真而耻圣"，中者是"用圣而耻明"，下者是"用明而耻杀"；接着写到"亡人之道"的三类情况：先严而后杀，先杀而后淫，先淫而后乱。这是针对当时李林甫为相、政治腐败而言的，有意突出正面主张的作用。作为在野人士，元结这么立言是难能可贵的。稍后出现安史之乱，也证实了他的政治嗅觉之敏锐。文末提到"明顺之道，谁为嗣"表明了立言落脚点。文章借纯公为君王述说治道，笔调委婉切实，有说服力。

演谟①

天子闻之，惆②然不娱③，冥然④深思，乃曰："昌人之道，岂无故欤？公其演之，其故何如？"

公曰："呜呼！颓弊以昌之道，其由上古强毁⑤纯朴，强生道德，使兴云云⑥，使亡惛惛⑦，始开礼乐，始鼓⑧仁义，乃有善恶，乃生真伪。然后勤俭之风，发而逾扇⑨，严急之教，起而逾变，须智谋以引喻，须信让以敦护⑩。是故必垂清净⑪，必保公正，所谓圣贤相逢，瀛瀛溶溶⑫，不放⑬不封⑭，乃见禁⑮而无杀，顺而无讹⑯，狷愤⑰优游⑱，尚致平和。

"呜呼！颓弊以亡之故，其由中古⑲，转生浇眩⑳，转起邪诈，变其娱娱㉑，驱令嗤嗤㉒，则闻溺惑，则见凶侈，遂长淫靡。然后忿争之源，流而日广，惨毒之根，植而弥长。用苛酷以威服，用谄谀以顺欲，是故皆恣昏虐，必生乱恶。所谓庸愚相遭，喧喧嚣嚣㉓，以悲以号。乃见苦而弥怨，逆而弥悖，掸援㉔怃悢㉕，转扇不歇。"

天子感之，欸然^㉖叹曰："噫！圣贤孤独，生不骈世^㉗，苍苍^㉘四海，生类谁济？"公曰："呜呼！不可遂已。圣人须极道于常臣，贤人须滋德于庸君，使道德优优^㉙，不丰不纷。乃须杀而不淫，罚而不重，戒其虐惑，制其昏纵。"

【注释】

①演谟：这是篇推演阐发治国谋划的文章。②惄(nì)：忧思，伤痛。③娭(xī)：玩乐、嬉笑。④冥然：尽力地。⑤毁：破坏。⑥云云：盛貌。⑦惛惛：晦昧不明。指政治昏暗。⑧鼓：鼓动，宣扬。⑨逾扇：越发兴盛。⑩敦护：诚心保护，劝勉回护。⑪清净：心地洁净，不受外物干扰。⑫瀛瀛溶溶：浩大宽广的样子。文中形容和谐融洽、开放包容的社会环境。⑬放：放纵。⑭封：封闭，隔绝。⑮禁：禁令，监禁。⑯讹：威胁，错误。⑰恞(yí)：悦。⑱优游：悠闲。⑲中古：唐代人认为伏羲时代为上古，周文王时代为中古，孔子时代为下古。此处泛指封建社会时代。⑳浇眩：浮薄，欺骗。㉑娭娭(xī)：嬉戏。㉒嗤嗤(chī)：讥笑。㉓嚣嚣：喧哗声。㉔掸(dǎn)援：掸，用力除去；援，牵引。㉕炫恜(xuàn xiàn)：炫，卖。恜，引发。"掸援炫恜"四字连用，有拉开推走的意思。㉖欸(āi)然：长叹的样子。㉗骈世：并列于世。㉘苍苍：深青色的、广阔的。㉙优优：宽厚和谐的情景。

【译文】

君王听了纯公所讲的君臣对话后，面露忧色，不再嬉笑，深入思索后，才问道："国家昌盛之道，难道是无缘无故形成的？希望纯公给我阐述发挥其中的缘由？"

　　纯公说："唉！由颓弊衰败转而走上昌盛之道，可以追溯到上古时期，那时人们开始摒弃淳朴自然，强行制定道德规范，使社会兴盛起来，使昏暗消除。开始提倡礼乐，宣扬仁义，于是有了善恶，于是出现了真伪。然后勤俭的风气出现并被广泛传播，而严苛急迫的教化也随之而起并不断变化。这就必须用智谋来引导，用诚信礼让加以保护。因此，要想实现国家的清净，必须确保公正无私。这就是所谓的圣贤相遇，营造了和谐融洽、开放包容的社会环境。在这样的环境中，既不放纵，也不封闭。在这样的环境下，人们虽然受到了约束，却没有导致杀戮；人们顺从这些规定，没有出现欺诈行为，人人愉悦悠闲，自得其乐。

　　"唉！由风化败坏而终致灭亡的境况，可以追溯到中古时期，那时社会风气变得浮薄，开始出现欺骗邪恶奸诈，真诚被嘲笑，对政令讥笑蔑视，只听到溺爱迷惑的话语，从而容易被迷惑，于是开始出现了凶横奢侈的行为，也就大大助长了淫靡之风。随着这种趋势的发展，愤怒争吵的源头不断扩大，而悲惨狠毒的祸根也日渐滋长。为了维持统治，使用苛罚酷刑来胁服民众，接受谄媚阿谀去满足自己的欲望，这就必然进一步导致社会的混乱和道德的沦丧，社会也会因此滋生暴乱和恶果。所谓庸愚之人相互遭遇，只会带来无尽的喧嚣和悲叹怒号。这样就会出现人们因为苦难而更加怨恨，因为逆境而更加悖逆的情况。他们的心灵被扭曲、情绪被煽动，如同烈火燎原，不可止歇。"

　　君上听后十分感动，唉地叹息说："噫！圣贤生来就是孤独的，无法与众多世人同行，茫茫四海中，众多的生灵中，谁又能得到真正的救赎呢？"纯公说："唉！不能就此而不作为了。圣人施政需要通过臣下来极尽他们的大道，贤人要帮助庸君立德，让道德宽厚和谐，要让道德的光芒普照四方，既不丰盛，也绝不纷杂。如此，施行肉刑就不能过甚，惩罚也不应过重，要戒除暴虐惑乱的言行，制止昏庸放纵的行为。"

【述评】

《演谟》继《元谟》进一步阐发治国、昌亡的原因。实现昌道，要"开礼乐鼓仁义"，让"勤俭之风发"，"须智谋引喻"，"须信让以敦护"，"保公正"，"致和平"；走上亡道是中古后"起邪诈""长淫靡""恣昏虐""生乱恶"的恶果，并提出君臣要相互扶助，力戒昏虐。行文正反对述，旨意突出。

系谟① （公元 747 年作）

天子闻之，惘然思而叹曰："太皇之道，于今已亡。衰季之德，吾不忍当。将学杀而不淫，罚而不重，戒其虐惑，制其昏纵。行之之道，惟公教之。"

公曰："于明主君，斯道未易；狷明主君，斯道良难。敢为主君，商较其端②。"

"夫王者，其道德在清纯③玄粹④，惠和溶油⑤，不可恩会荡晃⑥，衰伤元休⑦；其风教在仁慈谕劝，礼信道达⑧，不可沿以浇浮，溺之淫末⑨；其衣服在御于四时，勿加败弊，不可积以绣绮⑩，奢侈过制；其饮食在备于五味，示无便耽⑪，不可煎熬珍怪，尚惑所甘；其器用在绝于文彩，敦尚素朴，不可骈钿珠贝⑫，肆极侈削⑬；其宫室在省费财力，以免隘陋，不可殚穷土木，丛罗联构⑭；其苑囿⑮在合当制度，使人无厌，不可墙堑⑯肥饶⑰，极地封占；其赋役在简薄均当，使各胜供，不可横酷繁聚，损人伤农；其刑法在大小必当，理察平审⑱，不可烦苛暴急，杀戮过甚；其兵甲在防制戎夷，镇服暴变，不可怙恃威武，穷黩⑲争战；其畋猎⑳在顺时教校㉑，不追以驱，不可骋于杀害，肆极荒娱；其声乐在节谐八音，听聆金石，不可耽喜靡慢㉒，宴安淫溺㉓；其嫔嫱㉔在备礼供侍，以正后宫，不可宠贵妖艳，惛好㉕无穷；其任用在校抡㉖材能，察视邪正，不可授付非人，甘顺奸佞；其郊祀㉗在敦本广敬，展诚重礼，不可淫慢祷祈，僻有所系；其思虑在慎于安危，诚其溢满，不可沉溺近习，肆任谈诞㉘。如此，顺之为明圣，逆之为凶虐，可以观乎兴废，可以见乎善恶。"

纯公言已，天子谢曰："公之所述，真王者之谟。必当篆刻，置之座隅㉙。"

【注释】

①系谟：本文承前述，天子听了《元谟》《演谟》后悯然请教，纯公于是提出具体的谋划。②端：头绪，事物的开头。③清纯：高洁统一。④玄粹：深厚精粹。⑤惠和溶油：惠和，和惠。溶油，宽舒的样子。⑥恩（hùn）会荡晃：恩会，胡乱凑合。荡晃，晃荡，变动不定。⑦元休：指主要的美德。⑧道达：引导实现。⑨淫末：指荒淫不正派的事物。⑩绣绮：锦绣，绣花的丝织物。⑪便耽：特别沉溺、嗜好。⑫骈钿珠贝：成双成对地镶嵌珠宝玉贝。⑬侈削：奢侈、削夺。⑭丛罗联构：指宫殿建筑多层次，相互勾连。⑮苑囿：畜养禽兽的圈地。⑯墙堑：筑墙挖沟。⑰肥饶：肥沃土地。⑱平审：公平审慎。⑲穷黩：穷极、放肆。⑳畋猎：打猎。㉑教校：训练、比赛。㉒靡慢：颓废柔弱。㉓淫溺：放纵溺爱。㉔嫔嫱：天子姬妾。㉕惛好：迷恋宠爱。㉖校抢：比较选择。㉗郊祀：祭祀天地鬼神。㉘谈诞：谈论荒诞。㉙隅：角落，边隅。

【译文】

君王听了纯公说的，闷闷不乐地思考着，慨叹道："上古君王的治国之道，到现在不存在了。衰落时期推行的道德教化，我不愿继承。我将学着施肉刑不能过甚，要惩罚也不过重，暴虐惑乱的言行要戒除，糊涂放纵的行为必须制止。推行的具体举措，希望您教导我吧！"

　　纯公说："引导君王实现明顺之道很不容易，让君王得到明顺赞美，的确很难。我斗胆同君王商量，探讨它的头绪。"

　　"做君王的，其道德必求高洁淳朴，深厚精粹，和惠宽舒，绝不可胡乱凑合，变动不定，而有损美德；其所推行的风尚教化在于仁慈地引喻劝导，让礼制诚信得以实现，绝不可相沿浇薄轻浮的风习，沉溺在荒淫的末路上；所穿的衣服在于能适于四时，不穿破烂的就行，不可恣意穿着锦绣，奢侈过度；所吃的饮食只在于备好酸、甜、苦、辣、咸，没有特殊嗜好，不可煎煮炖熬奇珍异品，迷醉于所爱食物；所用的器物在于不追求文采，崇尚朴素，不可成双成对地镶嵌珠宝玉贝，肆行侈靡抢夺；所住宫室，在于节省财力，不狭隘简陋，不可竭力搜寻土木，罗列厅堂，连筑楼阁；开辟畜养禽兽的场地在于符合制度，让人不厌恶，绝不可在良田沃土上任意圈占土地；收取田赋、派遣差役在于简省轻薄、平均恰当，让百姓承担得起，绝不可蛮横残酷、多方积聚，损害百姓、影响农耕；采用刑法在于大小定要恰当，处理考察公平审慎，绝不可繁重苛刻、暴躁急促，杀戮过多；组织军备在于防御制服戎夷，平定叛变，绝不可倚仗武力，争战不息；打猎在于依顺时令、训练比赛，不要追逐驰骋、放纵杀害，肆意寻求乐趣；组织歌舞活动在于协调八音，聆听金石乐声，不能耽于靡乱之音，安逸享受放纵沉迷；拥有嫔妃在于按礼制供侍，以正后宫，不可宠爱妖艳妇女，迷恋不止；任用人才在于选择贤能，察审邪恶公正，不可授职赋权予不当之人、顺从奸邪谄佞；祭祀天地神灵在于注重根本、广示敬意，展示虔诚、重在礼节，不可胡乱祈祷，祭祀那些不常见的鬼神；平常思索考虑要慎重地注重安危，警诫骄傲自满，不可沉溺于不良习染，肆意谈论荒诞。如此，依顺而行才能成为明圣，悖逆而行终成凶虐，这就可以看到兴与废，也可看出善与恶。"

　　纯公说完后，君王致谢说："您所阐述的，真是君王治国昌人的根本谋划。

我一定篆刻下来,放置在座位的旁边。"

【述评】

《系谟》更加具体地从道德、风教、衣服、饮食、器用、宫室、苑囿、赋役、刑法、兵甲、畋猎、声乐、嫔嫱、任用、郊祀等方面指出明君应该做的和不应该做的,并指出:"顺之为明圣,逆之为凶虐。"所言恳切,以至于天子乐于接受,决定依照去做,这正是作者理想中的君王形象。

总的来说,"三谟"是元结表现治世理想的鲜明的篇章,他不是用生硬的政治笔调来写的,而是通过塑造的人物纯公向君王有序地进行陈述的。并且写出塑造的天子接受了意见,表明文中的主张是可行的。所写内容强调君主要仁慈爱民、公正施政、礼乐化人、薄赋税、尚节俭,这些措施也是儒家政治思想的核心内容。至于所提出的至德突出了"真""清纯玄粹""而人自纯",也涉及老子的道家思想。但很明显儒家思想是主流,合乎当时需要。

说楚何荒王赋(上)

梁宠王①召君史问曰:"史之记事,无有遗乎?"对曰:"有之。臣楚人也,请说楚人之遗事。昔闻臣何荒王②使钓翁相③水,相置浮宫④之所,相用罛⑤钓之处。翁曰:'臣相水多矣,不能悉说,请说相江之流。有礧⑥有泷⑦,其至险也,实回山如斗⑧,㲋⑨壁若合;阳崖阴壑,景气常杂;崩流激声,空响相答。则有嵼岏⑩峻束⑪,喷渍⑫触沃;冲回繁漩⑬,圮崖⑭开谷。故众声相喧,积气相昏,黮⑮阒深沉;出入千里,常如凝阴。是以鱼经其中,皆鬐秃鳞脱,眄腮⑯嚅呴⑰。忽为渊流,瀛瀛油油;蕴淳无声,岛屿若浮。则有厌波涛湍险之苦者,必于其间养鳞让鬐,休游施舒。如此之处,皆曰鱼都。君王审之,无易此乎?'"

荒王眺叹曰:“钓翁皂父，其思隘欤！乃欲置吾于湘水一曲，钓罗病鱼。吾自相水，洞庭可矣。”于是命造罛钓，于是命造浮宫。令罛钓所至，渊无藏龙；令浮宫所状，与仙府比同。宫有天舡[18]龙殿，当居史端。实灵巫[19]鬼，祝女司宫，侍何荒王而公族国卿，莫得至焉。宫有艖台揭拔[20]，类拟天都，薰珍钿涂[21]；缨佩垂纡[22]，金珠玉炉；萧漻[23]清泠，苾馥芬敷[24]。臣何荒王于此台上，与姬女嫮[25]姝；双歌闲徐[26]，娭然自娱。宫有艕[27]堂艂[28]房，舸[29]馆艨[30]廊；载戏儿妓官、谐奴内臣、宫姥优倡[31]；及玩器不名，䑣[32]维宫傍。宫有联艜[33]，负土以为艜囿[34]，囿多夭草媚木，淫禽丑兽。宫有海舸[35]之阙，仡倔[36]鲜悬；左曰瑞风，右曰祥烟。宫有四门，青气白云，丹景元寒。然后始为鹢[37]城，匝宫屯备，交战禁御，林罗攒[38]峙。其余骇鲸之艆[39]、飞龙之舫、凫艋[40]鹤艄[41]、罗宫上下者，千里相望。浮宫可御，而罛钓无成。”

“臣何荒王乃浮浮宫于都龙[42]之漩泠，出洞庭之南渼，将观蛮师夷父，与渔者试罛钓于沅湘会泥。臣何荒王始见积鱼之山，而喜色未起。又见罛犹畜委，钓未施已，潆洄渊洑，周袤[43]千里。罛中之鱼，皆触麇[44]锻骇[45]。投跳委垒[46]，可以荐车。臣何荒王辇于其上，而心始喜。是日置鱼监，拜网尉；钓尹司纶[47]，各有等次。又有类龙学鳇，肘钓脞剑[48]，鹏腾鹗跃，潜深错椋，得怪鱼状龙者，皆差授官爵。”宠王闻之喜曰:“吾国无有长流激湍、平湘大渊，而不知有此乐也。始知城池官馆，为拘我之邸；山泽鹰犬，为劳我之方。当诵记所闻，归学而主。”

君史证曰:“不然。须臣言已，或可听焉。臣闻浮宫之成也，臣何荒王令群臣：有后为浮司不为浮茅者族[49]，百姓能率为浮家共为浮乡者复[50]；男子能湍游上下者为王宾，女子能渊居移日[51]者为王嫔。未及一年，遂变楚俗。川原有楚室之乡，江湖有骈舟之曲；家见湍上之悲，户闻临渊之哭。时野有叹曰:‘呜呼！有国者非喜爱亡国，有家者非喜爱亡家。当取其亡也，如喜爱者耶?’今君上喜爱浮宫罛钓，令臣下喜爱浮司浮乡，吾恐君臣各迷，而家国共亡。此实楚正士叹臣何荒王，臣愿君王惊惧为心，指此为箴。"

【注释】

①梁宠王：非实名。②何荒王：非实名。③相：观察，审察。④浮宫：指浮在水上的宫殿。⑤罛（gū）：大鱼网。⑥礲（lóng）：似指石滩。⑦泷（lóng）：湍急水流。⑧斗：对打，相斗。⑨攲（qī）：倾斜不正。⑩峮（qún）嶙：山相连貌。⑪峻束：高耸，矗立。⑫喷渍（fén）：喷泉直涌，溢流浇灌。⑬繁漩：波浪盘旋。⑭圮（pǐ）崖：倒塌崖壁。⑮鼘（yuān）：象声词。形容鼓声。⑯眄（miǎn）腮：张开腮。⑰嚅（rú）煦：呼出气息。⑱舤（wù）：船名。⑲灵巫：请神的女巫。⑳揭拔：直立，高耸。㉑钿（tiān）涂：用金、银、玉、贝等物镶嵌装饰。㉒缨佩垂纤：缨佩，宫服的饰物。垂纤，系挂。㉓萧漻（liáo）：萧寥静寂。㉔芬敷：香气散布。㉕嫭（hù）：美好。㉖闲徐：悠闲慢步。㉗舽（páng）：古吴国船名。㉘艀（cén）：积水。㉙舠（gōu）：船名。㉚艨（méng）：战船。㉛优倡：表演歌舞杂戏的艺人。㉜戙（dòng）：驾船工具。㉝舲（líng）："舲"之误，有窗的船。㉞艦围：船上种养花木、畜养禽兽的地方。㉟舼：联合的木船。㊱仡倨：高大挺立。㊲鹢（yì）：水鸟名，如鹭大。泛指船。㊳攒（cuán）：聚集。㊴艆（láng）：海中大船。㊵艋：小船。㊶舺（shà）：船。㊷都龙：古地名。㊸周袤（mào）：周围。㊹触礧：碰撞地。㊺锻骇：似船惊骇。㊻委垒：堆积。㊼纶（lún）：钓鱼的线。㊽肘钓胼剑：需要肘关节用力的大钓具与并排连用的钓具。㊾族：施刑到父母妻子。㊿复：免除赋税或劳役。[51]移日：日影移动，指时间久。

【译文】

梁宠王召来君王的史官问道："史书上记事是没有遗漏的吧?"对方回答说："有啊! 小臣是楚人，让我说点楚人的遗事。以前，听说何荒王派钓鱼的老翁观察水源，侦察设置浮宫的地方，审察用渔网捕钓之处。渔翁说：'臣观察水源多处了，不能细说，让我说说有激流有石滩的江水吧，那里十分险峻。有时激流如回转的山在相斗，倾斜的崖壁像要会合。南向的山崖，北向的谷壑，日光云影交错混杂。奔流的湍急声，空中轰响对答。那相连的山，陡峻矗立，江水如喷泉直涌，溢水横流，激浪冲回盘旋，冲塌了崖壁、山谷。因而众声喧哗，积岚昏暗，有似渊渊鼓声，远传深沉，往来千里，常如积阴。因此，鱼经其中，都鬐秃鳞脱，张开腮呼出气。忽而变为深潭水流，水面宽广，绿波微漾，缓缓流动，悄无声息，岛屿似浮于水中。那些受不了波涛湍急苦头的鱼，一定要到这里保养鳞鬐，以从容畅游。这种地方，都叫它鱼都，君王去审视吧，没有比这更简单的了吧?'"

何荒王远眺后，叹气道："钓翁是过去的老头，思想这么狭窄啊! 竟想要我到湘水的转弯处钓捕病鱼! 我自己到洞庭湖观水。"于是，他派人去制造渔网钓具，下令建设浮宫。让渔网钓具所到之处，深潭里藏不住龙;让浮宫建成的形状，与仙府相同。所建的宫有天航龙殿，位居尾端。女巫男巫、掌管奉祀的女官，都在此服侍何荒王，而公子国卿都不能去。浮宫里有船台，直立高竿，类比皇都，用金银玉贝镶嵌装饰;垂挂璎珞佩物，还有金珠熏炉;寂静凉爽，却是芳香四溢。何荒王在这座台上与美女双双歌唱;悠闲漫步，嬉笑自乐。宫里有觥船作厅堂，有储水房，有舸船作馆舍，有艨船作行廊，还载有戏子妓官、诙谐的弄臣、表演歌舞杂戏的艺人，以及不知名称的玩乐器具。这些船都用绳系在宫殿旁边的墩桩上。浮宫里有并联的船，背来泥土做成园囿。园囿中有许多异草美木、奇禽怪兽。浮宫里并联木船建成宫阙，高大挺立，鲜艳凌空。左边的名瑞凤，右边的叫祥烟。浮宫共有四座宫门，叫青气、白云、丹景、玄寒。最后又建鹬城。绕着浮宫作了防备，可以交战。此外，有惊骇鲸鱼的大海船，飞龙般的并船，似兔的舴艋，像鹤的插船，罗列浮宫，上上下下，千里相望，终于浮宫可以驾驭了，而罳钓还没使用。"

"何荒王于是让浮宫漂浮在都龙的漩流之中，离开洞庭到南面的溇水，将要观看蛮师夷父跟捕鱼人，在沅湘汇合处试用罳钓捕鱼。何荒王初见积鱼的山，未露出高兴的神色，后来见到网罟还未全撒下去，钓具未抛下，潭渊中已是水波回旋，浪波千里。起网时，渔网中的鱼，都惊骇碰撞，投跳堆积，够装大车。何荒王坐着辇车在上面观看，心头才高兴起来。当天，就设置了鱼监，任了网尉，钓尹管拉网绳，都各有等级次序。又有人似龙般如鲟鲤，使用大钓排钓，有人似鹏腾如鹗跃潜入深水，捕得的怪鱼像龙的人都派授了官职。"梁宠王听到这里高兴地说："由于我国没有长河激流、宽阔大水、很大深渊，也就不知有观渔的乐趣，也才知道城池宫馆是限制我的住所，山泽里打猎是让我劳累的活动，我应该牢记听到的情景，回去学习。"

君王的史官直言："不能这样做，让小臣说说，或许可以听取吧。臣听说浮宫建设中，何荒王命令群臣：有在建浮宫中落后不争前的，连同父母妻子一同施刑。百姓能够率先建成浮家，共同建成浮乡的，免除赋税或劳役。男子能够在急流中上下浮游潜泳的，可作王的宾客。女子能够在深渊里停留长时间的可当王妾。不到一年，就改变了楚的习俗。川流上有楚宫室，江湖上有舟并舟的歌唱。好些家庭出现急流中被淹死的悲声，不少门户传来落入深潭的哭诉。当时有人长叹道：'唉！有国的不会喜爱亡国，有家的不会喜爱亡家。当走向灭亡时，却如同喜爱的一样了呢?'现在君王喜爱浮宫、渔网钓具,命令臣子百姓喜爱浮宫浮乡,我担心君臣各有所迷,那么家国定会共同灭亡啊!这实在是楚的正直人士叹息何荒王,臣希望君王有吃惊惧怕的心情,把上述情况当作箴规。"

【述评】

这篇《说楚何荒王赋》(上)极为形象地陈述了何荒王建造浮宫开展众钓的遗事,在于让梁宠王借鉴。何荒王自作主张恣意把浮宫建似仙府皇都,大小舟船,千里相望,开展众钓,对捕鱼丰收和捕得怪鱼的都封官授爵,才觉得极乐。以致宠王听后也想学着干,可君史立即直言进谏,指出何荒王虽然满足了荒淫的欲望,却改变了楚俗,给百姓带来悲痛,乡野正士慨叹他喜爱浮宫众钓,其实是喜爱亡国。君臣被迷定会家国共亡。君史请求宠王当以荒王的放荡奢侈、劳民伤财为戒,如此揭批何荒王害国伤民的罪过,并向宠王曲折委婉陈词,当有启迪作用。

说楚何惑王赋(中)

宠王瞩然①,复问君史曰:"更有记乎?"曰:"有之,甚妖怪也何,故不说。"宠王曰,"当必为吾说之。"对曰:"臣闻天鄙有山,山有玉鼓。实有天氎②,扣之歌舞;声媚金石,韵便宫羽。"宠王曰:"生休矣,吾将购之。"君史证曰:"不可。臣所不欲说者,惧君王好之。君诚不忘欤,臣请备说③,其可好乎?"

"昔臣何惑王用阍婴④之谋,肆极荒淫;更经年岁,凿险填深。转馈通千里,万金五译,臣妾借喻其心,然后云获。非要女⑤抚鼓,而天氎不舞;非要女引和,而天氎不歌。天氎舞,一容化,一分眄,一祥禧⑥,一宛袂⑦。臣何惑王见之,舒舒曳曳⑧,若多醇酎⑨而不知所制。天氎歌,一化颜,一主顾,一更声,一换气。臣何惑王听之,娱娱懿懿⑩,若已酎昏而不知所至。天氎歌舞,臣何惑王气如阳春，始霁时雨；天龗鬼不歌舞，臣何惑王心若已丧，而颓坏不主。呜呼！天龗鬼惑人至此！呜呼！天龗鬼媚人至斯！加有龗鬼顲、甡甡[11]辅之，使臣何惑王之心无所不欲，使臣何惑王之意无所不为。独言选女，于余可知。"

"其选女也，岂止荧孆[12]孅嫮[13]，及霎未笄[14]，将龉[15]将龅[16]，将㛵将嫛[17]。可喜美者，母姨负抱、姑姊引提，诣于王宫，字籍王闺[18]。然后割楚国庙右，为天龗鬼作宫；分楚国社阳，为龗鬼顲作馆。悉楚国之好，奉之已穷；于所奉之心，其犹未满。楚国之人已悲咨[19]冤怨，日苦其毒。其臣何惑王尚熙悏[20]敷娱，日思未足。"

"野有直士，触而证曰：'大王溺于天龗鬼，惑于龗鬼顲，不顾宗庙，遂亡人民。如何下命，其令且云：舞者能变一度，歌者能变一声；应龗鬼乐之节数，充寡人之性情，且能富其亲族，又能贵其父兄。至于母姨姑姊，皆能与之封邑，以为世荣。令行逾月，楚俗皆化。女忘蚕织，男忘耕稼；里开学歌之馆，乡筑教舞之榭。遂使黄钟、大吕[21]生溺惑之声，《孤竹》[22]《空桑》[23]起怨离之调。变风俗于一欢，忘正始[24]于一笑。大王未觉，遂不节损[25]。此所谓凿颠覆[26]之源，造乱亡之本。今之所好则妖恶之物，所为又怪丑之事，羲轩之耳必不肯听，尧禹之心必不肯喜。'臣何惑王悟之，于是使嬖臣挟玉鼓与龗鬼乐，使阍尹[27]抱天霎龗鬼顲，锁以金索，系于石人，沉之深渊，飞楫[28]而旋。"

【注释】

①瞩(zhǔ)然：心惊地。②天龗(líng)：神名，人面兽身。③备说：全部说。④阍嬖(hūn bì)：侍从中宠臣。⑤霎(líng)女：神女。⑥袢襜(chān)：此处指裙摆。⑦宛袂：长袖。⑧舒舒曳曳：舒徐缓步连绵相随。⑨醇酎(zhòu)：浓厚的酒。酎，经两次以至多次复酿的醇酒。⑩娭娭懿懿：娭娭，嘻声笑语；懿懿，朴

实淳美。⑪甡(shēn)甡：众多的人。⑫嫈嬹(yīng yíng)：羞怯。⑬媺嫭(měi hù)美好。⑭未笄：(jí)：未成年。笄，簪子。⑮齲(yǔ)：齿生未齐。⑯齯(ní)：齿落再生。⑰嫛(yī)：婴儿。⑱王闺：君王内室。⑲悲咨：悲叹。⑳熙恞(yí)：喜悦。㉑黄钟、大吕：属古乐十二调。㉒《孤竹》：乐曲名。㉓《空桑》：瑟名。㉔正始：旧时说《诗》，以《周南》《召南》等二十五篇为王业风化的基本。㉕节损：节约减损。㉖颠覆：倾覆，含贬义。㉗阍尹：守门官。㉘飞楫(jí)：飞快地摇着桨。

【译文】

梁宠王很是吃惊，再问君王的史官道："还有记起的史事吗？"对方回答说："有呀，太荒诞古怪了，就不说了。"宠王说："应该都给我说说。"君史回答说："臣听说，天边有座山，山上有玉鼓，的确有位神人天龖，敲着玉鼓唱歌跳舞；声音比金石的乐器声还美，音韵也合乐曲的宫羽。"宠王说："先生莫说了，我将买来它。"君史爽直地说："不行。臣不想说，就是担心君王爱好它。君王果真忘不了它，我就全部说说，看它可不可以爱好。"

"从前我们那何惑王采纳近侍宠臣的主张，肆意荒淫到了极点；用了很长的时间，凿平险峻、填满深谷。让臣子不远千里带着上万金银礼品，妄臣托人反复申述、解说心意，最后弄来了玉鼓与天龖。可是如果雯女不拍鼓，天龖就不跳舞；雯女不和唱，天龖就不歌唱。天龖跳舞，一会儿变容，一会儿斜盼，一会儿荡开裙子，一会儿拂展长袖。何惑王见到后，紧跟着舒徐缓步，紧紧相随，像是喝多了酒无法自我控制。天龖唱歌，一会儿改个颜饰，一会儿回首，一会儿变声，一会儿换气。那何惑王听到后，跟着嘻声笑语，现出憨态，像已经酒醉，不晓得到了哪里。天龖唱歌跳舞，那何惑王像阳春时节呼吸和顺，像及时雨过后天晴爽心；天虆不唱歌跳舞时，何惑王的心头像丢失了什么，萎靡得不能自主。唉！天虆迷惑人到了这地步。唉！天虆谄媚人竟是这样。加上有虆颠、众多人帮助，使得那何惑王之心无所不欲，使得那何惑王之意无所不为。只说说挑选灵女一事，其余的就可以推知了。"

"他挑选灵女，不仅是羞涩美丽的，灵女有尚未成年的，甚至还有牙齿都没生齐、刚开始换齿的。那貌美可爱的女孩，在婆母姨娘背抱中、小姑大姑带领下，进入王宫，被收归内室。然后划出楚国宗庙右边土地，给天虆建造宫室；分出楚国社庙南边地段，给虆颠修建馆阁。尽量把楚国美好的东西，完全供奉上了；就是如此地供奉，她们还是不满足。楚国的人已经悲叹埋怨，每天都痛恨她们的毒害。可是何惑王仍然喜悦快乐，每天想拥有的还是没有满足。"

"乡野中有正直的读书人，竟敢触犯君王，耿直地说：'大王沉溺于天虆，被虆颠迷惑，不顾祖先宗庙，失去了人民。还如此下达命令，命令中说：凡是跳舞的能变换一种神态，唱歌的能改变一下歌声，与虆乐的节拍相应，能够满足寡人情性的，将让他的亲族富裕，又让他的父兄显贵。至于母亲姨娘姑姐，都会给予封邑，让他们世代享有荣光。命令下达后不过月余，楚国的习俗完全变了。妇女忘掉养蚕纺织，男子忘了耕种庄稼；乡里开办起学唱歌的馆舍，修建了教跳舞的台榭。这就使黄钟、大吕的乐调出现沉溺迷惑的声音，《孤竹》《宫桑》的歌曲变成了哀怨离别的音调。就这么在一次次欢乐中改变了风俗，一次次嬉笑中忘掉了王业教化。大王还没有醒悟，就不知道节制减损。这正是人们所说的凿开了倾覆的源头，造成混乱灭亡的根底。现在爱好的都是古怪邪恶的东西，所做的又是怪异丑恶的事情，伏羲、轩辕的双耳定不肯听，尧皇、禹帝的心底必定不高兴。'那何惑王听了后，省悟过来了，于是叫宠臣挟上玉鼓与虆乐，派守门官员抱上天雯虆颠，用金索锁住，系在石头人身上，把它抛入深潭后，就飞快地划着桨回来了。"

【述评】

这篇《说楚何惑王赋》（中）一开始提到宠王听了荒王喜爱浮宫眔钓走向灭亡的事之后，吃了一惊，忍不住再请史官说说有记载的事。史官着意介绍了最是怪异的玉鼓虪乐。惑王好不容易买来了玉鼓，虪乐的迷惑使得他无所不为，着意选女，建造宫馆，害得百姓埋怨，乡野的读书人冒犯直谏。开头所说的开展虪乐似是正述，实是反揭。荒王不顾宗庙，失去人民，使百姓忘掉耕织，楚俗尽变。这实是制造灭亡祸根，圣明的先王都是反对的。惑王听到这里也就醒悟，叫人把玉鼓、虪乐都沉入深渊。此文浓墨重彩描述了虪乐的迷人和造成的恶果，实是揭批君王恣意满足荒淫生活的罪恶；正直之士爱国恤民、敢于直谏的精神也令人钦佩。

说楚何悟王赋（下）

宠王曰："殆哉！楚国几为浮宫虪鬼乐所亡。"

君史曰："几亡楚国有甚于是。昔臣何悟王极暴极虐，使臣下得肆奸肆佞、肆凶肆恶。臣何悟王不知如此，亡可待矣。而乃叹曰：'呜呼！尧实皂帝①，禹实隶王。殷周君长，并夫可方。焉有惨然②劳苦而为人主，焉有隘然③九州而列封诸侯？吾必合外荒④夷狄、海内人民，悉奉我为主，欲世世臣臣。'此臣何悟王所云。又谋变先王之典礼，更万物之名号；列宫官⑤于海外，穷天地而偏到，而复思⑥稽极变化，征验怪异，尽难得之物，充无穷之意。荒娱厌怠，思计所为。度国土之不大，料财力之不支，乃令人曰：'吾欲劳汝人民，休汝人民，汝人民岂知？今悉汝丁壮、妇人，继之童翁，分力负载而随。我已老谋⑦，我已名师；人民听我，当无二思。'所举既甚，所资不足。乃署官而贾，钳孤⑧而鬻。始令国中，绝人谤讟⑨；赞谋者侯，敢谏者族。其令朝行，其俗暮改。有以逃罪，正言不发，万口如封；谄媚相与，千颜一容⑩。"

"野有忠臣，负符⑪矫谒⑫，伪为齐客，绐⑬而证曰：'臣入君王之封域，见君王之风化，踟蹰⑭路隅，不觉泣下。或闻哀号，或闻悲呼，讯于闾里，必鳏寡惸⑮孤。或见凶侈，或见骄奢，讯于左右，必公侯之家。'客说未已，臣何惛王曰：'然乎？谓何？'对曰：'噫！君王不知，忠正不植，奸佞骈生；能焪殍⑯仁惠，冒盖聪明。令巧媚得口为矛戟，令奸凶得心为甲兵。此皆明迹甚于鬼神，发机⑰有若雷霆。实畏君王己刍⑱于牢圈，实恐君王己暴⑲夫干枯，君王如何不是念乎？臣恐楚国化为荒野，臣恐君臣不如犬马。'"

"臣何惛王于是眑容而惭，抚身而哀，仰为客曰：'君幸怜之，得无戒哉？'客曰：'君王为臣化心，心化身，身化人。呜呼！递化之道，在制于内外。外之入也，有视听言闻，内之出也，有性情嗜欲。出入相应，必有祸福。'臣何惛王闻之，宴居⑳化心，讽诵㉑斯言，终身为箴。遂罢已成之事，寝未成之谋，废所贾之官，复所鬻之孤。敢谏者侯，赞谋者诛。"

君史言已，王客捧酒，为宠王寿，起而赞曰："君史说楚，似欲戒梁；敢愿君王，示鉴不忘。"

【注释】

①皁（zào）帝：差役般的皇帝。②惨然：忧愁的样子。③隘然：狭窄的。④外荒：边远地方。⑤宫官：指太子属官或宫中女官（宦）。⑥复思：指未入门前先思虑一下。复，同"罘"，门外的屏，上面刻有自然景物。⑦老谋：长时的谋划，周密的谋划。⑧钳孤：拘禁孤身人、孤儿。⑨讟（dú）：怨言。⑩千颜一容：指老一套，老样儿。⑪负符：倚仗符节。⑫矫谒：假装进见。⑬绐（dài）：

谎言。⑭踟蹰(chí chú)：犹豫不定。⑮惸(qióng)：无兄弟，孤独。⑯焇殂(xiāo kū)：干枯。焇，干燥；殂，干。⑰发机：发动弩机。⑱刍(chú)：用草喂养。⑲暴：同"曝(pù)"，晒。⑳宴居：闲居。㉑讽诵：朗诵、背诵。

【译文】

梁宠王说："危险啊！楚国差点因浮宫灥乐而灭亡。"

君王的史官说："几乎使楚国灭亡，有比这种情况更突出的。先前何悟王残暴至极、残虐至极，使得臣属肆行奸邪放肆谄佞、肆意逞凶放肆作恶。何悟王并不知道这些，这就离灭亡不远了。可是他竟然叹息道：'唉！尧实在是个差役般的皇帝，夏禹实在是位奴隶般的君王。殷与周的君长都可并比。难道忧愁劳苦的竟是君主，难道狭窄的九州竟要分封诸侯？我一定要合并边远各部落、统领海内各方的人民，让他们拥护我、完全按照我的旨意办事，世世代代做我的臣民。'这就是何悟王所说的话。他又图谋改变先王的典章礼制，更改万物的名称；派出宫里属官到海外，走遍各地，一再思索、观察它的变化，验证它的怪异，尽可能获取难得之物，填充无穷的意愿。他放纵娱乐，厌烦疲倦后，又另外谋划所为。揣度国土不够广大，财力不够支持，于是派人说：'我想劳累你们百姓，休养你们百姓，你们哪里知晓？现在你们所有男丁妇女，还有儿童老翁，应该各尽力量负载相随。我已经周密地作出谋划，已经有了行动的名义；你们听我说的去干，不要有别的想法。'由于兴办的事很多，所需的资财不足。于是就设个官职名称来卖，拘禁孤儿拿去卖。并且下命令到国中，禁绝人们诽谤怨言；帮助谋划的给予封侯，敢于进谏的被施加族刑。这么一来，命令早上颁布，晚时习俗也就跟着改变。人们为了避免犯罪，正直的话一句不讲，万众的嘴巴都如同被封上了一样；谀言媚语相交，万众的面貌都是一样的。"

"可是，乡野中却有忠臣，他们倚仗符节，伪称是来自齐国的客人，假装进见，编说谏正道：'小臣进入君王的封地，看到君王国中的习俗教化，徘徊在路边角落，不由得流下泪水。或听到有人在痛哭，或听到有人在悲呼，我到百姓家里问问，定是鳏夫寡妇孤儿。有时见到凶恶残暴之事，有时见到骄横奢侈之行，我问了问附近左右，定是公侯人家。'齐客还没说完，何惛王说：'这样的吗？为什么？'对方回答说：'唉！君王您不知道，大凡忠诚公正没有树立，奸邪谄佞就会接连出现；就能使仁惠完全干枯，就能将听力视力完全掩盖。巧言媚语的嘴巴都成为武器，奸邪凶恶的心思尽是兵甲。这些明显的事实胜过鬼神，造成变故有如雷霆。我实在担心君王已经被草料喂养在牢圈当中，确实害怕君王已经被太阳晒得干枯。君王怎么不思虑一番呢？臣恐怕楚国将变成荒芜的田野，恐怕君臣们下场不如犬马呀。'"

"何惛王听到这里，于是低斜着眼很是惭愧，低下身子现出哀痛，仰起头对齐客说：'希望您怜爱我，给予警戒吧？'齐客说：'君王被臣子改变了心思，心思就可改变自身的为人，自身就可改变他人。唉！递相改变的规律，在于内外控制着。从外面得来的，有视听言闻，心内发出的是性情嗜欲。出入能够互相照应，就一定转祸成福。'何惛王听了齐客的话后，在闲居中改变了心思，常常背诵齐客说的那些话，把它当作终身箴规。于是，停止过去做的事，取消未成的谋划，废掉卖出的官位，送回了卖掉的孤儿。对敢于进谏的人给予封侯，对帮助谋划施暴政的人则加以诛刑。"

君王的史官说完了，宠王的客人捧上酒，向宠王祝福，站起身来称赞说："君王的史官说楚国的故事，像要规劝梁王；我斗胆请求君王，一定警示借鉴不忘。"

【述评】

这篇《说楚何惛王赋》(下)由宠王惊叹楚国几为浮宫瓤乐所亡,引出几亡楚国的何惛王更是突出。何惛王极度暴虐,肆意作恶,他治下的国家接近灭亡,他却不愿学尧帝、夏禹与殷周君王,而是命令国内外人民,欲填满荒淫生活的沟壑;还要求男女壮年、儿童老翁分挑财力负担,以致出卖官职、孤儿,并且禁绝百姓埋怨,使谄媚成风。幸亏有田野忠臣扮成客人进谏,摆出所见:奸佞骈出,仁惠干枯,聪明掩盖,楚国不久将出现化为荒野、君臣不如犬马等情况。恶果鲜明,终于使何惛王愧惭醒悟,尽反先前所为。因而客人向宠王祝福:君史说楚实似戒梁,希望宠王借鉴不忘。文中鲜明地显示出惛王的过错大于荒王、惑王,但醒悟改正得比较彻底,可见臣化君心敢于进谏的政治思想,是大可提倡的。

《说楚王赋》(上、中、下)综合读来,构思缜密,主旨鲜明,是文以致用的成功之作。荒王极度放荡,无限奢侈浪费,全为满足其荒淫生活的欲念。惑王沉迷妖物,肆意扩展瓤乐,楚俗因而皆化,这是自造灭亡祸根;幸有乡野正士犯颜直谏,惑王终于有悟,抛弃妖物。惛王神志不清,极度暴虐,竟命令臣下为填满其欲壑,卖官鬻孤,还压制众口如封,将变楚为荒野,君臣不如犬马。恶果临近,惛王终于震慑醒悟。这么写来,宣告了荒、惑、惛王所走的荒淫暴虐之路,是罪恶滔天的亡国之路,也揭示了荒王对自己的罪恶全无省悟,惑王、惛王悟后,改恶反正,展现正士忠臣敢于直谏、巧谏善谏起的作用极大。中国古代历史也印证:凡是纳谏如流、勇于改过的君王,大都成了明君;与荒王同类,执迷不悟、怙恶不改的则大都是亡国暴君;而那些敢于直谏的正士忠臣也名垂千古。

从全文来看,此种赋的散体写法,便于铺陈叙写;采用问答式行文,运用对比、比喻、夸张、排比等修辞方法,可以纵横交错地写,可以畅所欲言,淋漓尽致。

二、趋向新乐府、披露民生疾苦的古体诗歌

元结的古体诗歌是由学《诗经》、仿汉古体诗写开的。在写作实践中，他采取革新态度，共写了九十七首古体诗歌，包括乐歌、骚体、四言、五言、七言等，尤以五言写得最好。其内容反映了作者的治世理想，揭露了黑暗现实，为人民疾苦而呼吁，具有积极意义。

元结写的古体诗歌，如《悯荒诗》《酬孟武昌苦雪》《舂陵行》，都是根据题材、主题为诗篇命名的，用小序叙述诗的本真，这都有助于了解诗的旨意。写法不是定字定句，而是五古七古、五绝七绝、四言，任凭采用，多以五言为主，不讲平仄，不限句数，押韵也自由，全是自由式写法，适于表意达情。另有《舂陵行》与元结自己早期的《系乐府》十二首、《补乐歌》十首采用的都是歌行体，这种新题"行"诗也正是新乐府广泛采用的体裁。从这里我们可以看出元结的大胆革新，他的古体诗歌是趋向"新乐府"发展的，开创了新乐府的先声。白居易继承发展这种写法，更明确地提出"歌诗合为事而作"的主张，并将此种诗体称为"新乐府"。

从内容上看，元结的《舂陵行》既写出了当时道州的极端萧条、人民生活处境的极度悲惨，也谴责了统治者只知剥削人民而不肯稍加抚恤的罪恶，表达了他对人民命运的深切同情。在《贼退示官吏》中，他把"贼"和官吏作了一番比较：

一方面是"城小贼不屠",另一方面却是"今彼征敛者,迫之如火煎",然后发出了"使臣将王命,岂不如贼焉"的强烈控诉。这两首"道州诗",代表了元结诗歌的较高成就,历来受到人们的高度重视。杜甫在《同元使君舂陵行》中赞扬他:"道州忧黎庶,词气浩纵横。两章对秋月,一字偕华星。"从内容和艺术上都对其推崇备至。

元结从走出鲁山县漫游起,他所看到的并不是什么社会繁荣、经济上升、政治清明的唐朝盛世局面,而是一个衰朽凋敝、统治者与人民的矛盾日益尖锐的没落局面。元结不满现实,抱有救国救民的政治理想,提出恢复风雅的文学主张,其在创作上从一开始就走上现实主义道路,不是偶然的,而是有一个孕育发展的过程。他的《悯荒诗》、《系乐府》十二首、《与党侍御》等,都表现了他对现实的密切关注和深刻见解,都是他的恢复风雅文学创作主张的具体实践。他要借助自己的创作,以供统治者了解社会状况和民生疾苦,以便讽喻政治之恶和政策之失。了解这一特点,对我们理解元结诗歌是大有裨益的。

元结诗歌总的特点是,力求淳朴,力求民歌化、散文化。他早期追求古朴,其作品往往难以阅读,以后逐渐革新,风格终有变化,这便要靠在阅读中细细体会了。

另外要说明的是:在元结所写的诗歌中,还有很大一部分抒写山水情趣的篇章。这些诗大都用五言和七言写成,有较多的记叙成分,但诗意很足,艺术价值较高。特别是他的《欸乃曲》五首,每首都清新秀丽,饶有民歌风味。我们将这类诗歌都放了这一部分。而同类题材的山水铭,则放在了第三部分"乐山乐水的仁智情怀"中,这是从体裁方面考虑的。除了"诗"与"铭",还有部分"记",这些"记"一方面表现了元结对山水的热爱,另一方面也抒发了他的隐士情怀。

悯荒诗 有序

天宝丙戌①中，元子浮隋河②，至淮阴间。其年水坏③河防④，得《隋人冤歌》五篇。考其歌义，似冤怨时主。故广其意，采其歌，为《悯荒诗》一篇，其余载于《异录》。

炀皇⑤嗣君位，隋德⑥滋昏幽。自作及身祸，以为长世谋。居常耻前王，不思天子游。意欲出明堂⑦，便登浮海舟。令行山川改，功与玄造⑧侔。河淮可支合⑨，峰嵁⑩生回沟。封隒⑪下泽中，作山防逸流。船舲⑫状龙鹢，若负宫阙浮。荒娱未央⑬极，始到沧海头。忽见海门山，思作望海楼。不知新都城，已为征战丘。

当时有遗歌，歌曲太冤愁：四海非天狱⑭，何为非天囚⑮。天囚正凶忍，为我万姓雠。人将引天钞⑯，人将持天锼⑰。所欲充其心，相与绝悲忧。

自得隋人歌，每为隋君羞。欲歌当阳春，似觉天下秋。更歌曲未终，如有怨气浮。奈何昏王心，不觉此怨尤⑱。遂令一夫唱，四海忻⑲提矛。吾闻古贤君，其道常静柔。慈惠恐不足，端和忘所求。嗟嗟有隋氏，惛惛⑳谁与俦㉑？

【注释】

①天宝丙戌：唐玄宗天宝五载。②浮隋河：船行经隋代运河。③水坏：洪水冲垮。④河防：指河堤防水工程。⑤炀（yáng）皇：隋炀帝杨广。他在位期间大兴土木，开运河，征高丽，长期游乐在外，穷奢极欲，民怨沸腾，造成农民起义，被叛臣缢死。⑥隋德：隋的德望、名望。⑦明堂：古代帝王宣明政教的地方。这里指朝廷、朝堂。⑧玄造：大自然创造化育。玄，指天。⑨支合：分支合流。⑩嵁（hù）：山矮且大。⑪封隒：封土流失。⑫舲（líng）：有窗的船。⑬未

央：未尽。⑭天狱：大天牢。⑮天囚：对帝王的蔑称。此处指隋炀帝是天囚凶星。⑯钐（shàn）：大铲、大镰。⑰锼（sōu）：铁钩。⑱怨尤：怨恨，过错。⑲忻：同"欣"。欣然，高兴地。⑳惛惛：昏昧糊涂。㉑俦（chóu）：同类。

【译文】

唐玄宗天宝丙戌年中，元子乘船经隋代开凿的运河到了淮阴地带。这一年，洪水冲垮了河堤，元子获得隋人的诉冤歌五篇。考察这些诗歌的旨意，似鸣冤埋怨当时的君主。因此，我扩展它的旨意，采用它的歌体，写成《悯荒诗》一篇，其他的记载在《异录》里。（按：《异录》今已失传）

隋炀帝继承了人君位，隋的德望却是越发昏暗。自身招致灾祸，却以为这么做是为后世谋。身处朝堂常以前代君王为羞耻，认为没有享受到天子的玩游。决意要走出朝堂，于是登上漂荡江海的巨舟。开凿运河的命令一发出，山川大改变，功效要同上天相比伴。要让黄河、淮水任意分与合，峰峦也可改成弯曲的河沟。挖平高山填倒水泽中，移来山冈堵住奔逸的水流。凿成隋河，君王坐上龙船，大船犹若背负着宫殿在河中浮游。肆意娱乐兴致还未尽，就已经走到了沧海尽头。忽然看见海门山，又想造出望海楼。却不知道那新都城，已然变成征战的土丘。

当年遗留的诗歌，歌曲内容大多是埋怨与悲愁：四海并不是天牢，为何人人成系囚。天囚如此这般凶恶残忍，成为我亿万百姓大敌仇。人们将要举起大铁铲，人们将要拿着大铁钩。解除苦难充斥于心间，誓言同他断绝悲与忧。

自从获得隋人诉冤歌，常常为隋朝的人君感到羞耻。我想歌唱生气勃勃好阳春，却觉得天下正是萧瑟秋。歌没有唱完，似有怨气满天浮。没奈何这昏王的心，竟然觉察不到这种埋怨。于是逼得一有人倡导，四海民众就毅然提起戈与矛。我听说古代的贤明君王，为君之道常持宁静与温柔。仁慈恩惠恐怕没做到，端正和顺也忘记去追求。唉，唉！隋朝的人君，有谁跟他一样的昏昧糊涂呢？

【述评】

这首诗是元结反映社会现实、批判现实的早期作品。虽然不是乐府古题，但因为诗人是以"采歌"的形式来创作的，所以也可以将其看作乐府诗。他见到运河决堤后百姓溺毙、庐舍漂浮的惨象，痛斥隋炀帝是恣意满足奢靡游乐生活、不恤人民疾苦的暴君，把国土弄成"天囚"，国君成了百姓仇敌。以致四海提矛，同隋炀帝断绝悲忧。字字发出怒火，满含敌忾之情。诗人借古讽今，以隋炀帝不顾民怨而暴政亡国的史实讽谏君主要实施仁政，有着警示后世君王的作用。

系乐府十二首 并序

天宝辛未①中，元子将前世尝可称叹②者，为诗十二篇，为引其义以名之，总命曰《系乐府》。古人歌咏不尽其情声者，化金石以尽之，其欢怨甚邪戏③：尽欢怨之声音，可以上感于上，下化于下，故元子系之。

【注释】

①天宝辛未：唐玄宗天宝无辛未年，辛未可能是辛卯之误，辛卯年是天宝十载。②称叹：称许赞叹。③邪戏："邪"同"耶"。戏(hū)与"乎"通。

【译文】

唐玄宗天宝十载中，元子将前代曾经可以称许慨叹的实况，写成十二首诗，并考究诗篇的旨意，给每首命了名，总称《系乐府》。前人歌咏不能完全表达它的情感，就用钟磬类乐器来配乐演奏，这样欢悦怨恨的情感就能突出地表达了：能完全表达欢悦怨恨的乐歌，可以对上感动君王，对下教化百姓，所以元子把它归属到乐府。

（一）思太古^①

东南三千里，沅湘为太湖^②。湖上山谷深，有人多似愚。婴孩寄树颠，就水捕鹬鲈^③。所欢同鸟兽，身意复何拘。吾行遍九州，此风皆已无。吁嗟圣贤教，不觉久踟蹰！

【注释】

①太古：远古、上古。②太湖：大湖。此处指洞庭湖。③鹬（yú）鲈：泛指鱼类。鹬，鸟名。

【译文】

东南远去三千里，沅湘汇水之处有大湖。湖上山谷好深幽，人们似乎因与外界隔绝，而显得有些质朴甚至"愚钝"。婴儿寄放在树顶上，自己去水中捕鱼。愉快得有如鸟兽般自由，身上心头没有什么拘束。我走遍九州大地，古朴之风已全无。圣贤教化叹何在？不觉徘徊心犹豫！

【述评】

这首古体诗慨叹上古人们那质朴勤劳的生活风习已经消失，现实中也见不到圣贤教化的作用。可见这首诗是指责封建礼教的，表达元结对自由自在淳朴生活的渴望。但是如果希望回到太古时代，去过那种同鸟兽一般的生活，就是不能让人赞同的了。

（二）陇上叹

援车登陇坂^①，穷高遂停驾。延望戎狄乡^②，巡回复悲咤^③。滋移^④有情教^⑤，草木犹可化。圣贤礼让风，何不遍西夏^⑥？父子忍猜害，君臣敢欺诈。所适今若斯，悠悠欲安舍？

【注释】

①陇坂（bǎn）：陇山斜坡。②戎狄乡：此处指西北少数民族居住地。③悲咤（zhā）：悲伤惊讶。④滋移：滋生移来。⑤有情教：指诚实无伪的风教。⑥西夏：指夏州节度使地域，今宁夏、陕西北部、甘肃西北部、青海东北部和内蒙古西部。

【译文】

乘着车子登上陇山斜坡，到了最高处就停了下来。瞭望那戎狄之地，往来察看好不悲伤惊讶。或滋生或移来诚实无伪的风教，就是草木也可以教化。圣贤有礼让风气，为何没有遍及西夏？父子互相猜疑陷害，君臣竟是相互欺诈。我来到的地方却是这个样子，这遥远的地方哪里还能让我安稳地住下？

【述评】

此诗咏唱登陇城展望西北戎狄之乡、教化没有施及的西夏地区，不见礼让之风，父子君臣竟是相互猜忌的状况，无限慨叹。有人指出，这首诗采用了托外刺中的表现手法，表面上写戎狄，写西夏，实际上是揭露唐王朝统治阶级内部钩心斗角的现状。

新乐府主张"文章合为时而著，歌诗合为事而作"。元结这首诗就是针对"父子忍猜害，君臣敢欺诈"的事实而作的。元结的不少诗篇就是这样作的，他是一个开新乐府先声的重要人物。

（三）颂东夷①

尝闻古天子，朝会②张新乐。金石无全声，宫商乱清浊。来惊且悲叹，节变何烦数③。始知中国人，耽④此亡纯朴。尔为外方客，何为独能觉？其音若或在，蹈海吾将学！

【注释】

①东夷：指东方少数民族。但有时对外国也称东夷。这里指日本。②朝会：指君王早朝。③何烦数：多得数不胜数，也可作多么庸俗解。④耽：喜爱。

【译文】

曾经听说古时的天子，君臣朝会时奏起了新乐。可是金石的乐声不全，五音听来分不出清与浊。东来的客人听了惊且叹，乐音节奏怎么如此地庸俗。才知道今天的中国，人们喜爱的俗乐已经没有了雅乐的淳朴。我要赞颂外来客，为什么唯独你能够察觉？那淳朴乐声倘若还存在，我将渡海去求学！

【述评】

这首古体诗正面称赞东方客人懂得淳朴乐声，背面慨叹中国人丢掉了淳朴古风，落到庸俗，爱憎态度甚是鲜明。作者意在恢复淳朴的风尚。

（四）贱士①吟

南风发天和，和气天下流。能使万物荣，不能变羁愁②。为愁亦何尔？自请说此由：谄竞③实多路，苟邪皆共求。尝闻古君子，指以为深羞。正方终莫可，江海有沧洲④。

【注释】

①贱士：卑贱的读书人，似作者自称。②羁愁：滞留的忧愁，旅愁。③谄竞：在谄媚奉承中竞争。④沧洲：指水滨，古称隐者所居的地方。

【译文】

南风吹得天地和，和暖的空气四处流动。能使万物都繁荣，不能改变愁绪。愁苦为何会这样？让我自己说缘由：谄媚路子多，苟且邪恶共求。曾经听说古时君子，都认为这最可羞。纯正的地方终难找，江海边上才有隐居的沧洲。

【述评】

这首古体诗慨叹自己有天大的羁愁，就是那能使"万物荣"的南风，也无法消除。可见作者所愁之深。作者愁什么呢？社会上"谄竞""苟邪"已成世风。他认为只有江海边的沧洲才是清净之地。作者在这首诗里最早表露出来退隐思想。

（五）欸乃曲①

谁能听欸乃，欸乃感人情。不恨湘波深，不怨湘水清。所嗟岂敢道，空羡②江月明。昔闻扣③断舟，引钓歌此声。始歌悲风起，歌竟愁云生。遗曲④今何在？逸⑤为渔父行。

【注释】

①欸乃曲：是一首慨叹渔夫长年捕鱼困苦的钓歌。元结的《欸乃曲》除本诗为五言一首外，还有七言《欸乃曲》五首。七言《欸乃曲》为唐代宗李豫大历二年

(公元 767 年)作者乘船返道州途中所作。②空羡：白白羡慕。③扣：敲打。④遗曲：指往昔唱的《欸乃曲》。⑤逸：散失，失传。

【译文】

谁能够细听欸乃曲，欸乃曲激发人们的情感。并不恼恨湖波太深，也不埋怨湖水太清冷。要嗟叹渔夫的困苦哪敢说出，白白地羡慕江月分外明朗。曾经听说敲船桨竟可截断舟船，一伸钓竿就咏唱欸乃曲。一开唱悲风就起，歌曲唱完愁云升起。遗留的歌曲如今在何处？它已失传成了"渔夫行"那种歌体。

【述评】

这首记述渔夫长年劳苦的《欸乃曲》，让诗人听后十分感动，但这种感动他却不愿说出，也不敢说出。作为一个封建知识分子，作者的基本立场是维护封建制度的；但他前后两次游历长安，目睹黑暗的社会现实，目睹生活在水深火热之中的劳动人民，怎能无动于衷？作者在诗歌里表露出来的这种对劳动人民的强烈同情，读者是能够感受到的。

（六）贫妇词

谁知苦贫夫，家有愁怨妻。请君听其词，能不为酸嘶①！所怜抱中儿，不如山下麑②。空念庭前地，化为人吏蹊③。出门望山泽，回顾心复迷。何时见府主④？长跪向之啼。

【注释】

①酸嘶：因劳累而嗓音发哑。②麑(ní)：幼鹿。③蹊(xī)：小路。④府主：旧时幕宾称呼他的主人为府主。

【译文】

　　谁了解这个贫苦的人家，家里有个愁苦埋怨的妻。请你听听她诉说的言辞，怎能不替她心酸声嘶！还抱在怀中的可爱孩子，竟不如山里的幼鹿儿。看看那空荡荡的庭前地，官吏常来收税踏出了一条小路。出门想望望山泽，回头看看心又迟疑。什么时候能够见到我的府主？长跪下来向他诉说哭啼。

【述评】

　　全诗抒写穷家贫妇难于抚育幼儿，承担不了赋税，拟向府主诉说困苦中的辛酸。也有人说，这首诗实际上是为当时的贫苦知识分子喊冤叫屈的诗。

（七）去①乡悲

　　踟蹰古塞关，悲歌为谁长？日行见孤老②，羸弱相提将③。闻其呼怨声，闻声问其方④。乃言无患苦，岂弃父母乡。非不见其心，仁惠⑤诚所望。念之何可说，独立为凄伤！

【注释】

　　①去：离别。②孤老：孤单老人。③相提将：扶助。④方：住地，方向。⑤仁惠：应作仁惠的政治讲。

【译文】

　　徘徊在古老的关塞下，为什么我的悲歌如此长？看着路上孤单瘦弱的老人，他们相互搀扶好凄凉。我听到他的怨愤声，不免问起他家住何方。他才说如果不是遇上灾难，哪里会抛弃父母生我的家乡。我不是没有看出他们的心思，希望仁慈恩惠落在身上。想到这里我还能说什么，独自站立心头好悲伤！

【述评】

这首诗慨叹孤单瘦弱的老头流落他乡，回不了家乡，满怀怨愤，得不到仁慈施恩的照顾，不禁为他感到无限悲伤。

有人指出，这首诗实际上揭露了开元天宝年间唐朝统治阶级挑起战争给人民带来的灾难，不过作者写得十分隐晦，因怕招惹祸端。

（八）寿翁兴①

借问多寿翁，何方自修育②。惟云顺所然，忘情③学草木。始知世上术，劳苦化金玉。不见充所求，空闻④肆耽欲。清和⑤存王母，潜濩⑥无乱黩⑦。谁正好长生，此言堪佩服。

【注释】

①寿翁兴：意即吟咏长寿老头的情趣。②修育：指修养身心。③忘情：对喜怒哀乐等感情的事，不动于心。④空闻：只听说。⑤清和：清静和谐。⑥潜濩（huò）：犹深流。⑦乱黩（dú）：混乱污浊。

【译文】

请问长寿的老翁，用什么方法修养身心。只是说顺其自然，忘掉一切情欲学草木。曾知人世的办法，劳苦可以变成金玉。可没见人努力去追求，只听说他们恣意欢乐满足情欲。着意清静和谐就像西王母，深水没有污浊。谁人真正要长寿，这种说法值得佩服。

【述评】

这首诗借寿翁介绍要长寿就得"忘情学草木"，清静过日子；恣意耽欲的不会长生。诗中观点实是针对唐朝统治者说的，揭露了他们一方面穷奢极欲、荒淫无耻，另一方面却贪恋长生，妄想多寿。

（九）农臣怨

农臣何所怨①？乃欲干人主②。不识天地心③，徒然怨风雨。将论草木患④，欲说昆虫苦。巡回宫阙傍，其意无由吐。一朝哭都市，泪尽归田亩⑤。谣颂⑥若采之，此言当可取。

【注释】

①农臣：当指农民代表。②干人主：冒犯地向君主申诉。③天地心：指天地的至理。④草木患：草木侵害庄稼。⑤归田亩：回到自己的田园，指白白诉苦一场，没有达到目的。⑥谣颂：指采收歌谣的机关。

【译文】

农民们埋怨什么？竟想冒犯人主要申诉。并不懂得天地的至理，枉然埋怨风雨带来的苦楚。将要诉说庄稼遇灾的情景，又想诉说蝗虫为害庄稼失收。在宫殿旁走来走去，心坎的话不知到哪里去倾吐。一旦能在京都大哭一场，泪水哭干了再归家守田亩。那采收歌谣的机关如果来采风，这上面所说的实况应当采取。

【述评】

这首《农臣怨》写因天灾庄稼歉收，农民上京想向君主哭诉的愿望落空。作者将其写成歌谣，希望能供宫廷采风，用心良苦。

（十）谢大龟①

客来自江汉，云得双大龟。且言龟甚灵，问我君何疑。自昔保方正，顾尝无妄私②。顺和固鄙分③，全守真常规。行之恐不及，此外将何为？惠恩如可谢④，占问敢终辞⑤。

【注释】

①龟：古人以龟为灵物，灼龟甲以卜。古人占卜灼龟时，据坼裂的纹理卜吉凶。②妄私：狂妄，徇私。③鄙分：本分。④谢：谢绝。⑤辞：推辞。

【译文】

有位客人从江汉一带来，他说得到了一对大乌龟。并且说这龟很灵验，问我有什么释疑。我一贯保持品行的正直，回顾过去没有狂妄与徇私。温顺和气，坚守卑贱的身份，保全操守正直成常规。日常行事唯恐没做到，此外我还去求什么？你的好意如果可谢绝，占卜问疑之事我推辞。

【述评】

这首诗表明自己一直保持着"方正""顺和""全守"的做人准则，因此不需要占卜。他要求自己做一个正派的儒家知识分子，也一直在向这个方面努力。全诗表现出作者积极向上的精神。

（十一）古遗叹①

古昔有遗叹，所叹何所为？有国遗贤臣，万世为冤悲。所遗非遗望，所遗非可遗。所遗非遗用，所遗在遗之。嗟嗟山海客②，全独竟何辞③？心非膏濡④类，安得无不遗？

【注释】

①古遗叹：指为古代贤才被遗弃的慨叹。②山海客：指来自山南海北的人。③竟何辞：意即推辞不了。④膏濡：膏，油脂、膏汁；濡，沾染。

【译文】

古代就有对遗弃贤才的慨叹，要慨叹的是怎样的行为？那就是国家遗弃贤臣，让千秋万世都觉得冤屈伤悲。如果被遗弃的贤臣不是知名人士，那么这种遗弃还算是可以遗弃。如果遗弃的是对国家有用的贤才，那么这种遗弃则是无法弥补的损失。唉！唉！该赞美那些隐居山南海北的人，为保全操守面对被遗弃的遭遇怎会推辞？他们的心思不是膏脂一类的事物，怎能避免不被人遗弃？

【述评】

这首《古遗叹》是篇评议式的诗歌。作者说遗弃贤才的情况大致为两种：一种是遗弃了知名的贤才，另一种是遗弃了有用的贤才。作者认为遗弃了贤才对于国家、君王来说都是无法弥补的损失。

作者在这里的评议中，对当时的掌权者李林甫所说"野无遗贤"的骗局和罪恶进行了无情的揭露。

（十二）下客①谣

下客无黄金，岂思主人怜。客言胜黄金，主人然不然②。珠玉成彩翠③，绮罗如婵娟④。终恐见斯好，有时去君前。岂知保终信，长使令德⑤全。风声⑥与时茂，歌颂万千年。

【注释】

①下客：上宾的相对词，系地位低的幕宾。②然不然：以为然、不以为然。③彩翠：豪华的服饰。④婵娟：美好的样子。⑤令德：美德。⑥风声：名声。

【译文】

地位低下的幕宾没有黄金，哪里会想得到幕主的爱怜。下客说出的话胜过黄金，幕主认为对还是不以为然。珠玉可以做成豪华的服饰，绫罗绸缎十分好看。恐怕这些好事物，只不过是暂时在君前。哪里知道主客间始终的诚信，会让主人的美德永远保周全。美德远传能与时日同长存，歌颂赞美必定千万年。

【述评】

这则歌谣是作者依据唐时幕僚制度上下级之间的实况来写的。作品前两句揭露了黄金高于一切的阴暗面，接着对"客言胜黄金"的正常情况的陈述，揭示上下级始终坚持忠信，才会令德周全，被人歌颂。从个人功业着眼，具有一定的局限性，但也会有利于人民，当然也看得出作者阶级局限性。

与党评事 有序

大理评事①党茂宗②，好闲自退。元子爱之，作诗赠焉。

自顾无功劳，一岁官再迁③。踽身④班次⑤中，常窃愧耻焉。加以久荒浪，惛愚性颇全。未知在冠冕⑥，不合无拘牵。勤强所不及，于人或未然。岂忘惠君子，恕⑦之识见偏。且欲因我心，顺为理化先。彼云万物情，有愿随所便。爱君得自遂，令我空渊禅⑧。

【注释】

①大理评事：属大理寺管刑狱的官。②党茂宗：又叫党晔。③一岁官再迁：唐肃宗乾元二年，元结以右金吾兵曹参军摄监察御史之衔，不久升任水部员外郎，兼殿中侍御史。"一岁官再迁"所指就是这些。④跼身：曲身。弯腰的意思。⑤班次：按官阶品秩排列的次序。⑥冠冕：做官的代称。⑦恕：原谅。⑧渊禅：凝想到一个心念。

【译文】

大理评事党茂宗，喜爱悠闲而自动退职了。元子敬爱他，写诗相赠。

我回顾自己没有什么功劳，一年里得到两次升迁。跻身在百官行列中，总是暗地里带羞颜。加上荒浪时日久，糊涂心性存留且保全。懵懵懂懂做着官，没有让自己受拘牵。自己强求硬干尚且未做到，别人来干可能不这般。哪能忘记那些慈惠的君子，能够原谅我的识见有所偏。再说只想依从我心思，将那顺从作为治道教化要素放在先。君子曾说万物都有自己的情趣，自有心愿随其然。爱慕你顺了自己的心愿，而我只能想想这不能实现的心念。

【述评】

这首诗是作者四十二岁时写的。对党茂宗的"好闲自退"深觉敬爱，自己也常常暗愧。但此时作者初入仕途，正是遂意之时。故而虽有"好闲"思想，却并不会见之于行动。"爱君得自遂，令我空渊禅"，一个"空"字，见出作者心思。希望仁惠好友能原谅自己的"识见偏"，并且慰我心愿随所便。

与党侍御① 有序

庚子中，元子次山为监察御史，党茂宗罢②大理评事。次山爱其高尚，曾作诗一篇与之。及次山未辞殿中，茂宗已受监察。采茂宗尝相诮③戏之意，又作诗与之。

众坐吾独欢，或问欢为谁？高人④党茂宗，复来官宪司⑤。昔吾顺元和⑥，与世行自遗⑦。茂宗正作吏，日有趋走疲。及吾污冠冕⑧，茂宗方矫时⑨。诮吾顺让者，乃是干进资⑩。今将问茂宗，茂宗欲何辞？若云吾无心，此来复何为。若云吾有羞，于此还见嗤⑪。谁言万类心，闲之不可窥。吾欲喻茂宗，茂宗宜听之。长辕有修辙，驭者令尔驰。山谷安可怨，筋力当自悲。嗟嗟党茂宗，可为识者规⑫。

【注释】

①党侍御：党茂宗曾任侍御史，所以题中称他为党侍御。侍御史属御史台台院。②罢：免掉。③诮：讥诮、讥笑。④高人：指品德高尚的人。⑤官宪司：管法令的官。⑥元和：与世无争的处世准则。⑦自遗：把自己抛到世外，与世无争。⑧污冠冕：因流汗沾湿冠冕。诗中谦指混迹官场。⑨矫时：矫正时俗，指党侍御反对时俗、退身闲居。⑩干进资：谋求获得做官资格。⑪见嗤(chī)：被嗤笑。⑫规：诗中可作典范解。王粲《咏史》："生为百夫雄，死为壮士规。"

【译文】

唐肃宗庚子年中(公元760年)，元次山做监察御史，党茂宗被免去大理评事的职务。次山爱他的高尚品格，曾经写了首诗给他。次山还没有辞去殿中职务，茂宗已经当上监察官吏。采取茂宗曾经讥诮我的意思，又写了这首诗给他。

大家坐在这里我心中独自欢喜，有人问我为了谁这么欢喜？那就是高人党茂宗，又来做官管宪司。从前我与世无争乐超然，而将自己遗失在人世的外边。当时茂宗正做官，每天奔走疲惫不堪。等到我充数居官位，茂宗超然世俗得悠闲。笑我顺从那些窃取官位人，竟也为干求仕进而厚颜。如今我要问茂宗，茂宗想说何言辞？若说你无心做官吏，这回做官又何为？倘若说是面有羞，在这里还会被我嗤。谁能说万众的心，关闭了就不能暗窥。那我就要告诉党茂宗，茂宗细听莫推辞。长车定有远行迹，驾车的要让你去奔驰。爬山过谷怎能有埋怨，筋力不足只得自伤悲。哎呀呀党茂宗，你可作为士人的典范。

【述评】

这首诗在小序中先点明是学党茂宗曾经诮戏自己的意思写的。诗的开头四句写到为党茂宗再次做官高兴，然后抒写对党茂宗的"诮戏"之意。"谁言"以下十句，主要写颂勉党茂宗的意思。本诗结构严谨，描述文字婉转动人，"诮戏"恰如其分，颂勉见出诗人与党茂宗深厚的友谊。

寄源休 有序

辛丑①中，元结与族弟源休皆为尚书郎②，在荆南③府幕。休以曾任湖南，久理长沙；结以曾游江州④，将兵镇九江。自春及秋，不得相见，故抒所怀以寄之。

天下未偃兵⑤，儒生预戒事⑥。功劳安可问，且有忝官⑦累。昔常以荒浪，不敢学为吏。况当在兵家，言之岂容易。忽然向三岁，境外为偏帅⑧。时多尚矫诈⑨，进退多欺贰⑩。纵有一直方，则上似奸智。谁为明信者，能辨此劳畏⑪？

【注释】

①辛丑：唐肃宗上元二年（公元761年）。②尚书郎：隋唐时朝廷六部下属官。③荆南：荆州南部。④江州：省，路名，江西南昌九江地域。⑤偃兵：停止

战争。⑥预戎事：参加军事。⑦忝官：愧居官职。⑧偏帅：非主力军队的将领。
⑨矫诈：掩饰欺诈。⑩贰：有二心，怀疑。⑪劳畏：劳苦，戒畏。

【译文】

辛丑年中，元结与族弟元源休都做着尚书郎这种下属官，在荆州南部的官
府。源休因曾出任湖南，长时间在长沙理政；元结因曾经出任江州，带领官兵镇
守九江。从春到秋两人不能够会面，因此抒写内心怀念寄诗给他。

当时天下战乱未平息，读书人也要参加打仗之事。立功建业先别问，只有愧
居官位的劳累。从前荒疏浪费时光，不敢学当官吏。何况又在军中做事，要说领
兵哪里容易。倏忽过去近三年，在边境担任将佐官。时风流行掩饰与欺诈，一举
一动往往被怀疑。纵使一腔正直与方正，也被上级看成似奸智。有谁愿意相信
我，能够辨别这种劳苦与戒畏？

【述评】

这首诗中作者向族弟源休诉说身任九江偏帅、参与军事的过程与想法，心中
隐藏的顾虑与畏惧。当时"时风"矫诈，进退多有欺贰，纵然直方，在上的也以
为奸智，无人辨此劳畏。面对如此艰难处境，他前后守险泌阳，保全了十五座城
池。可见他颇有将才，官能尽职，功劳显著。

诗中提到"时多矫诈""欺贰"，实际上就是揭露统治阶级内部的矛盾和争权
夺利的斗争。

与瀼溪邻里 有序

乾元元年①，元子将家自全于瀼溪②。上元二年，领荆南之兵镇于九江。方

在军旅，与瀼溪邻里不得如往时相见游，又知瀼溪之人日转穷困，故作诗与之。

昔年苦逆乱③，举族来南奔。日行几十里，爱君此山村。峰谷呀④回映，谁家无泉源。修竹多夹路，扁舟皆到门。瀼溪中曲滨，其阳有闲园。邻里昔赠我，许之及子孙。我尝有匮乏⑤，邻里能相分。我尝有不安，邻里能相存⑥。斯人转贫弱，力役⑦非无冤。终以瀼滨讼⑧，无令天下论。

【注释】

①乾元元年：唐肃宗乾元元年（公元758年）。②瀼溪：在今江西瑞昌。③逆乱：安史叛逆之乱。④呀：惊叹。⑤匮乏：缺乏。⑥相存：安抚、慰问。⑦力役：竭力服役。⑧讼：辩冤、辩是非。

【译文】

乾元元年，元结带领着家人在江西瑞昌的瀼溪避乱。上元二年（公元761年）率领荆南的军队镇守九江。由于正在军旅中，跟瀼溪的乡邻不能按往时见面在一起，后来只知道瀼溪的人们一天比一天穷困，因此写诗给他们。

以前为躲战乱苦，我带全族向南奔。每天行走几十里，最爱你们这山村。山顶山谷相掩映，谁个人家没有泉源。高高的竹林夹着路，小船都可划到家门。瀼溪那条弯曲的水滨，北面有片空田园。昔时邻里赠给我，还答应福及子与孙。我平时有什么缺乏的，邻里就会分给我。我曾经有什么不安事，邻里能够来慰问。他们这些人一天天变贫弱，竭力服役仍然生冤怨。希望最终能给瀼溪人们辨是非，不让天下人再在劳役上去谈论。

【述评】

这首诗抒写作者避安史之乱居江西瀼溪时，当地人们赠物与田地，还不时安抚慰问他。当地人和元结家族形成亲密无间的情谊。元结在诗中赞扬了瀼溪人的忠厚、朴实，并对他们后来因为无止境的劳役和不公正的劳役而迅速破产表示同情，这些充分地反映了作者热爱劳动人民的真挚情感。

喻①瀼溪乡旧游②

往年在瀼滨，瀼人皆忘情③。今来游瀼乡，瀼人见我惊。我心与瀼人，岂有辱与荣④？瀼人异其心，应为我冠缨。昔贤恶如此，所以辞公卿⑤。贫穷老乡里，自休还力耕。况曾经逆乱，日厌闻战争。尤爱一溪水，而能存让名。终当来其滨，饮啄⑥全此生。

【注释】

①喻：告知，说明白。②旧游：旧交游，老朋友。今人孙望先生在《元次山年谱》中将元结写作这首诗的年代、意图，讲得十分清楚，他说："按《喻瀼溪乡旧游》，亦为此年（上元二年）所作。盖先有寄思之作，继而重游瀼溪，邻里以其做官，见而惊畏，不若往年有忘情之乐，故公作诗喻之也。"③忘情：感情上不受牵挂，淡然若忘。《晋书·王戎传》："圣人忘情，最下不及情。情之所钟，正在我辈。"今人聂文郁注："本诗忘情，实指瀼人无私无虑，无所顾忌，和作者赤诚相交的往事。"④辱与荣：耻辱与光荣。⑤公卿：高官。⑥饮啄：清茶淡饭。

【译文】

往年住在瀼水滨，瀼滨人们与我相交最赤诚。今日来游旧乡村，瀼滨人们见我心惊，我与他们难道有着谁荣谁辱的区分？瀼滨人们与我不同心，当是因我佩戴着冠缨。先贤厌恶竟有如此的界限，所以辞官不去做公卿。乡里贫穷活到老，去官还家乐力耕。何况经历逆贼的战乱，每天不愿谈战争。尤其喜爱这弯弯瀼溪水，而且留下谦让名。我终归要来到这水滨，清茶淡饭过好这一生。

【述评】

这首诗诚挚地向瀼溪旧交表白，未忘他们淳朴可亲的情谊。今日重游，可能因我做了官似有身份的不同。打算学着昔贤辞官，来到这有让名，溪水清、听不到战争声的瀼溪，退休力耕过完一生。诗中显示诗人的社会观、人生观和为人品质都是令人钦佩的。

忝官①引②

天下昔无事，僻居养愚钝。山野性所安，熙然③自全顺。忽逢暴兵④起，间巷见军阵。将家瀛海⑤滨，自弃同刍粪⑥。往在乾元初，圣人启休运⑦。公车诣魏阙⑧，天子垂清问⑨。敢诵王者箴⑩，亦献当时论。朝廷爱方直，明主嘉忠信。屡授不次⑪官，曾与专征印。兵家未曾学，荣利非所徇。偶得凶丑⑫降，功劳愧方寸。尔来将四岁，惭耻言可尽。请取冤者⑬辞，为吾忝官引。

冤辞何者苦？万邑余灰烬。冤辞何者悲？生人尽锋刃。冤辞何者甚？力役遇劳困。冤辞何者深？孤弱亦哀恨。无谋救冤者，禄位安可近？而可爱轩裳⑭，其心又干进。此言非所戒，此言敢贻训。实欲辞无能，归耕守吾分。

【注释】

①忝(tiǎn)官：愧居官位。②引：有拉长颈脖歌唱的意思。此处指一种诗

体。③熙然：和乐的样子。④暴兵：指安禄山举兵叛乱。⑤瀛海：大海。这里应是指瀼水。⑥刍粪：草与粪。比喻轻贱的东西。⑦休运：好运气。⑧魏阙：指高大的宫门，朝廷的代称。⑨清问：清审详问，虚心询问。⑩箴：以规谏为主旨的文体。⑪不次：不按寻常次序，越序。⑫凶丑：指凶恶叛兵。⑬冤者：指无过受罪的人。⑭轩裳：官吏的车子与衣裳，可代"爵禄"。

【译文】

先前天下没有战争，偏居一处做着愚笨人。山野田间适于我的性情，和美快乐顺从造化保全真。忽然叛兵起乱子，乡村街巷摆军阵。我率家搬到瀼水滨，身份卑贱如草粪。记起先前乾元初，君王开启了我的好运。坐着官车上朝廷，天子虚心详询问。我大胆用王道来谏规，献上关于时局的政论。朝廷看重方和直，明主嘉奖忠与信。屡次越序破格授予我官职，曾经让我掌专征印。征战平乱未曾学，荣誉利禄非我执意所求。凑巧碰上叛兵来投降，自愧功劳只分寸。从那时至今快四年，有愧带羞的话该讲尽。让我取来受冤人的话，写出我的"悉官引"。

蒙冤言辞什么最凄苦？千城万县化成了灰烬。蒙冤言辞什么最伤悲？活着的人都要受兵刃。蒙冤言辞什么最沉重？竭力服役过于劳困。蒙冤言辞什么最深沉？孤身羸弱的人也陷入痛恨。我无法救助蒙冤的人，那俸禄官位安可接近？可你关爱的还是爵禄，内心想着求上进。我说的这些话并非作规诚，这些话就是留作教训。其实无能的我很想辞职，回归山野种田守本分！

【述评】

这首诗用恳切的词句，解剖了自己为官历程：原居山里，习于和乐全身；逃难他乡，身同草粪。君王征用，虽曾献《时议》，也曾领兵，但功劳甚微。进而深感战乱灾区百姓生命难保，力役劳困，而自己无能力救助。这表现了元结对人民蒙受灾难的极度同情。

樊上漫作

漫①家郎亭②下，复在樊水③边。去郭五六里，扁舟到门前。山竹绕茅舍，庭中有寒泉。西边双石峰，引望④堪忘年⑤。四邻皆渔父，近渚⑥多闲田。且欲学耕钓，于斯求老焉。

【注释】

①漫：《新唐书·元结传》中记载，"后家瀼溪，乃自称浪士，及有官，人以为浪者亦漫为官乎？呼为漫郎。既客樊上，漫益显"。又，"(酒徒说)公漫久矣，可以漫为叟"。又，"(元结说)取而醉人议，当以漫叟为称"。可见，"漫"是元结自称。②郎亭：郎亭山，也叫郎山，在湖北武昌樊水南面。③樊水：也叫寒溪，在武昌樊山东。④引望：引领而望。⑤忘年：忘怀得失、以此自终的意思。⑥渚：水中小洲。

【译文】

漫叟家在武昌附近的郎亭山下，又靠近樊水的边沿。离城不过五六里，小船可以划到家门前。山野竹林围绕着茅舍，庭院内还有寒泉。西边是那双石峰，伸长脖子望去会忘了得失、乐终年。四邻都是打鱼人，靠近水中小洲有许多闲田。将要学会耕种和钓鱼，在这地方养老可悠然。

【述评】

公元762年，唐肃宗（李亨）崩，唐代宗李豫即位。时元结代吕諲知荆南节度观察使事，曾向代宗进《乞免官归养表》。蒙诏许可辞官，元结于是将家安置在武昌樊水的郎亭山下。这首诗就是描写郎亭山下新家的位置、交通、风景、邻居以及自己对当前生活的一些想法。作者从仕宦中退了下来，开始了一种向劳动人民学耕、学钓的生活。

酬裴云客①

自厌久荒浪，于时无所任②。耕钓以为事，来家樊水阴。甚醉或漫歌，甚闲亦漫吟。不知愚僻意，称得云客心？云客方持斧③，与人正相临④。符印⑤随坐起，守位常森森⑥。纵能有相招⑦，岂暇来山林？

【注释】

①裴云客：从诗中看，应是元结的朋友，具体不详。当是在任的官吏。②任：职位。③持斧：指手持兵器，意即行军打仗。④相临：正面对敌人。⑤符印：指兵符印信。⑥森森：形容森严的情景。⑦招：邀请。

【译文】

自己正满足长时无拘无束的生活，在家奉养闲适无职任。种地钓鱼都方便，居家樊水南面好安身。可以喝醉尽情唱，闲时也可随意发长吟。不知我的愚笨的主意，合不合得云客心？云客这时手握着兵器，正与敌人对阵。兵符印信随身带，坚守职位森严得很。纵然有人能够邀请他，哪里有空暇来到这山林？

【述评】

这首诗抒写诗人最初家居樊上，盼望招来朋友过上自由自在的退居日子，但朋友正在官任上，没有如愿。诗歌反映了士大夫的仕与隐两种生活方式。

漫①问相里②黄州③

东邻有渔父，西邻有山僧。各问④其性情，变之俱不能。公为二千石⑤，我为山海客⑥。志业岂不同，今已殊名迹⑦。相里⑧不相类，相友且相异。何况天下人，而欲同其意。人意苟不同，分寸不相容。漫问轩裳⑨客，何如耕钓翁？

【注释】

①漫：元结自称。②相里：复姓。③黄州：今湖北黄冈，原是郡名。④问：考究。⑤二千石：代指刺史，因之享受俸禄二千石，这里指黄州刺史。⑥山海客：指住在山边海滨的读书人。⑦名迹：名声事迹。⑧相里：此处相里不作复姓解，作同乡、同里解。⑨轩裳：与轩冕相近，代指做官的人。

【译文】

东面邻居是渔父，西边邻人有山僧。考察各边人的性情，想改变它都不可能。你是二千石州官，我是山边海滨读书人。志趣职业哪里都不同，而今各自声名业绩更悬殊。同乡人性情并不相同，相互成了朋友仍然有差异。何况天下其他人，怎能做到同心意。人的思想要是不相同，即使分寸之差也不相容。要征询做官的相里黄州，你比不比得上耕种钓鱼翁？

【述评】

这首《漫问相里黄州》是诗人向好友征询对出仕与退身问题的意见，作者估计对方不会肯定作答，所以逐步提问暗示出仕不如退身的心意。

雪中怀孟武昌①

冬来三度雪，农者欢岁稔②。我麦根已濡③，各得在仓廪。天寒未能起，孺子惊人寝。云有山客来，篮中见冬葟。烧柴为温酒，煮鳜为作沈④。客亦爱杯樽，思君共杯饮。所嗟山路闲，时节寒又甚。不能苦相邀，兴尽还就枕。

【注释】

①孟武昌：孟彦深，字士源，曾为武昌令。②岁稔(rěn)：年成丰收。③濡：沾湿。④沈：汁羹。

【译文】

入冬以来下了三次雪，种田人为迎接来年丰收正高兴。我种的小麦根润湿，可望丰收到仓廪。天寒我还未起床，孩子们打扰家人贪睡。说有山中客人来，篮中见到寒冬葟。连忙烧柴为客人温酒，煮好鳜鱼做汁羹。客人也爱喝酒，忽然想到您如能一起对饮。随即嗟叹山中路难走，再说时节又冷得很。我不能苦苦邀您来，只好与客尽兴饮，醉了头靠枕。

【述评】

这首诗抒写作者正在冬雪连下兆丰年的贪睡中，山中朋友到来，以酒接待。随即想到邀请孟士源前来共饮，但又考虑山路难走，天气太冷，不敢硬邀，只好把这种情意寄诗告知。委婉细腻的描述，显示了两人相互的挚情。

喻①常吾直②

山泽多饥人，闾里多坏屋。战争且未息，征敛何时足？不能救人患，不合食天粟③。何况假一官④，而苟求其禄。近年更长吏⑤，数月未为速。来者罢而官，岂得不为辱？欢⑥为辞府主⑦，从我游退谷。谷中有寒泉，为尔洗尘服⑧。

【注释】

①喻：晓谕，告知、开导。②常吾直：生卒不详。③天粟：君禄，俸禄。④假一官：代任官。⑤长吏：地位较高的官员。⑥欢：欢快。⑦府主：指他的主人，泛指上级官。⑧尘服：染脏的衣服。

【译文】

山野水泽有许多饥饿的人，街巷里有许多破烂的房子。战争还没有停止，征敛赋税何时才满足？不能解救人间的灾患，就不配吃公家的谷粟。何况一个代理官，不过暂时拿俸禄。近年来更换高官，相隔几个月不算快。将来罢下你的官，难道不是你的耻辱？赶快向你的上级辞官，跟我去游退谷。谷中泉水清且凉，可以给你洗净染尘的衣服。

【述评】

这是一首用时代黑暗、宦海污浊的实况去劝说好友罢官引退的诗作。开头几句展现的人间凄惨和社会黑暗，令人愤恨。劝说辞官引退，合情合理。全诗表明了作者关切人民疾苦和重视友情的正义胸怀，但也流露了无可奈何的情味。

招孟武昌

漫叟作《退谷铭》，指曰："干进之客不得游之。"作《抔湖铭》^①，指曰："为人厌^②者勿泛抔湖。"孟士源尝黜官，无情干进，在武昌不为人厌，可游退谷，可泛抔湖，故作诗招之。

风霜枯万物，退谷如春时。穷冬^③涸江海，抔湖澄清漪^④。湖尽到谷口，单船近阶墀^⑤。湖中更何好？坐见大江水。欹^⑥石为水涯，半山在湖里。谷口更何好？绝壑^⑦流寒泉。松桂荫茅舍，白云生坐边。武昌不干进，武昌人不厌。退谷正可游，抔湖任来泛。湖上有水鸟，见人不飞鸣。谷口有山兽，往往随人行。莫将车马来，令我鸟兽惊。

【注释】

①《抔湖铭》：元结曾居武昌郎亭山，其西石巅有窊，次山修以藏酒，叫抔樽。抔樽下有湖，名抔湖，作了《抔湖铭》。湖西南有谷，叫退谷。②厌：厌恶，讨厌。③穷冬：古代对冬季的别称，也指深冬和隆冬。④清漪(yī)：清澈波纹。⑤阶墀(chí)：台阶。⑥欹(qī)：倾斜。⑦绝壑：险恶的沟壑。

【译文】

元漫叟写《退谷铭》时，指出说："追求做官的人不能来这里游玩。"写《抔湖铭》时，指出说："叫人厌恶的人不要随意游抔湖。"孟士源曾经被罢官，没有心情力求做官，在武昌时也不被人讨厌，可以游览退谷，可以遍游抔湖，所以写诗请他来。

风霜让万物枯萎，退谷却如三春时。严冬里江海干涸，抔湖却荡漾清漪。抔湖的尽头到谷口，单船靠近台阶石。湖中还有什么更好的？坐着就能见到大江水。倾斜的石埭为水边，半座山峰倒映在湖里。谷口还有什么好的？最险恶的沟壑里流下寒泉。苍松丹桂遮阴着茅舍，白云正生身边。在武昌不硬求当官，在武昌时也不被人讨厌。退谷正可来游览，抔湖任凭遍游玩。湖上还有水鸟，见到人也不飞鸣。山谷口有野兽，往往跟随身后行。不要坐着车马来，叫我鸟兽都吃惊。

【述评】

这首诗首先以序说明请孟武昌来游退谷、抔湖的心意。诗歌着意描述退谷、抔湖里幽雅恬静的风景，以为这两地很值得朋友来游。这一方面写明了来游的意义，另一方面也显示出对朋友的谊重情深。读了此诗，既了解到两人的品质与情谊，也明确了游览山水的意义。

漫歌八曲 并序

壬寅①中，漫叟得免职事②。漫家樊上③，修耕钓以自资④。作《漫歌八曲》与县大夫孟士源，欲士源唱而和之。

（一）故城东

漫惜故城东，良田野草生。说向县大夫，大夫劝我耕。耕者我为先，耕者相次⑤焉。谁爱故城东，今为近郭⑥田。

【注释】

①壬寅：唐代宗宝应元年（公元 762 年）。②免职事：据《新唐书·元结传》与《元君表墓碑铭》，元结归樊上时，朝廷曾授予他著作郎。但因元结所拜之著

作郎，系"丐侍亲归樊上"之时而"特蒙褒奖"的，所以他的著作郎一官，实际是散官，得免职事。③樊上：湖北樊水近处。④自资：自给。⑤相次：递相接连。⑥郭：城郭。

【译文】

壬寅年，元漫叟得以免去实际职事。漫叟将家安在了武昌樊水边，整修耕种、钓鱼用具自行生产，以求自给。写了《漫歌八曲》赠给县令孟士源，想让他作歌唱和。

元漫叟惋惜故城东面，大片良田野草蔓延。将情况向县令一述说，县令鼓励我去耕种。开荒耕种我领先，跟着来的人接二连三。人人喜爱故城东，因为它是挨近县城的良田。

(二)西阳城①

江北有大洲，洲上堪力耕。此中宜五谷，不及西阳城。城畔多野桑，城中多古荒②。衣食可力求，此外何所望？

【注释】

①西阳城：汉代置西阳县，晋时在县设立西阳郡，隋时废。故城在今湖北黄冈东。②古荒：指多年无人耕种的荒地。

【译文】

江北有个大河洲，洲上值得努力去农耕。这地里适合栽种五谷，但比不上西阳城。西阳城边有许多野桑，城中许多地方也荒芜很久了。穿衣吃饭都可努力追求，此外还有什么别的愿望？

（三）大回^①中

樊水欲东流，大江又北来。樊山当其南，此中为大回。回中鱼好游，回中多钓舟。漫欲作渔人，终焉^②无所求。

【注释】

①大回：指两条河水相汇的水湾处。②终焉：终于此。

【译文】

樊水要向东流去，大江又从北面流来。樊山正挡在它南面，这河湾里是大回湾。回湾中有很多鱼儿，回湾中有许多钓舟。我漫叟想做捕鱼人，愿在这里终老没别的要求。

（四）小回中

丛石横大江，人言是钓台。水石相冲激，此中为小回。回中浪不恶^①，复在武昌郭。来客去客船，皆向此中泊^②。

【注释】

①浪不恶：波浪不惊人。②泊：停船。

【译文】

一堆石头横摆在大江里，人们说这是钓鱼台。流水冲击着石头，在这里形成了小回旋。回旋里波浪不惊人，又挨近武昌的外郭。运送往来客人的船只，都到这小回处停泊。

（五）将牛何处去二首

将牛何处去？耕彼故城东。相伴有田父^①，相欢惟牧童。

将牛何处去？耕彼西阳城。叔闲^②修农具，直者^③伴我耕。

【注释】

①田父：种田的老农民。②叔闲：漫叟妻韦氏甥。③直者：漫叟长子元友直。

【译文】

拉着牛到何处去？到那故城东耕种田地。相伴的有种田老农友，互相欢娱的还有牧童。

拉着牛将到何处去？到那西阳城耕种田地。外甥正在修理农具，大儿正伴我力耕。

（六）将船何处去二首

将船何处去？钓彼大回中。叔静^①能鼓桡^②，正者^③随弱翁。

将船何处去，送客小回南。有时逢恶客^④，还家亦少酣。

【注释】

①叔静：漫叟妻韦氏甥。②鼓桡（náo）：划桨。③正者：漫叟次子元友正。④恶客：指生性乖僻的人。

【译文】

船将划到何处去？要去那大回中钓鱼。妻侄静能够摇船桨，次子正跟随我这瘦弱老翁。

船将划到何处去？送客送到小回南。有时碰上生性乖僻人，回到家里心情也不畅快。

【述评】

这《漫歌八曲》用平易的诗句吟唱在樊上从事耕钓之事，有农夫牧童相伴，把故城东边的荒地改成了良田。在西阳城宜谷宜桑之地供上了衣食之资，在大回中能自由地捕钓，在小回送客也碰到不畅快的事。在耕钓中，小辈们都相伴力耕和摇桨。这些都具体反映了元结退职后的适意生活。

酬①孟武昌②苦雪

积雪闲山路，有人到庭前。云是孟武昌，令献苦雪篇。长吟未及终，不觉为凄然。古之贤达者，与世竟何异。不能救时患，讽谕以全意。知公惜春物③，岂非爱时和④？知公苦阴雪，伤彼灾患多。奸凶⑤正驱驰，不合问君子。林莺与野兽，无乃⑥怨于此。兵兴向九岁，稼穑谁能忧？何时不发卒，何日不杀牛？耕者日已少，耕牛日已希。皇天复何忍，更又恐毙之！

自经危乱来，触物堪伤叹。见君问我意，只益胸中乱。山禽饥不飞，山木冻皆折。悬泉化为冰，寒水近不热。出门望天地，天地皆昏昏。时见双峰下，雪中生白云。

【注释】

①酬：酬和，用诗词互相赠答。孟彦深作《元次山居武昌之樊山新春大雪以诗问之》诗，派人送给元结，元结作本诗以酬和之。孟彦深原诗是："江山十日雪，雪深江雾浓。起来望樊山，但见群玉峰。林莺却不语，野兽翻有踪。山中应大寒，短褐何以完？浩气凝书帐，清著钓鱼竿。怀君欲进谒，溪溪渡舟难。"②孟武昌：孟彦深，字士源，为武昌令，与元结是好友。③惜春物：指见不到春天的景物。④时和：四时和顺，即风调雨顺、天下太平之意。⑤奸凶：指安史之乱的反叛者。⑥无乃：大概。

【译文】

积雪堵塞山中的道路，有人却到了庭院前。说是武昌令孟士源，差他献上诗歌《苦雪篇》。长诗还没读完，不觉心里好凄然。古代德高望重的人，跟当世竟然没有什么差异。不能补救当时的弊患，就借诗文讽喻明心意。知道您爱惜春天的景物，难道不是爱惜天下太平、四时调和？知道您苦恼雪下得太久，担心它带来灾患。那奸凶叛徒正肆意横行，不用去问君子。见不到林中的黄莺、野兽，大概怨恕也在此。兵变战乱已九年，农耕事情谁来担忧？什么时候不用出兵，什么时候不宰杀耕牛？耕种的人一天天减少，耕田的牛也日渐稀少。老天爷多么残忍，大雪恐怕要把人害死！

自从经受战乱以来，接触的事物足够令人伤叹。遇上您来问我心意，只能增添我胸中的乱绪。山林鸟儿饿得不能飞起，林木冻得枝叶折掉。流泉已经结成冰，寒水弄来难弄热。出门望望天和地，天南地北都昏黑。不时见到双峰下，雪中生云还会再下雪。

【述评】

这首酬和诗抒写了元结接读《苦雪篇》时满腔凄然的心情，引发出他对当时政治、民生状况的无限忧愁，也真实地反映出当时政治黑暗、战乱不息、生产废弛、民不聊生的悲惨现实，表达了诗人仇视奸凶、怨恨封建统治者和同情人民苦难的爱憎感情。诗中"奸凶正驱驰，不合问君子""兵兴向九岁，稼穑谁能忧？何时不发卒，何日不杀牛！耕者日已少，耕牛日已希"这种悲惨现实值得反复细味深思。

漫酬贾沔①州 有序

贾德方与②漫叟者，惧漫叟不能甘穷独，惧叟又须为官，故作诗相喻。其指曰："劝尔莫作官，作官不益身。"因德方之意，遂漫酬之。

往年壮心在，尝欲济时难。奉诏举州兵，令得诛暴叛。上将③屡颠覆，偏师尝救乱。未曾弛④戈甲，终日领⑤簿案。出入四五年，忧劳忘昏旦。无谋静凶丑，自觉愚且懦⑥。岂欲皂枥⑦中，争食䩄与䩄⑧？去年辞职事，所惧贻忧患。天子许安亲，官又得闲散。

自家樊水上，性情尤荒慢。云山与水木，似不憎吾漫。以兹忘时世，日益无畏惮。漫醉人不嗔⑨，漫眠人不唤。漫游无远近，漫乐无早晏。漫中漫亦忘，名利谁能算。闻君劝我意，为君一长叹。人谁年八十，我已过其半。家中孤弱子，长子未及冠。且为儿童主，种药老溪涧。

【注释】

①沔(miǎn)：沔水，在陕西汉水上游。②与：赠予，友好，其时是唐代宗广德元年(公元763年)。③上将：指郭子仪、李光弼等。④弛(chí)：放松、解

下。⑤领：主管。⑥愞(nuò)：同"懦"，软弱的意思。⑦皂枥：皂通"槽"，牛马槽。枥，马厩。⑧籺与薟：籺(hé)，坚硬的米糠，常泛指粗食。薟(xián)：铡草，也指铡成小段的草茎。⑨嗔(chēn)：生气，怪罪。

【译文】

　　贾德方写了赠予漫叟的诗，担心漫叟不情愿过穷困寂寞的日子，怕漫叟又要做官，因而作诗相劝。诗中指出说："你不要做官，做官对自身无益。"依据德方的意思，我于是顺意写诗酬答他。

　　往年我的壮心还在，曾经想解救当时的灾难。奉王命招集唐、邓等州兵，诛讨凶恶的反叛。上将军多次吃了败仗，我率将士前去支援。紧握武器不曾解开甲胄，整天忙于军中文书簿卷。出生入死四五年，忧虑劳苦忘了白天与黑夜。没有谋略去平息凶暴，自己也觉愚笨且疲软。难道要在马槽中，争吃粗麦屑与草节秆？去年辞去了职务，就是担心留下忧患。君王许可奉养娘亲，官职也安排得闲散。

　　自从居家樊水上，我的性情更是荒疏又怠慢。白云山水与树木，似乎没有嫌恶我散漫。因此忘记了时势与世务，一天天更加没有畏惧忌惮。我放任醉酒，他人也不生气，随意睡下去，他人也不会叫唤。尽情游览不拘远与近，随心欢乐不记早与晚。在漫意当中连自己也忘了，名利种种哪里会计算。知道了您劝我的好心意，不禁为您发出长叹。人们哪个都能活上八十岁，我已过了八十的一半。家中都是瘦弱的孩子，长子年轻还未及冠。权且替孩子们作家主，在溪涧边种药材过完天年。

【述评】

这首诗用序先写明《漫酬贾沔州》的原因，来回答"惧漫叟不能甘穷独，惧叟又须为官"的担心，酬诗因而写了他为官在于"济时难"。辞职家于樊水滨，过上耕钓生活，已忘名利，今后打算"且为儿童主，种药老溪涧"。可算明确地作了回答。他前后写的诗文中也提到退身山林，但从他的实际行动看，对保土爱民都积极地作了贡献。

登殊亭①作

时节方大暑，试来登殊亭。凭轩②未及息，忽若秋气生。主人既多闲，有酒共我倾。坐中不相异，岂恨醉与醒。漫歌无人听，浪语无人惊。时复一回望，心目出四溟③。谁能守缨佩④，日与灾患并？请君诵⑤此意，令彼惑者听。

【注释】

①殊亭：在武昌郎亭山。作者另有《殊亭记》一篇。②轩：有窗的长廊或小屋。③四溟：四海。④缨佩：此处代指官职。缨，帽边丝带。佩，衣服上装饰品。⑤诵：陈述。

【译文】

大暑时节，我试着登上了殊亭。依靠着有窗的长廊还未来得及喘息，忽然似乎秋意阵阵生。主人已然有闲空，置酒同我畅怀饮。在座的人性情相近，哪用担心醉或醒？随口歌吟无人听，放浪话语没人惊。不时回头望一望，心目远出四海滨。谁人能够守住这官位，天天同灾患与共？请你陈述我的诗意，让那些对我有疑惑的人听一听。

【述评】

这首诗写了与殊亭主人饮酒、适意自由的情态，并请向来游、不了解我的人解惑，充分表达了诗人喜爱殊亭的心情。

喻旧部曲①

漫游樊水阴，忽见旧部曲。尚言军中好，犹望有所属。故令争者心②，至死终不足。与之一杯酒，喻使烧戎服。兵兴向十年③，所见堪叹哭。相逢是遗人，当合识荣辱。劝汝学全生④，随我畲⑤退谷。

【注释】

①部曲：古时军队的编制单位。②争者心：指勇于作战之心。③向十年：近十年之意。④全生：保全生命。道家称保全自然赋予人的天性。也可指保全天性，顺其自然。⑤畲（shē）：焚烧田地里的草木，用草木灰做肥料的耕作方法。

【译文】

在樊水的南面随意游览，忽然见到昔年九江的部曲。他们仍说当年军中好，还希望受到我的管属。那种奋勇作战的心，直到拼死战场也不满足。我与他们共同喝上几杯酒，不禁劝说他们烧去作战服。战乱发生近十年，如今所见让人难受并叹哭。相逢都是有幸留下的人，理应能够辨别荣辱。奉劝你们学习保全这生命，随我去退谷烧荒种地。

【述评】

这首诗抒写诗人在樊上遇到分开近十年的旧部曲，不禁亲切地爱怜地劝说他们应该珍惜有幸活下来的机会，随自己到退谷去烧荒种地，显示了其深恶战乱、挚爱部属的善良心愿。

春陵行 有序

癸卯岁①，漫叟授道州刺史。道州旧四万余户，经贼以来，不满四千，大半不胜②赋税。到官未五十日，承诸使③征求符牒二百余封，皆曰："失其限者，罪至贬削。"於戏④！若悉应其命，则州县破乱，刺史欲焉逃罪？若不应命，又即获罪戾，必不免也。吾将守官，静以安人，待罪而已！此州是春陵故地⑤，故作《春陵行》以达下情。

军国多所需，切责⑥在有司⑦。有司临⑧郡县，刑法竞欲施。供给⑨岂不忧？征敛⑩又可悲。州小经乱亡，遗人⑪实困疲。大乡无十家，大族命单羸⑫。朝餐是草根，暮食是木皮。出言气欲绝，意速行步迟⑬。追呼尚不忍，况乃鞭挞之！邮亭⑭传急符⑮，来往迹相追⑯；更无宽大恩，但有迫促期。欲令鬻⑰儿女，言发恐乱随；悉⑱使索⑲其家，而又无生资⑳。听彼道路言，怨伤谁复知？去冬山贼来，杀夺几无遗。所愿见王官㉑，抚养以惠慈；奈何重驱逐，不使存活为？安人㉒天子命，符节我所持。州县忽乱亡，得罪复是谁？逋缓㉓违诏令，蒙责固所宜。前贤重守分㉔，恶以㉕祸福移；亦云贵守官㉖，不爱能适时㉗。顾惟㉘孱弱者㉙，正直当不亏。何人采国风㉚？吾欲献此辞。

【注释】

①癸卯岁：唐代宗广德元年(公元763年)。②不胜：不能承受。③诸使：指租庸使一类的官。④於戏：同"呜呼"，表叹息。⑤春陵故地：汉长沙定王子封于春陵乡，号春陵侯。故城在今湖南宁远县西北，在唐代属道州管，故称。⑥切

责：督促。⑦有司：官吏通称，指地方行政长官。⑧临：治理。⑨供给：指供给封建官僚所需。⑩征敛：指征收赋税。⑪遗人：指战乱后幸存的人。⑫单羸（léi）：孤单、瘦弱。⑬迟：慢，缓。⑭邮亭：传递文书的驿站。⑮急符：紧急催征的文书凭信。⑯来往迹相追：指来往催征的人接连不断。⑰鬻（yù）：卖。⑱悉：完全。⑲索：索取。⑳生资：生活、生产资料。㉑王官：朝廷的官员。㉒安人：安定人民。㉓逋缓：指暂不收取赋税。逋，拖欠。缓，延缓。㉔守分：保持自己的名分。㉕恶（wù）以：何能因，怎能因。㉖守官：严守职责。㉗适时：适合时宜。㉘顾惟：只想到。㉙孱（chán）弱者：贫病交加的人民。㉚采国风：原指各国诸侯采辑民间歌谣献给天子以观政治得失。意即采诗。

【译文】

癸卯年，元漫叟担任道州刺史。道州原先（开元时）有四万多户，经受贼寇骚扰以来不满四千了，大都由于承担不起赋税。到任还没有五十天，接到租庸使一类官吏催缴税收的文告两百多件，都说："过了限期不交的，要受贬削官职的罪责。"唉！倘若完全答应他们的要求，就会使州县百姓流离失所，刺史想逃罪又怎能逃脱？倘若不应允要求，就会立即受到惩罚，一定是免不了的。我将安守我的官职，以安静的办法安抚老百姓，等待受到罪罚罢了！这个郡是春陵郡的旧土，所以我写了《春陵行》来传达下面的情况。

军队与国家需求的物资确实多，全由负责官吏把任务完成。地方官吏治理郡县，却竟相滥施刑罚、压榨人民。供给封建官僚所需怎能不担忧？要征收赋税却又令人悲生。这个州不大，经过战乱流亡，剩下的百姓实在困苦疲惫。一个大乡没留下十户人家，就是大族人口也是越来越稀少。早上吃的是草根，晚上吃的是树皮。一说话，上气不接下气，想走快点，脚步也难移。要追呼他们尚且不忍，何况用鞭子抽打至死！驿站传下催促征缴的文件，来往使臣脚跟脚相追；更没什么宽大的施恩，只有严厉催缴的限期。想让他们卖掉儿与女，又怕讲出口，乱子紧随；全部派人去各家强行索取，可又怕没有了生产、生活的物资。听到道路上传言对语，怨恨悲伤又有谁再知？去年的冬天贼寇来到，杀人抢物几乎没留遗。只希望见到朝廷命官，能够安抚爱护、讲讲恩惠与仁慈；怎能如此将人往死路上赶，不让老百姓活命得到喘息？安定百姓是君王给的使命，施行政令的印信由我把持。州县忽然骚乱流亡，受到惩罚的又是谁？收税拖延就算是违反了命令，承受罪责也是理所当然。前贤从来看重守住名分，怎能因为有祸福任意改移；也说做官贵在守职位，但不能为了爱惜自己迁就时俗。我只是顾念贫病交加的人，正直为人不能让他们吃亏。何人来到这地方采诗？我正想献上这篇诗歌。

【述评】

这首诗是一篇为时、为事而作的不折不扣的新乐府性质的诗作。具体陈述道州当时的情况与矛盾是：百姓人口只剩十分之一，不胜赋税，而国家征敛紧急。表明自己的鲜明态度是："吾将守官，静以安人，待罪而已！"它是首讽喻诗，其目的在序言中提到是"达下情"，表现了诗人关心人民疾苦，同情人民深受灾难，一心为人民请命的思想感情。

这首诗，为历代有识之士所推崇。杜甫读了元结的《舂陵行》后，曾写下《同元使君舂陵行序》大加赞赏。元结这首诗在新乐府发展的道路上确实是大放光彩的。

贼退示官吏 有序

癸卯岁，西原贼入道州，焚烧杀掠，几尽而去。明年，贼又攻永破邵①，不犯此州边鄙②而退。岂力能制敌与？盖蒙其伤怜而已。诸使何为忍苦征敛？故作诗一篇以示官吏。

昔岁逢太平，山林二十年③。泉源在庭户，洞壑当门前。井税④有常期，日晏犹得眠。忽然遭世变，数岁亲戎旃⑤。今来典⑥斯郡⑦，山夷⑧又纷然⑨。城小贼不屠，人贫伤可怜。是以陷邻境⑩，此州独见全。使臣⑪将⑫王命，岂不如贼焉？今彼征敛者，迫之如火煎。谁能绝⑬人命，以作时世贤？思欲委符节，引竿自刺船⑭；将家⑮就⑯鱼麦⑰，归老江湖边。

【注释】

①邵：唐置南梁州，改名邵州，又改名邵阳县，不久又改为邵州。故治在今湖南邵阳市。②边鄙：边界之地。③山林二十年：指作者青少年时期家居河南商馀山二十年。④井税：田赋。古代周朝实行井田制，分田为井，八家同养公田，所以称田赋为井税。⑤戎旃（zhān）：军指旗，代指军事。旃，泛指旌旗。⑥典：掌管。⑦斯郡：指道州。⑧山夷：指西原蛮。⑨纷然：形容骚乱。⑩邻境：此处指永州、邵阳。⑪使臣：此处指租庸使等。⑫将：奉行。⑬绝：弃绝。⑭引竿自刺船：意即拿着竹竿撑船。⑮将家：携带家小。⑯就：从事。⑰鱼麦：指钓与耕。

【译文】

广德元年，西原蛮攻下道州，焚烧杀掠，致此州几乎成了赤地才离开。第二年，蛮人又进攻永州、攻陷邵阳，却没有侵犯道州边境就退走了。这哪里是有力量制止住的呢？是由于他们对百姓贫穷的伤感与同情罢了。租庸使们呵，你们为何忍心苦苦征敛呢？因此，我写诗一篇给官吏们读读。

先前正碰上的时岁太平，山林日子过了二十年。源泉就在庭户边，洞壑当着家门前。上交赋税有规定日子，日出已久还能安眠。忽然遭上了安史变乱，几年里投入戎伍中间。现在来掌管这个州郡，西原蛮又发动大骚乱。城池小，蛮人不愿乱杀；百姓穷，令人伤感生怜。因此，贼人便攻下相邻州县，这个州有幸独被保全。使臣们奉行君王使命，难道比不上蛮人心田？而今你们这些征税人，压逼百姓直如烈火煎。有谁能够抛弃活人命，凭此乐作所谓当时贤？我想抛弃掌管的印信，拿着长竹竿去撑小船；携着家人从事耕与钓，回家得以老死江湖边。

【述评】

这首诗就道州没有被西原蛮攻陷屠杀的实况，向租庸使等人发出不能以赋敛杀人的呼吁。"谁能绝人命"以下几句，表明了作者宁可丢官，也不能置人民之命于死地的明确态度，也展现了作者关心人民疾苦、勇于为民请命的可贵精神。全诗用语朴素自然，满含真情，观点鲜明，很有警人感人的力量。

登九疑第二峰

九疑①第二峰，其上有仙坛②。杉松映飞泉，苍苍在云端。何人居此处？云是鲁女冠。不知几百岁，宴坐③饵金丹④。相传羽化⑤时，云鹤满峰峦。妇中有高人，相望空长叹！

【注释】

①九疑：即九嶷山，在湖南宁远县南。②仙坛：指传道法坛，这里代指仙人居住的地方。③宴坐：禅宗称坐禅为宴坐。④金丹：古代方士用炼金石制成的药，以为吃了可以成仙，又叫仙丹。⑤羽化：指飞天成仙。

【译文】

九嶷山的第二峰，那峰上有传道的法坛。杉树、松树掩映飞泉，一片苍翠隐在云里面。是什么人住在那里？听说是成了仙的鲁姓女子。不知道她活了几百岁，坚持坐禅口含金丹。又传说她飞天成仙时，白鹤盘旋飞满峰峦。妇女中竟有这不平凡的人，我面对高峰一直长叹！

【述评】

这首诗就九嶷山第二峰有鲁女坐禅飞天的传说，面对长空深深地赞叹她的不平凡；这种对仙人的钦美，也多少流露出作者不满当时世道的情绪。

刘侍御①月夜宴会 并序

兵兴②以来十一年矣，获与同志欢醉达旦，咏歌取适，无一二焉。乙巳岁③，彭城刘灵源在衡阳，逢故人或有在者，日昔相会，第④欢远游。始与诸公待月而笑语。竟与诸公爱月而欢醉。咏歌夜久，赋诗言怀。於戏！文章道丧⑤盖久矣，时之作者，烦杂过多，歌儿舞女且相喜爱，系之风雅，谁道是邪？诸公尝欲变时俗之淫靡，为后生⑥之规范，今夕岂不能道达情性，成一时之美乎？

我从苍梧⑦来，将耕旧山田。踟蹰为故人，且复停归船。日夕得相从，转觉和乐全。愚爱凉风来，明月正满天。河汉⑧望不见，几星犹粲然⑨。中夜兴欲酣⑩，改坐临清川。未醉恐天旦⑪，更歌促繁弦⑫。欢娱不可逢，请君莫言旋。

【注释】

①刘侍御：即刘湾，字灵源。此诗写于765年，元结罢道州刺史，在衡阳与

刘相会。②兵兴：指安禄山之乱。③乙巳岁：唐代宗永泰元年。④第：但，只是。⑤文章道丧：指汉魏时的文风不传，现今文章拘限声病，喜尚形式。⑥后生：子孙，年轻人。⑦苍梧：在广西东南。又有山名，叫九嶷山。⑧河汉：银河。⑨粲（càn）然：形容鲜明发光。⑩酣（hān）：浓，盛，畅快。⑪天旦：天亮时。⑫繁弦：细碎的琴弦声。

【译文】

自举兵平定安禄山叛乱以来十一年了，能够与志趣相同的人夜饮到天亮，吟咏歌唱适心惬意，没有一两次。乙巳年，彭城刘灵源在衡阳任职，又恰逢有老朋友也在这里，大家白天聚会时，就一起高兴地远游。晚上各位好友坐在一起欢声笑语，等待着月亮升空。大家开心赏月，尽情喝酒。一直咏唱到夜深，并作诗抒怀。唉！文章正道不传已经很久了，现在的作者，众多而杂乱，与歌儿舞女唱着庸俗之歌，且浅薄地互表喜爱，联系到风雅，谁能说是对的？大家曾经想改变淫靡的时俗，给后来人做个榜样，那么像今夜这样表达真性情，难道不是一件风雅美事吗？

我从苍梧那边来，将要去种原来的农田。我系念老朋友不愿离去，还想停下归家的船。我们早晚在一起游玩，转觉和顺欢乐真切而自然。我贪爱凉风阵阵来，明月正悬在夜天。银河看不清楚，几颗星星还明亮又耀眼。半夜了兴致依然很浓，换了地方靠近清水川。还没喝醉，担心快要天亮，换了歌唱调快了琴弦。这样的欢娱不能再遇上，请您莫说早点把家还。

【述评】

与旧友刘湾相会衡阳，是机遇难得的月夜宴会。不觉到了半夜，为尽兴改座，歌中加快瑟弦，如此尽兴欢聚，足见谊厚情重。表明他们正干着道达情性的风雅美事。在诗序里，作者表达出了要改变淫靡时俗的愿望，鼓励大家去创作"系之风雅"的诗歌。

题孟中丞①茅阁②

小山为郡城，随水能萦纡③。亭亭④最高处，今是西南隅。杉大老犹在，苍苍数十株。垂荫满城上，枝叶何扶疏⑤！乃知四海中，遗事⑥谁谓无。及观茅阁成，始觉形胜殊。凭轩望熊湘⑦，云榭连苍梧。天下正炎热，此然冰雪俱。客有在中坐，颂歌复何如？公欲举遗材⑧，如此佳木欤？公方庇苍生，又如斯阁乎？请达谣颂声，愿公且踟蹰。

【注释】

①孟中丞：即孟彦深，字士源。天宝进士，为武昌令。②茅阁：孟中丞时坐镇湖南，曾于衡阳作茅阁。作者适值罢守道州，自苍梧至衡阳，为作《茅阁记》。③萦纡：萦回，围绕。④亭亭：直立状。⑤扶疏：繁茂。⑥遗事：遗憾的事。⑦熊湘：山名。当指祁阳熊罴岭。⑧遗材：指隐居的能人。

【译文】

小山之上是郡府，湘流有意盘纡。那直立的最高地，望去正在西南处。多年的杉树还在，青苍迷眼几十株。浓荫垂满在城上，枝叶繁茂最宜目！才知四海确实大，多少事物未关注。现在茅阁喜建成，才觉景美真特殊。依凭栏杆可以眺望熊罴岭，高耸云霄的亭榭应当是苍梧。整个天下够炎热，但这里冰雪俱在。客人在此已久坐，赞颂的歌声听何如？孟公想要荐贤才，是否有如这佳木？孟公庇护的老百姓，是否就像苍杉清荫下的茅阁屋？让我传达歌颂声，希望孟公停留多听取。

【述评】

这首诗歌唱了孟公就郡城兴建茅阁成胜景给人解暑的意义，凭借联想勉励孟公要荐贤，更要庇护百姓。描绘茅阁，歌颂孟公，浑然一体，篇章严密，主旨深刻。

别何员外

谁能守清躅①？谁能嗣②世儒③？吾见何君饶，为人有是夫④！黜官二十年，未曾暂崎岖⑤。终不病贫贱，寥寥⑥无所拘。忽然逢知己，数月领官符⑦。犹是尚书郎，收赋来江湖⑧。人皆悉苍生⑨，随意极所须。比盗⑩无兵甲⑪，似偷又不如。公能独宽大，使之力自输。吾欲探时谣，为公伏奏书⑫。但恐抵忌讳，未知肯听无？不然且相送，醉欢于坐隅。

【注释】

①清躅(zhū)：清廉高洁的品行。躅，足迹，引申为事迹品行。②嗣：接续，继承。③世儒：世代相传的儒者事业。④夫：句末助词，表示感叹。⑤崎岖：比喻曲折不平。⑥寥寥：空阔。⑦官符：官府公文，册籍。⑧江湖：四方各地。⑨悉苍生：熟悉百姓的情况。⑩比盗：想要盗窃。比，靠近，挨近。盗，窃取。⑪兵甲：指兵器。⑫伏奏书：俯身向君主奉上报告。

【译文】

谁能够坚守清廉高洁的品行？谁能够继承世代儒者事业享美誉？我所见的何君饶，就是这样的人！他被罢免官职二十年，没有短暂的心意不平坦。始终不忧贫与贱，心境宽阔无所拘。忽然遇上了解他的人，不几月领上公文走上了官途。还成了一位尚书郎，来民间收取赋税。世人都知老百姓的困苦，却随心意满足自己所需。有如盗窃不用兵器，像是偷取又不如。只有何公能宽大，让百姓量力自输不用忧。我想采用当时的民谣，代公恭敬地上奏书。只是担心忌讳怕抵触，不知听与不听否？不这样，权且来相送，在这角落里欢快醉饮。

【述评】

诗歌开头用问答句称赞何君饶品行廉洁，宽恕待民。他被罢官二十年不忧贫贱，复官后，下到民间收赋，从宽引导百姓量力自输。诗人想为他上奏书怕触犯忌讳，只好欢醉送别，表示情谊。诗文采对比写法，赞扬了何君饶从政对人民宽大，也诉说了人民的疾苦极重，揭露了统治阶级的昏庸贪婪。

别孟校书^①往南海^② 并序

平昌孟云卿与元次山同州里，以词学相友，几二十年。次山今罢守春陵^③，云卿始典校芸阁^④。於戏！材业，次山不如云卿；词赋，次山不如云卿；通和^⑤，次山不如云卿。在次山又谝然求进者也，谁言时命^⑥，吾欲听之。次山今且未老，云卿少次山六七岁，云卿声名满天下，知己在朝廷，及次山之年，云卿何事不可至。勿随长风，乘兴蹈海；勿爱罗浮^⑦，往而不归。南海幕府有乐安任鸿，与次山最旧^⑧，请任公为次山一白府主^⑨，趣^⑩资装^⑪云卿使北归，慎勿令徘徊海上，诸公第^⑫作歌送之。

吾闻近南海，乃是魑魅⑬乡。忽见孟夫子⑭，欢然游此方。忽喜海风来，海帆又欲张。漂漂⑮随所去，不念归路长。君有失母儿，爱之似阿阳⑯。始解随人行，不欲离君傍。相劝早旋归⑰，此言慎勿忘。

【注释】

①孟校书：指孟云卿。《全唐诗》卷一五七："孟云卿，河南人（一曰武昌人），第进士，为校书郎，与杜甫、元结友善，诗一卷。"②南海：郡名，辖有今两广大部分地区，秦置，郡治番禺。③罢守春陵：唐代宗（李豫）永泰元年（公元765年）夏，元结罢道州刺史，永泰二年（公元766年）春，再为道州刺史。④典校芸阁：芸阁也叫芸台或芸署，是古代藏书的地方，这里所说典校芸阁当指校书郎的职事。⑤通和：开朗平和。⑥时命：顺时应命的意思。⑦罗浮：山名，在广东博罗一带。相传东晋葛洪曾在这里得仙术。⑧最旧：老朋友。⑨府主：幕职称呼主人为府主。⑩趣：催促。⑪资装：路费行装。⑫第：但，只是。⑬魑魅（chī mèi）：山泽中的鬼怪，迷信说法。⑭孟夫子：孟云卿。夫子，尊称。⑮漂漂：摇荡的样子。⑯阿阳：太阳。阿，助词。⑰旋归：回归。

【译文】

平昌的孟云卿跟元次山是同乡，因为诗词文章而成为好朋友，将近二十年了。次山如今被罢免道州刺史，孟云卿任职典校云阁。唉！论做事能力，次山比不上云卿；诗词文章，次山比不上云卿；开朗平和，次山比不上云卿。在次山再次顺时应命担任官职时，虽说是顺时应命，我还是要听任的。次山现如今还未年老，云卿比次山小了六七岁，云卿的德望名声已传遍天下，朝廷里也知道，如果到次山这个年纪，云卿什么事业做不成啊。不要顺随长风，乘往南海之兴而赴大海；不要爱慕罗浮山的葛仙翁，不再归来。南海幕府的乐安人任鸿，是次山的老朋友，就请任公替次山向府主禀告，备办行装催促云卿早日归来，千万不要让他流连于海上，朋友们只写诗送别。

我听说接近南海的地方，是鬼怪的家乡。忽然看到你孟夫子，我高兴得要去这地方。忽然让人欣喜的海风吹来，海船的风帆要被扬起。摇荡着随意漂去，不顾念归来路途遥远。您有失去母爱的孩子，爱他就像爱太阳。他开始懂得跟随人走，不想离开您左右。我劝说您早些回来，这句话千万不要遗忘。

【述评】

这是对至交的送行诗，表达了对好朋友乘兴远去南海而不归来的担忧，以爱孩子的亲情相劝，望他早归。

招陶别驾①家阳华②作

海内厌兵革，骚骚③十二年。阳华洞中人，似不知乱焉。谁能家此地，终老可自全。草堂背岩洞，几峰轩户前。清渠匝庭堂，出门仍灌田。半崖盘石径，高亭临极巅。引望见何处？逶迤陇北川。杉松几万株，苍苍满前山。岩高暖华阳，飞溜④何潺潺⑤。洞深迷远近，但觉多洄渊⑥。昼游兴未尽，日暮不欲眠。探烛⑦饮洞中，醉昏漱寒泉。始知天下心，耽爱各有偏。陶家世高逸，公忍不独然？无或毕婚嫁，竟为俗务牵。

【注释】

①别驾：州刺史的佐吏。因随刺史出巡时，另乘传车，故称别驾。②阳华：在江华东南。③骚骚：骚动，扰乱，骚扰。④飞溜：流得急速之水，瀑布。⑤潺

㵸：流水或下雨声。⑥洄渊：逆流或旋流的水潭。⑦探烛：寻找烛火。

【译文】

整个天下厌恶战争，先后扰乱了十二年。那阳华洞中人，却好似不知道有扰乱。谁能够在这地方安家度天年，可把自身保全。那草堂背靠岩洞，几座山峰就在窗户前。清清水渠环绕着庭堂，流出门去仍可灌田。半座山崖盘着石砌路，高高亭子挨近山巅。伸头远望能望见哪里？绵延土丘北边是平川。那杉、松林木几万株，一片深绿满前山。山岩高得遮住了阳光，急流飞瀑响声㵸㵸。洞太深分不出远与近，只觉得有许多旋流水渊。白天游览兴头还未尽，天晚了也不想睡眠。寻来烛光在洞中饮酒，醉醺醺地去寒泉处洗漱。这时节才了解天下人的心，各人的喜爱未免有所偏好。陶家世代逸乐闲适，您哪能忍受独自不这般？不要为了完成儿女的婚嫁，竟然被俗务所挂牵。

【述评】

这首诗入题就提出此地是长年不知战乱的安静环境，可以在此处安家养老。傍着万株松杉，晴天也阴暗，飞瀑㵸㵸。如此山水俊秀的境地，怎能不迷人。最后以陶家世代高逸，不要为家中俗务缠绕所阻相勉，"招居"情意溢出字里行间。

宿洄溪①翁宅

长松万株绕茅舍，怪石寒泉近檐下。老翁八十犹能行，将领儿孙行拾稼②。吾羡老翁居处幽，吾爱老翁无所求。时俗是非何足道，得似老翁吾即休③！

【注释】

①洄(huí)溪：在湖南江华瑶族自治县东南，汇合冯水入沱江。②拾稼：拾取遗留在地里的谷麦。③即休：即心满意足。

【译文】

许多高大的松树围绕着茅舍，奇石清泉近在屋檐下。年高八十老翁还能随意行走，带领着儿孙们拾庄稼。我美慕老翁住地很清幽，我喜爱老翁没什么欲望。这里的世俗是非不用去议论，能像老翁这么生活，我心满意足乐悠悠！

【述评】

这首诗是作者再任道州刺史的夏天，巡查属县至江华写的。

诗入题就突出洄溪翁宅，地处松林中，这种清幽的环境。老翁年高犹能带领儿孙收拾庄稼，别无所求，更令人倾心。最后元结表示自己会摆脱世俗，像老翁那样活下去。这就显示了作者十分喜爱山林的清幽环境和美慕老翁能过上淳朴自由日子的心情，但也流露出其消极的隐居情思。

说洄溪招退者 (在州南江华县)

长松亭亭①满四山，山间乳窦②流清泉。洄溪正在此山里，乳水松膏常灌田。松膏乳水田肥良，稻苗如蒲米粒长。糜色如珈③玉液酒，酒熟犹闻松节香④。溪边老翁年几许？长男头白孙嫁女。问言只食松田米，无药无方向人语。浯溪⑤石下多泉源，盛暑大寒冬大温。屠苏⑥宜在水中石，洄溪一曲自当门。吾今欲作洄溪翁，谁能住我舍西东？勿惮山深与地僻，罗浮尚有葛仙翁！

【注释】

①亭亭：高耸的样子。②乳窦：小洞穴。窦，孔穴。③珈（jiā）：古代妇女首饰名。这里指粥色似珈。④松节香：松节油的香味。⑤浯溪：应是"洄溪"之误。⑥屠苏：草庵。有人作平顶屋讲。

【译文】

高耸的青松遍四山，山间小洞穴流出清泉。洄溪正在这山里，像乳汁松油一样的流水灌溉农田。松膏乳水灌溉的田地真肥沃，稻苗如香蒲、米粒也够长。粥色如珈、酒液似玉，成酒闻着像阵阵松节香。溪边的老翁多大年纪了？长子头白，孙子嫁了女儿。问他长寿原因，只说吃了松田米，没吃仙药也无秘方可告人。洄溪石下有许多好泉源，暑日水冰冬天水温。草庵建在水石上，洄溪转了个弯正当门。我如今想做洄溪上的老翁，谁能住在我屋的西边或东边？不要怕山深与地僻，那葛仙翁还在罗浮山生活过！

【述评】

这首诗着意介绍洄溪地处松林，有乳汁松油般的清泉灌田，稻米酿酒有着松节香。溪边老翁四代同堂。洄溪水石上可以建草庵，作者自己也想做洄溪翁，并希望有人能退居做邻居。表达了诗人不嫌地僻山深，热爱大好山林的感情。但也表达了他要做退隐者的消极思想。

寙樽诗

巉巉①小山石，数峰对寙亭。寙石堪为樽，状类不可名。巡回数尺间，如见小蓬瀛②。樽中酒初涨，始有岛屿生。岂无日观峰③？直下临沧溟④。爱之不觉醉，醉卧还自醒。醒醉在樽畔，始为吾性情。若以形胜论，坐隅临郡城。平湖近阶砌，远山复青青。异木几十株，林条冒檐楹。盘根满石上，皆作龙蛇形。酒堂贮酿器，户牖皆罂瓶。此樽可常满，谁是陶渊明⑤？

【注释】

①巉（chán）巉：险峻的样子。②蓬瀛：蓬莱、瀛洲，相传是仙人居所。③日观峰：在山东泰山，可观日出景象，此处为代指。④沧溟：大海。⑤陶渊明：即陶潜，字元亮，晋浔阳人，任过彭泽令，后弃官归隐，以诗酒自娱。

【译文】

在一片险峻的山石上，几座峰峦正对着窊亭。这洼陷的山石可作酒樽，依形状来看难以取名。我来回走了几尺地，有如见到了小蓬莱、瀛洲。樽中的酒渐渐升上来，那仙岛随即便生成。怎能没有日观峰？一直下到大海跟前。我爱这景象不禁喝醉了，醉后卧睡自然醒来。醉醒都在酒樽旁，这才是我的性情。倘若根据地理形势讲，落座处正临近州府城。平湖也靠近阶石，远山看去青又青。奇异树木几十株，枝叶葱绿遮盖檐楹。树根盘满石面上，蜿蜒好似龙蛇形。酒堂上都是酿酒贮酒器，窗台上放着饮酒瓶。这窊樽可经常贮满酒，谁是陶渊明？

【述评】

诗歌交代窊樽所在地的特点后，诗人觉得此地有如蓬瀛仙境，令人喜爱，在樽畔醉醒自由，始成习性。接着陈述地临郡城所见的景物和酒堂贮酒、樽常酒满之情境，盼望陶渊明式的游人前来醉饮。这种浪漫笔调充分显示了诗人喜爱窊樽胜地和与人共同欣赏的情怀。

朝阳岩下歌

朝阳岩下湘水深，朝阳洞口寒泉清。零陵城郭①夹湘岸，岩洞幽奇带②郡城③。荒芜自古人不见，零陵徒有④先贤传。水石为娱安可羡，长歌一曲留相劝。

【注释】

①城郭：古代的城有内城、外郭。②带：围绕。③郡城：州城。④徒有：徒然具有。

【译文】

朝阳岩下的湘水很深，朝阳洞口的寒泉清。零陵城就建在湘江边，岩洞幽深奇特围绕着州城。从古代以来，这个地方就一直荒凉无人，在零陵这个地方，空有古代贤人的记载。这里的山石景色怎能不令人羡慕呢？我要长歌一曲相劝游人。

【述评】

这首诗描述了朝阳岩岩洞幽奇的景象。朝阳岩原来荒芜没被人们发现，只有先贤才把其名传。而今水石可娱，特意长歌导游。表现诗人热爱自然美和提高人们审美情趣的襟怀。

游右溪①劝学者② （永泰大历间道州任内作）

小溪在城下，形胜③堪赏爱。尤宜春水满，水石更殊怪。长山势回合，井邑④相萦带。石林绕舜祠，西南正相对。阶庭⑤无争讼，郊境罢守卫。时时溪上来，劝引辞学辈。今谁不务武？儒雅道⑥将废。岂忘二三子，旦夕相勉励！

【注释】

①右溪：元结于764年到道州任刺史，右溪当在道州。②学者：指学习辞章的士子。③形胜：山川形势壮美。④井邑：乡村及城镇。井，乡井；邑，城镇。⑤阶庭：代指县衙。⑥儒雅道：儒学文雅之道。

【译文】

这右溪环绕城下，风景壮美很值得赏爱。尤其在春水上涨时，水石显得更奇特。长山环绕，城乡萦绕且连带。石林环绕着舜帝祠，西南正相对。官衙里没有争执与诉讼，城外也免去了守卫。我时时到溪上来，劝说后学辈。而今哪个不习武？儒雅之道将被废。怎能忘掉学习儒学的年轻人，应该早晚给他们勉励！

【述评】

这首《游右溪劝学者》，前面描绘城下的右溪，山水萦绕，城乡接连，石林环绕舜祠的胜景。后几句主要叙述了作者于公事之余暇，来右溪劝勉后学辈专心学习儒道。作者表现了对山水林泉的喜爱情趣，也透露出对人人习武、儒雅之道将被废弃的担忧。他这种对大自然、对优秀传统文化的热爱，对年轻人成长的关怀令人感动。

游潓泉①示泉上学者

顾吾漫浪久，不欲有所拘。每到潓泉上，情性可安舒。草堂在山曲，澄澜涵阶除。松竹阴幽径，清源涌坐隅。筑塘列圃畦，引流灌时蔬。复在郊郭外，正堪静者居。惬心则自适，喜尚人或殊。此中若可安，不服②铜虎符③。

【注释】

①潓(huì)泉：在湖南道州城东。②服：听从。③铜虎符：铜制的虎形兵符。古代发兵时所用。

【译文】

回顾我长期以来的散漫和放浪，不想再受什么拘束。每次来到潓泉上，心性就能得到宁静和安舒。草堂建在山湾里，清澈流水映照着台阶。松树竹子遮蔽着幽暗的山路，清澈的泉水涌流到屋隅。筑起的池塘靠近园圃畦，引来水流灌溉时蔬。而且这地方在城郊外，正适合需要安静的人居住。心情愉快便是最适宜，每个人的喜爱不同。在这里倘若安心学习，就不必考虑听从铜虎符的调遣了。

【述评】

这首诗首先将自己每次游潓泉的感受"情性可安舒"抒发出来。接着细致地描述游潓泉的好处，感叹可在此静居。然后劝勉地提出，可凭个人喜好决定在这里的行止。这就表白了诗人对这里自然美的喜爱，流露了隐居的思绪。

石鱼湖上作 并序

潓泉南，上有独石在水中，状如游鱼，鱼凹处修之可以赌①酒，水涯四匝②多欹石相连，石上堪人坐，水能浮小舫③载酒，又能绕石鱼洄流④，乃命湖曰石鱼湖。镌铭⑤于湖上，显示来者。又作诗以歌之。

吾爱石鱼湖，石鱼在湖里。鱼背有酒樽，绕鱼是湖水。儿童作小舫，载酒胜一杯。座中令酒舫，空去复满来。湖岸多欹石，石下流寒泉。醉中一盥漱⑥，快意无比焉。金玉吾不须，轩冕⑦吾不爱。且欲坐湖畔，石鱼长相对。

【注释】

①赋（jū）：存储、积蓄。②匝（zā）：周。③舫（fǎng）：船。④洄（huí）流：回旋流。⑤镌铭：指镂刻"石鱼湖"三字。⑥盥（guàn）漱：洗脸漱口。⑦轩冕：官车官服。代指官爵。

【译文】

道州漶泉的南面，在水中有块单独的石头，形状像游鱼，石鱼的凹陷处修整一下可用来贮酒。水边四周，许多倾斜的石头相连，石上能够坐人。水可以载小船，船上载酒，又能绕着石鱼逆水行，于是将它命名为石鱼湖。在湖上刻了"石鱼湖"三字，告诉来游览的人。又写了诗歌唱它。

我爱石鱼湖，石鱼在湖里。鱼背上有酒樽，围绕石鱼的是湖水。孩子们造了只小船，载上酒可以满满饮一杯。坐在湖岸让人荡起小酒船，空船流去载酒再回来。湖岸有许多斜石，石下流着寒泉。喝醉了就来洗脸漱漱口，特别舒适最心欢。金银玉石我不想占有，车马官服也不贪恋。我要坐到这湖水畔，常跟石鱼面对面。

【述评】

这首诗先写序，说明石鱼湖所在地和命名的缘由，以及刻铭写诗之意。诗中着意描述在湖中用小船运酒绕石鱼送饮致醉，快意得忘掉金玉和官车官服，欣赏石鱼不厌的情趣。全诗不仅写出了石鱼湖醉饮活动的特点，同时表明诗人喜爱石鱼湖的程度。本诗结构严谨，诗句明白晓畅。

宴湖上亭作

广亭盖小湖，湖亭实清旷①。轩窗幽水石，怪异尤难状。石尊能寒酒，寒水宜初涨。岸曲坐客稀，杯浮上摇漾②。远风入帘幕，淅沥③吹酒舫。欲去未回时，飘飘正堪望。酣兴思共醉，促酒更相向。舫去若惊凫，溶瀁④满湖浪。朝来暮忘返，暮归独惆怅⑤。谁肯爱林泉，从吾老湖上。

【注释】

①清旷：清静宽敞。②摇漾：摇摆荡漾。③淅沥：此处形容雪、雨、风的声音。④溶瀁：形容水势浩大、波光粼粼的壮丽景象。⑤惆怅：愁闷，失意。

【译文】

宽广的亭子建在小湖上，这亭子开阔又清静。亭窗水石相互映照好幽雅，难以描述怪异的形状。石樽能使酒寒凉，清冷的湖水正好开始上涨。湖岸曲折坐客很稀少，酒杯浮在上面直摇漾。远风袭入帘内，淅沥声送入酒舫。刚要漂走还没回来，漂漂荡荡招人望。酒兴到来想要一起喝醉，相互催促劝酒多欢畅。酒舫漂去有如惊飞的野鸭，掠起满湖的波浪。清早前来、日暮忘了回家，天黑到家独自惆怅。有谁喜爱这林泉，随我终老在湖上。

【述评】

诗篇开头就写明湖上小亭清静空旷，水石清幽怪异的场面，这大自然确实可爱。接着描写酒舫送酒醉饮，画面很是细致、生动。但回家后仍然徒自惆怅，可见诗人处于仕隐矛盾当中，思想负担甚重，因而盼望有谁共居林泉。

引东泉作

东泉人未知，在我左山东。引之傍山来，垂流落庭中。宿雾含朝光，掩映如残虹。有时散成雨，飘洒随清风。众源发渊窦①，殊怪皆不同。此流又高悬，潘潘②在长空。山林何处无，兹地不可逢。吾欲解缨佩，便为泉上翁。

【注释】

①渊窦：深水洞。②潘(fān)潘：大波遍洒。潘，大波浪。

【译文】

人们不知道东泉在哪里，它在我家左边的山之东面。挖渠引水让它傍着山边流过来，向下流落在我的庭院中。朝阳透过积雾射来，在积雾的掩映下如残虹。有时散成细雨，随着清风飘飘洒洒。多股泉源出自深水洞，怪异的情况各不相同。这条水流高高悬起，波浪溅起的水花泼洒长空。山林里何处没有这样的情景，这里的情景却不易遇到。我想脱下官衣帽，便可成为泉上的老翁。

【述评】

这首诗叙写了东泉的由来和流泉垂落庭中，细致生动地展现了朝阳透射积雾，有时散成细雨随风飘拂的秀丽画面。这是一首颂扬美好河山的诗篇。但诗的末尾两句表现出诗人消极退隐的思想。

登白云亭①

出门见南山，喜逐松径行。穷高欲极远，始到白云亭。长山绕井邑，登望宜新晴。洲渚曲湘水，萦回随郡城。九疑千万峰，嶚嶚②天外青。烟云无远近，皆傍林岭生。俯视松竹间，石水何幽清。涵映满轩户，娟娟③如镜明。何人病惛浓④，积醉⑤且未醒？与我一登临，为君安性情。

【注释】

①白云亭：在湖南道州南。②嶚（liáo）嶚：山高耸或广远貌。③娟娟：秀丽、美好。④惛浓：神志很不清，极糊涂。⑤积醉：大醉。

【译文】

出了家门登上南山，高兴地沿着松林小路前行。登高想要看到最远处，这才登上白云亭。迤逦的山缠绕城乡，天刚放晴之时最适宜登高瞭望。洲渚使湘水转了个弯，湘水环绕流过道州城。九嶷山峰千万座，高高耸入青天。烟云分不出远与近，都傍着岭头林木生。低头看那松林竹丛间，石头和泉水多幽清。水光摇映着千窗万户，洁净得如镜一般。谁人病得昏昏沉沉，这时候仍然大醉还没醒？快跟我同登白云亭，秀丽景色让你安适好性情。

【述评】

这首诗抒写了诗人高兴地出游，适逢初晴登上白云亭。只见山峦迤逦缠绕城乡，湘水曲折萦洄郡城，青苍的九嶷高耸天外，远近的烟云都依傍岭头而生，俯视清幽的松竹水石间，水光摇映着千窗万户，明净极了。因而想到劝说昏昏沉沉大醉未醒的人，快来登临白云亭安适性情。全诗先写远望再及近景，结构合理，描写手法细致。

潓阳亭作 并序

初得潓泉，则为亭于泉上。因开檐霤①，又得石渠。泉渠相宜，亭更加好。以亭在泉北，故命之曰潓阳亭。

问吾常宴息，泉上何处好？独有潓阳亭，令人可终老。前轩临潓泉，凭几漱清流。外物自相扰，渊渊②还复休。有时出东户，更欲檐下坐。非我意不行，石渠能留我。峰石若鳞次③，敧垂复旋回。为我引潓泉，泠泠檐下来。天寒宜泉温，泉寒宜大暑。谁到潓阳亭，其心肯思去。

【注释】

①霤(liù)：屋檐的流水。②渊渊：水的响声。③鳞次：像鱼鳞一样紧密地排列。

【译文】

起初我找到潓泉，就在泉上筑亭子。由于引下屋檐的水流，又辟出了石渠。泉水与石渠相映，显得亭子更加好看。因为亭子在泉北，所以取名潓阳亭。

问我为何常在潓泉宴饮和休息，泉上什么最好？我觉得只有潓阳亭，那里可以让人安心地养老。亭子前窗临近潓泉，靠窗洗漱就用流动的清水。外界的纷扰虽然不断，但与我无关，就像那潓泉一样，源源不断地流淌着，偶有波澜，也会归于平静。有时走出东门户，想在屋檐下坐一坐。不是我不想走，而是清清渠水吸引了我。山石如鱼鳞般密密地排列，斜斜垂下又旋转回复。替我引来潓泉水，泠泠地响着从檐下流过来。天气寒冷时潓泉水正温，泉水清凉时正好度大暑。谁个来到潓阳亭，还会想着要离去？

【述评】

诗前的序交代了漉泉亭是怎么修建的和命名缘由，点出它的好。诗歌开头扣"好"字提出可以在此养老。漉阳亭的窗临漉泉可洗漱，出东门时更要在檐下坐坐。鱼鳞般的峰石送来泠泠作响的泉水。加上泉流冬温夏凉，谁人来此都不想离去。结尾更突出了"好"，章法完整，主旨突出。

夜宴石鱼湖作

风霜虽惨然①，出游熙天正②。登临日暮归，置酒湖上亭。高烛照泉深，光华溢轩楹③。如见海底日，瞳瞳④始欲生。夜寒闭窗户，石溜⑤何清冷。若在深洞中，半崖闻水声。醉人疑舫影，呼指递相惊："何故有双鱼，随吾酒舫行?"醉昏能诞语⑥，劝醉能忘情。坐无拘忌人，勿限醉与醒。

【注释】

①惨然：指天气萧瑟暗淡。②熙天正：吉祥的正月。③溢轩楹：散射到槛杆和庭柱上。④瞳瞳：初射的光亮。⑤石溜：檐口的水溜。⑥诞语：荒诞的话。

【译文】

风霜天气虽然萧瑟又暗淡，却正是出行的吉祥日子。登临游览日暮才归来，酒宴设在湖亭上。高高的烛火把泉水照得深，光辉照亮了庭柱与轩楹。好像见到了海底的太阳，阳光初射分外明亮。夜寒关闭窗户，檐口水溜多么清寒。有如身在深洞中，半崖听得到滴水声。喝醉的人将船影误认为真实的船只，纷纷呼喊吃惊道："为什么有两条鱼，跟着我的酒舫前行?"醉得昏沉说出荒诞话，相劝饮酒忘了喜怒哀乐。在座没有拘谨的人，不用去管醉与醒。

【述评】

这首诗写到在吉祥的正月，登临日暮才归来，又夜宴石鱼湖亭上。真切地描述日暮降临，在烛光下湖中有如海底日出的情景。饮醉当中，醉人，醉态，醉语，恣饮适意场面，逼真动人。也引人深思，这么夜宴是否必要？

石鱼湖上醉歌 并序

漫叟以公田米①酿酒，因休暇，载酒于湖上，时取一醉。欢醉中，据②湖岸，引臂③向鱼取酒，使舫载之，遍饮坐者。意疑④倚巴丘⑤酌于君山之上，诸子⑥环洞庭而坐，酒舫泛泛然⑦触波涛。而往来者，乃作歌以长之。

石鱼湖，似洞庭，夏水欲满君山青。山为樽，水为沼，酒徒历历坐洲岛。长风连日作大浪，不能废人运酒舫。我持长瓢坐巴丘，酌饮四坐以散愁。

【注释】

①公田米：公家田地种的米，官俸。②据：靠着。③引臂：伸长臂。④意疑：仿佛觉得。⑤巴丘：巴陵。在湖南岳阳湘水右岸。⑥诸子：来游的朋友们。⑦泛泛然：漂荡的样子。

【译文】

我漫叟用公家田地的米酿了酒，因休闲就携酒游于湖上，不时畅饮一醉。沉醉在欢快中，靠着湖岸，伸长手臂向鱼儿取酒，用小船运载，请所有在座的人喝酒。我觉得此时自己仿佛像神仙一样正倚着巴陵于君山上饮酒，朋友们环绕洞庭湖而坐。载酒的船乘着波涛漂漂荡荡，大家吟诗作歌放声高唱。

石鱼湖，好似洞庭湖，夏日里湖水涨满，君山很青。那山就是酒杯，水是盛满酒的池沼，我们一个个坐在洲岛上。连日的大风掀起大浪，我们叫人依旧来往运酒舫。我手持长瓢坐在巴丘上酌取美酒，让四座的朋友共饮，驱散烦愁！

【述评】

这首诗歌唱了石鱼湖的风光，借奇异的想象抒写了醉饮的豪兴，也寄寓了天下扰攘，诗人满怀忧愁只能在湖山与醉乡中消解的情思。

宿丹崖翁①宅

扁舟欲到泷口湍，春水湍②泷上水难。投竿来泊丹崖下，得与崖翁尽一欢。丹崖之亭当石颠，破竹半山引寒泉。泉流掩映在木杪，有若白鸟飞林间。往往随风作雾雨，湿人巾屦满庭前。丹崖翁，爱丹崖，弃官几年崖下家。儿孙棹③船抱酒瓮，醉里长歌挥钓车④。吾将求退与翁游，学翁歌醉在鱼舟。官吏随人往未得，却望丹崖惭复羞。

【注释】

①丹崖翁：泷(shuāng)水令唐节，自称丹崖翁。②湍(tuān)：水势急速，急流的水。③棹(zhào)：船，亦指划船的桨。④钓车：钓具，有轮缠络钓丝。

【译文】

扁舟要去水势疾速的泷水口，春天水流湍急、行舟艰难。放下船竿到丹崖下泊船，得以跟丹崖翁尽兴欢。丹崖的亭子在石山顶，将竹子剖开从半山引寒泉。

泉流在林木间若隐若现，好似白鸟飞翔在林间。泉水往往随着轻风化成雾雨，洒湿了人的头巾、鞋子飘落到庭前。丹崖翁啊，爱丹崖，退官几年于崖下安了家。儿孙划船抱酒瓮，喝醉了放声歌唱还摇动钓车。我将请求辞官来与老翁同游乐，学着丹崖翁在渔舟上饮酒歌唱。因官吏身份受拘束去不成，只得望着丹崖翁心中惭愧且含羞。

【述评】

这首诗可能是作者回道州经零陵，船泊丹崖下写的。因丹崖地处急流水滨处。石山顶上有亭，破竹引来寒泉随风飞雨，丹崖翁是喜爱这幽雅清静环境的。作者羡慕他能居家崖下，过上儿孙划船抱酒的适意自由生活，仕宦与退隐的矛盾心情让诗人只能望望丹崖翁愧生含羞。这也体现了当年社会不够安定，人们向往山林水泽的自由天地的意愿。

欸乃曲①五首 有序

大历丁未②中，漫叟以军事诣都③，使还州，逢春水，舟行不进，作《欸乃》五曲，舟子④唱之，盖欲取适于道路耳。词曰：

【注释】

①欸(ǎi)乃曲：唐代乐府曲名。欸乃，行船摇橹声，象声词。另说是渔歌尾声。②大历丁未：唐代宗大历二年(公元 767 年)。③军事诣都：指去长沙汇报军情。④舟子：船夫。

【译文】

大历丁未年，我因为军事事务去长沙都督府。完成使命回州城时，恰逢涨春水，逆水行船不快，于是写了《欸乃曲》五首，让船夫传唱，旨在旅途中增添乐趣，使行程变得更为愉悦罢了。曲词说：

其一

偶存名迹在人间，顺俗与时未安闲。来谒大官①兼问政，扁舟却②入九疑山③。

【注释】

①谒大官：谒，进见。大官，即官老爷的意思，此处有讽意。②却：退回，转身回。③九疑山：指道州。

【译文】

偶然留下姓名、事迹在人间，依顺世俗与时势做官未得安闲。前来拜见大官爷附带问政事，小舟转身回来进了九嶷山。

其二

湘江二月春水平，满月和风宜夜行。唱桡①欲过平阳戍②，守吏相呼问姓名。

【注释】

①唱桡（ráo）：敲桨作拍而唱。②平阳戍：衡阳水上哨口。平阳，今衡阳。戍，这里指水上哨口。

【译文】

二月的湘江春水稳又平，月圆风和适宜船夜行。敲着船桨高唱要过衡阳哨，守哨的官吏招呼着询问姓名。

其三

千里枫林烟雨深，无朝无暮①有猿吟。停桡静听曲中意，好是②云山《韶》《濩》③音。

【注释】

①无朝无暮：朝朝暮暮。②好是：实是。③《韶》《濩》：商汤时乐曲。

【译文】

千里枫林的烟雨重又深，朝朝暮暮都有猿唱吟。停敲船桨细听歌曲意，实是云山中古代盛世音乐声。

其四

零陵郡北湘水东①，浯溪形胜满湘中。溪口石颠堪自逸②，谁能相伴作渔翁？

【注释】

①湘水东：作者《浯溪铭》序文中记载，"浯溪在湘江之南，北汇于湘。爱其胜异，遂家溪畔"。该序文中说浯溪在湘水南，诗中说在湘水东，浯溪实际上是在湘水南偏东。诗言东，为了押韵。②自逸：自由地观赏。

【译文】

零陵郡之北湘水东，浯溪的美景名满湘中。溪口石阜上可以自由观赏，谁能够伴我做个渔翁?

其五

下泷①船似入深渊,上泷船似欲升天。泷南始到九疑郡②,应绝高人③乘兴船。

【注释】

①泷(shuāng):水名,指潇水自大洋山青口至泷牌间的峡谷。②九疑郡:即道州。③高人:原义高尚的人。这里反语,意达官贵人。

【译文】

过泷的下水船有似进入深渊,过泷的上水船有似要升天。过了泷水南才进入道州,其险应该断了达官贵人乘兴的游船。

【述评】

《欸乃曲》五首,是作者因军事事务至长沙转身回道州的舟行记事抒情古体诗,表达了诗人履行公事的繁难,描述其行程中所见的清幽美景和浯溪可居的喜爱,抒发了对舟子行船高度劳累的体贴等思想感情。五首诗各突出了不同的特点,综合成紧密的整体,用语明快,主旨深刻耐读。此《欸乃曲》曾被作为唐五代早期词而收录林大椿所辑的《唐五代词》中。

引极三首 有序

引极,兴①也,喻②也。引之言演,极之言尽。演③意尽④物,引兴极喻,故曰引极。

【注释】

①兴：《毛诗大序》中记载，"故诗有六义焉：'一曰风，二曰赋，三曰比，四曰兴，五曰雅，六曰颂。'"《周礼》的注家郑众解释"兴"说："兴者，托事于物。"朱熹在《诗集传》中解释"兴"说："兴者，先言他物，以引起所咏之词也。"东汉郑玄认为："兴，见今之美，嫌于媚谀，取善事以喻劝之。"综上，可见，兴不仅有引出正文的作用，也有寄托的作用。②喻：比喻。③演：推演。④尽：全部、完全的意思。

【译文】

引极，就是起兴，也是比喻。引，说的是推演；极，说的是完全。将自己的心意完全推演到事物里，用兴来表达寄托，所以称作引极。

其一　思元极①

天旷漭②兮杳泱茫③，气浩浩④兮色苍苍⑤。上何有兮人不测，积清寥⑥兮成元极。彼元极兮灵且异，思一见兮藐⑦难致⑧。思不从兮空自伤，心愡⑨揖⑩兮意惶懐⑪。思假翼兮鸾凤，乘长风兮上玒⑫。揖元气兮本深实，餐至和⑬兮永终日。

【注释】

①元极：与太初同义。《列子·天瑞》："太初者，气之始也。"所谓"气之始"，指的是宇宙最原始的无形无象的本原。就本诗的内容看，诗中的元极不是指宇宙的本原，而是指天神、天帝。②旷漭：天空开阔空荡。③杳泱茫：极为辽阔深广。④浩浩：形容广大。⑤苍苍：深青色。⑥清寥：清静，寂寥。⑦藐：通

"邈"，辽远。⑧致：求得。⑨慅(cǎo)：忧愁。⑩揖：不停止的样子。⑪懔：害怕。⑫翃(hóng)：飞的声音。⑬和：《广韵》解和字，"顺也，谐也，不坚不柔也"。诗中指和谐的修养境界。

【译文】

  天空空旷无垠，深广又辽远，混沌之气无边际，颜色青冥而深蓝。那天之高远处，究竟藏着什么呢？人们无法得知。那里积聚着清净寂寥之气，形成了宇宙的本源元极。元极如此灵异而神秘，多想亲眼一见啊，但却又觉得如此渺茫难以到达。我的忧愁无法消除，只能空自伤怀，内心充满敬意，却又惶恐不安。让我插上鸾凤的翅膀，乘长风飞上云巅。让我在天上凝聚元气，拥有不竭的力量源泉。我向那元气致以敬意，希望能汲取到那最纯粹和谐的力量，使我的心灵得到永恒的安宁与满足。

【述评】

  这是一首游仙诗。本诗首先描绘了天空空旷浩荡、辽阔深广，是天神居住的地方。接下来写天神神秘灵异，作者想见而见不到的内心忧愁不安，最终借助鸾凤的力量到了天上。他要在天上积聚元气来滋养至和。

  诗歌通过求见天神一事的叙述，寄托了诗人的思想感情，以及诗人对生命、宇宙等终极问题的深刻思考与探索。

其二 望仙府①

  山凿落兮眇嶔崟②，云溶溶③兮木苓苓④。中何有兮人不睹，远欹差兮网⑤仙府。彼仙府兮深且幽，望一见兮藐无由⑥。望不从兮知如何？心混混⑦兮意浑和⑧。思假足兮虎豹，超阻绝兮凌趠⑨。诣仙府兮从羽人⑩，饵五灵兮保清真⑪。

【注释】

①仙府：旧传东海的蓬莱、方丈、瀛洲三神山，是有仙人居住的仙府。②嶔(qīn)崟：山势高险的样子。③溶溶：盛大的样子。④槮(shēn)槮：枝叶茂盛。⑤闷(bì)：深闭。⑥藐无由："藐"通"邈"，很远很远。⑦混混：浑浑，杂乱的样子。⑧浑和：失和的意思，指心神不平静。⑨趠(zhuó)：超绝。⑩羽人：飞仙。⑪清真：纯洁朴素。

【译文】

山谷空旷山崖嶙峋，云雾缭绕林木葱郁。无法亲眼看见山中有什么，辽远参差的地方有神仙洞府。仙府遥远且神秘深幽，盼着能前往却不知如何访求。愿望不能实现我该怎么做？心里乱糟糟的万般忧愁。让我骑上虎豹吧，一路无阻跨越险峰壑沟。师从那洞府仙人，服用那五灵神药使我保持纯真。

【述评】

这首诗的章法结构与《思元极》相同。首二句描写山谷空旷辽远，云树高大，枝叶茂盛，是想象中仙府的环境。接下来的八句，写仙府的神秘深幽，只能远望而不得见，于是渴望得到虎豹的帮助登临仙府。末二句写到达仙府后他要跟随羽人学仙，远离尘世，避开污浊，保持纯洁朴素的本色。诗中对仙府神仙生活的向往也透露出作者对现实的不满。

其三　怀潜君①

海浩淼②兮泪③洪溶④，流蕴蕴⑤兮涛汹汹⑥。下何有兮人不闻，深溢渀⑦兮居潜君。彼潜君兮圣且神，思一见兮藐无因。思不从兮空踟蹰，心回迷兮意萦纤⑧。思假鳞兮鲲龙，激沆浪⑨兮奔从。拜潜君兮索玄宝⑩，佩元符兮轨⑪皇⑫道。

【注释】

①潜君：指水神。②浩淼：汪洋无边。③汩：波涛。④洪溶：澎湃巨大。⑤蕴蕴：深邃的样子。⑥汹汹：呼啸声。⑦深溢㴇：形容海底最深处。⑧萦纤：纠缠不清。指思绪纷乱。⑨沆浪：大水浪。⑩玄宝：灵宝。⑪轨：导轨，循的意思。⑫皇：大。

【译文】

大海浩瀚无边啊惊涛澎湃掀巨澜，海流深不可测啊浪涛汹汹。激流下有什么人们不得而知，只知深深的海底居住着潜君。那个潜君十分神秘，想要见上一面却无法访寻。见不到潜君啊我徘徊沉吟，思绪纷乱如麻好不烦闷。让我骑上鲲鹏驾驭神龙，冲开巨浪奔向潜君的府门。拜访潜君索求灵宝妙品，佩戴祥瑞的符命直往皇道上奔。

【述评】

本诗的章法结构与《思元极》《望仙府》一样。诗的内容描写寻访水神而不得的心情及拜求水神索求玄宝以实现"佩元符兮轨皇道"的愿望，对水神的仰怀寄托了作者对理想社会的向往。

演兴四首 有序

商馀山①有太灵古祠。传②云：蓁龙氏③祠大帝④所立。祠在少馀西乳⑤之下，邑人修之以祈田⑥。予因为《招》《祠》《讼》《闵》之文⑦以演兴⑧。辞曰：

【注释】

①商馀山：在今河南鲁山县。②传：泛指《书传》。③豢龙氏：相传虞舜时，有一人叫董父，能畜养龙，虞舜因命为豢龙氏。④大帝：民间信仰的皇天大帝，即太一神。⑤乳：幼小。这里指小山峰。⑥祈田：祈祷丰收。⑦《招》《祠》《讼》《闵》之文：指《招太灵》《初祀》《讼木魅》《闵岭中》四首诗。⑧演兴：指推演修祠祈田这些事来寄托自己的情感。

【译文】

商馀山上有一座太灵古祠。《书传》上说：最初是豢龙氏为祭祀天神所修建的。这座古祠在商馀山西边的一个小山峰下，后来当地人又将它加以修缮用来祈祷丰收。我因此写了《招太灵》《初祀》《讼木魅》《闵岭中》四首诗，来寄托我的情感。诗曰：

其一　招太灵

招太灵①兮山之巅，山屹屼②兮水沦涟③。祠之襜④兮眇⑤何年？木修修⑥兮草鲜鲜，嗟⑦魑魅⑧兮淫⑨厉，自古昔兮崇⑩祭。禧⑪太灵兮端清⑫，予愿致夫精诚。久惆⑬兮怅怅⑭，招招⑮檽⑯兮呼风。风之声兮起飚飚⑰，吹玄云兮散而浮。望太灵兮俨⑱而安，澹⑲油溶兮都清闲。

【注释】

①招太灵：招，邀请。太灵，太一神，即天神。这是祠庙重修之后，诗人写

诗文邀请天神回庙。②屼屼（wù）：形容山峭拔、险峻。③沧涟：微波，形容水波起伏。④濑（lài）：倒塌毁坏。⑤眇：通"渺"，渺茫，也就是远隔年月的意思。⑥修修：高而长。⑦嗟：叹息。⑧魑魅：鬼怪。⑨淫：邪恶，奸邪。⑩崇：崇敬，尊敬。⑪禧：祝福。⑫端清：端正清明。⑬惄（nì）：忧愁。⑭忡（chōng）忡：心跳动不安。⑮捋：拾取。⑯櫺（líng）：同"棂"，屋檐，或有屋的船。⑰飔（liú）飔：拟声词，形容风声。⑱俨：恭敬，庄重。⑲澹：恬静安然的样子。

【译文】

我在那巍峨的山巅上呼唤着太灵之神，山高风轻水流潺潺。这倒塌的古祠啊，建于远古的何年何月？古祠周围树木挺拔，绿草如茵，感叹世间隐藏着魑魅魍魉等邪祟之物，故自古以来，人们便对太灵之神充满了敬畏并进行祭祀。祈愿太灵能赐予端庄清正，我愿向神灵表达我的最诚挚的敬意和诚心。我长久地忧愁难安，摇动古祠的窗棂，仿佛是在呼唤着风的到来。风刮得飔飔地响，吹开黑黄色的云。远望天神，他是那样庄重安详，仿佛整个世界都变得宁静、清爽。

【述评】

《招太灵》写于神庙重修、神像新塑不久，是一首招神邀神的诗。

开头写招神邀神之事。接下来描写古祠周围的环境。然后对比神庙久废后人们的忧虑和现在欢呼天神归来的热烈。末尾用铺叙手法写天神出现，写得逼真、生动，也写出了人们肃穆崇敬的心情。

其二　初祀①

山之乳兮茸②太祠，木孙③为桷④兮木母⑤榱⑥。云缨⑦为楣⑧兮愚木柄⑨，洞渊禅兮揭巍巍。涂水兰兮葤⑩糅薿，被⑪弱草兮褅袥⑫联。仡浑洪兮馥阗阗⑬，

管[14]化石兮洞刳天。翘[15]修钐[16]兮掉[17]芜殳[18]，灵巫讄[19]兮舞颠于。荐天鲜[20]兮酒阳泉，献水芸[21]兮饭霜秈[22]，与[23]太灵兮千万年。

【注释】

①初祀：祠庙重修后，首次祭神，所以叫初祀。②葺(qì)：修理房屋。③木孙：再生树木，诗中指细木头。④桷(jué)：方形椽子。⑤木母：与木孙相对，指粗木头。⑥榱(cuī)：大的椽子。⑦云缨：能做建筑材料的树木。⑧楣(mào)：门框上的横木。⑨栭(ér)：斗拱。⑩莳(shì)：栽种。⑪被：遮盖。⑫禘礿：大祭名。这里指祭坛。⑬馥阗阗：形容香气充盈四溢的样子。馥，香气。阗阗，充满，盛多的样子。⑭管：从上下文看，可能是指祭神所奏管箫类乐器。⑮翘：高举。⑯修钐：长把镰刀。⑰掉：摆动。⑱芜殳：兵器。⑲讄(lěi)：祈祷。⑳天鲜：祭品。㉑水芸：香草，也是祭品。㉒霜秈：秋稻。㉓与：赞许。引申为欢呼。

【译文】

在小山峰下修神庙，细木粗木做成大小椽。做好横梁做斗拱，殿宇广阔深幽，高大而巍然。入庙路旁栽种着木兰，芳草覆盖着祭坛。抬头望天，处处扑鼻香阗阗，排箫大管奏起来。舞动各种兵器与长镰，神婆祈祷跳起舞。虔诚献上祭品香草、水芸、米饭、阳泉酒，高呼着天神，祝愿天神千岁万岁寿永延！

【述评】

这首祭祀太灵神的诗歌，比较形象地描述了祭祀的全过程。

诗的前几句交代了太灵祠的位置所在、建筑的基本用材，描绘了殿宇的广阔幽深高大及路旁的树木芳草。后几句描述了奏乐、迎神仪仗、祈祷、跳舞、献祭品及众人欢呼的盛况。但本篇使用了不少冷词僻字，不好理解。

其三 讼木魅①

登高峰兮俯幽谷，心悴悴②兮念群木。见樗③栲④兮相阴覆，怜椬⑤榕兮不丰茂；见榛⑥梗之森梢⑦，闵⑧枞榀⑨兮合蠹。楷⑩桡桡⑪兮未坚，樟⑫根根⑬兮可屈。榓⑭林⑮樽兮不香，拔⑯丰草⑰兮已实。岂元化之不均兮，非雨露之偏殊？谅理性⑱之不等，于顺时兮不如⑲。癏⑳吾心以冥想，终念此兮不怡怡㉑。予莫识天地之意兮，愿截恶木之根，倾枭㉒獥㉓之古巢，取童㉔以为薪。割大木使飞焰㉕，傒㉖枯腐之烧焚。实非吾心之不仁惠也，岂耻夫善恶之相纷。且欲备㉗三河之膏壤，禆㉘济水之清涟。将封灌㉙乎善木，令楸楸㉚以梃梃㉛。尚畏乎众善㉜之未茂兮，为众恶㉝之所挑凌㉞。思聚义以为曹㉟，令敷扶㊱以相胜。取方所以柯㊲如兮，吾将出于南荒㊳。求寿藤与蟠木㊴，吾将出于东方。祈有德而来归，辅神桎㊵与坚香㊶。且忧颢㊷之翩翩，又愁獭㊸之奔驰。及阴阳兮不和，恶此土之失时。今神桎兮不茂，使坚香兮不滋㊹。重㊺嗟惋兮何补？每斋心以精意㊻。切援祝于神明，冀感通于天地。犹恐众妖兮木魅，魍魉兮山精，上误惑于灵心，经绐㊼于言兮不听。敢引佩以指水，誓吾心兮自明。

【注释】

①讼木魅(mèi)：对妖魅的控诉。木魅，旧指老树变成的妖魅。②悴(cuì)悴：忧伤的样子。③樗(chū)：臭椿树。④栲(kǎo)：山樗。⑤椬(qǐn)：桂树的一种。⑥榛(zhēn)：落叶灌木。⑦森梢：枝繁叶茂。⑧闵：怜惜。⑨枞榀：枞、榀都是树木名，可做建筑用。枞，亦称"冷杉"。⑩榓(xí)：一种树，木材坚硬。⑪桡(ráo)桡：曲木，木头弯曲。⑫樟：树木名。⑬根(láng)根：敲击的意思。

⑭樒(mì)：香木的一种。⑮柿(shì)：果树名。⑯拔：疑为枍(biē)字之误。枍，梧桐树的别名。⑰丰茸：茂密的样子。⑱理性：理也是性的意思。理性，天性。⑲如：遵照。⑳瘗(yì)：同"嫕"，安静和善，平心静气。㉑伿(yǐ)：发呆。㉒枭：同"鸮"，猫头鹰，旧说鸮是不祥之鸟。㉓獍：一种食其母的恶兽。㉔童：山无草木曰童，但草木茂盛也言童。本诗童的意思应为后者。㉕飞焰：火焰高飞旺盛。㉖徯(xī)：等待。㉗畚(běn)：畚箕，盛土的器具，这里作动词，运土。㉘裨：补益。㉙封灌：封土灌水。㉚槦(sù)槦：草木茂盛的样子。㉛梴(chān)梴：很长很长的样子。㉜众善：所有好的树木。㉝众恶：所有坏的树木。㉞挑凌：挑衅欺凌。㉟曹：群体，团体。㊱敷扶：互相扶持。㊲柯：斧柄。㊳南荒：指南方荒凉遥远的地方。㊴蟠木：根干盘曲的树木。㊵神柽(chēng)：河柳。㊶坚香：指檀香树。㊷颙(yóng)：兽壮大者曰颙。㊸狖(yòu)：同"狖"，黑猿。㊹滋：生长。㊺重：深深地。㊻精意：心意精诚。㊼绐(dài)：欺骗。

【译文】

登上高高的山峰，俯瞰幽深的沟谷，望着森林我的心情黯然忧伤。见到樒树与柿树相互依偎，枝叶交叠成阴凉，可怜啊椶树和榕树并不如其他树木那样茂盛；荆榛丛生枝繁又叶茂，可怜枞树、楠树却都被蠹虫蛀食。原本坚硬的榴树木质松软、不直，可用来敲击的樟树变得曲曲弯弯。可以用来制作酒樽的櫕木不具有香气，那挺拔的茂盛的树木已经结果。难道是造化不均，而不是雨露有所偏私？想必是人的理性不一样，在顺应时势方面，有的人做不到。我心里实在是抑郁忧烦，不禁陷入深深思考，因为不断地思考这件事心中无法平静安乐。我不明白天地的意旨，但我愿把恶木连根铲除，捣翻枭鸟、獍兽的老巢，砍掉茂密的草木当作柴火。折来大树枝拨火让火烧得更旺，等着那枯树腐枝彻底地焚燃。这实在不是我心地不仁厚啊，而是不应为善恶混杂的局面感到羞耻或困扰。我想把三河的肥土运来，将清澈的济水引上山。给善木培土灌水，让它们尽快地长入云端。我还担心一切好的树木长得不茂盛，被一切坏的树木欺凌挤占。我想让所有的善树聚集起来，让它们相互扶持、共同战胜困难。我要采取合适的方法，就像砍树做斧柄那样，去往未知的南荒。我要寻来寿藤与蟠木种满山峦，将奔向东方。我祈愿德才兼备的大贤，能够来辅助河柳与香檀。我又担心壮兽来这儿跑来跑去，也发愁黑猿到这里闹腾奔窜。当阴阳失衡，我又恨这个地方的失序。如今河柳生长不旺，檀香树也是萎萎蔫蔫。可是深深叹惋有何补益？我常常斋戒静心盼望诚意能到达神前。诚恳地祈祷神明相助，希望天地能够觉察我们的虔心。我更忧虑山林中的精怪，恐怕它们迷惑了神灵，使我的祈求无法被上天听到或接受，花言巧语让天神听信谗言。我愿以佩戴的饰物指向流水，向天神发誓表明赤心拳拳。

【述评】

本诗突出的写法：一是用对比来写善木与恶木。恶木都生长得茂盛，而善木却受到损害。并将善木与恶木的不同情况进行分析，表现出自己的极不愉快与除恶兴善的情感。二是铺陈排比的运用。作者直抒："愿截恶木之根，倾枭獍之古巢，取童以为薪。割大木使飞焰，俟枯腐之烧焚。"这一组排比句式将作者除恶务尽的坚决表达得淋漓尽致。又强调："欲畚三河之膏壤，禋济水之清涟。将封灌乎善木，令槭槭以梴梴。尚畏乎众善之未茂兮，为众恶之所挑凌。思聚义以为曹，令敷扶以相胜。"兴善的愿望又是何等强烈。正是这种直抒胸臆的铺陈突出地反映了作者进取向上的精神面貌。

其四　闵岭中①

□②群山以延③想，吾独闵乎岭中。彼岭中兮何有？有天含④之玉峰。殊闵绝⑤之极颠，上闻产乎翠茸⑥。欲采之以将寿，眇不知夫所从。大渊蕴蕴⑦兮绝栈⑧岌岌⑨，非梯梁以通险，当无路兮可入。彼猛毒⑩兮曹聚⑪，必凭托乎阻修⑫。常儗儗⑬兮伺人，又如何兮不愁。彼妖精兮变怪⑭，必假见⑮于风雨。常闪闪⑯而伺人，又如何兮不苦。欲仗⑰仁兮托信，将径⑱往兮不难。久懹懹⑲以悢悗⑳，却迟回㉑而永叹。惧太灵兮不知，以予心为永惟㉒，若不可乎遂已，吾终保夫直方。则必蒙皮篻㉓以为矢，弦母(一作毋)筱㉔以为弧。化毒铜㉕以为戟，刺棘竹㉖以为殳㉗。得猛烈之材，获与之而并驱。且舂㉘刺乎恶毒，又引射夫妖怪。尽群类㉙兮使无，令善仁兮不害。然后采梫榕以驾㉚深，收枞檖㉛兮梯险。跻予身之飘飘，承予步之踆踆㉜。入岭中而登玉峰，极网绝而求翠茸。将吾寿兮随所从，思未得兮马如龙㉝。独翳蔽㉞于山颠，久低回㉟而愠瘀㊱。空仰讼㊲于上玄㊳，彼至精㊴兮必应。宁古有而今无，将与身而皆亡。岂言之而已乎！

【注释】

①岭中：泛指商馀山太灵古山区。②□：《全唐诗》注云首句缺一字。③延：长，久。④天含：天然生成。⑤网(bì)绝：闭塞隔绝的意思。⑥翠茸：疑指尾肉和鹿茸。《礼记·内则》"舒雁翠之句"注："舒雁，鹅也。翠，尾肉也。"⑦蕴蕴：深邃的样子。⑧绝栈：特别高的意思。这里指高山。⑨岌岌：很危险的样子。⑩猛毒：猛兽毒蛇之类。⑪曹聚：成群地聚集在一起。⑫阻修：艰险遥远。⑬儗(nǐ)儗：狡猾的意思。⑭变怪：灾变怪异。⑮见：通"现"，显现的意思。⑯闪闪：物体动摇不定貌。⑰仗：依靠。⑱径：径直，直接。⑲懹(ràng)懹：惧怕的样子。⑳悢(líng)悗：怜惜。㉑迟回：徘徊，犹疑不决。㉒永惟：长久地思虑。㉓蒙皮篻(piǎo)：细小的竹子。㉔母筱(xiǎo)：粗竹。㉕毒铜：用毒药水浸过的铜。㉖棘竹：也叫笆竹、篱竹。㉗殳：兵器。㉘舂：通"冲"，撞击。㉙群类：

此处指邪恶势力。㉚驾：超越，这里是度过的意思。㉛槥(huì)：树名。㉜趻(yǎn)趻：疾行，快走。㉝马如龙：马如游龙，形容往来不绝。这里作思绪烦杂、起伏不绝解。㉞翳蔽：遮蔽。㉟低回：盘桓、流连。㊱恤瘀(yū)：苦恼的意思。㊲讼：争辩是非。㊳上玄：皇天、上帝。㊴至精：指上帝。

【译文】

面对群山我陷入了沉思，心中充满了忧虑。那山岭中究竟有什么东西？有天然生成的玉峰。在那闭塞阻隔、人迹罕至的山顶，听说生长着延年益寿的翠茸。想去寻来以延年益寿，却又茫然不知如何才能采得。深渊深邃莫测，高山是那样高耸险峻，没有桥梁和梯子可以通往这险峻之地，仿佛没有道路可以到达。那些猛兽毒蛇往往聚集在险阻之地，它们依靠这些地形来隐蔽自己。它们常常窥伺着人类，这怎么不叫我担心发愁！那些妖怪往往在刮风下雨时出现，这又怎能不令人苦忧？它们时常不定期地窥视着人类，这怎能不让人感到痛苦！我想依靠仁义与诚信，径直前往那里应该不是难事。但又久久地陷入惧怕与怜惜，犹疑徘徊而长长叹息。我害怕神灵不了解我，我将长久地思虑着。假如这想法不可施行也就罢了，但我将始终坚守着正直。那么我将用细竹做箭，将粗竹弯弓结弦，用浸过毒汁的铜制成戟，将带刺的竹子制成殳。我愿意求得勇猛有才能的人，和他们驰驱并肩。用剑戟竹殳刺向恶毒的东西，拉开弓箭将妖魔射翻。要将邪恶势力完全消灭掉，让良善仁慈不受侵害。砍来木桂、榕树造船渡过深渊，用松树、槥树做梯攀爬高山。让我的身体轻盈飘升，让我的脚步快速向前。我终于进入山岭攀登上玉峰，在这人迹罕至的地方找到了翠茸。让我的生命能遂愿长寿，想起还未能实现的愿望时思绪起伏有如游龙。独自在高山顶被遮蔽无法瞭望，盘桓苦恼忧心忡忡。我只能仰头向皇天诉说，相信那至诚心意一定会有回应。怎会古时有而今无，我一定要与恶事物拼到死。绝不仅是说说而已！

【述评】

本篇诗歌围绕寻求延年益寿的翠茸这一目标，先是极力铺写采摘工作的艰难，表达战胜困难的勇气，尔后又运用排比手法直叙与恶毒、妖怪的斗争，突出渲染出诗人不惧牺牲的大无畏精神。

石宫①四咏

石宫春云白，白云宜苍苔。拂云践石径，俗士谁能来？

石宫夏水寒，寒水宜高林。远风吹萝蔓，野客熙②清阴。

石宫秋气清，清气宜山谷。落叶逐霜风，幽人爱松竹。

石宫冬日暖，暖日宜温泉。晨光静水雾，逸者③犹安眠。

【注释】

①石宫：岩洞，石室。②熙：喜爱。③逸者：闲逸的人。

【译文】

春天石室上空的白云显得更洁白，和石宫下的苍苔相映成趣。拨开云雾脚踏青苔路，世俗人士怎会到这来。

夏日石室的水特别寒凉，寒水与高林相得益彰。远风吹过，藤蔓轻柔地拂动，山野客人眷恋着清阴。

秋深季节石室空气好清爽，爽朗清凉充满了山谷。落叶追逐霜风转，超脱的人喜爱苍翠的松竹。

冬天的石室却很温暖，暖阳下温泉热气腾腾的。晨光静静地映照着水雾，闲逸的人正在舒适地酣眠。

【述评】

此诗可能是公元 760 年以前的作品，诗句描绘出石宫当地四时实景清幽可爱的画面，寄托了诗人对自然的热爱、对超脱世俗生活的向往。有人据"野客""幽人""逸者"，指出诗中包含了诗人的退隐思想。

宿无为观

九疑山深几千里，峰谷崎岖人不到。山中旧有仙姥①家，十里飞泉绕丹灶②。如今道士三四人，茹芝③炼玉④学轻身。霓裳⑤羽盖⑥傍临壑，飘飘似欲求云鹤。

【注释】

①仙姥(mǔ)：仙母，仙妇。②丹灶：道士炼丹的灶。③茹芝：吃灵芝草，芝，菌类，一种瑞草。④炼玉：炼丹。⑤霓裳：神话中指神仙穿的用霓做的衣服。霓，云霓，这里指彩色衣服。⑥羽盖：指用鸟羽作装饰的车盖。也指仙人车驾。

【译文】

九嶷山深远，有几千里，山峰沟谷崎岖，人迹罕至。山中原有仙母居住，四周飞瀑围绕炼丹灶。如今仍有道士三四人，吃灵芝、熬丹药、练习轻功。他们身着霓裳、持羽盖、站在山壑边，飘飘然似欲追随云鹤而去。

【述评】

这首诗抒写诗人宿无为观时，了解到九嶷山深远，人迹罕至。相传此地原有仙母住过，今有道士在炼丹，盼望飞升。展现了诗人对于超然物外、羽化登仙的向往之情。

无为洞口作

无为洞口春水满，无为洞傍春云白。爱此踟蹰不能去，令人悔作衣冠客①。洞傍山僧皆学禅②，无求无欲亦忘年。欲问其心不能问，我到山中得无闷③。

【注释】

①衣冠客：衣冠整齐的官绅门客，代指做官的人。②禅：佛教名词。即静思息虑。③闷：烦闷，不痛快。

【译文】

无为洞口春水涨满，无为洞旁春天的云雾洁白。我喜爱这情境徘徊不愿离去，真后悔做了衣冠客。洞旁的山僧都学习禅事，达到了无欲无求、忘却年龄的境界。想问问他们心思也不便发问，我来到这里，心里定能不烦闷。

【述评】

诗歌抒写无为洞前春日景色令人喜爱流连，反悔衣冠在身不能隐居，抒写了作者喜爱山水与仰慕学禅者的心情。

橘井①

灵橘②无根井有泉，世间如梦又千年。乡园③不见重归鹤④，姓字今为第几仙？风泠露坛人悄悄，地闲荒径草绵绵。如何蹑得苏君迹，白日霓旌拥上天？

【注释】

①橘井：注明本原缺此诗，唯于卷末拾遗中见之，《全唐诗》亦收之。又按北京图书馆藏王国维校《元次山文集》谓此绝非次山诗。②灵橘：据《神仙传》，苏耽，郴州人，养母至孝，忽辞母云，"受性应仙，当违供养"。母曰："汝去，使我如何存活？"答曰："明年天下疫疾，庭中井水，檐边橘树，可以代养。"至时，病者食橘叶饮井水而愈。"灵橘"的传说由此而来。③乡园：指苏耽的家乡。④归鹤：据《搜神后记》，辽东人丁令威学道于灵虚山，后化鹤归辽。后以归鹤喻不忘故乡的人。

【译文】

灵异的橘树不见须根，深井甘泉水波粼粼；人间犹如梦幻一般，不知不觉又是千年轮回。四望故园不见归鹤，不知你如今属上界第几序列的仙人？清风吹着沾满露水的祭坛，地闲径荒，杂草丛生、遍布荆榛。如何能追寻到苏仙的足迹，在白日里被旌旗簇拥飞升上天？

【述评】

这首诗以忆苏母用泉水煮橘叶为百姓治病开篇，突出橘叶的"灵"，从而巧妙地将苏仙的传说融入诗中。时光易逝，如梦如幻不觉又是千年，而今国家动荡不安，兵灾荒灾相连，田地无人耕种，小径杂草丛生，万民流离。能救百姓苦难的苏仙在哪里呢？作者借对苏仙的盼望表达了自己欲拯救黎民于水火、振兴国家于衰微的政治理想。

三、乐山乐水的仁智情怀（山水铭）

刻铭于山，开始用来祝颂与劝诫。如先秦李斯刻的铭文称颂秦的功业，汉班固《封燕然山铭并序》显示窦宪破北单于的伟绩。西晋张载《剑阁铭》揭示"兴实以德，险亦难恃"的道理，在于劝诫。可见他们都只把山当作载体而已。

颜真卿给元结写的墓志铭，评述元结"雅好山水，闻有胜绝，未尝不枉路登临而铭赞之"。这才真正是为山刻铭。他总共写了二十三篇山水铭，总体上具有以下特征：一是刻铭的对象均是无名山水，予以命名。有的以儒家道德准则为据，如七泉的五泉、潓泉、汸泉；有的因个人志趣所在，如浯溪得名"为自爱之"；有的以山形水状做证，如"抔樽铭""窊尊铭"；有的以地理方位为凭，如朝阳岩铭，因它东向。经过命名后的山水就具有了文化传承或历史底蕴，提升了地位。二是每处山水铭都注重描写其与众不同的奇异景象，显示特有的自然美，增加了欣赏吸引力。三是作铭动机在于彰示君子之道，抒发自得之乐，文化意味浓厚。如《瀼溪铭并序》，将"瀼"训为同音"让"，借此赞美君子谦让之道，并指出某些人不要"惭游瀼滨"。他置身山水，感到"惬心自适，与世忘情"（《唐庼铭有序》），是因为他在自己所注入的独特美学意蕴的山水境界中，找到了在现实社会中无法找到的，自己所追求的人格精神、道德境界的归宿。

元结所写山水铭文显示出他对祖国山水天然美的热爱，他将自己发现的奇山异水公开于世，引导世人看重它，欣赏它。这些地方也因之先后成了旅游胜地。如浯溪摩崖石刻成了中外闻名的文化宝库，孕育成浯溪文化。

我们读元结山水铭记，必须将序与铭连读，才能得到完整理解；只有把握了每篇铭文的特有美，才算读懂读透。

异泉铭 并序

天宝十三年①，春至夏甚旱，秋至冬积雨。西塞西南有回山②，山巅是秋崩坼，有穴出泉，泉垂流三四百仞③，浮江中可望。於戏！阴阳旱雨，时异；以至柔破至坚，事异；以至下处至高，理异。故命斯泉，曰异泉。铭于泉上，其意岂独旌④异而已乎？铭曰：

何故作铭，铭于异泉？为其当不可阏⑤，坼石⑥出焉。何用作铭，铭于异泉？为其当不可下，穷高流焉。君子之德，显与晦⑦殊。为此铭者，忘道也欤？

【注释】

①天宝十三年：公元754年。②回山：连绵的山。③仞：古长度单位，八尺为仞。④旌：旧时指表扬、表彰。⑤阏（è）：阻塞。⑥坼（chè）石：冲裂石头。⑦显与晦：明暗。比喻人的进退，即出仕或退隐。《晋书·陶潜传》："君子之行殊途，显晦之谓也。"

【译文】

天宝十三载，从春到夏发生大旱，从秋到冬却长时间地下雨。西塞西南有座回山，这座山的山顶在这年秋天崩裂，裂开了一个洞，从中流出了泉水，向下直流三四百丈，浮船江中，远远地可以望见这景象。唉！自然的阴阳变化导致旱涝无常，这是天时的异常之处；至柔的流泉能冲垮至坚的大山，这是自然的奇异之处；能从最低处冲到最高处，这是事理的奇异之处。因此我给这口泉水取名"异泉"。在泉上刻铭，其意难道只是为了纪念这不同寻常的景象吗？铭文说：

为什么写铭文，刻铭在异泉上？因为这泉水本来不可阻塞，终于冲破岩石流出。何必要写下铭文，在异泉上刻铭？是因为那泉水不向下处流，而向最高处涌奔。君子的品德，无论是在显达还是隐晦的时候，都是有所不同的。写下这一铭文的人，难道忘了这道理吗？

【述评】

铭的序言根据异泉出流的实况指出它时异、事异、理异的特点，并说明泉名的由来。以事喻理，赞扬君子之德。

瀼溪铭 有序

乾元戊戌，浪生元结始浪家瀼溪①之滨。瀼溪，盖溢水②分称。瀼水夏瀼江海，则百里为瀼湖，二十里为瀼溪。瀼溪，浪士爱之，铭之其滨。於戏！古人喜尚君子，不见君子，见如似者，亦称颂之。瀼溪可谓让矣。让，君子之道也。称颂如此，可遗③瀼溪。若天下有如似让者，吾岂先瀼溪而称颂者乎？铭曰：

瀼溪之澜④，谁取盥焉？瀼溪之漪，谁取饮之？盥实可矣，饮岂难矣？得不惭其心，不如此水。浪士作铭，将戒何人？欲不让者，惭游瀼滨。

【注释】

①瀼（ráng）溪：在江西瑞昌，溪名。②溢（pén）水：在九江。③遗（wèi）：赠与，送给。④澜：大波澜。

【译文】

乾元元年，元结开始在瀼溪旁住下。瀼溪，是溢水分流的名称。瀼水夏天涨水时与江海相连，可形成广袤的瀼湖，也可以是瀼溪。瀼溪，我喜爱它，因此在它的水边刻写铭文。啊！古人喜欢尊崇君子，没有见到真君子，也会对那些具有君子风范的人或事物给予称颂。瀼溪可称得上是谦让了。谦让，是君子的作风。瀼溪如此值得称颂，我们可以将其命名为"让溪"。倘若世界上有这样谦让的人，我又怎能先称颂瀼溪呢？铭文说：

瀼溪波涛荡漾，谁取来洗漱了呢？瀼溪泛起涟漪，谁取来饮用了呢？瀼溪水能够做洗漱用，做饮用水难道很难吗？如果不能做到像瀼溪水一样，就应当感到惭愧，因为还比不上这溪水。我作这篇铭文，想要警诫何人？那些不肯谦让的人，会愧到瀼溪水边游览的。

【述评】

作者在序文与铭中将瀼溪人格化，认为其有谦让之德。谦让是君子之风，表面似赞扬瀼溪，实际上是说能谦让的人太少。铭文严正地警诫不肯谦让的人游览瀼溪是含愧的，这实质是指斥争名夺利之徒。作者写作铭文的目的十分明确，采用了叙述、议论、抒情结合的写法。

抔^①樽铭 并序

郎亭西乳有丛石，石临樊水。漫叟构石颠以为亭。石有窊^②颠者，因修之以藏酒。士源爱之，命为抔樽，乃为士源作《抔樽铭》。铭曰：

窊颠之石，在吾亭上，天全其器。实有殊状，如窦而底，似倾几欹。非曲非方，不准不规。孟公高贤，命曰抔樽。漫叟作铭，当欲何言？时俗浇狡③，日益伪薄④。谁能抔饮，共守淳朴⑤。

【注释】

①抔（pōu）：用双手捧东西。②石有窊（wā）：中间低洼的石头。窊，低洼。③浇狡：侥幸狡诈。④伪薄：虚伪轻薄。⑤淳朴：诚实朴素。

【译文】

郎亭山的西侧有一片乳石丛，它挨近樊水。漫叟在这片乳石中，选了一块石头的顶部作为地基，建了一座亭子。丛石中有块中间低洼的石头，顺着修整一下可以藏酒。孟士源喜爱它，命名抔樽。我受士源之托写了《抔樽铭》。铭文说：

窊颠石在我的亭子旁，是天然生成的盛酒器具。其形状确实特殊，石头的中间部分凹陷，如同洞穴的底部，似倒不倒。不圆或方，又不规则。孟公高贤，将之命名为抔樽。漫叟为它作铭，将要说些什么呢？当下时俗浇薄狡诈，并日渐虚伪且轻薄。有谁能够用它来饮酒，共同守护那份淳朴与真诚。

【述评】

《抔樽铭》的序介绍了抔樽所处地点，将窊颠修整成樽。因孟士源喜爱它，托元结为其作铭。铭文描述窊颠是天然生成的盛酒器具，底似倾斜，形不规则。铭文称赞孟公命名"抔樽"，也传达了作者对自然之美的赞美、对纯真品德的向往，以及对时俗虚伪的批判，寓意深远，引人深思。

抔湖铭 并序

抔湖东抵抔樽，西侵①退谷，北汇樊水，南涯郎亭。有菱有荷，有菰②有蒲③，方一二里，能浮水。与漫叟自抔亭游退谷，必泛④此湖。以湖在抔樽之下，遂命曰抔湖。铭曰：

谁游江海，能厌其大？谁泛抔湖，能厌⑤其小？故曰人不厌者，君子之道。於戏君子！人不厌之。死虽千岁，其行可师。可厌之类，不独为害。死虽万代，独堪污秽。或问作铭，意尽此欤！吾欲为人厌者，勿泛抔湖。

【注释】

①侵：侵入，渐近。②菰（gā）：水生植物。嫩茎经菰黑粉菌寄生后膨大为茭白，可供食用。③蒲：香蒲，果穗有绒毛，可作枕芯。叶可编席，花粉、根可入药。④泛：漂浮。⑤厌：厌恶，不喜欢。

【译文】

抔湖东面紧邻抔樽，西面则缓缓延伸至退谷，北面汇合樊水，南面则是郎亭。湖中生长着菱角、荷花，以及菰米和蒲草，湖面宽一二里，能够泛舟其上。与漫叟从抔亭游到退谷，一定泛游这湖。因湖在抔樽之下，于是叫它抔湖。铭文说：

谁漂游江海，会厌弃其广大？谁泛游抔湖，会厌弃其窄小？所以说，不轻易厌弃任何事物是君子之道。哎呀，君子！人们不厌弃他们。即使他们死后千年，其言行依然值得后人学习与效仿。那些令人厌弃的人或事，不仅在当时会造成危害。即使死了万载之后，也只能成为污秽。有人问我为什么写这篇铭文，意义都在这里呀！我以为被厌弃的人，不要游览抔湖。

【述评】

序文介绍抔湖所在地的物产多及诗人的命名依据。铭文提出抔湖虽小，可人不厌恶它的原因，进而阐述不被人厌弃是君子的要求。序与铭的立意是宣扬君子之德，并警示世人。

退谷铭 并序

抔湖西南是退谷，谷中有泉，或激①或悬，为窦为渊。满谷生寿木②，又多寿藤萦之。始入谷口，令人忘返。时士源以漫叟退修耕钓，爱游此谷，遂命曰退谷。元子作铭，以显士源之意。铭曰：

谁命退谷？孟公士源。孟公之意，漫叟知焉。公畏漫叟，心进迹退；公惧漫叟，名显身晦；公恐漫叟，辞小受大。於戏退谷！独为吾规？干进③之客，不羞游之？何人作铭，铭之谷口？荒浪者欤！退谷漫叟。

【注释】

①激：指喷水泉。②寿木：生长多年的树木。③干进：谋求进身做官。

【译文】

抔湖的西南便是退谷，谷里有泉水，有的喷涌而出，有的悬挂成瀑，有的水流汇聚形成了深洞穴，有的则形成了幽潭。满谷生长着多年的古树，又有多年的藤蔓缠绕着。初入谷口，其美景就令人流连忘返。其时，孟士源因漫叟退居乡野从事耕种渔钓，喜爱游览此谷，于是命名此谷曰退谷。元子刻写铭文以表士源的心意。铭文说：

谁为退谷取名？是孟公士源。孟公命名的意愿，漫叟明白。孟公畏惧漫叟，既希望内心有所追求又在表面上保持退让；孟公惧怕漫叟，既渴望名声显赫又希望保持低调；孟公敬畏漫叟，即使是小小的提醒也可能让孟公领悟到大道理。啊！退谷，只是我一人的箴规吗？那些一心追求功名利禄的人，游览这山谷不会觉得惭愧吗？何人写上铭，刻铭在谷口？是个荒疏漫浪的人呀！日退谷元漫叟。

【述评】

退谷，是孟士源因漫叟退官后爱游此地而命的名。铭文抒写士源关爱的心意不只是箴规自己，求进的人游览此山谷应该是有羞愧之情的。序与铭宣扬的是君子之道。

阳华岩铭 并序

道州江华县东南六七里，有回山①。南面峻秀，下有大岩。岩当阳端②，故以阳华命之。吾游处山林，几三十年，所见泉石如阳华殊异而可家者，未也，故作铭称之。县大夫瞿令问，艺兼篆籀③，俾④依石经⑤，刻之岩下。铭曰：

九疑万峰，不如阳华。阳华崭巉⑥，其下可家。洞开为岩，岩当阳端。岩高气清，洞深泉寒。阳华旋回，岑巅如辟。沟塍⑦松竹，辉映水石。尤宜逸民⑧，亦宜退士⑨。吾欲投节⑩，穷老于此。惧人讥我，以官矫时⑪。名迹彰显，丑如此为。

於戏阳华！将去思来。前步却望，跂蹰徘徊。

【注释】

①回山：曲里拐弯的山。②阳端：南面顶头。③艺兼篆籀(zhòu)：擅长书法小篆、大篆(籀文)。④俾(bǐ)：使。⑤石经：即刻在石碑上供人学习的经典。

⑥崭巉(chán)：山势高峻。⑦沟塍(chéng)：沟谷土埂。⑧逸民：隐居的人。⑨退士：退休的人。⑩投节：节制欲望。⑪矫时：矫正时俗。

【译文】

道州江华县东南六七里的地方，有一座回山，山南面险峻秀丽，山脚下有处大山岩。这山岩正位于山的阳面，所以取名华阳。我出游身居山林近三十年，所见过的泉水与山石虽然各有千秋，但像阳华岩这样奇特又适合安家的，却没有，因此特意为其作铭。江华县官瞿令问擅长书法的篆体与籀文，于是我请他依据古代石经规范，将铭文镌刻在岩洞下方的石壁上。铭文说：

九嶷山万峰虽然壮丽非凡，但我却觉得其都不如阳华岩。阳华岩高耸险峻，其下有一片可以安家的地方。洞外是岩，山岩正对着阳光。岩壁高耸，空气清新，深洞里藏有寒泉。阳华岩曲折转弯，峰顶似被开辟一般。山沟路旁松竹苍翠，与水石相映成趣。此地特别适宜隐居，也适合那些从官场退隐之人。我想退官来此，在此养老终生。又怕有人笑我，认为我以官位为幌子，故意做出与世不合的姿态。一旦我的名声变得显赫，会觉得如此行事堪羞。

阳华岩啊！我想离去又想来。前行退步回头望，几番往回直徘徊。

【述评】

《阳华岩铭》序介绍了阳华岩所在地、名称由来和它的殊异之处。铭文一开头提出阳华是与九嶷山殊异的超众的胜地，"岩高气清，洞深泉寒。阳华旋回，岑巅如辟。沟塍松竹，辉映水石。尤宜逸民，亦宜退士"，自己想退官窮老于此。只因怕人讥笑"以官矫时"才徘徊未定。这虽然透露了他仕隐矛盾的心情，但字里行间都流露出热爱祖国河山的挚情。

窊樽铭① 并序

道州城东有左湖，湖东二十步有小石山，山巅有窊石可以为樽。乃为亭樽上，刻铭为志。铭曰：

片石何状？如兽之踆②。其背四窊③，可以为樽。空而临之，长岑④深壑；广亭之内，如见山岳；满而临之，曲浦⑤回渊⑥；长瓢之下，江湖在焉。彼成全器，谁为之力？天地开凿，日月扠⑦拭；寒暑琢磨，风雨润色。此器大朴，尤宜直纯。勒铭亭下，以告后人。

有唐永泰二年岁次丙午十一月二十日。

【注释】

①窊樽铭：这篇铭文原为道州窊樽写的，由江华令瞿令问用篆体书写，刻在道州下津门外江北石上。大历年间，移刻浯溪，删去序文。清瞿中溶称：此碑结体遒劲，所用古文皆有依据，系钟鼎篆。②踆(cūn)：踢。此处作蹲状解。③凹(āo)窊：中间低于周围，陷落下去。④长岑(cén)：长长的崖岸。⑤曲浦：水湾。⑥回渊：回旋的深潭。⑦扠(wěn)：擦，揩。

【译文】

道州城的东面是左湖，湖东二十步有一座小石山，小石山顶上有一块中间凹陷的窊石可以做酒樽。有人在这窊石上，修建了一座亭，并刻上了铭文。铭文说：

这巨石什么形状？仿佛野兽在此长蹲。它背面凹陷下去，可把它当作酒樽。站在巨石上，临空远眺，只见长岭深壑，广阔无垠；在宽广的亭子里，仿佛整个山岳都尽收眼底；走近一看，只见曲折的溪流和回旋的深潭缓缓流淌；长瓢之下，江河湖泊就呈现于眼前。这样完美的自然之作，是谁的神力造就的呢？是天地开凿了它，是日月加以揩拭；是寒暑不断琢磨，是风雨给予润色。这酒器十分质朴，展现了自然界最为纯真、直接的美。在亭下勒石刻铭，借以告知后人。

唐永泰二年岁次丙午十一月二十日。

【评述】

这篇铭文，通过想象着力描述高而深的窊樽是由大自然开凿加工而成，指出它质朴的特点正适合正直真纯的人，也表现了作者喜爱自然景物的宽广胸襟。

朝阳岩铭 并序

永泰丙午①中，自春陵②诣都③使计兵④，至零陵，爱其郭中⑤有水石之异，泊舟寻之。得岩与洞，此邦之形胜也。自古荒之，而无名称。以其东向，遂以朝阳命之焉。前刺史独孤愐⑥为吾剪辟榛莽，后摄⑦刺史窦泌为吾创制茅阁，于是朝阳水石，始有胜绝之名。已而刻铭岩下，将示来世。铭曰：

於戏朝阳！怪异难状。苍苍半山，如在水上。朝阳水石，可谓幽奇。岩下洞口，洞中泉垂。彼高岩绝崖，深洞寒泉，纵僻在幽远，犹宜往焉。况郡城井邑，岩洞相对。无人修赏，竟使⑧芜秽。刻石岩下，问我何为？欲零陵水石，世人有知。

【注释】

①永泰丙午：唐代宗大历丙午，公元766年。②春陵：道州。③诣都：至长沙。④计兵：军事计划。⑤郭中：城中。⑥独孤愐(miǎn)：前刺史名。⑦摄：

代理。⑧竞使：竟使。竟作"竟"。

【译文】

唐代宗大历丙午年中，我从道州出使至长沙执行与军事相关的公务，到了零陵时，因喜爱此城中的奇异水石，便停了船去寻访它们。找到了岩石与洞穴，它们真是这里优越壮美的景色啊。这里自古以来荒芜着，这些景物都没有名称。因为这些岩石与洞穴面向东方，于是以朝阳命名。前任刺史独孤恒，替我把地面上的荆棘杂木清除了，接任代理刺史窦泌为我创建了茅草亭阁，于是朝阳水石就有了极美的名声。于是，我在岩下刻铭，在于告知后世。铭文说：

啊！朝阳岩洞奇形怪状，难以用言语描述。半山林木深绿，有如盖于水上。朝阳水石，可以说是特别幽奇。岩下洞口，洞中有泉水从高处垂落而下。那些高岩险崖，深洞寒泉，即使在幽远偏僻之地，也应前去参观。何况这些岩洞与郡城的市井生活相对而望，离得不远。竟然无人修整欣赏，致使其逐渐荒芜废弃。今在岩下刻石，有人问我为什么这样做？我希望世人得知零陵水石。

【述评】

序文陈述了怎样发现朝阳岩石山洞的，铭文指出苍山如在碧水上的朝阳洞，洞中有泉水下垂，显得幽奇。岩洞与城邑相对，竟成荒芜，不禁感到惋惜，理当刻铭岩下。这显示了作者热爱大好河山，开辟胜境的高度热情。更是希望通过文字的力量，唤起世人对自然之美的关注和向往。

丹崖翁宅铭 并序

零陵泷①下三十里，得丹崖翁宅。有唐节者，曾为泷水令，去官家于崖下，自称丹崖翁。丹崖，湘中水石之异者。翁，湘中得道之逸者。爱其水石，为之作铭。铭曰：

泷水未尽，泷山犹峻。忽见渊洄，丹崖千仞。磳磳②丹崖，其下谁家？门前断船，篱上钓车。不知几峰？为其四墉③。竹幽石磴④，飞泉户中。怪石临渊，硱硱⑤石颠。何得石颠，翁独醉眠？吾欲与翁，东西茅宇。饮啄终老，翁亦悦许。世俗常事，阻人心情。徘徊崖下，遂刻此铭。

【注释】

①泷：水名。②磳（zēng）磳：险峻貌。磳，山崖。③墉：墙壁。④磴（dèng）：石阶。⑤硱（jūn）硱：高危貌。

【译文】

在零陵泷水下游三十里的地方，我找到了丹崖翁的住宅。有个叫唐节的人，曾经做过泷水县令，辞官后在丹崖下居住，自称丹崖翁。丹崖，是湘中地区水石景观中的奇异处。丹崖翁，是湘中地区懂得道义的闲逸者。我爱那里的水石，为其作了铭。铭文说：

泷水未流到尽头，泷山仍然险峻。忽然见到一处深邃的旋涡，丹色的山崖有千仞高。这险峻的丹色山崖下，究竟藏着谁的家？门前停靠着一条断船，篱笆上挂着钓鱼的工具。四周环绕着数不清的山峰，就像小屋天然的屏障。绿竹遮住石台阶，泉水飞溅至门户里。临渊的怪石嶙峋，石顶高耸入云。为何这石山之巅，只有一老翁喝醉独眠。我想同丹崖翁做邻居，东西对建茅屋。希望能在这里简单度日，直至终老，老翁高兴地满口应允。然而世俗纷扰常常扰乱人心，使得这样的愿望难以实现。我只好在崖下徘徊，于是刻上这篇铭文。

【述评】

铭文序言介绍了丹崖所在地点和丹崖翁命名由来，铭文赞美了丹崖翁宅前后水石奇异特色和丹崖翁只身醉眠山顶的奇异之处。诗文通过对自然景色的描绘和对理想生活的深情向往，展现了诗人超脱世俗、追求心灵自由的情怀。

七泉铭 并序

道州东郭，有泉七穴。或吐于渊窦，或鐢①于嵌臼②，皆澄流清漪，旋沿③相奏④。又有丛石攲缺，为之岛屿，殊怪相异，不可名状。此邦岂世无好事者邪？而令自古荒之。乃修其水木，为休暇之处。每至泉上，便思老焉。於戏！凡人心若清惠，而必忠孝守方直，终不惑也。故命五泉，其一曰澹泉，次曰潨⑤泉，次曰滹⑥泉、汸⑦泉、淔⑧泉。铭之泉上，欲来者饮漱其流，而有所感发者矣。留一泉名曰漫泉，盖欲自旌漫浪，不厌欢醉者也。一泉出山东，故命之曰东泉，引来垂流，更复殊异。各刻铭以记之。

【注释】

①鐢（fán）：喷涌的泉水。②嵌臼：深坑。③旋沿：回旋。④相奏：相汇合。⑤潨（zhōng）：泉名，在湖南道县。⑥滹（xiào）：泉名，在湖南道县。⑦汸（fāng）：泉名，在湖南道县。⑧淔（zhí）：泉名，在湖南道县。

【译文】

道州东城，有泉眼七个。有的从深邃的岩穴中吐出，有的从嶙峋的石缝间溢出，都是清澈的水流，泛着细腻微波。又有错落有致的丛石，堆成了岛屿，形态各异，难以用言语形容其美妙。这个地方竟然没有热心人吗？竟然让它们长久地处于荒芜之中。于是修整这里的水流和树木，使其成了休闲的地方。每当漫步至这清泉之地，就想在此终老。唉！如果人们能够保证思想清正纯净，就必坚守忠孝之道，并且诚实正直，最终将不会迷失方向。因此我命名了五处泉水：其一叫潓泉，其次叫濎泉，再次叫潓泉、泝泉、渣泉。在泉上刻铭，是希望后来者饮用这里的泉水或用其洗漱时，能有所启发呀。我还特意留了一处泉水命名为漫泉，是想要表彰自我漫浪的生活方式，即使在这样的生活中沉醉下去，也不会感到厌倦。一口泉从山东面流出，因此命名为东泉，这处泉水引来的水流垂挂而下，更见特异。对于每处泉水都刻上铭文记述了下来。

潓泉铭

於戏潓泉！清不可浊。惠及于物，何时竭涸？将引官吏，盥①而饮之。清惠不己，泉乎吾规。

【注释】

①盥（guàn）：洗漱。

【译文】

噢！这口潓泉，清净而不浑浊。泉水的恩惠广被万物，什么时候会干涸呢？应该引来官吏盥洗饮用。泉水清澈且惠及万物、永不停止，我将把这种品质作为自己的箴规。

泝泉铭

古之君子，方以全道。吾命泝泉，方以终老。欲令圆①者，饮吾泝泉，知圆非君子，能学方恶圆。

【注释】

①圆：圆通，圆滑。

【译文】

古代的君子，凭方正坚持正道来完善自己君子之道。我命名此处泉水为汸泉，是希望自己能坚守正道到老。想让圆滑的人喝我汸泉，懂得处事圆滑不是君子所为，能够学习方正而厌弃圆滑。

渲泉铭

曲①而为王，直蒙戮辱。宁戮不王，直而不曲。我颂斯曲，以命渲泉。将戒来世，无忘直焉。

【注释】

①曲：委曲。

【译文】

那些善于曲意逢迎的人，往往能够获得有权势象征的"王"者之位；而那些坚守原则、正直的人，则可能遭受羞辱甚至被杀戮。宁遭杀戮也不愿去换取权势，坚持正直而决不委曲求全。我歌颂正直，故以渲泉命名这泉水。将要告诫后世子孙，做人不要忘掉正直。

潓泉铭

不为人臣①，老死山谷。臣于人者，不就污辱。我命潓泉，劝人事君，来漱泉流，愿为忠臣。

【注释】

①臣：称臣，臣子。

【译文】

如果不愿做别人的臣子，那么可以隐居山林终老一生。做了别人臣子，并不意味着要蒙辱去迎合于他人的不正当要求。我命名此泉为泚泉，是劝说为人臣者，该来此处泉水洗漱，愿为忠臣。

涘泉铭

沄沄①涘泉，流清源深。堪劝人子，奉亲之心。时世相薄②，而日忘圣教③。欲将斯泉，裨助纯孝④。

【注释】

①沄(yún)沄：水流浩荡的样子。②相薄：互相鄙薄。③圣教：儒家教化。④纯孝：纯正的孝意。

【译文】

这浩荡的涘泉，泉流水清源深。劝告为人子者，要有奉养双亲的心。这时世中人与人之间的感情日益淡薄，许多人逐渐忘记了圣人的教诲。我想借助这口涘泉，帮助人们重拾纯孝之风。

漫泉铭

谁爱漫泉，自成小湖。能浮酒舫，不没①石鱼。漫也叟称，名泉何为？旌叟于此，漫欢漫醉。

【注释】

①没：淹没。

【译文】

谁爱这道漫泉，自然形成小湖。能够漂浮酒船，不会淹没石鱼。漫是老叟的自称，命名漫泉意欲何为？是因为漫叟在这里能够尽情地享受自然，忘却烦恼，可随意欢快，随意喝醉。

东泉铭

泉在山东，以东为名。爱其悬流，溶溶在庭。作铭者何？吾意未尽。将告来世，无忘畎引^①。

【注释】

①畎（quǎn）引：开沟引出。

【译文】

因泉在山之东，故以东命名。爱其悬流而下，在庭院中缓缓流淌的景象。为什么要为这泉水作铭？在于寄托自己的未尽之意。希望后世能够铭记这泉水，莫忘开沟引泉。

【述评】

《七泉铭》序文介绍了道州七泉所处的地点，泉源出口各不相同。经过修整，它们成了休闲养老的地方。考虑到来此饮漱，当受到启发，于是为各泉取了符合它们特点的名称。并刻铭于石，各铭文都写明了主旨，恳切之情甚是感人！诗人如此改造山川益世利人，用心良苦。

五如石铭 并序

洚泉之阳，得怪石焉。左右前后，及登石颠，均有如似，故命之曰五如石。石皆有窦，窦中涌泉，泉诡异①于七泉，故命为七胜泉。石有双目，一目命为洞井，井与泉通；一目命为洞樽，樽可贮酒。石尾有穴，有如礥②者；又如泷③者，泉可渟澄④，匝石而流，入于礥中，出而为泷。於戏！彼能异于此，安可不称显之？铭曰：

五如之石，何以为名？请悉状之，谁为我听？左如旋龙，低首回顾；右如惊鸿，张翅未去。前如饮虎，饮而蹲焉；后如怒龟，出洞登山，若坐于颠。石则如船，乘彼灵槎⑤，在汉之间。洞井如凿，渊然泉涌；澄澜涵石，波起如动。不旌尤异，焉用为文？刻铭石上，于千万春。

【注释】

①诡异：怪异。②礥：穿过石洞的急流。这里指一种古代的水利设施。③泷(lóng)：急流。④渟(tíng)澄：平静清澈。⑤灵槎：筏，船。

【译文】

洚泉的北面，有一块奇异的石头。从它的左、右、前、后以及从石顶上向下观察，都能发现它有着与不同动物相似的形态，所以取名五如石。石面上布满了洞孔，孔中涌出泉水，比七泉更怪异，所以命名七胜泉。这块石头上有两个明显的孔洞，一个命名为洞井，它与七胜泉相通；一个命名为洞樽，这个樽可以贮酒。大石块的尾端有个洞穴，像礁；又像急流，七胜泉的水在这里变得清澈平静，绕过石块流去，汇入礁中再流出来就成了急流。噢！这石块如此奇异，怎么能不显示它的特点？铭文说：

五如石，凭什么如此为它命名？让我逐一详述其状，希望能有人听一听，共赏此石之美。石头的左面宛如盘旋的巨龙，似在低头回顾；右面像展翅欲飞的鸿雁，张开翅膀还未完全离去。前面像一只正在饮水的老虎，正蹲身饮水；后面像一只愤怒的乌龟，从洞穴中爬出，那姿态仿佛已经登顶。整体来看，这块石头又像一条船，乘上它，仿佛能飘浮到云端。石头上的孔洞如同开凿的井穴，渊深泉涌，清澈的波浪翻涌着石头。这么奇异的景物难道不应该为之作文？把铭文刻在石上，便可流传千古！

【述评】

序文介绍了五如石的位置、命名和七胜泉的特点。铭文着意借比喻、想象，描述五如石的奇异形象和洞井泉涌的气势。因而肯定应该刻石传世，反映了作者热爱大自然的情趣。

浯溪铭①

浯溪在湘江之南，北汇于湘。爱其胜异②，遂家溪畔。溪，世无名称者也，为自爱之，故命曰浯溪。铭于溪口。铭曰：

湘水一曲，渊洄③傍山。山开石门，溪流潺潺。山开如何？巉巉双石。临渊断崖，夹溪绝壁。水实殊怪，石又尤异。吾欲求退，将老兹地。溪古地荒，芜没盖久。命曰浯溪，旌吾独有。人谁游之？铭在溪口。

【注释】

①浯溪铭：唐朝书法家季康用玉箸篆书体书写，此刻形长而圆，似李斯小篆，竖笔下尖如锥。黄山谷赞它"笔画深稳，优于《峿台铭》"。②胜异：风景优美奇特。③渊洄：水深而回旋。

【译文】

浯溪在湘水的南面，向北与湘水汇合。我喜爱它的风景幽美奇特，于是将家安在溪边。这条溪流，原来没有名称，因为我喜爱它，所以取名浯溪。并在溪口刻了铭。铭文说：

湘水流来绕成弯，渊深回旋傍着山。一扇石门豁然洞开，流经石门的溪流响声潺潺。这山是如何被打开的呢？只见两块险峻巨石矗立于前。临近深渊是一处断崖，隔溪相望则是一处绝壁。这里的溪水确实不同寻常，而那些巨石更是形态各异。我想退隐此地，以度过晚年。此地自古荒芜，野草淹没已久。我将此地命名为浯溪，表明我对它的独有之情。有谁能够来到这里游览？铭文在溪口。

【述评】

这篇《浯溪铭》写明了浯溪的位置，水石奇特和家居此地以及命名浯溪的缘由，表达了作者对浯溪的喜爱之情。

峿台铭^① 有序

浯溪东北二十余丈，得怪石焉。周行三四百步；从未申至丑寅^②，涯壁斗绝；左属回鲜^③，前有磴道^④，高八九十尺，下当洄潭^⑤。其势硱磳^⑥，半出水底，苍然泛泛，若在波上。石颠胜异之处，悉为亭堂。小峰嵌窦^⑦，宜间^⑧松竹；掩映轩户^⑨，毕皆幽奇。於戏！古人有蓄愤闷与病于时俗者，力不能筑高台以瞻眺，则必山颠海畔，伸颈歌吟，以自畅达^⑩。今取兹石，将为峿台，盖非愁怨，乃所好也。铭曰：

湘渊清深，峿台峭崚^⑪。登临长望，无远不尽。谁厌朝市^⑫，羁牵局促^⑬。借君此台，一纵心目。阳崖^⑭砻琢^⑮，如瑾如珉^⑯。作铭刻之，彰示后人。

【注释】

①峿台铭：铭文刻于峿台南石崖上，由唐大历年间江华县令瞿令问用悬针篆书写。清瞿中溶称：此字形与《浯溪铭》相似，唯结体方而不圆，笔画均细。②从未申至丑寅：从西南至东北方位。未申：指西南方位。丑寅：指东北方位。③左属回鲜：左面与回环逶迤的山峦相毗连。属，连接。④磴道：登山石路。⑤洄潭：旋流的深渊。⑥硱磳：山石高耸的样子。⑦嵌窦：指凹陷的洞穴。⑧宜间：恰到好处地间立着。⑨轩户：门窗。⑩畅达：指抒发愤懑之情。⑪峭崚(líng)：陡峭高耸的样子。⑫厌朝市：厌，满足。朝市，人多繁华之地。⑬羁牵局促：受拘束，不自由。⑭阳崖：崖的南面。⑮砻(lóng)琢：磨刻。⑯如瑾如珉：似玉的美石。

【译文】

在浯溪东北二十多丈处，我寻得一块奇特的怪石。绕石一圈有三四百步；从西南到东北方位，崖壁十分陡峻；左面是曲折蜿蜒的小径，前面有登山石阶。这些石阶高八九十尺，直通向下方的洄潭。这些怪石既险峻又奇特，一部分隐于水底，青绿青绿地，在水中若隐若现，像漂浮在波浪之上。石崖顶上风景幽美奇特的地方，都建了亭台楼阁。那些小巧的山峰和石洞间，则恰到好处地间杂着青松翠竹；它们掩映着亭台楼阁的门窗，显得特别幽美。呵！古时有胸怀愤懑和不满于世俗之人，由于力量不足，无法建筑高台眺望远方，于是就选择在山顶或海边伸长颈脖歌唱吟咏，来抒发愤懑的心情。如今，我选择这座石阜作为眺望的高台，却并不是有什么愁苦怨愤之情，实在是我喜爱这里的景致。铭文说：

湘水潭深清澈，峿台陡峭峻拔。登上高台展望，一切景物尽收眼底。谁又能不厌倦那喧嚣嘈杂的城市，以及那受尘世羁绊的局促。我借由这峿台，尽可赏心悦目。这座亭阁所在的阳面崖壁经过磨刻，美似玉石。我特地刻写铭文，以彰显其美，并留给后世之人欣赏。

【述评】

这篇《峿台铭》描写了峿台的方位、环境，及其地形陡峻、景物幽美的特点，以及诗人渴望在此能获得尽情观赏的自由，表达了作者对大自然的敬畏与热爱之情。

<h2 style="text-align:center">唐亭铭[①] 有序</h2>

浯溪之口，有异石焉。高六十余丈，周回四十余步。西面在江中，东望峿台，北面临大渊，南枕[②]浯溪。唐亭当乎石上，异木夹户，疏竹傍檐。瀛洲言无，

谓此可信。若在庼上，目所厌者远山清川，耳所厌者水声松吹③，霜朝厌者寒日，方暑④厌者清风。於戏！厌，不厌也；厌，犹爱也。命曰唐庼，旌独有也。铭曰：

功名之伍，贵得茅土⑤；林野之客，所耽⑥水石。年将五十，始有唐庼；惬心自适⑦，与世忘情。庼旁石上，篆刻此铭。

【注释】

①唐庼(wū qǐng)铭：铭文刻在浯溪左边大卧石上，由后来任唐朝宰相的袁滋用钟鼎篆书写。清瞿中溶称其多用古籀，结体颇似《石鼓文》。②枕：紧靠。③松吹：指松涛。④方暑：大暑天。⑤茅土：封地。古代天子分封诸侯，象征性地赐给垫着白茅的黄土。⑥耽：喜爱入迷。⑦惬心自适：心情舒畅，自我满足。

【译文】

浯溪的入口处，有块奇特的巨石。高六十多丈，绕行一周需四十多步。此石西面直接伸入江中，东望可看到峿台，北面临近深潭，南面紧靠浯溪。唐庼正在此巨石上，珍奇的树木环绕掩映着门户，疏落的竹子傍着檐边。有人讲，即便是传说中的瀛洲仙境之地也没有此景？这个说法是可信的。倘若在这座亭阁上，眼睛满意的是远山清流，耳朵满意的是水声松涛，霜晨满意的是寒日，大暑天所满意的是清风。噢！满意就是不厌弃，满意就是喜爱啊！我给它取名唐庼，表明我独自拥有了它。铭文说：

追求功名这类人，重在得到封地；山林的隐士，喜爱的是水与石。我年纪将近五十，才得到这座唐庼；心情舒畅自我满足，不再有追名逐利的心情。在亭边的石头上，用篆体刻上这篇铭文。

【述评】

这篇《唐庼铭》写明了唐庼的位置、环境和特点，表达了诗人对这里独有景物的喜爱之情和不再热衷于追名逐利的隐居乐趣。

冰泉铭 并序

苍梧郡①城东二三里，有泉焉，出在郭中，清而甘，寒若冰。在盛暑之候，苍梧之人得救渴。泉与火山相对，故命之曰冰泉，以变旧俗。铭曰：

火山无火，冰泉无冰。惟彼泉源，甘寒可征。铸金磨石，篆刻此铭。置之泉上，彰厥②后生。

【注释】

①苍梧郡：在广西东南。隋唐时称苍梧郡，明清时改称梧州府。②厥：那，那些。

【译文】

苍梧郡城东三里处有口泉水，这口泉水位于外城中，水清澈甘甜，寒如冰雪。在盛暑之时，梧州的人们依赖它解渴。这口泉跟火山相对，所以叫它冰泉，算是改换习俗称呼。铭文说：

火山上不见火，冰泉里看不到冰。只有那口流泉，甜寒可以验证。熔铸铁器磨平石面，着意镌刻这冰泉铭。将这段铭文放置在冰泉之上，以启示那些后来人。

东崖铭① 并序

峿台西面，皴�②高迥③，在庼亭为东崖，下可行坐八九人。其为形胜，与石门、石屏，亦犹宫羽之相资④也。铭曰：

　　峿台苍苍，西崖云端。亭午⑤崖下，清阴更寒。可容枕席，何事不安？

【注释】

　　①东崖铭：东崖，其实是峿台的西崖，与石屏相对，中间为石门。此铭久失，祁阳人黄霁（1873—1951）重刻石上，字体铁线篆。②敧攲（qī qín）：倾斜不正。③高迥：高远。④宫羽之相资：宫、羽，五音中的宫音与羽音。这里形容这几处景物之间的相互辉映。⑤亭午：正午。

【译文】

　　峿台的西面，石崖倾斜高高延伸，对唐亭来说，可算是东崖，它的下面可坐八九人。这里风景优美，跟石门、石屏搭配，也如宫音、羽音一样相互辉映着。铭文说：

　　峿台青绿青绿的，西崖耸入云间。正午，这山崖下面显得格外清凉，甚至带有几分寒意。可以在这里安排枕席，安然入睡，还有什么烦心事是忘却不了的呢？

【述评】

　　这篇铭写明了东崖与石门、石屏互相陪衬，盛夏正午最宜在崖下适意憩息。

寒泉①铭 并序

　　湘江西峰，直平阳江口，有寒泉出于石穴。峰上有老木寿藤②，垂阴泉上。近泉堪戢维③大舟，惜其蒙蔽，不可得见。踟蹰④行循。其水本无名称也。为其当暑大寒，故命曰寒泉。铭曰：

於戏寒泉，瀴瀴⑤江渚⑥。堪救渴暍⑦，人不之知。时当大暑，江流若汤⑧。寒泉一掬，能清心肠。谁谓仁惠，不在兹水？舟楫尚存，为利未已。

【注释】

①寒泉：在唐亭左上游江口。②寿藤：生长多年的藤，古藤。③戙（dòng）维：系船的短木桩。④踟蹰（chí chú）：来回走动。⑤瀴（yíng）瀴：泛流。⑥渚（zhǔ）：水中的小块陆地。⑦暍（yē）：中暑。⑧汤：热水。

【译文】

湘江西面的山峰，矗立于平阳的江口，有股寒泉从山石中流出。山峰上有古树老藤，垂挂在寒泉上。靠近寒泉的短木桩可以系住大船，可惜这里被草木遮掩着，不能完全看清楚。我来回地察看这处泉水。它原来没有名称，只是因为它在酷暑之时却能保持清凉，所以取名为寒泉。铭文说：

噢！这股寒泉在这江中小洲上多么清澈而广阔。可以解除暑渴，然而却往往被人们所忽视。有时碰上酷暑，江流也如热汤。寒泉的一捧水，能使心底透凉。谁说人仁慈惠爱，而不是这股泉水？先前系舟船的木桩尚在，泉水对人的便利永远不会停止。

【述评】

这篇《寒泉铭》介绍了寒泉所在地的特点和命名的缘由，赞叹它有解除暑渴利及后世的作用。

大唐中兴颂① 并序

天宝十四年，安禄山陷洛阳。明年，陷长安，天子幸蜀②，太子即位于灵武③。明年，皇帝移军凤翔④。其年，复两京⑤，上皇⑥还京师。於戏⑦！前代帝王有盛德大业者，必见于歌颂。若今歌颂大业，刻之金石⑧，非老于文学⑨，其谁宜为？颂曰：

噫嘻⑩前朝，孽臣奸骄，为惛为妖。边将骋兵⑪，毒乱⑫国经⑬，群生失宁。大驾南巡，百寮⑭窜身，奉贼称臣。天将昌唐，繄⑮睨⑯我皇，匹马北方。独立一呼，千麾万旟⑰，戎卒前驱。我师其东，储皇⑱抚戎，荡攘群凶。复复⑲指期，曾不逾时，有国无之。事有至难，宗庙再安，二圣重欢；地辟天开，蠲除⑳妖灾，瑞庆大来。

凶徒逆俦㉑，涵濡㉒天休㉓，死生堪羞。功劳位尊，忠烈名存，泽流子孙。盛德之兴，山高日升，万福是膺㉔。能令大君，声容沄沄㉕，不在斯文。湘江东西，中直浯溪，石崖天齐。可磨可镌，刊此颂焉，何千万年！

上元二年秋八月撰，大历六年夏六月刻。

【注释】

①《大唐中兴颂》：元结于唐肃宗上元二年（公元761年）在荆南节度使吕谌（yīn）幕府所撰。唐代宗大历六年（公元771年），元结请颜真卿把这篇颂写成楷书大字，镌刻在祁阳县城南五里湘江边浯溪石崖上。因文奇、字奇、石奇，世称"摩崖三绝"。②幸蜀：指唐玄宗逃到西蜀。幸，特指皇帝到某地。③灵武：今宁夏灵武。④凤翔：今陕西凤翔。⑤两京：指西京长安和东京洛阳。⑥上皇：指唐玄宗李隆基。因肃宗李亨即位灵武，尊玄宗为上皇天帝。⑦於戏：同"呜呼"，

感叹词。⑧金石：金，指钟鼎之属；石，指碑碣之属。古人颂功记事表示警戒，多刻文字在金石上。⑨老于文学：富有写文章经验。⑩噫嘻：感叹词。⑪骋(chěng)兵：肆意挑起战争。⑫毒乱：极力扰乱破坏。⑬国经：国家的根本制度与法令。⑭百寮：百官。"寮"通"僚"。⑮繄(yī)：语气助词。⑯睨：斜视，引申为示意。⑰千麾(huī)万旟(yú)：代指千军万马。麾，指挥作战的旗。旟，军旗。⑱储皇：皇位继承者，多指太子。这里指肃宗任命长子李豫为天下兵马元帅统率诸将东征。⑲复复：前"复"，收复；后"复"，失地。又作"复服"。⑳蠲(juān)除：免除。㉑逆俦(chóu)：叛逆之类。㉒涵濡：滋润，浸渍。这里有承受的意思。㉓天休：天赐福佑。㉔膺(yīng)：受。㉕沄(yún)沄：形容声容盛大。这里有远扬、传播的意思。

【译文】

天宝十四载，安禄山攻陷洛阳。第二年，攻陷长安，皇上到了四川，太子在灵武登上皇位。第二年，皇帝移军到凤翔。同年，两京得以收复，太上皇也回到了京师。唉！历史上那些有盛德和大功的帝王，必定被后人传颂。像现在要歌颂复兴大业，并镌刻在金石之上，除了富有写文章经验的，还有谁适合写作呢？颂词说：

噫嘻！回顾前朝，奸臣当道，他们狡诈骄傲，如同妖孽般祸乱朝纲。边将肆意用兵，破坏治国纲领，百姓不得安宁。皇上被迫南巡避难，百官也纷纷逃离，甚至有的奉贼称臣。然而，老天让大唐昌盛，因而启示我皇，在北方独自挺立。振臂一呼，便有千军万马响应，兵卒奋勇前行。与此同时，我军向东出征，太子亲自抚慰军队，扫荡各处顽凶。要在不久的将来收复失地，而这竟在极短的时间内就得以实现，这是历史上少有的。这场胜利，不仅使宗庙得以再安，二圣得以重欢；更开辟了新天地，消除了灾祸，迎来了吉庆。

那些凶徒叛逆之流，如今却沐浴在皇恩之下，他们的生死都显得如此可耻。而那些建功立业者，他们的忠烈英名将长存，他们的恩泽将遍及子孙。盛德如此兴旺，有如山高日升，福泽必然宽广。能够使国君声名远播，这样的声威与荣耀不是区区文字所能完全表达的。湘水奔流东西，于是，我们选择在浯溪，这块与天齐高的石崖上，刻上颂文一篇。愿它历经千万年风雨，依然能够流传下去！

【述评】

这篇序文简述了大唐中兴的事实和值得歌颂的理由。颂文严肃地歌颂了戡乱中兴的业绩与声威，指斥了叛逆，赞扬了忠烈。但也侧面揭露了唐朝统治阶级政治腐败，酿成战祸，是为鉴戒。前人评序文写得"简括严肃"，颂文写得"峻伟刚雄"。今人读来，序文单句散行，直言达意。颂文虽然句式整齐，三句一韵，但不取偶句，不事对仗，不务辞藻，不用典故，用语朴素自然。这都可见当时开创了质朴、刚健、清新的文风。此碑擘窠书，用笔融入篆隶之法，笔力遒婉苍劲，结构横平竖直，匀称浑厚。

四、针砭时弊、救时劝俗的杂文

元结住在商馀山时，基于愤世救时的立足点，写了《喻友》这篇杂文，到晚年共写了杂文二十多篇，他对杂文也有所革新。

元结的杂文就表达主旨来说，可分三类：一是讽刺世道、时风、官场弊端，如《吃论》《时规》《时化》《世化》《七不如七篇》等勇于揭露抨击统治阶级的暴政和淫侈生活，充满愤世嫉邪之情；二是评议道德准则及传统哲学命题，如《自箴》提出了君子的为人准则，《浪翁观化并序》讨论了道家"有""无""有无相化"等哲学问题；三是剖白自我志向，或习静全身，显示人生境界，如《漫论》《处观》《喻友》等。这都体现他的杂文很具战斗力。

讲到元结杂文的革新，他主要采用了三种方式：第一，巧借问对、诘难，组成篇章。这是元结杂文的主要表现手法。元结或以简约的叙事引起问答，或借问答来论证、说理。前者如《出规》，后者如《处规》。因问题不断提出，回答依次申述，结构清晰，问题不断深化，读来趣味频增。这种问答的模式，继承了诸子、历史散文以及汉代大赋的传统，但又有所创新。创新之处在于将问答运用到杂文这种新兴文体之中，并且丰富了问答的形式，即多人多次问答、双重问答。将整体问答和局部问答套用，既脉络清晰又跌宕起伏，增强可读性。第二，采取托寓言抒怀的表达方法。这源于庄子寓言，借助他人他事，用拟人化手法，虚构人事以寄寓深刻的含义。如《吪论》，元结借邰侯夷奴"假吪言以讥谏人主，俾悔过追误，与天下如新"的事，来讽刺天宝年间士君子不如邰侯夷奴，揭示当时士人道德卑劣、官场污浊、社会风气败坏的现象，既指斥了时弊，又委婉批评了朝政腐化，深撼人心。还可在寓言中巧用问对，增强表达作用。第三，直陈其意。直陈，即以第一人称口吻直说其事，如《订古五篇》，五文章法相同，句式相似，所列出来的后果看似泛泛而论，其实暗讽对象明显，锋芒直指唐立国以来的皇室。可见作者爱憎分明，斗志坚强，才敢这么大胆直陈的。

元结杂文有上述革新之处，全在于他有明确的认知，对实践文为世用，增强表达效果，很有积极意义，因而获得好评。他的杂文对以后的柳宗元、罗隐、苏轼、刘基、李贽、戴名世等都有影响，我们应认真细读他的杂文。

喻友①

天宝丁亥②中，诏征③天下士人有一艺者，皆得诣京师就选。相国晋公林甫④，以草野之士猥多⑤，恐泄漏当时之机，议于朝廷曰：举人多卑贱愚聩⑥不识礼度，恐有俚言⑦，污浊圣听⑧。于是奏待制者悉令尚书长官考试，御史中丞监之，试如常吏（如吏部试诗赋论策）。已而布衣之士无有第者。遂表贺人主，以为野无遗贤。

元子时在举中，将东归。乡人有苦贫贱者，欲留长安依托时权，裴徊相谋。因谕⑨之曰：昔世已来，共尚丘园⑩洁白之士，盖为其能外独自全，不和不就⑪，饥寒切之⑫，不为劳苦，自守穷贱，甘心不辞。忽天子有命聘之，玄纁束帛⑬以先意，荐论拥彗⑭以导道。欲有所问，如咨师傅。听其言则可为规戒，考其行则可为师范⑮，用其材则可约经济⑯。与之权位，乃社稷之臣。君能忘此，而欲随逐驽骀⑰，入栈枥⑱中，食下厩赘敁，为人后骑，负皂隶⑲、受鞭策耶？人生不方正、忠信以显荣，则介洁静和以终老。乡人于是与元子偕归。

於戏！贵不专权，罔惑上下，贱能守分，不苟求取，始为君子。因喻乡人得及林甫。言意可存，编为《喻友》。

【注释】

①喻友：是篇杂文，劝说同乡的朋友不要停留在京城谋官，应同回家乡。②天宝丁亥：唐玄宗天宝六载，即公元 747 年。③诏征：指君王下诏书征求。④晋公林甫：唐宗室，玄宗宰相，封晋国公。⑤猥多：卑贱众多。⑥愚瞆（kuì）：愚昧糊涂。⑦俚言：粗俗的语言。⑧污浊圣听：玷污皇上的耳朵。⑨谕：同"喻"，以理劝说。⑩丘园：指隐居的地方。⑪不和不就：意即不谄媚投合，不钻营立身。⑫饥寒切之：饥寒逼迫。⑬玄纁（xūn）束帛：古代聘礼的币帛。⑭荐论拥彗：荐论，疑为荐轮，即垫着车轮的意思。拥彗，拿着扫帚。⑮师范：模范，学习的榜样。⑯经济：经国济民。⑰驽骀（tái）：都是劣马。比喻庸才。⑱栈枥（lì）：栅槽。⑲皂隶：旧时官府的差役，因穿黑衣，故称。

【译文】

唐玄宗天宝丁亥中，皇上下诏书征求有一技之长的士人，让他们前往京师参加选拔。当时的相国晋公李林甫认为来自乡野的读书人过多，恐怕泄露当时的机密，便在朝廷上提出意见说：参加选拔的人大都出身卑微、愚昧无知、不懂礼节法度，担心他们语言粗俗会玷污皇上的耳朵。于是上奏皇上，让所有等待选拔的人都先经过尚书省长官的考试，并由御史中丞监察，考试内容依照吏部考诗赋论策执行。结果，来自民间的士人都没有能考取上的。随后，李林甫上表向皇上祝贺，声称"野无遗贤"（即民间没有遗漏的贤才了）。

元子当时也在被举荐的士人中，将要东归故乡。有一些来自家乡的贫贱之士，想留在长安依托权势以求生存，他们犹豫不决，相互商议。元子因而劝告他们说："自古以来，人们都推崇隐居山林、保持高洁的读书人，这是因为他们能够坚守自身，不谄媚投合，不钻营立身，即使饥寒交迫也不为困苦所动，自守贫贱，心甘不退步。忽然有一天皇上下令聘用他们，会用黑色的礼服和彩色的束帛作为聘礼，还会有人手持扫帚清扫道路，亲自引导表示迎接。天子想要问什么事情，如同向师傅咨询，会尊重他们。他们的言论可成为规劝的典范，他们的行为可成为世人的楷模，他们的才能则可用来经世济民。授予他们权位，他们可以成为社稷之臣。你们都能忘掉这些，却要追随那些平庸无能之辈，就如同驽马驽驹一般，进入畜棚马槽之中，吃丢在马厩的草茎米糠，成为他人的坐骑，背着差役、挨着鞭子赶路吗？为人一生如不能凭方正、忠信取得荣誉显身，那就应当保持高洁宁静、和乐终生。乡人接受劝告后跟元子一道回去了。

唉！身居高位不专权凭势蒙上欺下，身处卑贱不苟且追求巧取以满足私欲才算是君子。我通过前面的故事来告诫乡亲，希望他们能够认识到像李林甫那样的人的存在和危害。这些话虽然简单，但意义深远，值得记录下来，故写成《喻友》。

【述评】

这篇《喻友》记述了元子自居京城应选参试，没有被录用的现实，劝说同乡的朋友一道东归。昭示君子居高位时，不要专权，不要媚上欺下，应珍惜朝廷的倚重，经国济民；贫贱时要能够坚守自身，保持高洁的做人品质。也揭批了李林甫专权误国、败坏政事的罪恶。

呓^①论

元子天宝中，曾预宴^②于谏议大夫^③之座。酒尽而无以续之，大夫叹曰："谏议散冗^④者，贫无以继酒。嗟哉！"元子醉中议之曰："大夫颇能用一谋，令大夫尊重如侍中^⑤，威权等司隶^⑥，何若？^⑦"大夫问谋，对曰："得呓婢一人，在人主左右，以呓言为先讽，则可。"

"请有所说：大夫不闻古有邰侯^⑧，侯家得呓婢，寐则呓言，言则侯辄鞭之。如是一岁，婢呓如故，侯无如婢何。有夷奴^⑨，每厌劳辱，寐则假呓，其言似不怨，而若忠信。侯闻，问之，则曰：'素有呓病，寐中呓言，非所知也。'引呓婢自辨，词说云云。侯疑学婢，鞭之不止，髡^⑩之钳之。奴呓愈甚。奴于是重窥侯意，先事呓说，说侯之过，警以祸福。侯又无如奴何。客有知侯祸机^⑪，因呓奴之先，扣^⑫侯门，谏侯以改过免祸。侯纳客为上宾。复其奴，命曰呓良氏，子孙世在于邰。大夫诚能学奴效婢，假呓言以讥谏人主，俾悔过追误，与天下如新。大夫见尊重威权，何止侍中、司隶？"

大夫乃叹曰："呜呼！吾谓今之士君子，曾不如邰侯夷奴耶！"

【注释】

①呓（yì）：呓语，梦话。②预宴：参加宴会。③谏议大夫：即管谏净的谏议大夫，属二职官。④散冗：闲散。⑤侍中：古代丞相属官，因侍从皇帝左右，地位颇贵重。⑥司隶：官名，管奴隶、俘房，捕盗贼有威权。⑦何若：如何，怎样。⑧邰（tài）侯：邰君。侯，古时对大夫的尊称，犹"君"。⑨夷奴：夷族的奴婢。⑩髡（kūn）：古代一种剃去头发的刑罚。⑪祸机：造成灾祸的苗头。⑫扣：敲开。

【译文】

元子在天宝年间的一次宴会上，曾与谏议大夫同座共饮。当酒喝光了不能接着喝时，谏议大夫感叹地说："我这个谏议大夫是闲散官员，穷得不能续酒接着喝。可叹啊！"元子在醉中建议说："大夫不妨稍微想点办法，让谏议大夫如同侍中一样被尊崇，也能与司隶有同样的权势，怎么样？"大夫随即问有什么具体办法。元子回答说："找个在皇帝身边侍奉的婢女，让她在人主身边，借用呓语说出您的建议或诉求，这样就可以间接地影响皇帝的决策，从而达成您的目的。"

"请让我把想法说出来吧：大夫听说过古代有个邵侯吧，他家得了个婢女，她会因在梦中无意识地说话，一讲梦话就遭受邵侯的鞭打。这样持续了一年，婢女讲梦话同原来一样，邵侯对婢女没奈何。有个夷奴，每当无法忍受劳役或受辱时，睡时就会假装说梦话，但他说的听起来并不像是抱怨，而是充满了忠诚和信任。邵侯知道后，问他，夷奴则答说：'我平素有讲梦话的毛病，睡眠中讲梦话，自己不知道都说了什么。'夷奴还找来那个因讲梦话而常被鞭打的婢女，让她为自己做证。但邵侯怀疑他在学婢女，不仅继续鞭打夷奴，还采取了更加严厉的惩罚措施即剃下他的头发，用钳子夹他。夷奴的"呓言"非但没有停止，反而更加频繁。在这种情况下，夷奴开始更加仔细地观察邵侯的意图，夷奴先考虑梦话怎么说，便说了邵侯的过错，拿祸福来警告邵侯。邵侯也对夷奴无可奈何。这时，有个了解邵侯祸机的客人出现了。这位客人巧妙地利用了夷奴的"呓言"作为契机，在合适的时机敲响了邵侯的门，谏劝邵侯改过以免祸。邵侯接受了意见，收纳客人为贵宾。还恢复了夷奴的地位，任命夷奴为呓良氏，允许其子孙世代都住在邵地。大夫们若能够像夷奴那样，借说梦话进谏劝告，使人主悔过改错，定会让天下形成新的局面。大夫自然得到尊崇、威权，何止是侍中、司隶这样而已呢？！"

谏议大夫不禁赞叹道："唉！我敢说现在所谓的君子竟不及邵侯、夷奴呢！"

【述评】

全文采用寓言手法，深刻揭露了当时士人道德的卑劣、官场的污浊及社会风气的败坏。该寓言中，婢之吃乃无可奈何，情非利己；奴之吃乃东施效颦，用尽心机，却因客改变了自己的地位；客之谏乃借奴吃之"东风"劝侯改过以免祸，因之成为上客。元结则借在寓言中劝大夫学客"以吃言为先讽"来提高"谏议大夫"的权力与地位。该寓言看似诙谐滑稽，实则隐含元结对士风浇薄、朝政腐败的激愤。

丐论

天宝戊子中，元子游长安，与丐者为友。或曰："君友丐者，不太下乎？"

对曰："古人乡无君子，则与云山为友；里无君子，则与松柏为友；坐无君子，则与琴酒为友。出游于国，见君子则友之。丐者今之君子，吾恐不得与之友也。丐者丐论，子能听乎？"

"吾既与丐者相友，喻求罢。丐友相喻①曰：'子羞吾为丐邪？有可羞者，亦曾知之未也？呜呼！于今之世，有丐者，丐宗属②于人，丐嫁娶于人，丐名位于人，丐颜色于人。甚者，则丐权家奴齿以售邪佞③，丐权家婢颜以容媚惑。有自富丐贫，自贵丐贱，于刑丐命；命不可得，就死丐时，就时丐息。至死丐全形，而终有不可丐者。更有甚者，丐家族于仆围④，丐性命于臣妾⑤；丐宗庙而不取，丐妻子而无辞⑥。有如此者，不可为羞哉？'"

"'吾所以丐人之弃衣，丐人之弃食，提罂荷杖，在于路傍，且欲与天下之人为同类耳。不然，则无颜容行于人间。夫丐衣食，贫也，以贫乞丐，心不惭，迹与人同，示无异也，此君子之道。君子不欲全道邪？幸不在山林，亦宜具罂杖随我，作丐者之状貌，学丐者之言辞，与丐者之相逢，使丐者之无耻，庶几时世始能相容。吾子无矫然取不容也。'"

於戏! 丐者言语如斯,可编为《丐论》,以补时规。

【注释】

①喻:说明白,晓谕。②丐宗属:乞求成为宗属。指乞求与豪家大族联宗。③邪佞:邪恶,谄佞。④仆圉:仆役,即仆人。养马的奴隶。⑤臣妾:偏义复词,即臣下。

【译文】

唐玄宗天宝戊子年间,元子在长安游历,跟乞丐做朋友。有人说:"您跟乞丐交友,不觉得有失身份吗?"

我回答说:"古人在交友方面,若在乡里没有君子,就与白云青山做朋友;在邻里间没有君子,就与苍松绿柏做朋友;若身边没有君子,就和琴酒做朋友。我游历于国都之中,见到君子就会去结交他。所遇到的这位乞丐是当今的君子,我还担心不能同他交友。至于乞丐的言论,你愿意听听吗?"

"我既然已经与乞丐结为朋友,就劝他别做乞丐。我的丐友反劝我道:'你会因为我是乞丐而感到羞耻吗?其实,世上有很多更应该感到羞耻的行为,你竟然还不知道?唉!当今社会,有多种乞讨的人,有人乞讨着成为宗属以求依附于权势之家,有人乞讨着女嫁男娶,有人乞讨着名声、地位,有人乞讨着别人的笑脸和赞美。更有甚者,他们乞讨权贵奴仆的口舌从而兜售自己的邪恶、谄佞,有人乞讨权贵奴婢的好脸色来迷惑他人,实际上这都是在乞讨权贵的欢心。这些人中,有的从富变穷,从尊贵跌落到卑贱,当获刑后乞求活命;命不可活时,就转而乞求死的时辰,乞求死时快速。到临死时乞求有个全尸,最后还是乞讨不到。

更有甚者，将家族的未来寄托于仆从和卑贱之人，将自己的性命托给臣子；甚至在祖祠宗庙前也不忘乞讨，毫无顾忌地向自己的妻儿提出要求。这么多种乞讨情况，你不替他们感到羞耻吗？'"

"'我之所以乞讨人家丢弃的衣服，乞讨人家不吃的食物，提着要饭罐、倚靠拐杖，走在路旁，是想跟天下人成为同类罢了。不这样做，就无脸面在人间走动。乞讨衣食是由于缺乏，因贫去乞讨，心中没有惭愧，行为与其他人相同，没有什么可怪异的，这也是君子的行为。君子不是追求全面的道德境界吗？若君子幸运地没有生活在山林等艰苦环境中，也应拿起饭罐、拐杖跟我一起，模仿乞丐的样子，学说乞丐的语言，与乞丐们在路上相逢，让乞讨不感到羞耻，这样做社会才能容纳、理解乞丐。君子们也不应该因为自己的高傲或偏见而被社会所不容。'"

唉！对于乞丐的这般言语，可以编为《丐论》，作为对现在社会规范的一种补充或反思。

【述评】

这篇《丐论》，作者借丐友解答求乞是因贫穷，不失人格，合于君子之道。概述社会上某些"丐者"，为满足贪欲而奴颜婢膝，耗尽心机，不择手段，抛弃人格，以丐取名位，至死不止。这么两相比较，深刻地揭批了当时中上层社会的寡廉鲜耻、投机钻营、肆意横行和世俗卑劣腐朽的风气。文章立意深远，尖刻犀利，充分表达了作者的愤激之情。

心规①

元子病游世②，归于商馀山中，以酒自肆③。有醉歌里夫公闻之，酢④元子之酒，请歌之。

歌曰："元子乐矣。"俾和者曰："何乐亦然，何乐亦然？"我曰："我云我山，我林我泉。"又曰："元子乐矣。"俾和者曰："何乐然尔？何乐然尔？"我曰："我鼻我目，我口我耳。"歌已矣。夫公曰："自乐山林可也，自乐耳目何哉？人谁无此？"

元子引酒⑤当夫公曰："劝君此杯酒，缓饮之。听我说：子行于世间，目不随人视？耳不随人听？口不随人语？鼻不随人气？其甚也，则须封包裹塞。不尔⑥，有灭身亡家之祸、伤污毁辱之患生焉。虽王公大人，亦不能自主口鼻耳目。夫公何思之不熟⑦耶？"

【注释】

①心规：指对思虑事物的规劝。②病游世：以在社会上立身为难，以处身社会为难；病，名作意动。③自肆：同"自恣"。肆，任性，肆意。④酹：称赞。⑤引酒：给……斟酒。⑥不尔：不这么做。⑦熟：详细周密。

【译文】

元子认为在社会上立身很难，就回到鲁山县商馀山中，以肆意饮酒为乐。有位醉歌的里夫公知道了前来喝酒，称赞酒好，便主动请求唱歌助兴。

唱道："元子快乐了。"让旁人和唱的唱："何种乐事也这样？何种乐事也这样？"我回应道："我望白云，我看青山，我游深林，我引清泉。"里夫公又唱道："元子快乐了。"让旁人和唱的唱："凭什么快乐成这样？凭什么快乐成这样？"我唱道："我凭鼻子，我凭眼睛，我凭口，我凭耳。"歌唱完了，里夫公说："自以山林为乐，行啊。但以耳目感官享受为乐，是否有些浅薄呢？谁人没有耳目？"

元子斟酒给里夫公喝，说："劝您这杯酒，请慢慢喝。听我说来：您在社会上行走，眼睛不就是跟随着别人而看吗？耳朵不就是跟随着别人而听吗？口不就是跟随着别人而说吗？鼻子不就是跟随着别人而呼吸吗？更有甚者，就是将自己封闭包裹起来了。不这样，就有身死家亡的祸患、被伤害受侮辱的灾难发生。即使是王公大人，也不能自主控制口鼻耳目的自由使用。您怎么没有细细地想过这些呢？"

【述评】

作者凭身涉恶浊社会的教训，以退身山林自乐，透露出隐逸习静以全身的思想。也在规劝世人要自由地使用自己的口鼻耳目，不要跟随世俗。如此以身示戒很有启迪作用。

戏规①

元子友②倚于云丘③之巅，戏牧儿曰："尔为牧歌，当不责尔暴。"牧儿歌去，乃暴④他田，田主鞭之。啼而冤元子。啼不止，召其父而止之。

元子友真卿闻之，书过于元子，曰："嗟嗟次山，苟戏小儿，俾陷鞭焉，而蒙冤之。彼牧儿望次山，犹台隶⑤不敢干⑥其主。及苟戏，乃或与次山犹仇雠⑦。斯岂慎德⑧也欤？吾闻君子不苟戏、无似非。如何惑一儿，使不知所以蒙过？此非苟戏似非之非者邪？恶⑨不必易此。"

元子报真卿曰："於戏！吾独立于空山之上，戏歌牧儿得过，几不可免。彼行于世上，有爱憎相忌，是非相反，名利相夺，祸福相从，至于有蒙戮辱者，焉得不因苟戏、似非，世儿惑之以及者乎？真卿！吾当以戏为规。"

【注释】

①戏规：戏弄的规诫，即规劝戏弄行为。戏，戏弄，嘲弄，开玩笑。②友：疑为衍字，即传抄过程中多出的字。③云丘：云雾缭绕的山丘，此处指隐者所居之处。④暴：任意践踏。⑤台隶：地位低下的奴仆。⑥干：抵触。⑦仇雠：仇人。⑧慎德：持重，谨慎的品德。⑨恶（wù）：怎么。

【译文】

元子停靠在云雾满布的小土山顶上，开玩笑地对放牧的孩子说："你唱支牧歌，我就不责备你践踏田地了。"牧童唱着歌离开了，仍旧践踏了别人的田地，田主鞭打他。牧儿哭了起来，向元子申诉冤屈。牧童哭个不止，后来叫来了他的父亲他才止住啼哭。

元子的朋友颜真卿知道了这件事，写信给元子，对他进行了批评和教诲，说："唉唉，次山，你怎能随便戏弄小儿，使他遭到鞭打，还蒙受了不白之冤。那个牧童原本看到你，犹如奴仆不敢触犯主子。然而，由于受到戏弄，他现在见你就如同见到了仇人。这哪里是你该有的持重的品德和谨慎呢？我听说君子不会随意戏弄他人，也不会做出让人误解为非的行为。你怎么蒙惑一个小儿，使他不明白做了错事的缘由？这难道不是因为你轻率地开玩笑，而让人误解为非吗？这种错误的行为，我们不应该轻易地去犯。"

元子回答真卿说："唉！我独自站在空旷的山上，开玩笑让牧童唱个歌是我的过错，也几乎让他陷入了不能免罚的境地。那些在世上行走的人，有因为爱憎便相互猜忌，因为口舌争论便相互对立，因为名利便竞相争夺，因为祸福便紧跟顺从，以至于遭到杀戮蒙受屈辱的，怎么不是由于随意戏弄他人、做让人误解的事，却让世上的小儿被迷惑而承担后果的呢？

"真卿啊！我当把你的教诲铭记在心，将这次玩笑当作规诫，时刻提醒自己要谨慎言行。"

【述评】

《戏规》以小喻大，揭示了坚守慎德、持重待人处世的必要性，进而挑破了因苟戏造成爱憎相忌、是非相反、名利相夺、祸福相从蒙受杀戮屈辱的恶果，颇有警诫力度，也反映了挚友肯相互规诫的情谊。

处规^①

州舒吾问元子，曰："吾闻子多矣，意将何为？"对曰："云山幸不求吾是，林泉又不责吾非，熙然^②能自全，顺时而老可矣。复安为哉？"舒吾曰："元子其过误^③乎，其太矫^④也？吾厌世人饰言^⑤以由道，藏智以全璞^⑥，退身以显行，设机以树名。吾子由之，使我何信？"元子俯而谢之。

滕许^⑦大夫友元子，闻不应舒吾之说，乃曰："嗟嗟元子！少辞者邪？何不曰，使吾得所处，但如山林不见吾是非，吾将娭而往也。以子为饰言藏智，退身设机，何不曰，如此岂不多于盗权窃位、蒙污万物，富贵始及，而刑祸促之者乎？"元子谢不及^⑧。

季川问曰："皈^⑨终不复二论^⑩，皈有意乎？""於戏，季川！吾有言则自是，言达则人非，吾安能使吾身之有是，而令他人之有非，至于闻闻也哉？"

【注释】

①处规：对处世的规劝。②熙然：和乐地。③过误：谦辞，不当，不合适。④太矫：过于矫情。⑤饰言：修饰言辞。⑥璞：含玉的石头，未经琢磨的玉石。

⑦滕许：滕、许，都是州县名。⑧不及：比不上，做不到。⑨兕(shēn)：兄的别称。⑩二论：指舒吾和朋友滕许大夫的议论。

【译文】

州舒吾问元子，说："我久闻您的大名，您未来的打算是什么?"我回答说："我庆幸自己能够生活在山水之间，云山不要求我什么都做得对，林泉又没有责备我的过失。我乐和得可以保全自身，顺应自然之道安然老去就行了。我还需要追求什么呢?"舒吾说："元子您是过于谦虚呢，还是过于矫情呀? 我讨厌世人常常粉饰言辞来掩饰自己的真实意图，掩藏心智来保全本真，退身到山林来显示品行，费尽心机树立名声。您如果也这么做，那我又该如何相信您呢?"元子听了，低头表示歉意。

滕许大夫是元子的朋友，他听说我没有直接回应舒吾的意见，便说："唉呀，元子，你是因为言辞欠缺而未能充分表达自己的想法吗? 为何不说，如果我能找到一个像山林那样不计较我是非对错的处所，我将欣然前往。至于州舒吾认为你是用粉饰言辞来掩藏心智，以退身山林来巧获名声，你为何不反驳，这样做难道不比盗权窃位、污辱万物，虽取得富贵，却很快招致刑罚灾祸之人要好得多吗?"元子连忙表示感激并承认自己确实不能这么回答。

季川后来问我说："兄长最终没有回复两种意见，兄长有什么想法?""唉! 季川，我说出心意时自然认为自己是正确的，言辞传了出去就显示他们说得不对，我怎么能够让自己显得正确，使他人落到错处，以至于名声传散开去呢?"

【述评】

本文以反复问答的形式构建全篇，描述了作者乐于退身、自适自在的人生境界。另一方面也揭示出他愤世嫉俗，决意力戒贪图名利的处世态度。行文曲折含蓄，耐人细味。

出规①

元子门人②叔将出游三年。及还，元子问之曰："尔去我久矣，何以异乎？"

诺曰③："叔将始自山中至长安，见权贵之盛，心愤然；切悔④比年⑤于空山穷谷，与夫子甘饥寒、爱水木而已。不数月，自王公大夫卿相近臣⑥之门，无不至者。及一年，有向与欢宴，过之可吊⑦。有始贺拜侯，已闻就诛。岂不裂封⑧，疆土未识，岂无印绶⑨，怀之未暖。其客得禄位⑩者随死，得金玉者皆孥⑪，参游宴者或刑、或免。叔将之身，如犬逃者五六，似鼠藏者八九。当其时，环望天地，如置在杯斗⑫之中。"

元子闻之，叹曰："叔将，汝何思而为乎？汝若思为社稷之臣⑬，则非正直不进，非忠谠⑭不言。虽手足斧钺⑮，口能出声，犹极忠言，与气偕绝。汝若思为禄位之臣，犹当避赫赫⑯之路，晦显显⑰之机⑱，如下厩粟马，齿食而已。汝忽然望权势而往，自致身于刑祸之方，得筋骨载肉而归，幸也大矣。二三子⑲，以叔将为戒乎！"

【注释】

①出规：指对入仕的规劝。②门人：弟子。③诺曰：回答说。④切悔：很懊恨。⑤比年：近年。⑥近臣：君主左右亲近之臣。⑦吊：哀悼，慰问，吊唁。⑧裂封：因功业分封。⑨印绶：指官印。⑩禄位：俸禄爵位。⑪孥（nú）：子女，亦指妻子和儿女。⑫杯斗：指酒器。⑬社稷之臣：关系国家安危的大臣。⑭忠谠：忠诚、正直。⑮斧钺：名作动用，被斧钺砍掉。⑯赫赫：显赫。⑰显显：显

耀。⑱机：迹象。⑲二三子：指门人，弟子。

【译文】

元子的弟子叔将外出游历了三年。等回来时，元子问他道："你离开我很久了，有没有什么不同的感受或领悟呢？"

叔将回答说："我最初从山中到长安，看到权贵势盛，心头愤懑极了。我无比懊悔。近些年来自己只是隐居在空山穷谷，同老师甘受饥寒、喜爱绿水青山而已。不过几个月，从王公、大夫、卿相到皇上亲近大臣的府门，没有我未去过的。然而，过了一年，有先前与其欢宴的，拜访时却要吊唁了。有开始拜贺他封侯的，但不久就听说他被诛杀了。他连自己将要管辖的疆土都还没有机会去认识，手中的印绶也还没有捂热，就已经失去了一切。他们的门客刚获得俸禄爵位的却随之死去，刚获得金玉的都成了奴婢，参加完游宴的就有受刑或被免职的。我也如同犬一样逃走五六回，如鼠一样躲藏八九次。在当时，环视天地，自己仿佛置身于酒器杯斗之中啊！"

元子听了后，长长叹息说："叔将，你究竟是如何思考并行动的呢？你若想做关系国家安危的社稷大臣，就应当坚持正直不阿的品性，不达到正直的标准就不盲目进取，不讲真话、有益之言就绝不开口。即使面临手足被斧钺砍掉的酷刑，只要口还能出声，就应该把忠言说尽，与呼吸同断。你若想做禄厚爵高的臣子，那么你也应当避开显赫的门路，遮掩显耀的迹象，就像马厩中的普通马匹一样，只求有口吃的、有安身之处便足矣。但你突然向着掌权拥势的人跑去，将自己送到受刑遭祸的地方，能够保全性命、带着肉身归来，就是天大的幸事了。你们这些人，以叔将作为警戒吧！"

【述评】

《出规》一文，就门人出游入仕陷入危途险地和他见到官场的盛衰变化情景，提出警诫：想做社稷大臣就应坚持忠诚正直；想做禄位之臣也该避开显赫门路，韬光养晦。着力批判了官场争权窃势、腐败黑暗的政风，表达了元结对门人的关爱之情。

恶圆①

元子家有乳母，为圆转之器②以悦婴儿，婴儿喜之。母使为之聚孩孺③，助婴儿之乐。友人公植者，闻有戏儿之器，请见之；及见之，趋④焚之。

责元子曰："吾闻古之恶圆之士歌曰：'宁方为皂⑤，不圆为卿⑥；宁方为污辱，不圆为显荣。'其甚者，则终身不仰视，曰：'吾恶天圆。'或有喻之以天大无穷，人不能极，远视四垂，因谓之圆。天不圆也。对曰：'天纵不圆，为人称之，我亦恶焉。'次山奈何任造圆转之器，恣令悦媚婴儿。少喜之，长必好之。教儿学圆，且陷不义；躬自戏圆，又失方正。嗟嗟次山，入门爱婴儿之乐圆，出门当爱小人之趋圆。吾安知次山异日不言圆、行圆、动圆、静圆以终身乎？吾岂次山之友也！"

元子召季川谓曰："吾自婴儿戏圆，公植尚辱我，言绝。忽乎！吾与汝圆以应物，圆以趋时，非圆不预⑦，非圆不为，公植其操矛戟刑我⑧乎？"

【注释】

①恶圆：恶，厌恶，憎恨。圆，指圆通、圆滑。②圆转之器：圆形的能够转动的玩具。③孩孺：孩子。④趋：快步走去。⑤皂：旧社会衙门里的差役。⑥卿：公卿。⑦预：参加，参与。⑧刑我：杀我，刑作动。

【译文】

元子家请了个乳母，她做了个圆形的能够转动的玩具让婴儿玩乐，婴儿非常喜欢玩它。乳母于是便经常用这个玩具来聚集周围的孩子，让他们一起玩耍。我的朋友公植知道有这么个婴儿的玩具，便想看看；当他看见这个玩具后，便立即催促元子将这个玩具烧掉。

公植责备元子说："我听说古时那些厌恶圆的人歌唱道：'宁肯坚持方正做差役，不求圆滑做高官；宁愿坚持方正受侮辱，不求圆滑获显赫荣耀。'最突出的，甚至终生没有抬头仰望天空，说：'我厌恶天是圆的。'有人告诉他，天广大无边，人不能看到尽头，远远看去四面垂下，所以说它是圆的。其实，天是不圆的。对方回答说：'天即使不圆，但常被人称赞为'圆'，这也是我所厌恶的。'次山怎能任由乳母做个圆形的玩具，放纵让它讨得婴儿的欢悦。小时候喜爱的，长大了必定爱好它。让孩子在玩乐中学会圆滑，将其陷于不义的地步；自身沉溺于圆滑的游戏中，就会失去了应有的方正和原则。哎呀，次山，如果进家门喜爱婴儿玩圆的玩具，出了家门可能会爱小人圆滑的奉承。我怎能料想次山将来不会言语圆滑，动也圆滑，静也圆滑，凭圆滑过完终生呢？如此，我哪能做次山的朋友啊！"

元子召来季川，对他说："我从乳母用圆转之器逗乐婴儿的事情上得到了深刻的教训，公植尚且责备我不对，甚至提出断交。哎！要是我同你圆滑地对付事物，圆滑地迎合时俗，不是圆滑的事不参加，不是圆滑的事不干，公植可能得拿起兵器矛戟杀了我吧？"

【述评】

《恶圆》是警诫世人不能忽视幼儿"少喜之，长必好之"的人格教育，指出"教儿学圆"会致使孩子以后陷入圆滑做人的不义中，揭示了育人、办事要"慎始"的规律。

恶曲①

元子时与邻里会，曲全②当时之欢，以顺长老③之意。归泉上④，叔盈问曰："向⑤夫子曲全其欢，道然也，苟为尔乎？"元子曰："叔盈视吾曲其心以徇财利⑥，曲其行以希名位，当过吾⑦。吾苟全一欢于邻里，无恶然⑧可也。"

东邑有全直⑨之士，闻元子对叔盈，恐曰："吾闻元次山约⑩其门人曰'无恶我之小曲⑪，真昏鄙恶辞⑫也！吾辈全直三十年，未尝曲气以转声，曲辞以达意，曲步以便往，曲视以回目，犹患于古人⑬。古人有恶曲者，不曲臂以取物，不曲膝以便坐。见天下有曲于君、曲于民、曲于鬼神者，往劫而死之。今元次山苟曲言矣，强全一欢，以为不丧其直，恩⑭哉！若能苟曲于邻里，强全一欢，岂不能苟曲于乡县以全言行？能苟曲于乡县，岂不能苟曲于邦国以彰名誉？能苟曲于邦国，岂不能苟曲于天下以扬德义？若言行、名誉、德义皆显，岂有钟鼎不入门、权位不在己乎？呜呼！曲为之，小为大之渐，曲为之也，有何不可？奸邪凶恶其圉乎⑮？"

元子闻之，颂曰："吾以颜貌曲全一欢，全直君子之恶我如此。犹有过于此者，何以自免！"

【注释】

①恶曲：憎恨着意变换心思和行为去达到某种目的。②曲全：曲意迁就以求保全。③长老：年纪大的人。④泉上：商馀山的泉水上。⑤向：先前。⑥徇财利：贪取财物。⑦过吾：责备我。⑧无恶然：没有什么不好的意图。⑨全直：保

持正直。⑩约：约定，商定。⑪小曲：指曲从长老之意。⑫恶辞：不是正常话。⑬患于古人：担心比不上古人。⑭圂(hùn)：让人担忧。⑮圝(yáo)："游子"，捕鸟时使用的能引来同类鸟的鸟。文中指引子，中介。

【译文】

　　元子有时与邻里聚会，常常曲意迁就以保全当时的欢快，这样做也是为了顺从长辈，让他们感到满意和高兴。聚会结束后，元子回到商馀山的泉上，叔盈问道："先前，老师曲意保全大家的欢快，这样做是符合道义的吗，还是仅仅为了迎合大家才这样做呢？"元子说："叔盈大概认为我是在曲意逢迎以贪取财物，或扭曲自己的行为以希求名誉地位，如果是那样的话应该责备我。我只是想在邻里聚会时成全大家的欢乐，并没有什么不好的意图。"

　　东邑有个坚守正直的读书人，知道了元子对叔盈说的话，担心道："我得知元次山教导其弟子说'不要厌恶我偶尔的曲从心意之辞'，这真是糊涂愚昧的话！我们这辈人坚持正直三十年，从未在语气上有过曲意逢迎，从未变换言辞表达心意，绕个弯以便达到目的，改变视线往回看，如此，仍然担心自己在正直方面还比不上古人。古代那些极度厌恶弯曲事物的人，不愿弯曲着手臂取物，不愿曲着膝盖以方便坐下。看到天下有谁对君王曲意侍服的，对民众或鬼神有不忠诚、不正直的行为的，就前去纠正甚至不惜牺牲生命。而今元次山随便说了曲意的话，以勉强自己保全欢快并认为自己没有失去正直，真让人担忧啊！倘若能够在乡里曲意迁就以保持欢快，难道不能在县里曲意迁就以掩饰自己的言行？如果能够在县里曲意而行，难道不能在国内随便曲意而行以彰显自己的名誉地位？能够在国内随便曲意行事，难道不能随便逢迎整个天下来宣扬自己的德义？倘若言行、名誉、德义都显扬了，哪有钟鼎不会自动进入家门、权位不掌握在自己手中的呢？

唉！认为只是小的曲意行为，殊不知小的行为是大的行为的积累。以委曲求全的方式来行事，还有什么是不能干的？奸邪凶恶的事就是由此引起的啊！"

元子听了东邑士子所说的道理，赞颂说："我调整我自己的表情、态度以求得一时的欢愉，正直君子对我的这种行为厌恶到这种地步。我还有比这个行为更严重的，我又如何自我宽宥呢？"

【述评】

《恶曲》借坚持正直的人据元子对老年人曲全一时以求欢悦的事件，以同辈和古人作正面例证，并且由小到大剖析了以小成大的积渐。揭示曲意曲行是奸邪凶恶引子的道理，说明做人办事要有原则性，考虑结局的影响，要慎终。

水乐说^①

元子于山中尤所耽爱^②者，有水乐。水乐是南磳之悬水，淙淙^③然，闻之多久，于耳尤便^④。不至南鄰，即悬庭前之水，取欹曲窦缺之石，高下承之，水声少似^⑤，听之亦便。

【注释】

①水乐说：即流水的乐声解说。说：指解说的文体。②耽爱：特别爱。③淙(cóng)淙：流水声。④便：适宜。⑤少似：稍似。

【译文】

元子在山中尤其喜爱的情境是水的悦耳乐声。这水乐来自南面石山上悬流的水，瀑布水声淙淙，听起来格外悦耳，久听不厌。没有去南面石山旁时，便在庭前模拟那瀑布的声音，取来倾斜弯曲有小孔的石头，在低处承接流水，那流水声也相似，听起来也悦耳。

【述评】

此篇短文是解说"水乐"的。表现出作者对自然之音、对浑然天成之美的追求。

订司乐氏①

或有将元子《水乐》说于司乐氏，乐官闻之，谓元子曰："能和分五音②，韵谐水声，可传之。"来请观学。元子辞之，使门人以南邻及庭前悬水指之，乐氏丑恶，谩骂曰："韵聩③多矣，焉有听而云乐乎？"

此言闻元子，元子谢曰："次山病余昏固，自顺于空山穷谷。偶有悬水淙石，泠然④便耳。醉甚，或与酒徒戏言，呼为水乐。不防君子过闻⑤而来，实污辱君子之车仆。"乐官去，季川问曰："向先生谢乐官，不亦过甚？"曰："然。吾为汝订之。汝岂不知彼为司乐之官，老矣。八音⑥教其心，五声⑦传其耳，不得异闻，则以为错乱纷惑，甚不可听。况悬水淙石，宫商不能合，律吕⑧不能主，变之不可，会之无由，此全声⑨也。司乐氏非全士，安得不甚谢之？嗟乎！司乐氏欲以金石之顺和⑩、丝竹之流妙⑪，宫商角羽，丰然迭生⑫，以化全士之耳。犹以悬水淙石、激浅注深、清瀛湿溶⑬，不变司乐氏之心。呜呼！天下谁为全士？能爱夫全声也？"

【注释】

①订司乐氏：评议主管音乐的官。②五音：指宫、商、角、徵、羽。③聩

(kuì)：耳聋。④泠然：泠泠地响着。⑤过闻：过于听信。⑥八音：中国古代对乐器的统称，通常为金（钟）、石（磬）、丝（琴瑟）、竹（箫笛）、匏（笙竽）、土（埙）、革（鼓）、木（柷敔）八种不同质材所制；泛指音乐。⑦五声：又叫五音，即宫、商、角、徵、羽。"五音"最早见于《孟子·离娄上》："不以六律，不能正五音。"⑧律吕：乐律。古代用竹管制成的校正乐音高低的器具，从低音到高音依次排列的十根竹管，成奇数的叫"律"，成偶数的叫"吕"，律吕的名称即黄钟、大吕、太簇、夹钟、姑洗、仲吕、蕤宾、林钟、夷则、南吕、无射（yì）、应钟。⑨全声：指自然的乐音。如"悬水淙石"声。⑩顺和：宁顺调和。⑪流妙：流畅美妙。⑫丰然迭生：丰富重叠地表现。⑬清瀛泡溶：清洗浸溶。

【译文】

有人将元子对水乐的独特理解和欣赏告诉给主管音乐的官员，乐官知道后，对元子说："如果能够将水声与五音相融合，使韵律和谐，那么这种艺术就可留传下去。"乐官于是前来观看学习。元子没直接接待他，而是叫弟子引领他去南面的石山和庭前听了悬流的水声，乐官在亲自聆听了这些水声后，粗鲁地骂道："不懂声韵，耳聋得太厉害了，这种水声根本不能称为音乐。"

这番话传给了元子，元子表示歉意说："次山病后糊涂固执，在空旷荒凉的山谷中自以为是。偶然听到悬水淙石之声，感觉非常悦耳动听。于是在醉得很厉害之时与酒徒戏言，叫它'水乐'。并没料到君子会过于听信而来学习，实在是侮辱了您的车子与仆人。"乐官走后，季川问道："之前您向乐官表示歉意的行为，是不是有些过呢？"元子回答说："是的。我为你评说评说这件事吧。你难道不知他是主管音乐的官，年老了。八音教化心灵，五声愉悦耳朵，如果听到了不合这些规范标准的其他乐声，就会认为它错乱纷繁蒙昧，难以入耳。何况悬水淙石这样的自然之声，其跟宫、商等音阶吻合不上，也无法用律吕来主导，改变它做不到，和合它不知怎么做，但它却是大自然浑然整体的全声呀。司乐氏不是那种能够完全理解和欣赏'全声'的'全士'，怎么能不向他道歉呢？唉！司乐氏想用钟磬的顺和之声，琴箫乐声的畅快美妙，以及宫、商、角、羽的不同音阶，用丰富重叠的展现来改变全士的听觉。我们还用悬水淙石、水流在浅处的激荡声、清澈深邃的海域中或湖泊的浪声，也是不能改变司乐氏的思想观点的。唉！谁能够称得上是真正的全士呢？大概是能够喜爱大自然的全声的人吧？"

【述评】

元结认为，相对于金石丝竹所奏的乐曲，淙淙水声即"全音"，是浑然天成、未被分析的自然之音。这种"全音"是司乐氏这类俗士所不能欣赏的，他们不能从整体上去领会，无从懂得其妙处。作者鲜明地表示了自己推崇大自然、享受自然美的思想观点。

浪翁观化① 并序

浪翁，山野浪老②也，闻元子亦浪然在山谷，病中能记水石、草木、虫豸③之化。亦来说常所化，凡四说。

【注释】

①浪翁观化：浪翁谈观察变化的规律。②浪老：放浪的老头。是虚拟的人名。③虫豸(zhì)：虫子。豸，没有脚的虫，如蚯蚓。

【译文】

浪翁，是山野中放浪的老头，听说元子也在山谷中放浪地过日子，元子即使在病中也能够记述水石、草木、昆虫的变化。这位浪翁也来讲述了自己平常所观察到的自然变化，共说了四个方面的内容。

(一)有无相化

浪翁曰：阴阳之气，化为四时；四时之行，化为万物。万物形全，是无化有；万物形尽，是有化无。此有无相化之说。

(二)有化无

浪翁曰：人或云，我立于东，西望万里，目极则无。人我两忘，终世相无。此有化无之说。

(三)无化有

浪翁曰：人或云，我来于南，北行万里，至无不有。人我两求，终世相有。此无化有之说。

(四)化相化

浪翁曰：吾观化于无也，何无不有。吾观化于有也，何有不无。有无更化，日以相化。化言何极？化言何穷？

【译文】

浪翁说：阴阳之气的交互作用，产生了四季的更迭；四季的运行，化生出万物。万物的形态完整、生命力旺盛时，是由无化为有；万物的形体不存在、生命力耗尽时，是有化为无。这是宇宙间万物相互依存、相互转化的解说。

浪翁说：有人这么讲，我站在东面，向西可以瞭望万里，目力所及之处似乎没有边际。忘记了自己和他人，这个世界仿佛也不存在了。这是有化无的解说。

浪翁说：有人说，我从南方出发，向北行走了万里，到了一个"至无不有"的地方。我在行走中拓宽视野、寻求新知，不断在追求中体验到生命的丰富和多彩。这就是无化有的解说。

浪翁说：我从无的角度来看待变化时，会发现最初看似虚无的地方，也蕴含着有的迹象。我从有的角度来看待变化时，即使是已经存在的事物，也终将归于无。有与无之间不是孤立存在的，而是相互转化的。关于"化"的言论，又怎能说得尽、道得完呢？

【述评】

元子生活在唐代由盛世到动乱的时期，经过冷静思考，写出这"有无变化论"的四说。他采用了道家的"无生有""自无而为"的观点，老子说："天下万物生于有，有生于无。"庄子说："有必出乎无有。"即"有生于无""无能出有"的思想。元结的观点源自老庄"有""无"的观点，但是元结在"有""无"相生的观念中，加入了人的主观作用。"目极则无。人我两忘，终世相无"，"人我两求，终世相有"。我望不见就"无"，我看见了则"有"。这是很可贵的。

时化①

元子闻浪翁说化，化无穷极。因论谕②曰："翁亦未知时之化也，多于此乎。"曰："时焉何化？我未之记。"

元子曰："於戏！时之化也，道德为嗜欲③化为险薄④，仁义为贪暴化为凶乱，礼乐为耽淫⑤化为侈靡⑥，政教为烦急⑦化为苛酷，翁能记于此乎？

"时之化也，夫妇为溺惑所化，化为犬豕；父子为昏欲所化，化为禽兽；兄弟为猜忌所化，化为雠敌；宗戚⑧为财利所化，化为行路；朋友为世利⑨所化，化为市儿⑩，翁能记于此乎？"

"时之化也，大臣为威权所恣，忠信化为奸谋；庶官为禁忌所拘，公正化为邪佞；公族⑪为猜忌所限，贤哲化为庸愚；人民为征赋所伤，州里⑫化为祸邸⑬；奸凶为恩幸⑭所迫，厮皂⑮化为将相。翁能记于此乎？"

"时之化也，山泽化为井陌，或曰尽于草木；原野化为狴犴⑯，或曰殚⑰于鸟兽；江湖化为鼎镬⑱，或曰暴于鱼鳖；祠庙化为宫寝⑲，或曰数于祀祷⑳。翁能记于此乎？"

"时之化也，情性为风俗所化，无不作狙狡㉑诈谖之心；声呼为风俗所化，无不作谄媚僻淫㉒之辞；颜容为风俗所化，无不作奸邪蹙促㉓之色。翁能记于此乎？"

【注释】

①时化：即剖析社会风气的变化。②论谕：解说晓谕。③嗜欲：嗜好贪欲。④险薄：险恶轻薄。⑤耽淫：溺爱放纵。⑥侈靡：奢侈浪费。⑦烦急：繁多迫切。⑧宗戚：宗族亲戚。⑨世利：社会财物。⑩市儿：指唯利是图的商人。⑪公族：统治家族的子弟。⑫州里：行政区域单位。泛指乡里。⑬祸邸(dǐ)：制造灾祸的处所。邸，旧称高级官员办公地点或住所。⑭恩幸：指被君主宠幸的近臣。⑮厮皂：差役，奴仆。⑯狴犴(àn)：传说中的猛兽。古代监狱门上画有这种猛兽，后来便作为监狱的代称。⑰殚(dān)：尽。⑱鼎镬(huò)：鼎和镬。古代两种烹饪器具。亦代指古代的酷刑，把人放在铁锅中煮死。⑲宫寝(qǐn)：侍奉鬼神的寺院寝庙。⑳祀祷：祭祀祷告。㉑狙(jū)狡：诡诈。㉒僻淫：偏执过激。㉓蹙(cù)促：拘谨。

【译文】

　　元子听了浪翁阐述事物的变化理论，深感变化没有穷尽。于是进一步阐述说道：“您还不知道时下社会变化的真正面貌，这些变化或许比您所描述的更为复杂。”浪翁说：“时风有什么变化？我还不了解。”

　　元子说：“唉！时风的变化呀，原本崇高的道德观念，如今因各种嗜好、贪欲变得险恶浅薄，仁义社会因贪婪横暴而变得凶险混乱，礼乐社会由于溺爱放纵变得奢侈浪费，政教由于烦冗迫切变得苛刻残酷。浪翁您能记住这些变化吗？”

　　“时风的变化呀，夫妇因被溺爱所蒙惑，变得如同狗猪一般；父子因被欲望昏聩所迷惑，变得如同禽兽一般；兄弟俩因被猜疑、嫉妒所遮蔽，变得如同仇敌一般；宗族亲戚因被财物利益所引诱，变得如同陌路人一般；朋友因被世上私利所驱使，变得如同市井商人一般。浪翁您能记住这些变化吗？”

　　“时风的变化呀，大臣因被声威、权力所驱使，由忠信之士变为奸谋之人；普通官员因被各种禁忌所局限，将公正之心化为邪佞之行；公侯因被猜忌与嫉妒，由贤哲之士化为庸碌之辈；百姓因被赋税服役所压迫，原本安宁的州里之地变成灾祸与苦难的聚集地；奸邪凶恶之徒因为得到恩宠与庇护，由役吏成了将相。浪翁您能记住这些变化吗？”

　　“时风的变化呀，山林水泽变成井田与阡陌，有人说这全是因为草木的掩埋；平原旷野变成囚禁犯人的牢狱，有人说这是由于鸟兽的猖獗；江湖之水变成了大铁锅，有人说这是由于对鱼鳖的任意掠取；有的祠庙被改建为宫殿寝殿，有人说这是由于祭祀祷告过于频繁了。浪翁您能记住这些变化吗？”

　　“时风的变化呀，人们原本纯真质朴的性情在不良风俗的侵蚀下变作狡猾欺骗的心思；人们在言辞上也被风俗改变了，没有人不讲谄媚、偏执、过激的言辞；人们在容颜上也被风俗改变了，没有人不呈现奸邪、急促的神色。浪翁您能记住这些变化吗?"

【述评】

《时化》中作者试图用宇宙生化论来剖析社会时风的变化。作者论述人们因恣欲破坏了正面的道德礼教,为满足欲壑破坏了正常人伦关系,因争名夺利造成朝政混乱,形成伤风败俗的时局,作者在"化"字上大做文章,全面揭破了社会丑恶面貌,启示人们规正时风以做人。

世化①

浪翁闻元子说时化,叹曰:"吾昔闻世化可说,又异于此。昔世之化也,天地化为斧锧②,日月化为豺虎,山泽化为州里,草木化为宗族,风雨化为邸舍,雪霜化为衣裳,呻吟化为常声,粪污化为粱肉③,一息④化为千岁,乌犬化为君子。"元子惑之。

浪翁曰:"子不闻往昔世之化也?四海之内,巷战门斗⑤,断骨腐肉,万里相藉⑥,天地非斧锧也邪?人民暗夜盗起求食,昼游则死伤相及,日月非豺虎也邪?人民相与寄身命于绝崖深谷之底,始能声呼动息,山泽非州里也邪?人民奔走,非深林荟丛⑦不能藏蔽,草木非宗族也邪?人民去乡国,入山海,千里一息,力尽暂休,风雨非邸舍也邪?人民相持于死伤之中,裸露而行,霜雪非衣裳也邪?人民劳苦相冤,疮痍⑧相痛,老弱孤独相苦,死亡不相救,呻吟非常声也邪?人民多饥饿沟渎⑨,病伤道路,粪污非粱肉也邪?人民奔亡潜伏,戈矛相拂,前伤后死,免而存者,一息非千岁也邪?僵王腐卿,相枕⑩路隅,乌兽让其骨肉,乌犬非君子也邪?"

【注释】

①世化：指安史之乱后发生的世界变化。②斧锧(zhì)：兵器。③粱肉：精美的饭食。④一息：一口气息。⑤巷战门斗：城巷中激战。⑥相藉：互相衬垫。⑦荟(huì)丛：聚生在一起的草木。⑧疮痍：创伤。⑨沟渎(dù)：沟渠。⑩相枕：相互倚靠在一起。枕，名作动用，作枕头。

【译文】

浪翁听了元子阐述的时风变化，叹息说："我先前听到世道的变化可以阐述，跟你所讲的又不同。先前世间的变化，天地变成兵器，日月变成豺狼虎豹，山泽变成村庄城镇，草木变成族居的地方，风雨成为厅堂住所，雪霜成了布衣皮裘，呻吟声成了正常的声音，粪污成了精美饭食，一息之间仿佛过了千年，乌犬变成了君子。"元子听了，很是疑惑。

浪翁解释说："你没有听说先前世道的变化吗？举国之内，街头巷尾激战不止，砍断的骨头、腐烂的尸体，遍地相枕藉，这不就是天地变成兵器了吗？老百姓趁着黑夜如盗贼般前往求食，大白天外出活动往往会遭遇死伤，这不就是日月变成豺狼虎豹了吗？老百姓一起跟着躲身在险崖深谷底下，才能够出声呼叫行动休息，这不就是山泽变成村庄城镇了吗？老百姓奔走不止，只有在深林草木丛生的地方才能找到藏身躲避之处，这不就是草木丛成了族居的地方吗？老百姓离开家园，深入山海，他们长途跋涉、奔走千里才敢喘口气，累得没有气力了才暂时停步，这疾风骤雨之下不也就是厅堂房舍了吗？老百姓时时受到死伤的威胁，在严寒风雪中赤露着身子挣扎前行，这不就是霜雪也成布衣皮裘了吗？老百姓在劳苦中相互抱屈，疾病创伤折磨着他们，老弱孤独者更是备受苦难，甚至面临死亡危险时也不能相救，这不就是呻吟声也成了平常的声音了吗？老百姓大多饿倒在沟壑之中，病伤者则挣扎在道路上，这不就是粪污的东西也成了精美的饭食了吗？老百姓在持续的逃奔暗躲中，还要时刻提防敌人的攻击，不断有人受伤死去，有幸留下的也只剩余一口气，这不就是一丝气息就等同千年了吗？僵死的君王、腐烂的公卿尸体，相互枕藉倒在路边，鸟兽都不愿啄食他们的骨肉，这不就是鸟兽也成了君子吗？"

【述评】

《世化》借浪翁慨叹往昔(安史之乱)大地上的变化，采用比喻、对举等手法，展现广大人民在战争中、躲避中、流亡中经受的巨大苦难。字里行间满含怜惜之情，引起读者不禁要追寻战乱的起因，追究责任人的罪过。

自述三篇 有序

天宝庚寅①，元子初习静于商馀。人闻之非非②曰："此狂者③也。"见则茫然④。无几，人闻之是是⑤曰："此学者也。"见则猗然⑥。及三年，人闻之参参曰："此隐者也。"见则崖然⑦。有惑而问曰："子其隐乎？"对曰："吾岂隐者邪！愚者也，穷而然尔！"或⑧者不喻，遂为述时命以辩之。先曾为述居一篇，因刊而次⑨之。总命曰自述。

【注释】

①天宝庚寅：唐玄宗天宝庚寅年(公元750年)。②非非：意思是对一种事物的否定，否定应该否定的事物。③狂者：狂妄激进的人。《论语·泰伯篇》："狂而不直，侗而不愿……"④茫然：模糊不清的样子，无所知的样子。⑤是是：第一个"是"表示肯定，第二个"是"指正确的东西。把对的认为是对的，把错的认

为是错的。比喻是非、好坏分得非常清楚。⑥猗然：赞美着，叹息着。⑦崖然：傲岸矜持貌。《庄子·天道》："而容崖然，而目衡然。"王先谦集解："崖然自异。"⑧或：或许，也许。⑨次：编列。

【译文】

唐玄宗天宝庚寅年，元结起初在商馀山静心修行。人们听闻此事，否定道："这是个狂妄的人。"见到他时，也是一脸茫然不解。没过多久，人们的态度开始转变，肯定道："这真是个有学问的人。"再见他时，很是赞叹。到了第三年，人们的评价更加复杂，有人说："这是个隐士。"见了他时，更是惊叹。也有人感到疑惑，便问道："您是隐士吗？"回答说："我哪里是隐士呢！只是个普通的人，因困穷才不得不这样的！"或许有人还是不明白，我于是写下关于时运与命运的论述来辩说。先前写过一篇关于居住环境的文章，就将它刊列在后面。总题命叫"自述"。

述时

昔隋氏①逆天地之道②，绝③生人之命，使怨痛之声，满于四海。四海之内，隋人未老，隋社④未安，而隋国已亡。何哉？奢淫暴虐昏惑而已。烝人⑤苦之，上诉皇天。皇天有命，于我国家，六叶于兹。高皇至勤，文皇至明，身鉴隋室，不敢满溢⑥。清俭⑦之深，听察⑧之至，仁惠之极。泱泱洋洋，为万代则⑨。圣皇承之，不言而化。四十余年，天下太平。礼乐化于戎夷⑩，慈惠及于草木。虽奴隶齿类⑪，亦能诵周公孔父⑫之书，说陶唐虞夏之道。至于歌颂讴吟，妇人童子，皆抒性情，美辞韵，指咏时物，与丝竹谐会⑬，绮罗⑭当称。况世贵之士，博学君子，其文学声望，安得不显闻于当时也哉？故冠冕⑮之士，倾当时大利⑯；轩车之士，富当时大农⑰。由此知官不胜人，逸⑱于司领⑲。使秩次不能损⑳，又休罢以抑之。尚骈肩累趾㉑，授任不暇。予愚愚者，亦当预焉。日觉抵塞，厌于无用。乃以因慕古人：清和蕴纯㉒，周周仲仲㉓，瘱然㉔全真。上全忠孝，下尽仁信，内顺元化，外娭大和㉕，足矣！如戚促㉖蟁诸，封蒙过灭。暮为朝贵，心所不喜。亦由金可镕，不可使为污腐；水可浊，不可使为尘粪然已。鄙语曰："愚者似直，弱者似仁。"予殆有之，夫复何疑？

【注释】

①隋氏：隋朝君主。②道：规律。③绝：断绝。④社：本义指土地神。⑤烝人：众人、庶民。⑥满溢：自满过分。⑦清俭：清廉俭约。⑧听察：听取察看。⑨则：榜样，效法。⑩戎夷：古代西方少数民族。⑪齿类：类列，一类人。⑫孔父：即孔子。⑬谐会：谐和，协调。⑭绮罗：形容诗风华丽柔靡。⑮冠冕：古代帝王、官员戴的帽子。文中比喻为仕宦。⑯大利：财主，最有钱的人。⑰大农：秦汉时全国财政经济的主管官。指最富裕的人。⑱逸：闲散。⑲司领：古代官署的名称。司，职掌，主管。领，治理。⑳损：贬降。㉑骈肩累趾：肩并肩，足累足，形容人多拥挤。㉒蕴纯：含蓄，纯正。㉓周周仲仲：文中指忠信。㉔瘱（yì）然：清静地。㉕大和：太和，阴阳融合的平静。㉖戚促：穷迫，急促。

【译文】

昔时隋朝统治者违背了天地的规律，断绝了庶民的生路，使得埋怨、痛恨的声音遍布天下。尽管隋朝百姓尚未老去，隋朝的社会根基尚未稳定，但隋朝却灭亡了。这是什么缘故呢？是因为君王奢侈荒淫暴虐昏庸罢了。百姓深受其痛，便向老天申诉。上天听到了百姓的呼声，于是将天命赋予了我们大唐王朝，至今已有六世。高祖最勤恳，太宗最英明，他们能够借鉴隋朝教训，不敢自满过分。他们十分清廉节俭，善于听取明论、体察民情，对百姓极是仁慈惠爱，国家呈现出一派繁荣昌盛的景象，成为万代的榜样。圣明的君皇继承他们的德政，百姓不用有太多禁制而天下治平。四十多年里，天下太平无事。礼乐教化遍及各个民族，仁慈恩惠广施到一草一木。即便是奴隶阶层，也能诵读周公、孔子的经典著作，讲述唐尧、虞舜、夏禹时期的德政。至于歌颂吟唱，妇女儿童都能抒发自己的性情，用优美的言辞音韵歌咏时令风物，跟丝竹之音和谐共鸣，辞藻华丽让人称赞。更何况那些出身尊贵人家的子弟，学问广博的君子，他们的文学声名威望，怎能不在当时显露呢？因此，那些仕宦的人，往往能够获得巨大的利益；那些乘坐华丽车马的人，富裕程度往往超过当时的大地主。由此可知，官员的数量远远不能满足人才辈出的现实需求，许多人因为没有得到官职而不得不处于闲置状态。为了保持官场的平衡和稳定，也会通过调整他们的俸禄和职位等级来加以抑制。但争着做官的人还是很多，负责授予官职的人都忙不过来。我这愚笨的人，也曾经参与过应举。后来一天天地觉得心内阻塞，也厌倦了无所作为。又因为仰慕古人：清静和平，保持着内心的质朴与真诚，也坚持忠信中正，平静地保持本性。对上保全忠孝，对下竭尽仁信，于内能顺从造化，于外乐于接受自然的平静，这就足够了啊！那些急功近利或受人嘲笑的人事可能是被名利所蒙蔽而失了本真，甚至会被遏制和消灭。晚上还默默无闻，早晨却显赫了，但心里还是不喜欢。虽然黄金也可以被熔铸，但不能成为污秽之物；水可以被弄浑浊，但不能成为尘土粪便。俗语说："愚笨的人似乎直爽，懦弱的人似乎仁慈。"我大概有这些特点吧，又有什么可疑惑的呢？

述命①

元子尝问命于清惠先生，先生曰："子欲知命，不如平心②，平心不如忘情③。"喏曰："幸④先生教之。"

先生曰："夫平心能正是非，忘情能灭有无，子何先焉？"曰："请先忘情。"先生曰："子见草木乎？子见天地乎？草木无心也，天地无情也。而四时自化，雨露自均，根底自深，枝杆自茂。如是，天地岂丑⑤授⑥而成哉？草木岂忧⑦求而生哉？人之命也，亦由是矣。若夭若寿，若贵若贱，乌可强哉？不可强也！不可强也！不如忘情，忘情当学草木。呜呼！上皇强化天下，天下化之。养之以道德，道德伪薄，天下亦从而伪薄。呜呼！后王急济⑧天下，天下从之。救之以权宜，权宜⑨侈恶，天下亦从而侈恶。故赴贪徇⑩纷急之风，以至于今。圣贤者兢兢然⑪犹伤命性，愚惑者恩恩然⑫遂忘家国。其由不审⑬不通，丑授忧求而已，子不喻乎？"

【注释】

①命：命运，天命，旧时指人的生死寿夭、富贵贫贱、吉凶祸福等平生遭际。一般借指前途、遭遇、下场等。②平心：平静心情。③忘情：对喜怒哀乐等情感之事无动于心，淡然若忘。④幸：希望。⑤丑：厌恶，憎恶。⑥授：通"受"，接受。与"丑"相对，在文中有喜好的意思。⑦忧：担忧，发愁。⑧济：（对事情）有益。⑨权宜：随事势而采取的适宜办法、变通的措施。⑩贪徇：贪求，谋求。⑪兢兢然：小心谨慎的样子。⑫恩恩然：昏聩的样子。⑬审：仔细考察。

【译文】

元子曾经向清惠先生请教关于"命"的问题，清惠先生说："你想知晓命运，不如懂得平静心情。平静心情，不如忘掉情感，超然于物外。"我恭敬地说道："希望先生教给我这方面的道理。"

清惠先生说："平静心情就能够帮助我们分清是非，忘掉情感就能够超越存在与消亡的界限，你把哪个方面摆在前面？"元子回答说："请先教我忘掉情感吧。"先生说："你见到了草木吗？你见到了天地吗？草木是无心的，天地是无情的。然而一年四季自动调和，雨露自动分布，草木根底自然加深，树干枝叶自然茂盛。像这样，天地难道是因为有所喜好厌恶而成就了万物吗？草木难道是因为忧虑渴求而得以生长吗？人的命运，也是这样的。或短命或长寿，或富贵或卑贱，怎么可以强求呢？不能强求呀，不能强求！不如忘掉情感，忘掉情感就应该向草木学习。唉！上古时期的君王强化道德治理天下，百姓也接受教化。用道德来教化百姓，如果道德虚假轻薄，天下百姓就会跟着虚假轻薄。唉！后世的君王急于救济天下的做法，天下人也会紧跟随从。如果用权宜之计来应对危机，权宜之计往往会滋生出很多邪恶，百姓也就跟着趋从邪恶。因此，这种贪婪急躁的风气盛行到现在。圣贤的人也感到忧虑不安，担心人们的命运和本性受到损害，愚昧昏庸的人因肆无忌惮地追求私利则会忘记国家人民。这都是因为人们没有仔细考察、深入了解(天命)，只是凭着自己的厌恶、喜好罢了，你还不明白吗？

述居

天宝庚寅，元子得商馀之山。山东有谷曰馀中，谷东有山曰少馀。山谷中有田，可耕艺者①三数夫。有泉停浸，可畦②稻者数十亩。泉东南合肥溪，溪源在少馀山下。溪流出谷，与漺③水合汇于潩④。

将成所居，故人李才闻而来会，乃叹曰："吾未始知夫子之所至焉，今知之矣。吾闻在贫思富、在贱思贵，人之常情也，圣贤所有。然而知贫贱不可苟免，富贵不可苟取。上顺时命，乘道⑤御和；下守虚澹⑥，修己推分⑦。称君子者，始不忝⑧乎！"

乃相与占山泉，辟榛莽，依山腹，近泉源，始为亭庑⑨，始作堂宇。因而习静[10]，适[11]自保闲。夫人生于世，如行长道，所行有极[12]，而道无穷，奔走不停，夫然何适？予当乘时和[13]，望年丰，耕艺山田，兼备药石[14]，与兄弟承欢于膝下，与朋友和乐于琴酒，寥然[15]顺命，不为物累。亦自得之分在于此也！

【注释】

①耕艺者：种植的人。②畦：分畦种植。③潨（cóng）：水流汇合的地方。④滍（zhì）：今河南鲁山县的沙河。⑤乘道：利用正道，利用道义。⑥虚澹：从容恬静。⑦推分：守分自安。分，职分，名分。⑧忝：辱，有愧于，常用作谦辞。⑨亭庑：亭子走廊。⑩习静：习养静寂的心性。⑪适：正好，恰好。⑫极：尽头，极限。⑬时和：天气和顺。⑭药石：药物总称。药，方药。石，砭石。都用来治病。⑮寥然：寂静貌。

【译文】

唐玄宗天宝庚寅年间，元子找到了河南鲁山县商馀山。山的东面有个山谷叫余中谷，山谷的东面有座山叫少余山。山谷中有田地可以耕种，可以供几位农夫耕作。还有山泉流经，可以灌溉数十亩稻田。这山泉向东南流去，最终汇入肥溪，肥溪水源头在少余山下。溪流从山谷中流出，与潨水汇合流到了滍水。

正当元子准备在这里建造居所时，老朋友李才听说后前来相会，不免感叹地说："我之前不知道您来到了这里，现在知道了。我听人说穷人想发财、低贱的人想富贵，这是人之常情，哪怕是圣贤也会有这样的想法。然而懂得贫贱不能苟且免除，富贵不能苟且取得。对上依顺时势天命，利用正道，运用平和手段；在下坚守从容恬静，修养自身，守分自安。如此被称为君子，才不会有愧吧！"

于是李才和元子一起占据山泉，砍掉荆棘藤蔓，在靠着山腰、接近泉源的地方搭建亭台楼阁，建造房屋。住在这里，可以习养静寂的心性，保全自己的品性。人活在世上，犹如行走在长长的路上，人的行走是有极限的，但道路却是无穷尽的，如果奔赴行走没有停歇，那什么时候才能到达呢？我应该趁着天气和顺，盼着好年成，在山中田地里耕种，种植草药，与家人共享天伦之乐，与朋友们和睦快乐地抚琴饮酒，平静地顺应天命，不被外物所拖累。自己的那份自在与满足也就是在此吧！

【述评】

元结的《自述三篇》以他在商馀山习静遭到人们不同评议为起因，以"述时""述命""述居"为辩，阐述了他对天下大势的看法、对命运的理解及自己隐居的原因。

《自述三篇》写于公元752年，距安史之乱不过三年，元结以政治家的敏感，已经清醒地意识到当时国家所暗伏的危机，并且充分地认识到这种危机产生的社会根源。《述时》一文开篇对比隋朝的灭亡和唐朝的兴盛。隋朝的灭亡是因为统治者的"奢淫暴虐昏惑"；此时的唐代经历唐太宗的贞观之治、高宗的永徽之治及唐玄宗的开元盛世后，成为一个国富民强的国家，经济在玄宗天宝年间达到鼎盛。而此时唐朝最高统治集团日益腐化，统治阶级的腐朽加深了人民的负担，促使社会矛盾不断加剧，此时情景跟隋朝灭亡时有过之而无不及。可见作者实际上是在用借古刺今的手法暗示唐朝即将衰落的命运。针对当时"冠冕之士，倾当时大利；轩车之士，富当时大农。由此知官不胜人，逸于司领。使秩次不能损，又休罢以抑之。尚骈肩累趾，授任不暇"趋利的社会现实，作者则赞赏"清和蕴纯，周周仲仲，癃然全真。上全忠孝，下尽仁信，内顺元化，外娭大和"的古代风尚。也表明自己所追求"金可镕，不可使为污腐；水可浊，不可使为尘粪"的人格精神。

《述命》阐述了作者的天命观。天宝六载（公元747年），元结二十九岁。他趁着唐玄宗求天下之士，命"天下士人有一艺者，皆得诣京师就选"的机会，欣然到长安应试。可是权奸李林甫把持朝政，以"草野之士猥多，恐泄漏当时之机"，于是"奏待制者悉令尚书长官考试，御史中丞监之，试如常吏。已而布衣之士无有第者，遂表贺人主，以为野无遗贤"（孙望《元次山年谱》）。玄宗听信了李林甫的谎言，求天下之士也就成了一句空话。这给胸怀"欲济时难"雄心、想做一个社稷之臣的元结当头一棒。元结在仕途上还没起步就遭到挫折，自然极度失意。他借清惠先生之言表达了自己无可奈何的心情，这一切的遭遇都是命运造成的，"不可强也！不可强也！""不如忘情"！不过文章又以天命的不可强求推衍出世风贪徇忿急，皆由上皇、后王造成，剑锋直指最高统治者，愤懑之情溢于言表。

《述居》一文则表现了元结的退隐之心，耕种以习静。他的"上顺时命""寥然顺命"显然从道家学说中而来，而且跟宿命论相关。但从元结一生的行事来看，他并不是道家学说的忠实信徒。事实上，元结的隐是一种退守，"吾岂隐者邪！愚者也，穷而然尔"，他显然是把他的不能正直以进叫作穷，用穷来抒写他的退隐生活，穷正是他壮志未伸而不得已的一种行动的形容词，他自己曾言，"人生不方正，忠信以显荣，则介洁静和以终老"，可以说元结的退隐正是对自己方直人格的坚守。

订古①五篇 有序

天宝癸巳，元子作《订古》，订古前世君臣、父子、兄弟、夫妇、朋友之道。於戏！上古失之，中古乱之，至于近世，有穷极凶恶者矣。或曰："欲如之何？"

对曰:"将如之何? 吾且闻^②之订之, 嗟之伤之, 泣而恨之而已也。"

【注释】

①订古: 评议古代。订, 评论, 订正。②闻: 揭露。

【译文】

　　唐玄宗天宝癸巳, 元子写了《订古》, 旨在探讨并订正古代关于君臣、父子、兄弟、夫妇、朋友之间的相处之道。哎呀! 上古时期背弃正常秩序, 中古时期开始变得混乱无序, 至于近代有穷凶极恶的情况了。有人说:"面对这样的情况,我们该怎么办?"元子回答道:"将怎么做呢? 我只能通过听闻了解这些现象, 然后批判订正它, 同时对这些失序表示嗟叹悲伤, 甚至哭泣痛恨罢了。"

　　第一

　　吾观君臣之间, 且有猜忌而闻疑惧, 其由禅让^①革代之道误^②也, 故后世有劫^③篡^④废放^⑤之恶兴焉。鸣呼! 即有孤弱, 将安托哉? 即有功业, 将安保哉?

【注释】

①禅让: 将首领之位让给别人。②误: 误导。③劫: 用武力抢夺。④篡: 用非法手段夺取, ⑤放: 流放, 放逐。

【译文】

　　我观察君臣之间, 常伴随着猜忌与因听闻而生的疑惧, 这很大程度上是由于对禅让与朝代更迭之道的误解导致的, 所以后世出现了用武力抢夺、用非法手段夺取皇位、任意废黜和放逐的恶劣行为。哎呀! 在如此环境下, 即使有孤弱的君主，将怎么找到安心的依托呢？纵使是有了功业的君主，将怎样保住自己的安全与稳固呢？

第二

吾观父子之际，且有悲感①而闻痛恨，其由听谗受乱②之意惑也，故后世有幽③毒、囚、杀之患起焉。呜呼！即有深慈④，将安兴哉？即有至孝，将安诉哉？

【注释】

①悲感：伤感情绪。②受乱：受到干扰。③幽：软禁。④深慈：深厚的仁慈。

【译文】

我观察父子之间，常伴随着伤感情绪，甚至听闻有产生痛恨的，这很大程度上是由于听信谗言、受到纷乱局势的迷惑所导致的，所以在后世出现了父子间有被软禁、毒害、囚禁甚至谋杀的祸患。哎呀！在如此环境下，即使有着深厚仁慈的父亲，又如何能安心地表达他的关爱呢？即使有至孝的子女，又该如何去诉说这份情感呢？

第三

吾观兄弟之中，且有斗争而闻残忍，其由分国异家①之教薄②也，故后世有阴谋诛戮之害生焉！呜呼！即有友悌③，将安用哉？即有恭顺，将安全哉？

【注释】

①分国异家：分封一国，另立一家。②薄：淡薄。③友悌：指哥哥爱护弟弟，弟弟敬爱顺从哥哥。

【译文】

我观察兄弟之间常伴随着矛盾冲突，甚至听闻有凶残杀伤之事发生，这主要是由于分封国土、各自为家的观念淡薄所导致的，所以后世中有兄弟间阴谋杀害的内乱发生啊！哎呀！在如此环境下，即使有兄弟友爱之道，又怎能得到发挥和体现呢？即使讲求恭敬依顺，又怎能保全自己呢？

第四

吾观夫妇之道，且有冤怨①而闻嫌妒②，其由耽淫③惑乱之情多也，故后世有灭身亡家之祸发焉！呜呼！即有信义，将安及哉？即有柔顺，将安守哉？

【注释】

①冤怨：冤屈埋怨。②嫌妒：嫌隙妒忌。③耽淫：沉溺。

【译文】

我观察夫妇相处的情况，常伴随着冤屈埋怨，甚至听闻有嫌隙妒忌的情况发生，这主要是由于沉溺、迷惑于纷乱的情感所导致的，所以后世有亡身灭家的祸乱发生啊！哎呀！在如此环境下，即使夫妻间讲求信用道义，又怎么能得以保持和收效呢？即使想温柔依顺，怎么能够长久地守护这份关系呢？

第五

吾观朋友之义，且有邪诈而闻忌患①，其由趋势近利②之心甚③也，故后世有穷凶极害之刑④生焉。呜呼！即有节分⑤，将安与哉？即有方正，将安容哉？

【注释】

①忌患：指猜忌、祸患。②趋势近利：趋向权势，接近功利。③甚：严重。

④刑：指处理犯人的肉刑。⑤节分：节操，即名分。

【译文】

我观察朋友之间的情谊，常伴随着奸邪欺骗，甚至听闻有因猜忌而产生祸患的，这主要是由于过分趋向权势、追求功利的思想所导致的，所以后世中有凶狠残酷的肉刑出现啊！唉！在如此环境下，即使推行气节，将如何与人和谐相处呢？即使坚持正直方正，谁肯相容呢？

【述评】

以上五则短文，揭示了历史上家国人际关系的变化，分析了原因，推出了恶果。诗人发出沉痛的慨叹，用犀利笔锋深度表达了自己忧国愤世的思想感情。至于其分析其中缘由，难免失之偏颇，这与其受时代的局限性有关。

七不如七篇 有序

元子常自愧不如孩孺①，不如宵寐，又不如病，又不如醉；有思虑不如静而闲，有喜爱不如忘其情，及其甚也，不如草木。此意多显于元子者。或曰："订如是，不如则不如也，不如如者止于此乎？"元子于是系之于人事，缤②之于此喻，始为《七不如》，不如之义始极也。

【注释】

①孩孺：幼童，儿童。②缤（yǐn）：引。

【译文】

元子常常感到自我惭愧，觉得自己不如孩童，不如熟睡之人，又不如患病者，又不如醉酒者；有思虑之时不如静闲下来，有喜爱之时不如忘其情，甚至到了极端之时，觉得自己不如草木那样没有烦恼痛苦。这种想法在元子心中时常显现。有人说："那就设定一个标准，如果达不到就承认自己不如；但对于那些无法达到这个标准的，我们是否应当止于此？"元子于是将这些问题与人事相联系，通过相关比喻来引导，写下了《七不如》，如此，不如的意义才能说透。

第一

元子以为人之毒①也，毒于乡、毒于国、毒于鸟兽、毒于草木，不如毒其形、毒其命，毒其姻戚、毒其家族者尔。於戏！毒可颂也乎哉？毒有甚焉，何如？

【注释】

①毒：怨恨，危害。

【译文】

元子以为人的毒害影响范围很广，从乡土、国家到鸟兽、草木等，相较于这些外在的影响，还有一种"毒"更为直接和深刻，那就是对自身形体、命运及对姻亲和家族的毒害。哎呀！毒害，有什么可以赞颂的呢？毒害的危害性还可能更为严重，我们又该如何应对和防范呢？

第二

元子以为人之媚①也，媚于时、媚于君、媚于朋友、媚于乡县，不如媚于厕②、媚于室、媚于市肆③、媚于道路者尔。於戏！媚可颂也乎哉？媚有甚焉，何如？

【注释】

①媚：巴结，有意讨好的意思。②厩：牲畜棚圈。③市肆：商店、市井。

【译文】

元子以为，相较于迎合时代潮流、献媚君主、巴结朋友、取媚于地方乡亲等这种注重取悦于外在的、广泛的对象的谄媚，还有一种"媚"更为显著，如讨好马厩的牲畜、对居室的过度装饰、对市井商铺的过分关注，甚至对路上行人的过分留意。哎呀！这"媚"有什么可值得赞颂的呢？"媚"的危害性还可能更为严重，我们又该如何应对和防范呢？

第三

元子以为人之诈①也，诈于忠、诈于信、诈于仁义、诈于正直，不如诈于愚、诈于弱、诈于贫贱、诈于退让者尔。於戏！诈可颂也乎哉？诈有甚焉，何如？

【注释】

①诈：虚伪。

【译文】

元子以为，相较于人们有时会在忠诚、信用、仁义和正直等外在美德上表现的出"诈"，还有一种卑劣的"诈"更为显著，那就是欺负那些愚蠢的人、弱小的人、贫贱的人以及退让忍让的人。哎呀！这"诈"有什么可值得赞颂的呢？"诈"的危害性还可能更为严重，我们又该如何应对和防范呢？

第四

元子以为人之惑也，惑于邪、惑于佞^①、惑于奸恶、惑于凶暴，不如惑于狂、惑于诞^②、惑于玩弄、惑于谐戏^③者尔。於戏！惑可颂也乎哉？惑有甚焉，何如？

【注释】

①佞(nìng)：巧言谄媚。②诞：荒唐，荒诞。③谐戏：诙谐，嬉戏。

【译文】

元子以为人们时常会陷入迷惑之中，有时会被邪恶、谄媚、奸诈恶毒以及凶暴所迷惑，但这些受迷惑的情况都比不上被狂放不羁、荒诞不经、玩世不恭、诙谐戏谑所迷惑。哎呀！这"惑"有什么可值得赞颂的呢？"惑"的危害性还可能更为严重，我们又该如何应对和防范呢？

第五

元子以为人之贪也，贪于权、贪于位、贪于取求、贪于聚积，不如贪于德、贪于道、贪于闲和^①、贪于静顺者尔。於戏！贪可颂也乎哉？贪有甚焉，何如？

【注释】

①闲和：闲适和乐。

【译文】

元子以为人们常有贪求之心，有对权利、地位、财物的索取以及无休止积聚的贪求，这些不如贪求于道德修养、真理智慧、向往内心的平和与和谐以及追求生活的宁静与顺遂。哎呀！这样的贪欲也值得被歌颂吗？贪欲之中还有比这些更严重的情形，我们该如何应对和克服这些贪欲呢？

第六

元子以为人之溺也，溺于声①、溺于色②、溺于圆曲③、溺于妖妄④，不如溺于仁、溺于让、溺于方直⑤、溺于忠信者尔。於戏！溺可颂也乎哉？溺有甚焉，何如？

【注释】

①声：歌舞声乐。②色：女色。③圆曲：圆滑，曲解。④妖妄：妖艳狂妄。⑤方直：正直。

【译文】

元子以为人们容易陷入各种溺态，有沉溺于歌舞声乐、女色、圆滑曲意或荒诞不经、虚妄无稽的言论中的，这些不如沉溺于仁慈之心、谦让之德、正直之性以及忠诚守信之品质。哎呀！这样的溺态也值得被歌颂吗？溺态之中还有比这更严重的情形，我们该如何应对和克服这些溺态呢？

第七

元子以为人之忍①也，忍于毒、忍于媚、忍于诈惑、忍于贪溺，不如忍于贫、忍于苦、忍于弃污②、忍于病废③者尔。于戏！忍可颂也乎哉？忍有甚焉，何如？

【注释】

①忍：忍耐。②弃污：抛弃的污秽物。③病废：因病去职。

【译文】

元子以为人们生活中往往需要忍耐，有忍耐他人恶毒攻击、虚伪谄媚、欺骗迷惑及贪求沉溺的，这些不如忍耐贫穷、痛苦、舍弃污秽（即坚守清白）及忍耐因病残而带来的不便。哎呀！这样的忍耐也值得被歌颂吗？忍耐之中还有比这更严重的情形，我们该如何应对和克服这些忍耐呢？

【述评】

《七不如》全文采用总分结构写的。每则用前后对比方式，突出了作者的价值取向，然后一再用感叹作反问式的形式强化自己的观点。诗文有力地抨击了"七恶"之徒，劝人按照儒家道德修养做人，即"七恶"也可订正为"七善"。至于文中对"草木无知"的美慕，强调人生的不争、顺静，表露出元结的道家思想。

自箴①

有时士②教元子显身③之道曰："于时不争，无以显荣；与世不佞，终身自病④。君欲求权，须曲须圆。君欲求位，须奸须媚。不能此为，穷贱勿辞。"

元子对曰："不能此为，乃吾之心。反君此言，我作自箴：与时仁让⑤，人不汝上。处世清介⑥，人不汝害。汝若全德，必忠必直。汝若全行，必方必正。终身如此，可谓君子。"

【注释】

①自箴(zhēn)：告诫自己。箴，文体，以规诫为主旨。②时士：应时读书的人。③显身：显耀自身。④自病：有辱本身。⑤仁让：相爱相让。⑥清介：清白耿直。

【译文】

有个顺应时势的读书人教我元子显露头角、获得荣耀的办法时说:"在当前的时势下,如果不积极参与争斗、竞争,就很难显耀这一生;在世时不逢迎谄媚,那么很可能会因此遭遇挫折,甚至可能终身都会因此而感到痛苦不堪。如果想要获得权力,就要曲己圆滑,如果想要谋求高位,就要奸巧谄媚。不能这么去做,穷贱是免不了的。"

元子回答说:"我不能这么去做,因为这违背了我的本心。与你的说法相反,我写给自己的箴言是:与人相处时相爱相让,别人不会站在你头上。处世清白耿介,别人就不会加伤于你。你想要保全个人的道德,一定要忠诚正直。你若想周全品行,一定要为人方正。终生都肯这么去做,可以称得上君子。"

【述评】

元结这篇箴文鲜明地表白自己不媚俗、不屈己、安贫的思想品质,规诫我们做人要有忍让、耿介、忠诚、品行端正的品德,显示了其救俗匡时的斗志。

虎蛇颂^① 有序

猗玗子逃难在浥,南人云:猗玗洞中,是王虎之官;中浥之阴,是均蛇之林。居之三月,始知王虎如古君子,始知均蛇如古贤士。然哉,猗玗子夺其官,王虎去而不回;猗玗子侵其林,均蛇去而不归。借顺惠让,可作颂矣!

虎颂

猗^②!王虎,将何与方?方古太王。非不方于今,今也惠让^③不如王虎之心。

蛇颂

猗!均蛇,将何与俦?俦古延州^④。非不俦于时,时也顺让,不如均蛇之为。

【注释】

①虎蛇颂：是借颂虎与蛇，斥责时人不如虎蛇的讽刺诗歌。诗中王虎、均蛇都是虚拟形象。②猗：赞叹词。③惠让：施惠，礼让。④延州：代指延陵季札。季札，春秋时吴王寿梦之季子，寿梦欲传以位，辞不受，被封于延陵。

【译文】

猗玗子在沺避乱，南方的人们告诉他：猗玗洞是王虎的宫殿；沺地的阴处，是均蛇的栖息地。但在这里住了三个月后，猗玗子才知道王虎如古时的君子一般，均蛇如古时的贤士一样。然而，猗玗子夺了王虎的宫殿，王虎离开后没有回来争夺；猗玗子侵占了均蛇的栖息地，均蛇也离开了没有回来。他们的顺惠退让行为，应该被歌颂啊！

虎颂

好啊！王虎可与谁相比呢？可以比照古代的太王。并不是不想比照今人，而是今人在仁爱礼让方面，比不上王虎那仁爱的心。

蛇颂

好啊！均蛇可与谁相提并论呢？可以比照古代的季札。并不是不想比照今人，而是今人在和顺礼让方面，比不上均蛇的谦让行为！

【述评】

这篇《虎蛇颂》明颂虎蛇，实斥时人，颂中借用虎蛇与时人、古代名君贤士与时人的对比，鲜明地解剖了时人的心性与行为，以启示时人。

时规①

乾元己亥②，漫叟待诏在长安。时中行公③掌制④在中书，中书有醇酒⑤，时得一醉。醉中，叟诞曰："愿穷天下鸟兽虫鱼以充杀者之心，愿穷天下醇酎美色以充欲者之心。"

中行公闻之叹曰："子何思不尽耶？何不曰愿得如九州之地者亿万，分封君臣、父子、兄弟之争国者，使人民免贼⑥虐残酷者乎？何不曰愿得布帛、钱货、珍宝之物，溢于王者府藏，满将相权势之家，使人民免饥寒劳苦者乎？"

叟闻公言，退而书之，授于学者，用为时规。

【注释】

①时规：指对时局的正视。②乾元己亥：唐肃宗乾元壬亥年。③中行公：此处指韦陟，为礼部尚书车都留守。④掌制：主管。⑤醇酒：美酒。⑥贼：戕，伤害。

【译文】

唐肃宗乾元己亥年，漫叟在长安等待诏命。那时，中行公在中书省掌管制诰工作，中书省里藏有美酒，有时能够醉饮一番。在醉意中，漫叟不禁放诞地说："我希望能穷尽天下的鸟兽虫鱼以满足好杀戮之人的心，希望能搜尽天下的好酒美女以满足欲望无度之人的心。"

中行公听到了慨叹道："你怎么考虑得不够深远呢？怎么不说希望国家能够得到如九州那样大的土地，数量多到亿万计，然后分封给那些争夺国家的君臣、父子、兄弟，从而让人民免去被伤害和残酷统治？怎么不说希望得到布帛、钱财、珍宝等财物，填满王侯的府库，装满将相权势的仓库，从而让人民免受饥寒劳苦？"

漫叟听了中行公说的话，回去后将这些话记录下来，并传授给学子们，作为当时社会的一种规范和指引。

【述评】

　　文中漫叟的诞语并非荒诞，实是揭露统治阶层嗜杀、追求荒淫生活的罪恶。中行公的慨叹正言反揭封建朝廷内部争夺权势，而人民受到的伤害也难免去，王侯将相权势的府库溢出财物珍宝，而人民贫穷劳苦也难免去。全文警告世人应该正视时局。

自释

　　河南，元氏望①也。结，元子名也；次山，结字也。世业载国史，世系在家牒。少居商馀山，著《元子》十篇，故以元子为称。天下兵兴，逃乱入猗玗洞，始称猗玗子。后家瀼滨，乃自称浪士②。及有官，人以为浪者亦漫为官乎，呼为漫郎。既客樊上，漫遂显。樊左右皆渔者，少长相戏，更日聱叟③。彼诮以聱者，为其不相从听，不相钩加④，带答箦⑤而尽船，独聱牙⑥而挥车。酒徒得此，又曰："公之漫，其犹聱乎？公守著作⑦，不带答箦乎？又漫浪于人间，得非聱牙乎？公漫久矣，可以漫为叟。"於戏！吾不从听于时俗，不钩加于当世，谁是聱者？吾欲从之。彼聱叟不惭带乎答箦，吾又安能薄乎著作？彼聱叟不羞聱牙于邻里，吾又安能惭漫浪于人间？取而醉人议，当以漫叟为称。直荒浪其情性，诞漫其所为。使人知无所存有，无所将待。乃为语曰："能带答箦者，全独而保生；能学聱牙者，保宗而全家。聱也如此，漫乎非邪？"

【注释】

　　①望：郡望。②浪士：即四处漂泊无拘无束的人。③聱（áo）叟：孤僻高傲

固执的老头。聱，指性情孤傲，不肯屈从时俗。④钩加：勾结参与。⑤笭（líng）箵（xǐng）：渔具，亦指贮鱼的竹笼。⑥聱牙：乖忤，抵触。亦谓与人意见不同，不随世俗。⑦著作：著作郎。唐代宗时，元结曾被授著作郎。

【译文】

元氏在当时是河南有着显著声望的家族。结，是元子的名；次山，是元子的字。元氏家族历史被记载在国史里，元氏世系见于家族谱牒中。元结年轻时居住在商馀山，著有《元子》十篇，所以又被称作"元子"。后来，天下发生战乱，元结为避乱逃入猗玕洞，并因此开始被称为"猗玕子"。后来，安家在瀼溪，于是自称"浪士"。等到有了官职，有人认为浪荡之人是随随便便当上官的吧，便笑呼我为"漫郎"。不久客居于樊上，浪漫特征更加显露了出来。樊地周围居民大都是打鱼的，无论老少都喜欢相互开玩笑，又改叫我"聱叟"。他们笑称我为"聱叟"，是因为我性情孤傲，从不随声附和，不与他人勾结谋取私利。常常带着渔具，任由小船漂流，独自一人在那里悠然自得地挥动着钓竿。有酒徒听说此事后，又说："你的'漫'不就像这'聱'一样吗？你是著作郎，不应该带着渔具去捕鱼呀，'漫'于人间，难道不显得'聱牙'吗？你随意、散漫这么久了，干脆叫'漫叟'算了。"唉！我不听从时俗，不与当世之人勾结，谁是真正的聱者呢？我将跟随他。那个"聱叟"不以带着渔具为惭愧，我又怎么能因为是个著作郎而感到自卑呢？那个聱叟不以孤傲于乡里为羞惭，我又怎么能因为在世间显得漫浪而羞惭呢？那就接受那些醉酒之人的议论，就用"漫郎"作称号。就让我直接放任自己的性情，行为放荡不羁。让世人知道我并不追求世俗的功名利禄，也不依赖任何外在的期待或目的。于是我这样说："能够带着渔具的人，独善其身而保住生命；能够学习聱叟那种不随世俗的人，能够保全宗庙和家门。像聱叟的这种态度，不正是漫浪人生的真谛吗?"

【述评】

这篇《自释》,元结将自己曾经有过的名、号的来龙去脉清清楚楚地诠释了一遍。从文中也可以看出,元结的漫和聱,其实是在乱世之中保全自己和家人的一种智慧。

漫论 并序

乾元己亥至宝应壬寅岁,蒙时人相诮,议曰"元次山尝漫有所为,且漫聚兵,又漫辞官,漫闻议"云云,因作《漫论》。论曰:

世有规检①大夫持规之徒,来问叟曰:"公漫然何为?"对曰:"漫为公也。""漫何以然?"对曰:"漫然。"规者怒曰:"人以漫指公者,是他家恶公之辞,何得翻不恶漫而称漫为?漫何检括②?漫何操持③?漫何是非④?漫不足准,漫不足规。漫无所用,漫无所施。漫也何效?漫焉何师?公发已白,无终惑之。"

叟俯首而谢曰:"吾不意公之说漫至于此。意如所说,漫焉足耻?吾当于漫,终身不羞。著书作论,当为漫流⑤。"於戏!九流百氏⑥,有定限邪?吾自分张⑦,独为漫家,规检之徒,则奈我何?

【注释】

①规检:按规矩检查。②检括:遵守的规范。③操持:掌握和持守。④是非:对与错。⑤漫流:漫的流派。⑥百氏:诸子百家。⑦分张:提出主张。

【译文】

唐肃宗乾元己亥到代宗宝应壬寅，我受到当时的人们讥诮，这些人议论说"元次山曾经有些行为不受约束，随意招集军兵，任意辞官，任意听人议论"等等，我因而写了《漫论》。论说：

有一位"规检大夫"，是个遵循规矩的人，前来询问漫叟说："你为何行事总是显得漫然？"回答说："我正是因为您这样的规矩之人才如此随意。""随意行事的原因是什么？"回答说："就是任意漫浪啊。"规劝的人发怒说："人们以漫浪指责您，是他们讨厌你的言辞，你怎么不但不讨厌漫浪，反而以漫自称呢？漫有什么可以遵循的规范吗？漫又如何能被掌握和持守呢？漫又如何分辨是非呢？漫既不足以作为准则，也不足以成为规范。漫没有实用性，也无法被实施。漫能产生什么有效的结果？漫能成为学习的榜样？您的头发已经白了，不要被漫迷惑到底！"

漫叟低下头表示谢意说："我没有料到您会对漫有如此深刻的误解。如果像您所说的那样，那漫有什么可耻的？我对于漫，终身都不以之为耻。还要著书立说，成为漫浪流派。"唉！那九流百家，对此有规定限制吗？我自行分张，独成漫浪一家，那些拘泥于规矩之人能奈何得了我吗？

【述评】

这篇《漫论》是作者向人们回答自称漫郎、漫叟的讥诮，是反对时风世俗的宣言。他鲜明地表白：漫聚兵，漫辞官，漫听人评议，要成漫家。元结就是以"漫"来彰显自己的个性，并将"漫"作为个人自觉的精神追求，始终坚守着自我独立的人格。

化虎论①

都昌②县大夫张粲君英将之官，与其友贾德方、元次山别。且曰："吾邑多山泽，可致麋鹿为二贤羞宾客，何如？"及到官，书与二友曰："待我化行，旬月，使虎为鹿、豹为麇③、枭为鹘鸰、虾蟆④为兔。将以丰江外庖厨⑤，岂独与德方、次山之羞宾客也？"

德方对曰："呜呼！兵兴岁久，战争日甚，生人怨痛，何时休息？君英之化，岂及豺虎？将恐虎窟公城，豹游公庭，枭集公楹，群蛙匝⑥公而鸣。敢以不然之论，反化君英？"

次山异德方。"报君英化虎之论，岂直望化虎哉？"次山请商之，"君英所谓待吾化豺虎然后羞吾属也，其意盖欲待朝廷化小人为君子，化谄媚为公直，化奸邪为忠信，化进竞⑦为退让，化刑法为典礼，化仁义为道德，使天下之人心皆涵⑧纯朴，岂止化虎而羞我哉？德方未量⑨君英耶。"

次山故编所言为化虎之论。

【注释】

①化虎论：题中的"虎"喻凶暴、奸邪等坏人。文章是论述这类人的教化问题。②都昌：县名，属江西省。③麇（jūn）：獐子。④虾蟆：蛙科动物。⑤庖厨：厨房。⑥匝（zā）：环绕。⑦进竞：争着向前。⑧涵：包含，涵养。⑨量：估量、衡量。

【译文】

江西省都昌县县令张君英赴任之前，跟他的朋友贾德方、元次山道别。并且说："我管的县多山林水泽，可以捕获獐与鹿给二位好友款待宾客，怎么样？"他在上任后，又写信给两位朋友说："待我的教化得以施行，满了月，就能使虎化为鹿、豺化为獐、猫头鹰化为鹧鸪、虾蟆化为兔子。从而能提供更丰富的食材来丰富人们的餐桌，而不仅仅是为了满足德方、次山等款待宾客时的饮食之需。"

贾德方回信说："唉！战乱已发生多年，战斗日益激烈，百姓怨恨哀痛，何时才能平息？您的教化哪里能施行到豺狼虎豹身上呢？恐怕老虎将会在您的城郭上开窟洞，豺狼要在您的庭院中游荡，猫头鹰会聚集在您的梁柱上，成群的青蛙会围绕着您鸣叫。我怎敢用这些否定的言论，来反对或改变您的教化呢？"

元结的意见不同于贾德方，次山说："君英教化老虎的意见，哪里是只希望教化老虎呢？"元次山请求与德方商讨这个问题。他解释说："君英所说的待他教化豺虎然后可以款待我们这些人，他的真正意图是希望朝廷能够教化小人成为君子，教化谄媚之徒成为公直的人，教化奸邪者成为忠信的人，教化为名利争先恐后的人成为谦逊退让的人，将严酷的刑罚变为文明的典礼，将仁义推展为人们心中的道德自觉，让天下的心灵都纯真朴实，这哪里是要教化老虎为鹿来款待我们呢？德方啊，你是没有充分理解君英的深远意图呢。"

元次山因此编写所说的意思作《化虎论》。

【述评】

这篇杂论反映了作者生活时代的国家推行教化的不同情况。张君英做县令将上任时与二友书中提到待教化推行后可"虎为鹿、豺为麋"，可"丰江外庖厨"。贾德方回信，认为"战争日甚，生人怨痛"，且豺虎横行，教化无法展开，对此时的社会现实是十分愤慨的。次山不同意德方的看法，认为德方扩大了"君英化虎之论"的用意，朝廷推行教化，就该走上"公直""忠信""退让""典礼""道德"

的正轨。"化小人为君子"，使天下之人皆"涵纯朴"。显然，他的见解正确而且全面。文末点题突出了本文的主旨。

辩惑二篇^① 有序

议者多惑朱公叔、第五兴先^②所为，故引之作《辩惑》二篇，以喻惑者。其意亦欲将辩惑，与时人为劝惧^③之方。

上篇

昔南阳朱公叔为冀州刺史，百城长吏^④多惧罪自去。公叔不举法^⑤弹理之，听其去官而已。

惑者曰："公叔才达者也，苟能威畏，苟能逃罪，当下自新^⑥之令，不问前时之过。公叔之为也，是哉？"

辩者曰："呜呼！先王作法令，盖欲禁贪邪、绝凶暴，使人不得苟免。是以恶蒙异世^⑦之诛，善及子孙之赏。若法令不行，则无以沮劝^⑧；苟失沮劝，则赏罚何为？呜呼！先王惧人民自相侵害，故官人以理之。加其爵禄，使其富贵，盖为其能理养人民者也。彼乃绝理养之心，以杀夺为务，去而不理，而曰是乎？岂有冠冕轩车^⑨，佩符持节，取先王典礼以为盗具，将天下法令而为盗资乎？致使金宝千囊，财货百车，令彼盗类，各为富家。公叔不理，奈何咨嗟。"

【注释】

①辩惑二篇：上下篇都是解答疑惑和作劝诫的文章。②第五兴先：官员名，具体不详。③劝惧：劝说戒惧。④长吏：泛指上级官员。⑤举法：按照法律。⑥自新：自觉地重新做人。⑦异世：不同朝代。⑧沮劝：阻止劝告。⑨冠冕轩车：戴着官帽，坐上高车。

【译文】

许多人对朱公叔、第五兴先的所作所为感到困惑不解，因此，我特意撰写了《辩惑》两篇文章，以开导劝说感到迷惑的人。用意是想通过辩论来消除人们的疑惑，并以此作为劝诫时人的方法。

上篇

昔时南阳的朱公叔在担任冀州刺史期间，许多县城的官员大都因惧怕犯罪而自动离职。朱公叔并没有严格按照法律来弹劾他们，而是听任他们离职了事。

对此感到疑惑的人说："公叔是个才识通达的人，如果自己真的威望可畏，能让有罪之人感到畏惧，就应当发下一道命令，要求那些有罪的人自我革新，同时不追究他们之前的过错。公叔如此做，可以吗？"

分辩的人说："唉！先王制定法令的初衷，是想禁止贪邪、清除凶恶强暴，使人们有罪不能随便被免除。所以，凶暴者在后世仍会被处死，行善的则能惠及子孙。倘若法令不能推行，则无法阻止、约束贪邪凶暴的行为，如果无法阻止约束，那赏罚制度又何必推行？唉！先王畏惧人民自相侵夺损害，所以让官员来管理。赋予官员官爵俸禄，让他们过上富贵的生活，这是为了让他们能够管理教养人民。然而，他们如果失掉管理教养的责任心，转而尽干杀伤侵夺之事，若有这样的行为，却离开职位不予处理，能说这样是对的吗？难道只让官员戴着官帽、坐上高大宽敞的车子，佩戴着符节，却拿着先王的典章礼制作为盗窃的工具，将天下的法制命令作为盗窃手段吗？致使金银财宝大量流入盗贼之手，让这类偷盗者各自成为富有人家。朱公叔不去处理他们，怎么能行呢？"

【述评】

本文辩者对惑者提出朱公权听任下属犯罪离职，不能惩治的疑惑。并直接地分析指出，法令不行，贪邪凶暴就不能禁绝，为官理政等同虚设，让坏人借权力、典礼、法令作盗窃手段，成为祸害人民、国家的大盗。这实际上是揭批当时国家法令不行、赏罚不施的恶果。

下篇

昔第五兴先为诏使①，举奏②刺史，二千石蒙削免③者甚众。兴先以奉使称职，获迁官焉。惑者曰："兴先能纠劾过恶，直哉！使臣迁秩④次也，宜乎？"

辩者曰："夫理人，贵久其法，明其禁，使人知常且长也。汉家法不常耶？禁不长耶？何得兴先暴将威令，急操刑狱，使蒙戮辱⑤者如斯多乎？若汉家天下法禁，皆如冀州，四方诏使皆如兴先，则乱生于令出，祸作于遣使。谁为惑者？听我商之。"

"呜呼！畏陷人于法，故先于禁制。有抵犯者，理而刑之，示其必常也，人始知惧。先王欲人自新，故为善者赏之，俾人劝而无惧，然后乃理。所以施赏罚于人民，令似衣冠，不可脱去。如此殷勤⑥，乃能措刑杀⑦、致太平耳。故曰赏善而不罚恶则乱，罚恶而不赏善亦乱。赏罚不行与过差必止，若如此，汉家之法在乎？兴先之为是也乎？众人之惑喻乎？"

【注释】

①诏使：皇帝派出的特使。②举奏：列举罪过上奏。③削免：削职免官。④迁秩：提升官级。⑤戮辱：杀戮。⑥殷勤：周到急切。⑦措刑杀：处理好刑罚杀戮。

【译文】

以前第五兴先担任特使，列举官员罪过上奏朝廷，俸禄二千石的官员因罪过而被削职罢免的很多。兴先也由奉使称职，获得升迁。对此事感到迷惑的人说："第五兴先能够纠察弹劾官员的过错，算是正直啊！但他因苛刻执法而被提升官职，这适宜吗？"

分辩的人说："管理全国人民贵在长久执行国家制定的法制，明确告示国家的禁令，让人们了解法令的正常性和长期作用。汉家的法制不够正常吗？禁令不够长久地施行吗？怎么第五兴先强横施展禁令，严厉地操持刑罚、牢狱之事，导致许多官员受到羞辱和被杀戮？假如汉家的法律禁令都像冀州那样，四方的诏使都像兴先那么做，那么混乱就会在法令下达时发生，祸患就将从任命诏使时兴起。谁是迷惑的人？听听我的意见吧！"

"唉！如此情况下，由于怕陷入律法惩罚当中，所以事先发出禁令。有触犯律法的，随即处理给以惩罚，显示它的常规性，人们才知道畏惧。先王想让人们自觉地做人，所以对有善行的加以赏赐，使人们得到勉励而不害怕，然后会收到治理的效果。所以对人们施行赏罚，就如穿衣戴帽般不可脱去。只有以一种深思熟虑、周到细致的态度来运用刑罚手段，才能处理好刑罚杀戮而使得社会太平。因此说，赏赐行善的却不处罚为恶的，社会会混乱；赏赐行恶的却不赏赐为善的，社会也会混乱。赏罚不施行与过度执法都应该被制止。赏罚不严格执行或执法不公正合理，若是这样，汉家的法治还能存在吗？第五兴先的行为对吗？众人的迷惑弄明白了吗？"

【述评】

本文的惑者对第五兴先作为特使大量削免官员，而因此升了官是有疑惑的。辩者做了分析并结合上篇指出："夫理人，贵久其法，明其禁，使人知常且长也。"立法先禁制再施刑，显示会坚持到底。赏罚必行在于让人们知惧知勉。"赏罚不行"不对；兴先的"弹劾"虽"直"，但任意削免，也是不对的。

以上两文揭示了"官不失职、执法严明、赏罚必行"的从政原则，有一定的启示意义。

五、内容驳杂、表现手法多样的杂记

所谓"杂记"，是指那些难以归属于传统文体，且内容驳杂、表现手法多样，以"记"名篇的文章。唐代以前的"记"体文内容单一，多为"地理之记"与"旧事之记"，详见《隋书·经籍志》。初唐以来，"记"体文数量大增，类目及题材繁多，大致可分为厅壁记、亭阁记、山水游记、图画人物记、笔记五类。元结杂记共八篇，其中《茅阁记》《菊圃记》《殊亭记》《寒亭记》《广宴亭记》属亭阁记，《右溪记》属山水游记，《刺史厅记》属厅壁记，《九疑图记》属图画人物记。元结的五篇亭阁记在一般性地记录亭阁营建地点、时间及营建者之外，新变之处在于描写胜景以探奇、议论时政以劝讽。《右溪记》将议论与抒情融入山水描写之中，开创了由景及情、由景说理的艺术手法，确立了山水游记命名、结构、表现手法等文体规范。《刺史厅记》改前人以记叙为主的写法，变为议论为主，对前任官员的一味颂扬改为揭露讽刺，脱离题名而独立成文。

广宴亭记

樊水东尽，其南乃樊山。北鲜津^①吏欲于鲜上以为候舍^②。漫叟家于樊上，不醉则闲。乃相其地形，验之图记，实吴故宴游之处。

县大夫马公^③登之，叹曰："谢公^④赠伏武昌诗云'樊山开广宴'，非此地耶？

吾欲因而修之，命曰广宴亭，何如？"漫叟颂之曰："古人将修废遗⑤尤异⑥之事，为君子之道。"於戏！天下有废遗尤异之事如此亭者，谁能修而旌之，天将厌悔⑦往乎？使公方壮而有是心也。吾当裁畜⑧简札，待为之颂。故作《广宴亭记》以先意云。

【注释】

①北鲜津：渡口名。②候舍：等候过渡的房舍。③马公：马向，也称马响。④谢公：南北朝诗人谢朓。⑤废遗：倒塌遗址。⑥尤异：特异。⑦厌悔：憎恶追悔。⑧裁畜：决定留下。

【译文】

樊水流向东方，南面是樊山。北鲜津渡口管理的官吏想在鲜津上建立候渡的亭舍。漫叟的家就在樊上，我每天不是喝醉就是闲游。于是，漫叟仔细考察了樊山的地形，并与古代的地图或文献资料相对照，发现这里原来是吴国旧时宴饮游乐的地方。

县大夫马公登上樊山后，赞叹说："谢朓赠给伏武昌的诗云'樊山开广宴'，形容的不就是这里吗？我想趁这个机会修建它，取名广宴亭，怎么样？"漫叟肯定地说："古人将重修旧遗迹这类有特殊意义的事，认为是君子的行为。"唉！天下有倒塌遗迹特异的事如这个亭子的，谁能修整彰显它，老天还会憎恶追悔过往吗？所以正处壮年之时的马公才会产生修复广宴亭的念头。因此，我将准备好笔墨纸砚，等待时机为广宴亭的修复和重建撰写颂文。因此写下《广宴亭记》来表达我的祝愿之情。

【述评】

这篇杂记是解说广宴亭建立的起源。开篇提起在樊水以东、北鲜津渡口，有关官吏想建候渡的房舍。漫叟考察此处实是旧时宴游之地，县令马公据谢朓的"樊山开广宴"诗句，命名"广宴亭"，并征询意见。漫叟便肯定这是"修废遗尤异之事"的君子之道，可以把修建之事写下来。因此写下《广宴亭记》，这实际上也表明了修建此亭是合乎人民需要的事，有积极的意义。

殊亭记

癸卯①中，扶风②马向兼理武昌，以明信③严断④惠正⑤为理，故政不待时而成。於戏！若明而不信，严而不断，惠而不正，虽欲理身，终不自理，况于人哉？

公能令人理，使身多暇。招我畏暑，且为凉亭。亭临大江，复在山上，佳木相荫，常多清风。巡回极望，目不厌远。吾见公才殊、政殊、迹殊，为此亭又殊，因命之曰殊亭。斫石⑥刻记，立于亭侧。庶几来者，无所憾焉。

【注释】

①癸卯：唐代宗李豫广德年间（公元763年）。②扶风：古陕西扶风县。③明信：显示诚信。④严断：严格裁断或判断。⑤惠正：仁爱施政，宽厚施政。⑥斫（zhuó）石：削石，凿石。

【译文】

唐代宗广德癸卯年，扶风县的马向兼任武昌的官职，他凭借明智诚信、严明果决以及宽仁来治理地方，因而政事不需要太长时间就见成效。唉！倘若明智而不够诚信，严厉而不果断，宽厚却不够公正，那么这样的人即使想要管理好自身都难，何况去管理他人呢？

马公能够让人民得到良好的治理，从而使自己多有闲暇。他邀我避暑，特意建了凉亭。亭子临近大江，又在山头上，美好的树木遮阴，又有清风徐来。放眼望去，美景无限，令人百看不厌。我见到马公才干非凡、政绩卓越、行事独特，修建的这亭子也有特点，因而我提议给亭子取名为"殊亭"。凿石刻碑以作纪念，并竖立在亭旁。希望后来之人看到此景此情，没有遗憾之情。

【述评】

这篇《殊亭记》突出了殊亭之"殊"在于"公（马向）才殊、政殊、迹殊"，赞扬马响理政有显著成效。又因建亭位置适当，亭景也具特色，点明命名殊亭的依据，启发人们体会建亭的深意。可见元结之匠心之独具。

茅阁记

乙巳中，平昌孟公^①镇湖南，将二岁矣。以威惠理戎旅，以简易^②肃^③州县。刑政之下，则无挠人^④，故居方多闲，时与宾客尝欲因高引望，以纾远怀^⑤。偶爱古木数株，垂覆城上，遂作茅阁。荫其清阴，长风寥寥^⑥，入我轩槛；扇^⑦和爽气，满于阁中。世传衡阳暑湿郁蒸^⑧，休息于此，何为不然。今天下之人正苦大热，谁似茅阁，荫而庥之？於戏！贤人君子为苍生之庥^⑨荫，不如是耶？诸公歌咏以美之，俾茅阁之什，得系嗣于风雅者矣。

【注释】

①孟公：孟士源。②简易：简单易行，不烦难（的办法）。③肃：整肃。

④挠人：扰乱的人。⑤远怀：远大的抱负。⑥寥寥：雄劲，清越。唐代司空图《二十四诗品·雄浑》："荒荒油云，寥寥长风。"⑦扇：（风）起，吹。⑧郁蒸：闷热。⑨庥（xiū）：庇佑，保护。

【译文】

唐代宗乙巳年，平昌的孟士源镇守湖南，将近两年了。他凭借威望与仁爱处理军务，用简单易行的办法整顿州县。刑罚政教双管齐下，也就无扰乱社会的人，因而他平时多有空余时间，不时与朋友们登高眺望，来抒发胸中的抱负。他偶然间爱上了几株古树，古树枝叶繁茂垂覆于城头之上，于是修建了一座茅阁。浓密的树荫遮蔽其上，远风清越，回荡阁廊；和风凉爽，满溢阁内。世人传说衡阳之地暑热潮湿、空气闷人，但在此茅阁中休憩，却不是这样。如今，天下的人正饱受酷暑之苦，谁有像这茅阁一样的阴凉庇护他们啊？唉！贤人君子为百姓的庇护遮阴，不正是这样吗？各位友人都吟咏诗歌赞美茅阁，以赞美孟公之德政与茅阁之美景，这些诗篇能够归属风雅之列了。

【述评】

这篇《茅阁记》首先写孟士源镇守湖南时，军政诸事上了轨道，社会安定，有暇交友抒怀。然后就城垣有古树而修建茅阁，"荫其清阴""长风寥寥"，得解暑热的实况，进而联想到天下人正苦暑热，需要得到贤人君子遮阴庇护。文章既赞扬了孟公的政绩和儒雅，也展现出作者心系天下的宽广胸襟。

菊圃记

春陵俗不种菊。前时自远致之，植于前庭墙下。及再来时，菊已无矣。徘徊旧圃，嗟叹久之。

谁不知菊也？芳华可享，在药品是良药，为蔬菜是佳蔬。纵须地趋走，犹宜徙植修养。而忍蹂践至尽，不爱惜乎？於戏！贤士君子，自植其身，不可不慎择所处。一旦遭人不爱重，如此菊也，悲伤奈何！

于是更为之圃，重畦①植之。其地近谦②息之堂，吏人不此奔走。近登望之亭，旌麾③不此行列。纵参歌妓，菊非可恶之草；使有酒徒，菊为助兴之物。为之作记，以托后人。并录药经，列于记后。

【注释】

①畦(qí)：田园中分成的小区。②谦：同"宴"。③旌麾：帅旗，军旗。

【译文】

春陵这个地方的习俗，原本不种植菊花。前些时候，我从远方弄了些菊花，种植在前面庭院的墙下。然而，等我再来时，菊花已经没有了。我在旧园圃来回走着，叹息了好一阵。

哪个不知道菊花呢？其芳香的花可供观赏，在药品里是良药，做蔬菜吃也是好菜蔬。这个园地纵然要给人走路，应该将它移种到别的地方进行培护。竟惨遭践踏至尽，这样不爱惜的吗？唉！贤人君子在安置自身时，不能不慎重选择所置身的处所。如果遭到他人的不爱惜、不看重，就会像这菊花一样，悲痛伤感又能怎么样呢！

于是为菊花另辟园圃，重新整修土地来种植。这地方靠近吃饭睡觉的房屋，吏人从不从这里行走。靠近登临远望的亭子，军士不在这里列队行走。即使歌妓来此歌舞，菊花也不是令人厌恶的花草；假如爱酒的人来此喝酒，菊花正是助兴之物。为这次重植菊花作记，希望后人能够从中得到启示。并且录下菊花的药用价值，放在本篇记的后面。

【述评】

这篇《菊圃记》记述了元结在前庭墙下种的菊花被践踏抛弃的事例，其背景是舂陵习俗不种菊，不知道要种菊的道理。作者由此深深地慨叹贤人君子也会在社会上遭遇这种境况，从而提出贤人君子安置自身要慎重地选择处所。本篇借事说理，宣传贤人君子应该自爱，使用人才的主人和整个社会都应爱惜人才。

寒亭记

永泰丙午中，巡属县至江华。县大夫瞿令问咨①曰："县南水石相映，望之可爱。相传不可登临，俾求之，得洞穴而入。栈险②以通之，始得构茅亭于石上。及亭成也，所以阶槛凭空，下临长江；轩楹云端，上齐绝顶。若旦暮景气，烟霭异色。苍苍石塘③，含映水木。欲名斯亭，状类不得。敢请名之，表示④来世。"于是，休于亭上为商之曰："今大暑登之，疑天时将寒；炎蒸⑤之地，而清凉可安。不合命之曰'寒亭'欤？"乃为寒亭作记，刻之亭背。

【注释】

①咨：询问。②栈（zhàn）险：在山崖峭壁上凿孔架木桩或石条并铺上木板而形成的路。③塘：墙。④表示：外显，显示。⑤炎蒸：酷暑。

【译文】

唐代宗永泰丙午年中，我巡视属县到了江华。其县令瞿令问询问道："在县的南边有一处水石相互掩映的美景，远望很是迷人。但相传那里难以登临，我让人前往探求，找到了一个洞口可以进入，于是开始凿壁架设栈道通行，得以在石山顶上修建茅亭。亭子建成后，它的亭阶栏杆临空而立，面对着滔滔江流；亭子的屋檐直入云端，几乎与最高山顶并齐。早晚景象，色彩斑斓。那青苍的石墙，掩映在水色浓荫中。想要给这座亭子取名，却觉得难以找到词汇来形容类比。敬请您为它取名，以便流传后世。"于是，我们在亭上休息时商量："现在正值酷暑季节，但登上此亭，却怀疑天气将寒；本是炎热之地，却是如此清凉让人安适。不正适合取名寒亭吗？"于是写下碑记，刻在亭子背后。

【述评】

本篇游记，略去了作者与江华县令瞿令问一同登临的经过。描写亭子"阶槛凭空，下临长江"，述其依险而建；"轩楹云端，上齐绝顶"，状其居高而立；"旦暮景气，烟霭异色。苍苍石墉，含映水木"，绘其变幻奇景。文笔简洁，风格清朗。给亭子命名，未强调景色特点，而是突出于亭内的感受："大暑登之，疑天时将寒；炎蒸之地，而清凉可安。"命名之"寒亭"，应有深意。

九疑图记

九疑山①方②二千余里，四州各近一隅。世称九峰相似，望而疑之，谓之九疑。亦云，舜登九峰，疑禹而悲，从臣有作九疑之歌，因谓之九疑。

九峰殊极高大，远望皆可见也。彼如嵩华③之峻崎，衡岱④之方广。在九峰之下，磊磊⑤然如布棋石者，可以百数。中峰之下，水无鱼鳖，林无鸟兽。时闻声如蝉蝇之类，听之亦无。往往见大谷长川，平田深渊，杉松百围⑥，榕栝⑦并之。青莎⑧白沙，洞穴丹崖，寒泉飞流，异竹杂华。回映之处，似藏人家。实有九水，出于中山，四水流灌于南海，五水北注，合为洞庭。若度^⑨其高卑，比洞庭南海之岸，直上可二三百里。不知海内之山，如九疑者几焉？

或曰：“若然者，兹山何不列于五岳？”对曰：“五帝之前，封疆尚隘，衡山作岳，已出荒服^⑩。今九疑之南，万里臣妾。国门东望，不见涯际。西行几万里，未尽边陲。当合以九疑为南岳，以昆仑为西岳。衡华之辈，听逸者占为山居，封君^⑪表作园囿耳。但苦当世议者拘限常情，牵引古制，不能有所改创也。如何？”故图画九峰，略载山谷，传于好事，以旌异之。如山中之往迹、峰洞之名称、为人所传说者，并随方题记。庶几观者易知。时永泰丙午中也。

【注释】

①九疑山：九嶷山，在湖南省宁远县南。②方：方圆，周围。③嵩华：嵩山、华山。④衡岱：衡山、泰山。⑤磊磊：许许多多的石头。⑥围：量词。两只手的拇指和食指合拢起来的长度，或两只胳膊合拢起来的长度为一围。⑦榕栝：榕，热带或亚热带常绿乔木。栝，桧树。⑧莎（suō）：莎草。块根叫香附子，可入药。⑨度：估计。⑩荒服：离王城二千五百里地区。⑪封君：受有封邑的贵族。

【译文】

九嶷山方圆两千多里，相邻四州各自占据其一隅。世人认为其九座山峰形状相似，远远望去因分辨不出异同而疑惑，所以称之为九嶷山。也有一说，舜帝登上这九座山峰的峰顶，舜因思念治水未归的禹而悲伤，随行的臣子有感而发写下九嶷的诗歌，因而称作九嶷山。

九嶷山的九座山峰极其高大，远远地就都能望见。它们如同嵩山、华山那般险峻崎岖，又如衡山、岱山般宽广辽阔。在九座山峰之下，还有很多如同棋子排布的石头，数量之多，难以计数。其中峰之下的水域竟没有鱼鳖，林中没有鸟兽。不时听到蝉蝇之类的声音，仔细听又好像没有。在这里往往可以见到的景象是：深谷大河，平田深潭，杉树松树有合抱之粗，与榕树桧树并肩而立。翠绿的莎草、白色的沙滩，深邃的洞穴、红色的石崖，清凉的泉水从空中飞泻下来，怪异的竹子混杂着各种花草。互相辉映处，好似隐藏着山野人家。九嶷山实际有九条溪流从山中泻流而出，其中四条流向南海，另外五条水流向北流注，合流入洞庭湖。若以九嶷山的高低起伏来衡量，将其与洞庭湖、南海之滨的海岸线相对比时，可以感受到其垂直高度可达二三百里之远。不知道四海之内的山峰，像九嶷山这样的能有几座？

有的人说："如果真的这样，这座山为什么没有被列于五岳之中？"我的回答是："五帝之前的疆土尚显狭隘，当时把衡山作为五岳之一的南岳，已经是很偏远的地方了。今天九嶷山之南，万里归服。站在国门前向东眺望，看不到边际。向西行几万里，仍到不了边陲。因此，应该把九嶷山作为南岳，把昆仑山作为西岳。至于衡山、华山之类的山，只能听任出世者在此结庐隐居，或是王公贵族们用来做后花园吧。只是苦于当世的议论常常受限于常规思维，过分拘泥于古代的制度与传统，不能有所改动创新。"于是，我绘制了九嶷山的九峰图，并简要描绘了其间的山谷等，留传给有兴趣的人，来彰显它的奇异。像山中已往事迹、山峰洞穴的名称、流传的民间传说，我也一并记录下来，并随图附注。以便于观赏的人能更为容易地了解这座山的独特魅力。此文写于唐代宗永泰丙午年。

【述评】

这篇《九疑图记》采用多种修辞手法描绘了九嶷山的高大与神奇。如"四州各近一隅""衡岱之方广"衬托出了其面积广阔，"嵩华之峻崎"突出其高大险峻。"中峰之下，水无鱼鳖，林无鸟兽"夸张地写出了其林木茂密感和神秘感。"九峰之下，磊磊然如布棋石者，可以百数""度其高卑，比洞庭南海之岸，直上可二三百里"则是运用类比手法，衬托出其神奇与高峻。诗文体现出了作者强烈的热爱祖国河山的深情。

右溪记（公元766年作）

道州城西百余步有小溪，南流数十步合营溪。水抵两岸，悉皆怪石，欹嵌盘曲，不可名状。清流触石，洄悬激注；佳木异竹，垂阴相荫。

此溪若在山野之上，则宜逸民退士之所游；处在人间，则可为都邑之胜境，静者之林亭。而置州以来，无人赏爱。徘徊溪上，为之怅然①。

乃疏凿芜秽，俾为亭宇；植松与桂，兼之香草，以裨形胜②。为溪在州右，遂命之曰右溪。刻铭石上，彰示来者。

【注释】

①怅（chàng）然：失意，不愉快。②以裨形胜：增添美景。

【译文】

道州城往西走过去百多步有条小溪，它向南流几十步后跟营溪汇合。水流的两岸全是怪石，形态各异，倾斜嵌入或盘踞弯曲，难以用言语形容。当清澈的溪水遇到这些怪石时，或回旋，或悬瀑，或急流勇进注入深潭；溪水的两岸还生长着许多佳木异竹，互相掩映着。

这条溪水倘若流经山野之间，那它定会成为那些超脱世俗、追求心灵自由的隐士们所钟爱的游憩之地；而坐落在人间烟火之中，就会成为城镇中的独特胜境，喜静者的山林亭台。可是自从此地被设置为州治以来，小溪却没有人来游赏。我在溪边徘徊，为它感到惋惜。

于是，我疏理杂草，清除污秽，并在此建立亭台楼阁；还种上松树桂树及各种香草，为此地增添了美景。因为小溪在州城的右侧，就命名它为右溪。我命人将这段经历刻写在石碑之上，希望能够激发更多人发现、爱惜右溪的美好。

【述评】

这篇《右溪记》首先陈述道州城西近处小溪两岸的清幽景象有着迷人的魅力，接着提出此地自置州以来无人赏爱，为它抱屈。于是，作者对此加以疏凿修建、种植草木，使得此地成了胜境。并命名为右溪，刻名石上，在于彰示后人。作者字里行间流露出热爱河山之情。

刺史厅记

天下太平，方千里之内，生植齿类①，刺史乃存亡休戚②之系③。天下兵兴，方千里之内能保黎庶，能攘④患难，在刺史耳。凡刺史若无文武才略，若不清廉肃下⑤，若不明惠公直，则一州生类皆受其害。

於戏！自至此州，见井邑丘墟，生人几尽。试问其故，不觉涕下。前辈刺史，或有贪猥⑥昏弱，不分是非，但以衣服饮食为事。数年之间，苍生蒙以私欲侵夺，兼之公家驱迫，非奸恶强富，殆⑦无存者。

问之耆⑧老，前后刺史能恤养贫弱，专守法令，有徐公履道、李公廙而已。遍问诸公，善或不及徐、李二公，恶有不堪说者。故为此记，与刺史作戒。

自置州以来，诸公改授，迁黜⑨年月，则旧记存焉。

【注释】

①生植齿类：指有生命力的动植物，此处指各种生物与百姓。②休戚：欢乐和忧愁。③系：关联，连属。④攘：排除。⑤肃下：严格约束下属。⑥猥（wěi）：卑鄙、下流。⑦殆：大概，几乎。⑧耆（qí）：老年人，此处指德高望重的老年人。⑨迁黜（chù）：提升，贬退。

【译文】

天下太平，方圆千里之内生活着众多生灵与百姓，他们的欢乐忧愁、幸福祸患与州郡的刺史息息相关。当天下发生战乱，在千里之地能够保护百姓，排除患难的，也在于刺史的担当责任罢了。刺史倘若没有文武双全的才能谋略，倘若刺史不清廉、不严格约束下属，倘若刺史不贤明宽厚、公平正直，那么这一州的生灵百姓都要遭受他的祸害。

唉！我自从来到这个道州，看到村落城池成了废墟，活着的百姓几乎没有了。探问是什么缘故，不由得眼泪簌簌流下来。前任刺史或许有贪婪下流糊涂软弱的，不能分辨是非，只把自己的吃饭穿衣当作正事。几年之间，老百姓因他们的私欲而被掠夺，加上公家的驱使逼迫，若非奸诈邪恶豪强暴富之徒，几乎没有能活下来的人。

我向德高望重的老年人咨询，得知在历任刺史中，能够怜悯救养贫弱，严格遵守法令的，只有徐履道、李廙。当我遍访各界人士，有些行善政的不如徐、李二公，而恶行劣迹的简直无法说出来。因此，我写了这篇记文，旨在作为对现任及未来刺史的警戒。

自从这个地方设置州郡以来，在这里做刺史的，改任、调来、提升、贬退的年月，都已详细记载在旧有的史册之中了。

【述评】

这篇《刺史厅记》首先提出国家太平或战乱时期，刺史与所辖境内百姓的存亡是有密切关联的。刺史当有文武才能，兼具清廉肃下、明惠公直的品质，才能不让百姓受到伤害。接着作者认为自己所见的道州城乡成墟、活人几尽的实况都是由于前辈刺史营私侵夺、公家逼迫的恶果。恤民守法的刺史极少，坏得不堪提的甚多。因此作记于刺史厅为戒，其实也是告诫君王选用刺史要慎重。

六、良史信笔、直陈实情的政论公文与表刻

这里所说的政论公文，指表、状等向皇上申诉意见或汇报的文件，和表刻中公开表彰人与事的文字，这些篇章多为实录之笔。尤其对于一些比较敏感的时事，元结仍然能够坚持正义、秉笔直书，甚而对君主提出直接批评。

先说《为董江夏自陈表》。元结当年避难江夏的猗玗洞，永王璘蒙冤受到镇压，可元结不随波逐流，敢于在《为董江夏自陈表》里申述永王璘当年实是奉唐玄宗旨意"承制，出镇荆南，妇人童子，忻奉王教"，这就为永王璘蒙冤提供了证据。因而唐代宗登位后，即予永王璘昭雪。这个政治事件得到正常处理，充分显示《为董江夏自陈表》的积极意义和元结敢于上谏、坚持正义做人的品质。他呈上《时议三篇》竟是直接贬议君王，直斥时政。《时议上篇》主要是批评肃宗即位后深居宫城，贪图享受，宠信奸佞，强不能制弱，今未安已忘危。《时议中篇》提出正直士人不愿为国家效力，是天子太信太明，以致奸恶罔上惑下，失去人心。《时议下篇》提出天子"言而不行"，失了威信，杂徭繁重，宦官专权。这三篇全是秉笔直书、毫不避讳，等同于匕首投枪的谏议文章。《时议三篇》不能落实，可叹辜负了元结的忠贞。至于所写《请省官状》《请节度使表》和《谢上表》，劝天子精择长吏，都是据当时实况的积极建议。《请给将士父母粮状》《奏免科率状》，极度体现了关怀人民疾苦，敢于担当的精神，是历史上罕见的。他调任容

州，因母老身病，在写了《让容州表》的同时，继续处理容州政事。为维持国家安定局势，消除人民所受的战乱痛苦，他竟冒险亲入容州抚慰劝谕夷族领袖，说理缔交；由于热情恳挚，夷胞们心悦诚服，他只用了六十天时间，就恢复了夷族八州的秩序。元结如此真忧实干，无人不赞赏他一心为国的精神。

在《管仲论》中，元结结合安史之乱的唐朝时状，明确指出安史之乱的叛军以消灭唐政权为目的，这完全是一种你死我活、取而代之的改朝换代的战争，不能幻想只要出现一两个管仲那样的治国人才，就能收拾江山，就能长享太平。

即便在元结为亲朋所写的墓表、表刻中，也能见到他对社会现状的直击，对人民的关切同情。如《左黄州表》中，陈述了黄州民谣"吾乡有鬼巫，惑人人不知。天子正尊信，左公能杀之"，这也是对肃宗迷信巫鬼祈祷之术的直接贬责，所颂所贬何等鲜明。他在《崔潭州表》中说地方长官应"能使孤寡老弱无悲忧，单贫困穷安其乡"。在《哀丘表》中警诫世人应该"绝贪争毒乱之心、守正和仁让之分"，杜绝战争根源，以免再有哀丘之恨，立意深远，关爱人民之心真切。他歌颂廉洁方正者如鲁县大夫元德秀、黄州刺史左振、潭州刺史崔瓘等良吏，并为他们作墓表，其实质是崇尚仁惠爱民的政治作风，倡导敦厚淳朴的社会风气。

综上所述，可知元结所写的表、状等公文及政论都是为在施政中解决实际问题的，写得恳切感人。这些文件、文章留下来确成信史，部分被收录到正史当中，对后世后人起到深远的教育作用。

为董江夏自陈表^①

臣某言：月日，敕使^②某、官某、乙至，赐臣制书^③，示臣云云。

伏见^④诏旨，感深惊惧。臣岂草木，不知天心^⑤。顷者^⑥，潼关失守，皇舆^⑦不安；四方之人，无所系命^⑧。及永王^⑨承制，出镇荆南，妇人童子，忻^⑩奉王教。意其然者，人未离心。臣谓此时，可奋臣节。

王初见臣，谓臣可任，遂授臣江夏郡⑪太守。近日王以寇盗侵逼，总兵⑫东下，旁牒⑬郡县，皆言巡抚。今诸道节度以为王不奉诏，兵临郡县，疑王之议，闻于朝廷。臣则王所授官，有兵防御。邻郡并邑，疑臣顺王。旬日之间，置身无地。臣本受王之命，为王奉诏；王所授臣之官，为臣许国，忠正⑭之分，臣实未亏。苍黄⑮之中，死几无所。

不图今日，得达圣听⑯。臣今年将六十，老母在堂，纵未能奉义⑰捐生，则岂忍两忘忠孝？臣少以文学，为诸生所多；中年自颐，逸在山泽。圣明⑱无事，甘为外臣。无何⑲，以鄙僻之故，返为人知，遂污官次⑳，以至今日。臣又顷年㉑贬谪，罪未昭洗㉒。今所授官，复超越班秩㉓。罢归待罪，是臣之分。今陛下以王室艰难，寄臣方面。臣亦以忘身许国，誓于皇天。伏惟陛下念臣恳至㉔，谨因敕使某官奉表以闻。臣某云云，谨言。

【注释】

①为董江夏自陈表：本文由元结为董江夏代写，董氏自述其与永王的关系，恳求得到皇上谅解。②敕（chì）使：皇帝使臣。③制书：皇帝下命令的一种。④伏见：俯伏地上见到，含有敬意。⑤天心：皇上的心意。⑥顷者：不多久。⑦皇舆：国君所乘的车，借喻国君。⑧系命：依托生命。⑨永王：李璘，唐玄宗十六子，肃宗李亨异母弟。至德二载（公元757年）被江西采访使皇甫侁擒杀。⑩忻（xīn）：同"欣"。⑪江夏郡：湖北武昌府的地域。⑫总兵：统领军队。⑬旁牒（dié）：用牒书通告。⑭忠正：忠诚正直。⑮苍黄：急遽。⑯圣听：指皇上英明，听取意见。⑰奉义：坚持忠义。⑱圣明：代皇上。⑲无何：不久。⑳官次：官阶。官品的等级。㉑顷年：近年。㉒昭洗：洗清冤屈。㉓班秩：官位品级。

㉔恳至：恳切周到。

【译文】

臣某谨言：某月某日，皇上的使臣某及官员某、乙亲临，赐给臣制书，并传达了皇上的旨意。

我见到皇上诏命后俯伏在地，感激深沉又十分惊惧。我并非草木无知之物，自然能够体会到皇上的心意。不久前，潼关失守，导致皇上身处险境；四方百姓，无所依托。在这危难之际，永王接受了制命，下到荆南镇守，妇人与儿童都欣然接受永王的教化。我以为能够这样，是因为百姓没有离心。我认为这时，正可振奋为臣的气节。

当永王初次见到臣时，便认为我可以任用，于是授我为江夏郡太守。最近，由于贼寇的侵犯逼迫，永王便总领大军向东出发以平定叛乱，他向周边的郡县发布了命令，并特别提到了巡抚的职责。然而，有些节度使以为永王没有接受诏命而兵压郡县，这些怀疑永王的议论传到了朝廷。我是永王任命的官员，我手握兵权，负责防御任务。然而，由于邻近的郡县和城邑对永王的行动产生了误解，于是怀疑我是否真的忠诚于朝廷。短短十天之内，我仿佛已无立身之地。我接受永王的任命，替永王承奉诏旨；永王授给我官职，这正是臣忠诚报国的职守，我始终坚守忠正之道，从未有过丝毫的背离和亏欠。我身处仓皇之中，生死未卜。

没想到，我今天能够上达意见请求英明的皇上听取。而今我已近六十，老母尚在堂上，纵使我未能以大义为先，为国献身，又岂能忍心忠孝两忘？我年轻时以文学见长，被同道们称赞；中年以后，我选择在山林水泽中休闲。世间太平，我甘愿做一位远离朝堂的外臣。然而，因我个人的某些不足或偏僻之处，反而为人所知，以致玷污官阶直到今天。臣又曾遭遇贬谪，那段时光里，我的罪名没有完全得到昭雪。而今担任的官职，又超越了应有的官位品级。我罢官归家等待处理，是我应有的本分。现在陛下以为王朝处境艰难，寄望于臣下。我也愿对上天发誓，将以身许国。恳请陛下念及臣的恳切之言，臣特借此次敕使某官前来之机，恭敬地呈上此表，以表达我的忠诚与决心。臣某恭谨地上言。

【述评】

永王璘，初名李泽，出镇荆南诸郡，奉玄宗旨意出巡所属郡县。他"总兵东下"，兵临郡县，被怀疑谋反，遭到杀害，后来代宗了解实况，给予平反，受牵连的人也冰释了事。

表文首先写及永王出镇，曾起到安定人心的作用，接写董江夏受永王任命和安排，都属于正常的为臣职分，再述及其为人与做官经历，表明矢志以身许国的心愿。

时议三篇 有序

臣某言：臣自以昏庸无堪①，逸浪②江海。陛下忽降公诏，远征③愚臣。陛下岂不以凶逆未除，盗贼屡起，百姓劳苦，力用④不足，将社稷大计与天下图⑤之者乎？荒野贱臣，始见轩陛⑥，又拘限忌讳，不能悉⑦下情以上闻，则陛下又安用烦劳车乘，招礼贤异？臣实不能当君子之羞，受小人之辱，故编舆皂之说⑧为三篇，名曰《时议》，敢以上闻。抵冒天威，谨伏待罪⑨。臣结顿首谨上，乾元二年九月日，前进士元结表上。

【注释】

①无堪：不用提起。②逸浪：任意浪游。③征：征用。④力用：指民力。

⑤图：谋划、筹划。⑥轩陛：殿前台阶。⑦悉：全部。⑧舆皂之说：车夫差役的意见，地位低微之人的意见。⑨待罪：封建时期，臣对君的谦辞，有等待治罪之意。

【译文】

臣某某献上意见：臣自认昏庸至极，有意浪游江海。然而，皇上忽然降下诏命，征用愚臣。皇上此举，莫非是因为凶恶的叛逆没有除掉，盗贼频频兴起，百姓劳苦，民力不足，故而欲集思广益，与天下共谋国家大计吗？荒野微臣初入朝堂，面对诸多规矩与忌讳，不能把下面的全部情况向上反映，而皇上又何苦费心劳神，动用车马，招用贤良奇异的人才呢？我深知自己既无君子之德，难以承受赞誉之光；亦无小人之心，不愿蒙受羞辱。所以写出地位低微人的意见三篇，名为《时议》，斗胆呈上。如此冒犯皇威，我恭谨地等待治罪。臣元结叩头拜上，乾元二年（公元759年）九月某日，前进士元结上表。

时议上篇

时之议者或相问曰："往年逆乱之兵①，东穷江海，南极淮汉，西抵秦塞，北尽幽都，今赵卫之疆②，悉为盗有。凶勇之徒在四方者，几百余万。如屯守③二京、从卫魁帅④者不计。当时之兵，可谓强矣；当时人心，已不固矣。"

"天子独以数骑，仅至灵武⑤。引聚余弱，凭陵⑥强寇，顿⑦军岐阳，师及渭西。曾不逾时⑧，竟摧坚锐，复两京，逃降逆类，悉收河南州县。今河北陇阴⑨，奸逆尚余；今山谷江湖，稍多⑩亡命⑪；今所在盗贼，屡犯州县；今天下百姓，咸转流亡；今临敌将士，多喜奔散；今贤士君子，不求任使。天子往在灵武，至于凤翔，无今日兵革⑫，而能胜敌；无今日禁制，而无亡命；无今日威令，而盗贼不起；无今日财用，而百姓不亡；无今日封赏，而将士不散；无今日朝廷，而人思任使。何哉？岂天子能以弱制强，不能以强制弱？岂天子能以危求安而忍以未安忘危？"

时之议者或相对曰："此非难言，甚易言矣。天子往年，悲恨陵庙⑬为凶逆伤污，怨愤上皇忽南幸巴蜀，哀伤宗戚多见诛害，惊惶圣躬动息无所，是以勤劳不辞，亲抚士卒，与人权位，信而不疑，渴闻忠直，过则喜改。如此，所以能以弱制强，以危求安。今天子重城⑭深宫，燕私⑮而居；冕旒⑯清晨，缨佩而朝；太官⑰具味，当时而食；太常⑱修乐，和声而听；军国机务，参详⑲而进；万姓疾苦，时或不闻。而厩有良马，宫有美女；舆服礼物，日月以备；休符⑳佳瑞，相继而有，朝廷歌颂盛德大业，四方贡赋尤异㉑品物。公族姻戚，喜符帝恩，谐臣㉒戏官，怡愉天颜㉓。而文武大臣，至于公卿庶官，皆权位爵赏，名实之外，自已过望。此所以不能以强制弱，忍以未安忘危。若天子能视今日之安如灵武之危，事无大小，皆若灵武，何寇盗强弱可言？当天下日无事矣！"

【注释】

①逆乱之兵：指安史叛变的军队。②赵卫之疆：古代赵国、卫国的疆域，相当于今河北西南部、河南北部、山西中北部。③屯守：驻守。④从卫魁帅：随从保护军中主帅。⑤灵武：今宁夏灵武。⑥凭陵：进逼。⑦顿：停驻。⑧曾不逾时：曾经不多久。⑨陇阴：陇山北面。⑩稍多：颇多。⑪亡命：不顾性命冒险作恶的人。⑫兵革：武器。⑬陵庙：帝王的陵墓和宗庙。⑭重城：指有外城、内城的重复城郭。⑮燕私：安息。⑯冕旒（liú）：帝王礼帽。旒，古代帝王礼帽前后悬垂的玉串。⑰太官：官名，掌管帝王饮食宴会的事。⑱太常：官名，掌管帝王礼乐郊庙社稷的事。⑲参详：考察研究。⑳休符：吉祥的征兆。㉑尤异：优美奇

特。㉒谐臣：俳优，表演曲艺的人。㉓天颜：借指帝王。

【译文】

关注时事的人有时相互讨论道："过去的年月里，安史叛变的军队，东面到了江海之滨，南面到了淮、汉流域，西面抵达秦地的边塞，北面远达幽州，就连原本由赵国、卫国管辖的疆土，也全被这些叛乱者盗据。那些凶勇之徒散布在四面八方的，有数百万之多。还有大量驻守在长安、洛阳的，以及随众护卫主帅的，没有计算在内。当时的叛军势力非常强大，但与此同时，人心已经不稳定了。"

"皇上身边仅有少数骑兵护卫，艰难逃至灵武。于是在灵武聚集剩余的微弱兵力，进逼强寇，天子率军驻扎在岐阳，其军队势力到达渭水的西面。没过多长时间，天子成功摧垮了故军的精锐军队，收复长安、洛阳，叛军逃的逃降的降，天子收复了河南的州县。然而在河北、陇山之北，仍有叛军残余势力存在；在偏远的山谷和江湖，还有很多亡命之徒；各地盗贼常常侵犯州县；由于战乱和动荡，大量百姓流离失所；面对叛军时，部分将士任意奔散；许多贤士君子不愿出仕为官。皇上以前在灵武，后来到凤翔，没有像今天这么多的军队和武器，却能战胜敌军；没有像今天这么严格的禁令要求，却没有亡命走险的人；没有像今天的威严的命令，可是盗贼没有兴起；没有像今天这么多的财物可使用，百姓却不逃亡；没有像今天这样的封赐奖赏，将士们却不奔散；没有像今天的朝廷架构，可是臣民却都愿意为国家效力。这是为什么？难道皇上只能够以弱制强，不能以强制弱？难道皇上只能够在危难情况下力求安稳，而在稍微安定之后就忘记了危机吗？"

评论时事的人有时相互讨论道："这并不是难以解答的问题，而是很容易说明的问题。那时，皇上悲痛于陵墓宗庙被凶逆破坏污辱，埋怨愤恨上皇突然南巡至巴蜀，悲伤于宗族戚属多被杀害，同时自己也身处险境，行动受限，因此不辞勤劳，亲自安抚士兵，慷慨赋予他们权位，并对他们充分信任不疑，天子渴望听到真诚的意见，知道过错时乐于改正。由于这样，所以能够以弱制强，以危求安。而今，皇上居住在重重城墙保护下的深宫中，过得平稳安逸，清晨穿戴好冕旒和缨佩上朝；管膳食的太官，备上美味，天子按时享用；管礼乐的太常修整乐器，天子能听上和谐的乐曲；有关军国的机要政务，只是参详而进；万众百姓的疾苦，有时却未能及时听闻。可是畜圈中有良马，深宫里有美女；车服和礼物，日渐奢华和齐全；祥符佳瑞相继出现，朝廷也歌颂着盛德大业，四方进贡优美奇异的物品。宗族和姻亲因为得到天子的恩宠而沾沾自喜，乐官戏子趁机取悦天子。而文武大臣、公卿庶官们虽然得到了权位爵赏，但很多官员在追求这些名利的过程中，得到的往往超出了他们本应得到的范围，自己都认为超过了自己原有的期望。这正是天子不能以强大的实力去治理弱小的局势，反而容易在稍微安定之后就忘记危机的原因。倘若皇上能够视今天的安稳如灵武时的危机，事情不论大小，都如在灵武时那样应对，哪里还有什么寇贼强弱能制不能制之说？如此天下应当太平了。"

【述评】

《时议三篇》序言以下情上闻，用敢于冒犯待罪的态度表明，意在请皇上对《时议三篇》考察采纳。《时议上篇》借"时之议者"提出，往年逆乱之兵可谓强寇，可皇上独以数骑至灵武"引聚余弱"，战能胜敌，危以求安的道理何在？答曰：往年天子迫于陵庙被毁，自身动息无所，不得不勤抚士卒，用人不疑，闻过即改，所以能"以弱制强"，以危求安。而今天子身居深宫重城，自保安稳，设立制度方便施政。可对百姓疾苦时或不闻，对个人生活追求享受，还让人歌颂德业。文武大臣，公卿庶官，获得权位的赏赐都已过望，如此满足安乐怎能以强制弱，确是未安忘危。因而提出应该"视今日之安如灵武之危，事无大小，皆若灵武"以求强。这么一针见血地讽刺肃宗已是未安中忘危，同时也表达了元结忧国忧民的爱国情怀。

时议中篇

时之议者或相谓曰："吾闻道路云云①，说士人共自谋曰：'昔我奉天子拒凶逆，胜敌则家国两存，不胜则家国两亡。所以生死决战，是非极谏。今吾属名位已重，财货②已足，爵赏③已厚，勤劳已极。天下若安，吾何苦④哉？天下若不安，吾属外无仇雠⑤相害，内无穷贼相迫，何苦更当锋刃⑥以近死乎？何苦更忤人主以近祸乎？'"

"又闻之曰：'呜呼！吾州里有忠义之者、仁信之者、方直之者，今或有病父老母、孤儿寡妇，如身能存者，皆力役⑦乞丐，冻馁⑧不足。况于死者父母妻子，人谁哀之？'"

"又闻曰：'今天下残破，苍生危急，受赋役者⑨多寡弱贫独。流亡死生，悲忧道路，盖亦极矣！天下若安，我等岂无陇亩⑩以自处？若不安，我等不复以忠义仁信方直死矣。纵有盗于我者，安则随之。'人且如此，其然何故？"

时之议者相对曰："今国家非欲其然，盖失于太明、太信而然耳。夫太明则见其内情，将藏内情，则罔惑生焉。罔上惑下，能令必信，信可必矣，故太信焉。太信之中，至奸元恶⑪，卓然⑫而存。如此，使朝廷遂亡公直，天下遂失忠信，苍生遂益冤怨。如公直亡矣，忠信失矣，冤怨生矣，岂天子大臣之所喜乎？将欲理之，能无端由⑬？吾属议于野者，又何所及？"

【注释】

①云云：结构助词，用在引文或转述之后，相当"如此这般"。②财货：财物。③爵赏：封爵赏物。④何苦：反问口气，表示"不值得"。⑤仇雠：仇人。⑥锋刃：刀剑锋尖。⑦力役：尽力服役。⑧冻馁：受冻、挨饿。⑨受赋役者：指纳赋，服苦役。⑩陇亩：耕地。⑪元恶：首恶。⑫卓然：超出一般，文中应是贬义。⑬端由：事情的开头和原因。

【译文】

关注时事的人有时相互讨论道："我在道路上听到这些议论，是一些读书人共同自我谋划：'先前我信奉皇上抵御叛逆，若战胜敌方就家国两全，若不能战胜则家国双亡。所以我辈决战时不顾生死，对待是非极力进谏。而今我辈名声权位已高，财物已足，封赐奖赏已厚，勤劳已到极点。天下如果安定，我们还会有什么困苦呢？天下倘若不安定，我们在外没有仇人迫害，在内不会因贫穷卑贱而受到压迫，何苦要冲在最前面、直面敌人锋刃而将自己置于危险之地呢？有什么值得再触犯君王而陷入祸患呢？'"

"又听到这么说：'唉！我们广大地区中那些秉持忠义的人、仁信的人、正直的人，有的家中还有生病的父亲、年高的母亲，或是孤儿寡妇，他们为了能活下去，尽力服役，甚至为乞丐，却仍然会受冻挨饿。而那些在困境中死去的人们的父母妻子，有谁去哀怜他们？'"

"又听到说：'现在国家残破，百姓过着危险紧急的日子，承担重赋苦役的多是孤寡贫弱的人。流亡在外的死里逃生，他们在大路旁忧虑悲伤，已经到了极点！天下倘若安定，我等难道还不能找到一块耕地立身？倘若不安定，我等不会再坚持忠义、仁信、正直而献出生命了。纵使有人想要抢劫我们，我们也只能选择顺从。'人们将如此对待自己，造成这种局面是什么缘故？"

评论时事的人有时相互评论道："现在国家所面临的问题，并非国家本意如此，可能是过于明察、过度信任造成的。因为过于明察，就看出它的内情，如此就会隐藏内情，蒙蔽和迷惑的情况就出现了。蒙蔽皇上、迷惑下属，就会出现什么都相信的情况，信任是有一定机制的，过于信任则会破坏了信息的真实性和决策的准确性。在过度信任中，那些极其奸诈和邪恶的人，会因为缺乏监督和制约而得以逍遥法外。这么一来，会使得朝廷失去公平正直，天下就会失去忠信，老百姓就更加冤屈埋怨。如果失掉公平正直，失掉忠信，冤屈埋怨就出现了，这难道是天子、大臣高兴看到的结局吗？想要治理它，难道没有缘由吗？我辈在朝廷外议论，又怎能解决问题呢？"

【述评】

文章借"士人共自谋"摆出现实问题，朝廷大臣名位爵赏丰厚，不愿"更忤人主以近祸"，州里忠义、仁信、方直的人家庭得不到保障、哀怜，天下百姓在战乱时期还要承担繁重赋役，他们都不愿为国家效力。人们也议论道：造成如此局面是由于朝廷的太明、太信，以致奸恶滥施权力，"朝廷遂亡公直，天下遂失忠信"，百姓更加冤怨，建议"将欲理之"追查端由。作者如此委婉陈词，实际上就是揭露朝廷猜疑、排挤打压重臣，及偏听奸恶罔上惑下的过错。这种忠直史笔难能可贵。

时议下篇

时之议者或相问曰："今天子思安苍生，思灭奸逆，思致太平，方力图之，非不勤劳，于今四年。而说者异之，何哉？"

时之议者或相对曰："如天子所思，如说者所异，天子大臣，非不知之。凡有制诰①，皆尝言及。言虽殷勤②，事皆不行。前后再三，颇类谐戏③。今或有仁恤之诏、忧勤④之诰，人皆族立党语⑤，指⑥而议之，其由何哉？以言而不行之故也。"

"天子不知其然，以为言虽不行，足堪沮劝⑦。呜呼！沮劝之道，在明审均当⑧而必行也。必不行矣，有言何为？自太古以来，致理兴化⑨，未有言之不行而能至矣。若天子能追行已言之令，必行将来之法，且免天下无端杂徭⑩，且除天下随时弊法，且去天下拘忌⑪烦令；必任天下贤异君子，屏斥⑫天下奸邪小人，然后推仁信威令，与之不惑。此帝王常道，何为不及？"

【注释】

①制诰：诏令，命令通告。②殷勤：深厚恳切。③谐戏：诙谐、戏言。④忧勤：忧愁劳苦。⑤族立党语：聚在一起共同谈论。⑥指：指出，提出。⑦沮(jǔ)劝：阻止，劝告。⑧明审均当：明察恰当。⑨致理兴化：达到道理明白与教化推行。⑩无端杂徭：没有缘由的各种无偿劳役。⑪拘忌：受限制有反感。⑫屏斥：排除斥退。

【译文】

关注时事的人有时相互询问道："当今皇上想安定百姓，想消灭奸邪逆贼，追求天下太平，为此他正在努力筹划着，不是不勤劳，至今已达四年。可是评议的人还有不同看法，这是什么缘故呢？"

评论时事的人回答："天子所思考的安定百姓、消灭奸逆、追求太平的愿望，以及议论者们对此产生的异议，天子和大臣们并非不知情。所有的命令或诏书中，都提及了天子的这些愿望。可是话虽然说得殷切诚恳，但这些政策或措施并未得到有效执行。这种情况反复出现，以致人们觉得这些诏令有时像是在开玩笑。而今或许有仁厚怜恤的诏命、忧虑勤劳的劝告，人们都聚在一起商量谈论，对这些诏令指指点点，这是什么缘由呢？这是说了却没有执行的缘故。"

"皇上不了解其中缘由，以为虽然说了没有执行，但只要有言辞上的表达，就足以起到劝勉或阻止的作用。唉！真正有效的阻止、劝告之道，不仅在于明察恰当，更在于要执行。如果不去执行，说了出来又有什么作用呢？从远古以来，实现道理与推行教化，没有说了不去执行而能够达到目的的。假若皇上能够追溯并执行已经发出的命令，确保未来法律的严格执行，并且免去天下没有缘由的各种无偿劳役，废除那些随时代变迁而已生弊端的法律，撤销百姓受限制、反感的烦琐政令；必定任用天下贤能的君子，排斥社会上的奸邪小人，然后推行仁信威令，使人民不再迷惑。这才是帝王治理国家的常道，为什么天子不这样做呢？"

【述评】

文章借"时之议者"提出皇上考虑"安苍生""灭奸逆""致太平"于今四年了，但还没有达到目的。评论时事的人认为皇上、大臣不是不知道这些，"言虽殷勤，事皆不行"，这实际上是揭露威令不行，政治黑暗。最后提出：免无端杂徭，除随时弊法，去烦令，任贤异，屏奸邪，推行仁信威令，就能做到政治清明。这么直斥时政，全出于作者的一腔忠国赤忱之心。

《时议三篇》实质上是直斥时政，毫不谏避，匕首投枪般的谏议文章。作者忠贞恳挚的真诚灌注在字里行间，所以唐肃宗读后也不禁感动地说，"卿能破朕忧"，随即任用了他。

请省官①状② 唐、邓③等州县官乾元三年(公元760年)上来大夫

右方城县旧万余户，今二百户已下。其南阳、向城等县更破碎于方城。每县正员官及摄官共有六十人。以前件如前。

自经逆乱，州县残破，唐、邓两州，实为尤甚：荒草千里，是其疆畎④；万室空虚，是其井邑；乱骨相枕，是其百姓；孤老寡弱，是其遗人。哀而恤之，尚恐冤怨；肆其侵暴，实恐流亡。今贼寇凭陵⑤，镇兵资其给养；今河路阻绝，邮驿⑥在其供承。若不触事救之，无以劳勉其苦。

为之计者，在先省官。其方城、湖阳等县正官⑦及摄官⑧，并户口多少，具状⑨如前。每县伏望量留，令并佐官一人，余并望勒停。谨录状上。

【注释】

①省官：减少官员。②状：向上级陈述事件的文体。③唐、邓：今属河南省南阳市。④疆畎：疆土耕地。⑤凭陵：侵陵，进逼。⑥邮驿：邮车驿站。⑦正官：主体官员。⑧摄官：代理官。⑨具状：备写状文。

【译文】

方城县原来有万多户，而今只剩下不到二百户了。那南阳、向城等县，比方城情况更为严重。而每个县的正式官员和代理官员加起来共有六十人。如前所述。

自从叛乱发生以来，州县残破，唐、邓两州情况确实更为突出：千里遍地荒草，是它的疆土耕地状况；万户空虚无人，是它的乡村城镇境况；杂乱的尸骨相互堆积，是它的百姓惨状；孤老寡弱之人，是它遗留的生命。想要安抚和救济他

们，但怕由于种种原因会引发更多的怨愤；若任由侵夺虐待发生，人民可能会选择流亡以逃避苦难。现在贼寇侵凌逼迫，而镇守的军兵需要给养；现在河路被阻断，邮车驿站受到影响，但要有人来维持其正常运转。倘若不对这种情况采取措施以解决问题，就无法真正慰藉和勉励那些受苦受难的人民。

针对上述实际情况，首先要做的是缩减官员数量。根据方城、湖阳等正式官员和代理官员连同当地户口多少，决定留任的官员数量。每县希望酌量留下县令及一名副职官员处理事务，其余人员则希望朝廷能够下令裁撤。恭谨地写成状文上呈。

【述评】

此状文首先摆出自逆乱以来，州县的残破局面，以方城为例，全县人口急剧锐减，而要供养的官员数量却不少。唐、邓等州的残破情况更是突出，县境疆土，千里荒芜，百姓尸骨堆积。遗人全是孤老寡弱，可仍受官吏侵暴，仍承担着镇兵、邮驿的供养赋额。如此窘困危境，急需尽快扭转。状文句句千斤，字字中的，意挚情深。

请给将士父母粮状

当军①将②二千人，父随子者四人，母随子者二十八人，以前件如前。将士父母等，皆因丧乱，不知所归，在于军中，为日亦久。

夫孝而仁者，可与言忠信；而忠信者，可以全义勇。岂有责其忠信，使之义勇，而不劝之孝慈、恤以仁惠？今军中有父母者，皆共分衣食，先其父母。寒馁日甚，未尝有辞。其将士父母等，伏望各量事给其衣食，则义有所存，恩有所及，俾人感劝，实在于此。谨录状上。

【注释】

①当军：主管军队。②将(jiàng)：率领。

【译文】

主管军队的率领两千人，其中有四位父亲跟随自己的儿子参军，而二十八位母亲也随同自己的儿子在军中，如前所述。将士的父母等人由于死丧祸乱，不知道去哪里安身立命，只能选择在军中与子女相依为命，留在军队的时间很久了。

孝顺又仁慈的人，可以同他讲忠信；而已经具备忠信的人，则能够完全展现出他们的义勇。哪里有要求人们忠信、义勇果敢，却不重视培养他们的孝顺仁慈之心、给予他们仁爱之惠的？现今军中带有父母的，都与父母共同分享衣食，并坚持将有限的衣食先给他们父母。尽管寒冷饥饿一天天加重，这些将士也未曾说过不满言辞。对于那些将士的父母等人，俯身恳请能够酌于实况，给予他们必要的衣食，如此做，道义才能得以保存，恩惠才能得到落实，也才能激励更多的人去践行忠诚、信义、义勇等美德。恭谨地写成状文上呈。

【述评】

此状文中，作者先摆出一些将士父母没有归宿而随军日久的实况，接着从人情道德上说理，认为应适当地供给这些父母以衣食，并提出可以起到传承、弘扬孝仁道德的作用。状文情理融合，很有分量。

请收养孤弱状 上元元年(公元760年)上来大夫

当军孤弱小儿都七十六人(张季秀等三十九人无父母，周国良等三十七人有父兄在军)。

以前件状如前。小儿等无父母者,乡国沦陷,亲戚俱亡,谁家可归,佣^①丐未得。有父兄者,其父兄自经艰难,久从征戍^②,多以忠义,遭逢诛贼^③。有遗孤弱子,不忍弃之,力相恤养,以至今日。

迄令诸将有孤儿投军者,许收驱使;有孤弱子弟者,许令存养。当军小儿,先取回残^④及回易^⑤杂利给养。谨录状上。

【注释】

①佣:雇用。②征戍:出征守边。③诛贼:杀伤。④回残:旧时官府在营建后将剩余物资变卖回缴国库之称。此处指军队中的剩余物资或废品回收所得。⑤回易:此处指军队通过贸易或其他方式获得的额外收入。

【译文】

现在军中的孤弱小儿,总共有七十六人(张季秀等三十九人没有父母,周国良等三十七人有父兄在军中)。

如前所述。小儿等人没有父母的,他们的家乡被寇贼侵占,亲戚也大都死去,没有家可归,做雇工、乞丐都不可能。有父兄的,他们的父兄也正在经历着艰难困苦,长期出征戍边,这些将士大都忠义,遭到贼寇侵犯时能够坚守自己的信念和职责。有的是不幸事件中遗留下来的孤弱孩子,也不忍心抛弃,尽量怜恤养育,这些孩子才走到今天。

希望从今往后,如有将领遗留的孤儿参军的,能允许他们加入,并给予适当的职务或任务;有孤弱子弟的,允许被抚养。现在军中的小儿,可优先通过军队中的剩余物资或废品回收所得及通过贸易或其他方式获得的额外收入来获得供养。恭谨地写成状文上呈。

【述评】

此状文首先陈述留在军中孤弱小儿的实况，接着提出可让他们参军，可留养他们，考虑切实恰当。

辞监察御史表

臣某言：臣伏奉某月日敕，除^①臣监察御史里行，依前充山南东道节度参谋。忽承天泽，不胜庆喜。负荷^②恩任，伏增忧惧。

臣在至德元年，举家逃难，生几于死，出自贼庭，远如海滨，敢望冠冕？陛下过听，疑臣有才谋可用，谓臣以忠正可嘉，枉以公诏征臣，延问当时之事。言未可取，荣宠已殊；事未可行，授任过次。

其时以康元^③狡逆，陛下忧劳。臣亦不辞疲驽，奉宣圣旨，招集士卒。师旅未成，又逢张瑾^④奸凶，再惊江汉。臣恐陛下忧无制变，遂曾表请用兵。

陛下嘉臣恳愚，频降恩诏。圣私殊甚，特加超擢^⑤。至今臣自布衣，未逾数月，官忝风宪^⑥，任兼戎旅。今不劳兵革，凶竖伏辜^⑦。臣不可终以无能，苟安非望。自奸臣逆命，于今六年，愧无寸能，苟求禄位。分符佩印，不知惭羞。戮辱及之，死将不悔。陛下忍而从者，其可胜言。臣才弱识下，非智无谋，循涯顾分，实自知耻。

臣老母多病，又无弟兄，漂流殊乡，孤弱相养。伏愿陛下矜^⑧臣愚钝，不合齿于朝列；念臣老母，令臣得以奉养，则圣朝无辱官之士，山泽有纯孝之臣。不任恤款^⑨之至。

谨遣某官奉表陈情以闻。臣云云。谨言。

【注释】

①除：授官。②负荷：背负肩担，引申为继承、担任。③康元：人名，不详。④张瑾：山南东道将官。⑤超擢：破格提拔。⑥风宪：风纪法度，御史台。⑦伏辜：伏罪。⑧矜：怜悯。⑨悃(kǔn)款：诚恳、忠实。悃，真诚、诚心。

【译文】

臣某上言：臣俯伏接奉某月某日陛下所颁诏命，授臣监察御史里行，并依旧职充任山南东道节度参谋。骤然承受皇上恩泽，不胜欢庆。我蒙恩肩负此等重任，心中倍感忧惧。

臣在至德元载(公元756年)，全家逃难，生死一线，幸得逃脱贼寇之手，远遁至海滨，哪敢奢望穿上官服为官？陛下过分地听从意见，猜度我有才能智谋可以任用，说我忠诚正直值得嘉许，特地颁诏命征召小臣，垂问时局之事。我所说的虽未可取，却得到官位，恩宠很是突出；所献之策虽不一定可行，陛下所授之职却远超我的才德。

那时候，康元狡诈叛变，陛下为此忧虑劳苦。臣也不推托疲困驽钝，秉承并宣扬圣上旨意，召集战士。军队还没有完全组建，却又逢张瑾这个奸邪凶徒，使江汉百姓再次受到惊扰。臣等担心陛下忧虑过度，无法及时制止叛变，于是斗胆上表，请求允许臣领兵出征。

陛下嘉许小臣的恳切与愚忠，多次降下恩诏。对臣的宠信与厚爱超乎寻常，甚至破格提拔。时至今日，臣从普通百姓，在短时间内一跃而成为负责监查风纪法度的官员，并兼及军旅事务。现今国家未兴兵戈，那些凶恶之徒都已伏罪。臣深知自己并非能者，不敢奢望苟且偷安。自奸臣违背君命，至今已六年，我自愧没有才能，还轻易地获得俸禄官位。分管符节，佩戴官印，不知道惭愧羞耻。若因臣之无能而招致国家之戮，即使死去也不悔恨。陛下对臣的宽容与忍耐，实非言语所能尽述。臣才能薄弱，见识低下，既非智者也无谋略，故常循规蹈矩，恪守本分，即便如此，亦难掩心中之羞耻。

臣的老母多病，又没有兄弟可依，孤身一人漂泊流浪异乡，唯有与羸弱之亲相互照料。俯伏希望陛下怜悯臣愚笨迟钝，不适合在朝廷上与同僚共事；顾念我老母，让臣能够侍奉老母，如此，圣朝之中则无有辱没官位的人，山林水泽里多了一位纯真孝顺的臣子。谨以此表达我的诚挚之心。

我恭谨地遣派某官奉表陈述情况并表达心意。臣某某恭谨地上言。

【述评】

乾元二年(公元759年)元结诣京师受到礼部尚书韦陟的礼遇，至十二月，他奉命到唐、邓、汝、蔡等地召集义军，汝南山棚高晃等率五千余人归附，于是史思明不敢南侵。

乾元三年(公元760年)四月，山南东道将官张瑾等杀其节度使史翔。元结前后守泌阳，保全十五城，以功授官监察御史里行。来瑱任山南东节度使时，张瑾投降。元结参来瑱幕府，所属州县残破，元结忧国忧民，请省减官员，为将士随军父母请粮，请收养孤弱……来瑱都采纳了。

吕谭充荆南节度使，元结充节度判官，佐谭拒贼。公元762年，吕谭死于任上，元结代谭知荆南节度观察使事，经八月境内晏然。肃宗死后，代宗即位，元结以老母久病，乞免官归养。《辞监察御史表》概述了自己的任职情况和请求辞官的诚恳心情。代宗答应了他的要求，任其为著作郎。他于是在武昌樊城的郎亭山下安了家。

请节度使表①

臣某言：臣自以愚弱无堪，远迹江湖，全身之外，无所冀望。陛下过听，征臣顾问②。今臣起家数月之内，官忝台省③。尔来三岁，无益效用，愧耻之甚，在臣无逾。

臣窃以荆南是国家安危之地，伏愿陛下不轻易任人。陛下若独任武臣，则州县不理；若独任文吏，则戎事多阙④。自兵兴以来，今八年矣，使战争未息，百姓劳弊⑤，多因任使不当，致使败亡。伏惟陛下审择重臣⑥，即日镇抚，全陛下上游⑦之地，救愚臣不逮⑧之急。谨遣某官奉表以闻。

【注释】

①请节度使表：荆南节度使吕谭病死后，元次山代谭知荆南节度观察使事。因此他写表请求皇上再派节度使。②顾问：询问。③台省：唐朝的尚书省称中台，门下省称东台，中书省称西台，统称台省。④多阙：多生变故。⑤劳弊：劳苦疲困。⑥重臣：担任重要职位的大臣。④上游：指长江上游，包括荆南等地。⑧不逮：不及，担任不了。

【译文】

臣某某上言：臣认为自己愚笨、疲弱极了，隐居于江湖，只求保全身家，没有什么其他更多的期望或野心。是陛下过分地听取意见，才征召小臣担任顾问之职。现今臣离家才几个月，就得以在台省任职。在朝廷中任职三年了，却没有对国家做出什么有益的贡献，惭愧到了极点，我的愧疲感大大超出了其他的臣子。

臣私下以为荆南是关系安危国家的地域，恳请陛下不要轻易任人管理。陛下倘若只任用武臣，州县就得不到治理；倘若只任用文官，军事防御上就会有所欠缺。自从战事发生以来，至今八年了，由于战争持续不断，百姓疲惫不堪，大都因为用人不当，致使战事失败，地域丢失。俯伏思考，陛下应该审慎地选择德才兼备的重臣，即日前来荆南地区镇守安抚，以保全陛下的长江上游地区，以救愚臣任上的急迫情势。恭谨地遣某官奉表上报考察。

【述评】

《请节度使表》是吕谭病死任上后，作者代任荆南节度观察使时写的。表文首先表明自己愚弱，官忝台省三年来无益效用，很是羞愧。接着提出荆南是关系国家的安危之地，恳请朝廷选择重臣镇抚。作者提出如此切实的政见，显示了作者对国家的满腔忠贞之心。

为吕荆南^①谢病表

臣某言：臣自去秋疾疹，以至今日，转加赢弱，庶事^②不理。某月日附某官口奏请替，某月日又进状陈情，未蒙允许，伏增忧惧。陛下应以臣久曾驱策，未忍替臣。臣实忧陛下方隅^③切须镇守。臣不能起止^④四十余日，艰虞之际，实虑变生。今淮西败散，唐邓危急。在臣病废，岂敢偷安。伏望天恩即与臣替。倘余生尚在，得至阙庭^⑤，犬马^⑥之心，死生^⑦愿毕，不胜恳款^⑧之至。谨遣某官奉表陈乞以闻。

【注释】

①吕荆南：即吕谭。时吕谭为荆南节度使。故称吕荆南。②庶事：古时指各种政务政事的意思。③方隅：四方和四隅。借指边疆。④起止：举止，举动。

⑤阙庭：朝廷。⑥犬马：古时臣下对君主自比为犬马，表示愿供驱使奔走。⑦死生：偏义复词，指死亡。⑧恳款：恳切忠诚。亦指恳切忠诚之情。

【译文】

臣某奏说：臣自从去年秋天患上疾病，直到今日，身体日益虚弱，以至于无法处理日常政务。臣曾于某月某日委托某官口头向皇帝请求找人替换自己的职位，某月某日又进呈状表陈述自己的病情和请求，都没有得到批准，这更加重自己的忧虑和恐惧。陛下应该是认为臣曾长期奔走效命，不忍心替换臣。但臣实在是因为陛下的边境急切需要镇守，而臣不能起床行动已四十多天，艰难忧患之时，确实是担心变乱发生。如今淮西地区的军队已经败退逃散，唐州和邓州形势危急。而臣虽病重，但绝不敢苟且偷安。俯伏切望皇上恩准即刻将臣替换。倘若臣病情好转，能够再回朝堂，为皇上效犬马之劳的心，至死方休。特地差遣某官奉上表文陈情请求以让圣上知晓。

【述评】

本表奏虽是代吕𬤽所写，但其所陈述的内容却完全表达了吕𬤽及元结自己的心情和愿望，言辞恳切，很能打动人心。

举吕著作①状

故荆南节度观察使江陵尹兼御史大夫吕𬤽侄男季重

右见任秘书省著作郎

以前件状，吕某立身无私，历官②清俭。身殁之后，家无余财。长男幼小，未了③家事。前件侄质性纯厚，识理通敏④，仁孝之性，不惭古人。自其疾甚，不视事向五六十日，军府之事，皆季重咨问，事无大小，处之无猜。以臣所见，季重不独为贤子弟。今时谷踊贵⑤，道路多虞⑥，漂流异乡，无以自给。伏望天恩与季重便近州一正员官，令其恤养孤幼。

谨录奏闻，伏听敕旨。

【注释】

①吕著作：即吕季重，被任命为著作郎。②历官：先后任官。③未了：未懂。④识理通敏：认识道理，反应敏锐。⑤踊贵：指价钱高涨。⑥多虞：有很多忧虑的事。

【译文】

原荆南节度观察使江陵尹兼御史大夫吕谭侄子吕季重，担任了秘书省著作郎一职。

如前所述，吕某(吕谭)立身无私，历官清廉节俭。其去世之后家里没有余财。长子年幼，不懂处理家中的事务。他的侄子淳朴敦厚，且聪明伶俐、有远见卓识，具有仁孝的心，不愧于古人。自从吕谭病重，无法管理事务先后达五六十天，吕季重承担了军府事务的咨询工作，事情不分大小，处理得井井有条。以臣所见，季重不仅仅是贤子弟。现时谷价高涨，道路多有危险，季重漂泊他乡，无法自给。俯请圣上赐恩，能够赐予季重一个近便州的正官，让他能够抚恤养育家中的孤弱幼小。

恭谨地陈述上奏，伏听圣旨。

【述评】

《举吕著作状》文，先概述吕谭生前为官清俭、身殁家无余财、长男幼小的困境，引出其侄子吕季重品性淳厚且有处理军务的才能，接着提出不能让季重漂泊他乡又无法自给。由此希望朝廷能恩赐他在近便州上为一正官，让他能恤养家中孤幼。此状既是关心抚恤殁官家属，又是举荐贤能之举，合情合理。

乞免官归养表①

臣某言：臣以为才不称任，位过其量，不自知分，祸辱②皆及。臣才不如人，量③实褊僻④。逾越秩次，忝辱衣冠⑤，人亦有惭，臣自知愧。

臣少以愚弱，不愿为吏，书学自业，老于儒家。今迹在军中，日预戎事，此过臣才分⑥，近于祸辱者矣。臣常恐荒浪，失于礼法。自逸山泽，预于生类⑦。今秽污台省，紊乱时宪⑧。此过臣才分，近于祸辱者矣。

伏惟陛下，察臣才分，不令乱官，则贪冒苟进之徒，自臣知耻。陛下若官不失人，则天下自理。故曰：天下理乱，系之官人。臣以为官人之难，无敢易者，陛下焉可易于臣哉？

臣无兄弟，老母久病，所愿免官奉养，生死愿足。上不敢污陛下朝列，是臣之忠；下不欲贻⑨老母忧惧，是臣之孝。愿全忠孝于今日，免祸辱于将来。伏惟陛下许臣免官，许臣奉养，在臣庆幸，无以比喻。谨遣某官奉表陈请以闻。

【注释】

①乞免官归养表：唐代宗李豫即位，元结以老母久病，乞免官归养，于是撰写此表。②祸辱：祸患耻辱。③量：度量。④褊（biǎn）僻：狭窄怪僻。⑤衣冠：代官职。⑥才分：才能智力。⑦生类：生物。⑧时宪：当时的政令。⑨贻：

遗留。

【译文】

臣某某上言：臣认为我的才能不足以胜任当前的职位，所居官位超过了我的实际能力，我却没有自知之明，没有认清自己的分量，祸患与耻辱会接踵而至。臣的才能比不上其他人，度量实在狭小且偏执。为官超过等级，有辱官位，旁人也觉羞惭，臣内心更是自知有愧。

臣年轻时，由于愚笨、怯弱，不愿意做官，而是致力于读书，希望能在儒家学问上有所成就。然而现在我却身在军中，日日参与军务，这就超出了臣的才能和本分，那么我就很接近祸患与耻辱了。臣常常担心自己因为荒怠放浪，而在礼仪法纪上有所失误。所以之前自身闲逸在山林水泽间，跟自然融为一体。现今玷污了朝廷官职，扰乱了现时的政令。这实在超出了我的才能和本分，让我觉得自己离灾祸和耻辱很近了。

臣俯请陛下，考察臣的才能和分量，以免混乱官制，那么贪婪冒犯、苟且求进的人，就会在看到我的下场后自知羞耻。陛下如果任命官员时，不使职位错配于人，则天下自然能够得到良好的治理。所以说：天下的治理与混乱，关键在于任官用人是否得当。臣以为任命官员是一件非常困难且重要的事情，没有人敢轻易对待，陛下怎可轻易对待小臣呢？

臣没有兄弟，老母长久患病，臣只希望能辞去官职侍奉赡养老母，无论生死，都心满意足。辞去官职是为了不污辱朝廷的官员队伍，是臣的忠诚；对下不敢给老母留下忧惧，是臣的孝道。希望在今日保全忠孝，到将来就能免掉祸患、耻辱。我俯请陛下准许自己辞去官职，允许臣侍奉赡养老母，臣将无比庆幸和感激。恭谨地遣某官奉表陈述上报。

【述评】

《乞免官归养表》这篇表文结构严谨，谦逊恳切，将老母久病、乞请免官奉养的主旨鲜明地表现了出来。情理融合，十分动人。唐代是重孝养的，最后，代宗批准了表文。

谢上表

臣某言：去年九月敕授道州刺史，属①西戎侵轶②，至十二月，臣始于鄂州授敕牒③，即日赴任。臣州先被西原贼④屠陷，节度使已差官摄刺史⑤。兼又闻奏。臣在道路待恩命者三月。

臣以五月二十二日到州上讫。耆老见臣，俯伏而泣；官吏见臣，以无菜色⑥。城池井邑，但生荒草；登高极望，不见人烟。岭南数州，与臣接近，余寇蚁聚，尚未归降。臣见招辑流亡，率劝贫弱，保守城邑，畲种⑦山林。冀望秋后，少可全活。

臣愚以为，今日刺史，若无武略以制暴乱，若无文才以救疲弊，若不清廉以身率下⑧，若不变通以救时须⑨，一州之人不叛，则乱将作矣。岂止一州者乎？臣料今日州县，堪征税者无几，已破败者实多；百姓恋坟墓者盖少，思流亡者乃众。则刺史宜精选谨择以委任之，固不可拘限官次，得之货贿，出之权门者也。凡授刺史，特望陛下一年问其流亡归复几何，田畴垦辟几何；二年问畜养比初年几倍，可税比初年几倍；三年计其功过，必行赏罚。则人皆不敢冀望侥幸，苟有所求。

臣实孱弱，辱陛下符节。陛下必当谨择。臣固宜废归山野，供给井税。臣不任恳款之至，谨遣某官奉表陈谢以闻。

【注释】

①属：恰巧。②侵轶：突袭。③敕牒：敕文。④西原贼：指西原蛮，居右江地区。⑤摄刺史：代理刺史。⑥菜色：因营养不良，脸色青黄。⑦畲（shē）种：火种，土地经过火烧才种植。⑧率下：作下属表率。⑨时须：当时需要的衣食。须，通"需"。

【译文】

臣某某上言：去年九月，我接到了皇帝授予道州刺史的任命，恰巧遇到西南少数民族突然侵扰，直到十二月，我才在鄂州接到敕文，即日起程赴任。我的治所道州先前已被西原蛮侵陷，节度使已经派官代理刺史。并且还向朝廷上奏了相关情况。因此，臣在道路上等待朝廷的正式任命和指示，达三个月。

臣在五月二十二日抵达道州并正式上任。当地的老年人见到臣，都俯伏哭泣；官吏们见到臣，已不是面带饥色了。只见城里乡间生长着荒草，登高眺望远处，看不到人烟。岭南数州，与臣州接近，留下的寇贼如蚂蚁般聚集，还没有归顺投降。臣见到如此局势，便召集流亡，率领并劝导贫弱，保卫城邑，还倡导大家开垦荒地。寄希望到秋后，能够稍稍缓解民众的生存困境，使他们得以存活。

臣愚笨地认为，现今担任刺史，如果没有军事谋略以制止武装暴乱，如果没有政治文才拯救百姓的困苦贫乏，如果做不到清白廉洁以为下属的表率，如果不能灵活变通以应对各种需求与挑战，即便一州的人民不叛变，社会秩序也将混乱。难道只是一个州如此吗？臣估料今日全国的州县，能够承受服役纳税的很少，已经残破败坏的太多；百姓愿意守护祖坟的较少，想去逃亡的却众多。那么，刺史这个职位应当精挑慎择适当的人去担任它，不能拘泥于官级序次，以避免让凭财物贿赂，或从权门势户出来的人担此重任。大凡选授的刺史，尤其盼望陛下能在其一年任期后，询问州上流亡的人回归了多少，田地开垦了多少；两年任期后，询问州上畜牧比初年增加了几倍，能够纳税的比头年增加几倍；第三年应该评定他的功绩与过错，并严格实行奖赏惩罚制度。这样一来，刺史们都不敢寄望于侥幸的机会，去苟且追求什么了。

臣的确懦弱无能，有辱陛下授予的官职。陛下定要谨慎选择。臣本来适宜停职回乡，供给国家赋税。臣有说不尽的恳切忠实心意，恭敬地遣某官奉表陈述谢忱上报。

【述评】

此表文首先写了作者上任道州时，州里老年人俯伏哭泣，其见到城乡荒芜，登高不见人烟和邻近几州余寇还没有归降的实况。随即做召集流亡人员守城，劝导贫弱种地，缓解生活困难的安抚工作。下文着意申述刺史应有的才能与品质，选人担任是否得当关系全州治乱的道理，提出陛下要严格要求任职者完成职守，必行赏罚分明才能截断侥幸苟取的为官之道。如此上表陈谢，足见作者任职踏实和关爱朝政之情，及确保州邑百姓安定的无限忠诚之心，读来感人至深。

奏免科率①状

当州准敕及租庸等使征率钱物都计一十三万六千三百八十八贯八百文。

一十三万二千四百八十贯九百文，岭南西原贼未破州已前。

三千九百七贯九百文，贼退后征率②。

以前件如前。臣自到州，见租庸③等诸使文牒，令征前件钱物送纳。臣当州被西原贼屠陷④，贼停留一月余，日焚烧粮储屋宅，俘掠百姓男女，驱杀牛马老少，一州几尽。贼散后，百姓归复，十不存一，资产皆无，人心嗷嗷⑤，未有安者。若依诸使期限，臣恐坐见^⑥乱亡。今来未敢征率，伏待进止。

又岭南诸州，寇盗未尽，臣州是岭北界，守捉处多。若臣州不安，则湖南皆乱。伏望天恩，自州未破以前，百姓久负租税，及租庸等使所有征率和市杂物，一切放免。自州破以后，除正租、正庸，及准格式合进奉征纳者，请据见在户征送，其余科率，并请放免。容其见在百姓产业稍成，逃亡归复，似可存活，即请依常例处分。

伏愿陛下以臣所奏下议有司。苟若臣所见愚僻，不合时政，干乱纪度^⑦，事涉虚妄。忝官尸禄^⑧，欺上罔下，是臣之罪，合正典刑^⑨。

谨录奏闻。

【注释】

①科率：指派捐税物。②征率：征收。③租庸：唐制，丁男、中男授田一顷，每年收谷两石，叫"租"。凡丁每年无偿服役二十日，若不服役，每日交绢三尺，叫"庸"。④屠陷：攻陷。⑤嗷嗷（áo）：指悲哀声嘈杂。⑥坐见：随即出现。⑦纪度：法纪制度。⑧尸禄：指空受俸禄，不理政事。⑨正典刑：按刑法判处。

【译文】

根据州里的敕令以及租庸等使的征收，总共征收了钱物一十三万六千三百八十八贯八百文。

一十三万二千四百八十贯九百文，是在岭南西原的贼寇被平定之前，该州已经征收的钱物。

三千九百七贯九百文，是岭南西原的贼寇被平定之后，又额外征收的钱物。

如前所述。臣自从到这里，见到诸多庸租等诸使的文件，要求征收前面提到的钱物并按时送纳。臣现在管辖的州之前被西原蛮攻陷，贼兵停留了一个多月，每天焚烧储粮和屋宅，掳掠百姓——不论男女老少，驱逐宰杀牛马——不论老的小的，全州几乎都没人了。寇贼退散后，百姓回归的十不存一，财物全无，人心惶惶、哀号声遍地，没有能安心的人。倘若依照诸使所规定的限期，臣恐怕将目睹这个州再次出现混乱逃亡。现今局势不稳定，不敢贸然征收，等待进一步指示。

现今岭南诸州寇盗还未平定，臣的州是岭北地界，镇守擒捕寇盗的隘口很多。倘若臣州不能安定，那么湖南地区都可能陷入混乱。俯请皇上恩赐，对于州城没有被攻破以前，百姓因战乱而长期拖欠的租税，以及租庸等使所有征收的各项钱物和市集上的杂物，能够全部免除。在州城被攻破以后，除开正租正庸以及按法令规定要进奉和征收的财物之外，其余的各项额外征收也请都予以免去。容许现在的百姓能有一些喘息之机，等待产业有所成就，逃亡的百姓回来后也能够生存，就可依照常规的处理方式进行征收。

俯请陛下把小臣所奏事项交给相关部门进行审议。我的见解或许愚钝偏僻，或与时政不合，甚至可能扰乱法纪制度，或可能有涉及虚妄不实之处。如果因为自己的失职或欺上瞒下行为而导致了不良后果，那么这全是小臣的罪过，我愿意接受法律的制裁和公正的审判。

恭敬地录写上奏。

【述评】

此奏状首先摆出文牒上关于州上征收钱物的数字，描述了西原蛮攻陷州城造成的惨状，由此不敢按诸使期限征收。接着写明为安定州城，特请免去州未破前的旧欠租税及租庸等使的征率和杂物，州破后，除正租正庸以及按法令规定交纳的财物之外，其余捐派全部免去。最后提出所奏若不合时政或失实，愿意担罪。作者这种为国为民敢于担当的精神尤为珍贵。

奏免科率等状

当州奏永泰元年配供①上都钱物总一十三万二千六百三十三贯三十五文。

四万一千二十六贯四百八十九文，请据见在堪差科②征送。

九万一千六百六贯五百四十六文配率，请放免。

以前件如前。臣当州前年陷贼一百余日，百姓被焚烧杀掠几尽；去年又贼逼州界，防捍一百余日。贼攻永州，陷邵州③，臣州独全者，为百姓捍贼。今年贼过桂州④，又团练⑤六七十日，丁壮在军中，老弱馈粮饷。三年已来，人实疲苦。

臣一州当岭南三州之界，守捉四十余处。岭南诸州，不与贼战。每年贼动，臣州是境上之州，若臣州陷破，则湖南为不守之地。在于征赋，稍合⑥优矜⑦。今使司配率钱物，多于去年一倍已上；州县征纳送者，多于去年二分已下。申请矜减，使司未许。

伏望陛下以臣所奏，令有司类会诸经贼陷州，据合差科户，臣当州每年除正租、正庸外，更合配率几钱。庶免使司⑧随时加减，庶免百姓每岁不安。其今年轻货⑨及年支米等，臣请准状处分。

谨录奏闻。

【注释】

①配供：分派，进供。②差科：差遣捐派。③邵州：古称宝庆，今邵阳市。④桂州；今广西桂林市。⑤团练：编组加以教练。就当地抽选丁壮进行军训。

⑥稍合：正合。⑦优矜：优待，怜悯。⑧使司：诸使、州官。⑨轻货：可能是指轻便易携带的货物或钱币。

【译文】

本州于永泰元年（公元765年）需向朝廷进供的钱物总共一十三万二千六百三十三贯三十五文。

其中四万一千二十六贯四百八九文，建议根据当前能够征收和调派的能力来进行科征并送往上都。

剩下的九万一千六百六贯五百四十六文的钱物配额，请求予以免收。

如前所述。臣的州，前年陷入贼寇之手一百多天，百姓被焚烧杀戮掠夺得几乎什么都没有了；去年贼又进逼州界，防御抵抗了一百多天。贼攻打永州，攻陷邵州，臣州却得以保全，这是因为百姓英勇抗击了贼寇。今年贼过桂州，我州又就地组编丁壮训练六七十日，丁壮被征召入伍，老弱之人则要供给粮饷保障后勤。三年以来，当地人们实在疲劳困苦。

臣州位于岭南三州交界之处，设有四十多个军事据点。岭南其他州并不直接参与同敌人的战斗。每年贼军出动，臣州总是首当其冲，成为边境上的前线州，倘若臣州被攻破，那么湖南就将面临无险可守的境地。在征收赋税上，臣州应该得到宽待、怜悯。现今诸使分配赋税钱物比去年多了一倍以上；州县实际征收并送交的钱物，比去年的多了二分以上。申请减少赋税，但诸使官员都不批准这一请求。

俯请陛下能够听取臣的奏报，并能要求有关官员，综合考虑那些被贼军攻陷的州的实际情况，根据各州实际能够承担差科的户数，来重新核定臣州每年除了正租、正庸之外，还应配供多少钱物。应禁止使司随意加减配供任务，如此才能消除百姓每年的不安。今年关于轻货以及年支米等具体事务，臣请按照规定的状况进行处置。

恭谨地录述上奏。

【述评】

此奏状先摆出征派进贡钱物数字和请求免去部分赋税的建议。正文写明了三年里州城被攻陷的惨状和防御的实况，百姓实在疲苦。因此，在征收赋税上，此州理应得到相应减免，但诸使州官今年征税率加重，申请减额得不到准许。因此作者请求皇上要求有司连同有关方面议定州上除正租正庸外，每年配率几钱，并禁止使司的随时加减，以安百姓。作者所提意见在于卫土安民，确是为官之表率。

广德二年①贺赦表

臣某言：臣伏奉某月日赦，某月日宣示百姓讫。

伏惟陛下，以慈惠驭②兆庶③，以谦让化天下。凡所赦宥④，皆允人望；凡所敦劝，皆合大经⑤。生识⑥之类，不胜大幸。

臣方领陛下州县，守陛下符节，不得称庆下位，蹈舞阙庭，不任欢恋之至。谨遣某官奉表陈贺以闻。

【注释】

①广德二年：公元 764 年。②驭：驾驭。③兆庶：万民。④赦宥：赦免，宽恕。⑤大经：大法、常规。⑥生识：生命、意识。

【译文】

臣某某上言：我恭敬地接受了某月某日颁布的赦书，并已向百姓进行了宣示。

我衷心敬仰陛下，您以仁慈恩惠治理万民，用谦逊礼让教化天下。所有的赦免、宽恕都符合人们的心愿；您所倡导的敦促勉励都合乎常规。对于所有生灵而言，都是莫大的幸运。

小臣正领管陛下的州县，手握陛下授予的符节，虽不能亲自在您面前称颂欢庆，到朝堂上手舞足蹈以表喜悦，但我内心深处异常欢欣眷恋至极。特派遣某官员携带此表，向陛下陈述我的祝贺之意，恳请陛下垂鉴。

永泰元年①贺赦表

臣某言：某月日恩赦到州，宣示百姓讫。

百姓贫弱者多，劳苦日久，忽蒙惠泽，更相喜贺，欢呼抃跃②，不自禁止。

伏惟陛下，增修典礼③，宏正纪度，劳谦慈惠，与人更新④，此实兴王之盛烈⑤、明圣之至德。戴履天地⑥，谁不庆幸？臣方镇守州县，不得蹈舞阙庭，无任欢欣之极⑦。谨奉陈贺以闻。

【注释】

①永泰元年：公元765年。②抃（biàn）跃：欢欣踊跃。③典礼：典法礼仪。隆重仪式。④更新：除去旧的，换成新的。⑤盛烈：大功绩。⑥戴履天地：戴天履地，顶天立地地活在世上的意思。

【译文】

臣某某上言：某月某日，陛下施恩的赦书已降下到我州，并已向百姓进行了宣示。

我州百姓大都贫穷孱弱，长期饱受劳苦，而今忽然承蒙皇上施恩大赦，彼此互相庆贺，欢呼跳跃，不能自禁。

我衷心敬仰陛下，陛下增修典法礼仪，弘扬端正风纪法度，劳苦谦让、仁慈开恩，使得人们换了新气象，这实在是兴隆君主的大功、圣明天子的盛德。置身于陛下所赐的天地之间，又有谁不感到庆幸与喜悦的？臣目前正镇守州县，不能亲自在朝堂上手舞足蹈，以表达我的异常欢欣之情。因此，我谨以此表章，向陛下呈上我的祝贺之意，恳请陛下垂鉴。

【述评】

赦表是向百姓宣示皇上施恩的，也是百姓的祈求。以上两则表文紧扣百姓这个核心，把人民大众的心愿与喜庆之情都写得淋漓尽致，读来令人感动。

再谢上表

臣某言：某伏奉某月日敕，再授臣道州刺史。以某月日到州上讫。

臣前日在官，虽百姓不至流亡，而归复者十无一二；虽寇盗不犯边鄙①，而不能兵救邻州；虽赋敛②仅能供给，而有司不无罪状；虽人吏似从教令，而风俗未能移易。臣又多病，不无假故。水旱灾渗③，每岁不免。疾疫死伤，臣州尤甚。以臣自讼④，合抵⑤刑宪。圣朝宽贷⑥，犹宜夺官。

陛下过听，重有授任。伏恐守廉让⑦者以臣为苟安禄位，抱公直者以臣为内怀私僻⑧，有材识者辱臣于台隶之下，用刑法者罪臣于程式⑨之中。臣所以不敢即日辞免，待陛下按验虚实，然后归罪有司⑩。

今四方兵革未宁，赋敛未息，百姓流亡转甚。官吏侵克日多。实不合使凶庸贪猥之徒、凡弱下愚之类，以货贿权势而为州县长官。伏望陛下特加察问，举⑪其功过，必行赏罚，以安苍生。

谁不自私，臣实不敢，所言狂直⑫，朝夕待罪。不任恳款之至。谨遣某官奉表陈谢。

【注释】

①边鄙：接近边界的地方。②赋敛：赋税。③灾沴(lì)：自然灾害。④自讼：自判罪过。⑤抵：触犯。⑥宽贷：宽容，从宽赦免。⑦廉让：廉洁谦让。⑧私僻：私欲孤僻。⑨程式：指规定的法制程式。⑩有司：官吏。⑪举：提出。⑫狂直：狂妄耿直。

【译文】

臣某某上言：我恭敬地接受了某月某日的敕书，再次被任命为道州刺史。并已于某月某日到州上任完毕。

在我之前的管理下，虽然百姓没有逃亡，但归来的却寥寥无几；纵然寇盗不侵犯本州了，但不能够出兵援助相邻的州县；纵然赋税勉强能够维持本州的基本运作，但管理部门却仍对我们的官员有所指责；虽然百姓与官吏似乎听从教化政令，但风俗习惯并未得到实质性的改变。臣又多病，影响了工作的连续性和效率。本州每年都会遭受自然灾害。因疾病流行而死伤的，臣州情况尤其突出。让臣自己判处，我应当依据法纪被治罪。感谢朝廷的宽恕，但我仍觉得自己应当被免去官职以示惩戒。

陛下过度听从意见，再次任用了我。我担心那些坚持廉洁谦让的人以为臣是苟安俸禄官位，秉持公正无私原则的人会以为臣心存有私欲和偏见，有才能见识的人会在下级官吏面前羞辱我，掌管刑法的人则会按照律法程序来定罪于我。小臣不敢立即辞去官职，而是请求陛下考察虚实情况，然后再由官吏来定罪。

现今四方的战事还没有平息，赋税征收不断，百姓流亡问题更加突出。官吏侵夺克扣百姓财物的情况一天天增多。实在不应使那些凶顽平庸贪婪猥亵之徒、凡庸软弱下流愚笨的人，因为用财物贿赂权势而成为州县长官。我俯请陛下审察官员的功绩和过失，并根据实际情况进行赏罚，以安抚百姓。

谁人不自私，但臣实不敢有丝毫的私心杂念，我所说的话虽狂妄直率，但我愿意随时接受治罪。我的恳切忠实之情无法诉说。恭谨地遣某官奉表陈诉谢意。

【述评】

《再谢上表》概述作者上任后，百姓没有再出现流亡情况，赋税仅能供给，风俗也未改变，理应免官。皇上再加授任，元结担心坚持原则的同僚会有严正的斥责，只盼皇上考查虚实，并给自己归罪。紧接着据局势未宁、民心未定、吏治仍然腐败的实况，大胆建议皇上严格察问州吏，按功过必行赏罚，这样才能截断贿赂权势谋取州县官职之路，才能安抚百姓。文中绝无冒功邀赏之词，体现了作者忠于朝廷、为官刚正的情怀，及其直言不讳、勇于担当的精神风貌。

论舜庙状

右①谨按②地图，舜陵在九疑之山，舜庙在太阳之溪。舜陵古老以③失，太阳溪今不知处。秦汉已来置庙山下，年代浸④远，祠宇不存。每有诏书令州县致祭，奠酹⑤荒野，恭命而已。岂有盛德大业，百王师表⑥，殁于荒裔⑦，陵庙皆无。臣谨遵旧制，于州西山上，已立庙讫。特乞天恩许蠲免⑧近庙一两家，令岁时拂洒⑨，示为恒式⑩。岂独表圣人至德及于万代，实欲彰陛下玄泽⑪及于无穷。谨录奏闻。

【注释】

①右：尊崇，崇尚。《淮南子》："兼爱，尚贤，右鬼，非命，墨子之所立也。"高诱注："右，犹尊也。"②按：考察，考验。③以：已。④浸（jìn）：副词，渐渐。⑤酹：以酒洒地而祭。⑥师表：在品德学问上值得效仿的榜样。⑦荒裔：指边远地区。⑧蠲免：免除租税、罚款、劳役等。⑨拂洒：拂尘洒水。⑩恒式：常规，常法。⑪玄泽：指天子的恩泽。

【译文】

我恭敬郑重地查验地图，舜帝陵墓在九嶷山，舜庙在太阳溪。随着时间的推移，舜陵已经因年代久远而不知所在，太阳溪如今也不知在什么地方。秦汉以来，人们曾在山下为舜建立了庙宇，但随着年代越来越远，祠庙早已不存在了。每当有诏书下达，命令州县官员前往祭祀舜时，他们只在野外祭奠了，恭敬地完成旨令罢了。舜作为具有高尚品德和伟大功业的君王，是历代君王的榜样，却葬身于边远地方，陵寝、祠庙都荡然无存。臣恭敬地遵守旧制，在州城的西山上，重新建立了舜庙。我特地请求朝廷恩赐，准许免去祠庙旁一两户人家的劳役赋税，令其每年按时拂尘洒扫，并定为常规。这哪里仅仅是宣扬圣人的美德并使之留传万代，实在是想要彰显陛下恩泽的广大无限。恭敬地录下并奏闻圣上。

【述评】

元结在道州任上，于永泰元年（公元765年）在九嶷山下重建了舜祠，并刻石为表。永泰二年（公元766年）又上奏天子请求免去舜庙旁一两户人家的劳役赋税，令其按时供奉打扫祠庙。元结对舜帝的尊崇，寄托了他的政治理想，他希望当今天子也能像舜帝那样，创立出一番盛德大业。

让容州^①表

臣结言，臣伏奉今月二十二日敕，授臣使持节都督容州诸军事，守容州刺史御史中丞，充本管经略守捉使。四月十六日敕到，二十一日发付本道行营。

臣实愚弱，谬当寄任，奉诏之日，不胜忧惧。臣结中谢。臣闻孝于家者忠于国，以事君者无所隐。臣有至切，不敢不言。臣实一身，奉养老母，医药饮食，非臣不喜；臣暂违离，则忧悸^②成疾。臣又多病，近日加剧。前在道州，黾勉^③六岁，实无政理^④，多是假名。频请停官，使司不许。

今臣所属之州，陷贼岁久，颓城古木，远在炎荒。管内诸州，多未宾伏^⑤，行营野次，向十余年。在臣一身，为国展效，死当不避，敢惮艰凶？但以老母念臣疾疹日久。时方大暑，南逾火山，举家漂泊，寄在湖上。单车将命，赴于贼庭。臣将就路，老母悲泣，闻者凄怆，臣心可知。臣欲扶持版舆^⑥，南之合浦^⑦，则老母气力艰于远行。臣欲奋不顾家，则母子之情，禽畜犹有。臣欲久辞老母，则又污辱名教^⑧；臣欲便不之官，又恐稽违^⑨诏命。在臣肝肠，如煎如灼^⑩。

昔徐庶^⑪心乱，先主不逼；令伯^⑫陈情，晋武允许。君臣国家，万代为规。伏惟陛下以孝理万姓，慈育生类。在臣情志，实堪矜愍^⑬。臣每读前史，见吴起^⑭游宦，噬臂不归。温峤^⑮奉使，绝裾^⑯而去。常恨不逢斯人，使之殊死^⑰。臣所以冒犯圣旨，乞停今授，待罪私门，长得奉养，供给井税。臣之恩愿，尘黩^⑱

天威，不胜惶恐。

谨遣某官，奉表陈谢以闻。

【注释】

①容州：属广西壮族自治区，因州西有容山，故名。②忧悸（jì）：因忧惧而心惊胆战。③黾（mǐn）勉：尽力，效力。④政理：政绩。⑤宾伏：归顺、臣服。⑥版舆：车名，这里指让母坐车。⑦合浦：广西北海市属县。⑧名教：礼教。⑨稽违：耽误。⑩灼（zhuó）：烧。⑪徐庶：三国时人，与诸葛亮友善，荐亮给刘备。母居曹操处，徐庶归曹时，刘备没有阻留。⑫令伯：晋朝的李密，字令伯，少孤母嫁，由祖母抚养成人，曾仕蜀为郎。晋征为太子洗马，李密上《陈情表》辞官不就，晋武帝答应了他。祖母死后，他出仕晋的太守等官。⑬矜愍（mǐn）：同"矜悯"，怜惜。⑭吴起：战国时卫国人，曾杀谤己者三十多人，离卫与其城门诀，噬臂曰："起不为卿相，不复入卫门。"从学曾参，母死竟不归。后仕魏文侯成了有名的军事家。⑮温峤：东晋元帝时祁县人，曾坚决辞母平国难，官至骠骑将军。⑯绝裾（jū）：割断衣的前襟。⑰殊死：砍头、拼死。⑱尘黩（dú）：污染、玷辱。

【译文】

臣元结上言，臣伏地接到今月二十二日诏令，授臣使持节都督容州诸军事，守容州刺史御史中丞，充本管经略守捉使。四月十六日诏令到达，二十一日发付本道行营。

臣实在愚笨力弱，不适合担此重任，接到诏命时，臣禁不住忧惧。臣元结谢恩。臣听说，在家履行孝道的，对国定会忠诚，因而服侍君王不会隐瞒什么。臣

有极迫切的心情，不敢不说出来。臣实是一人，需要奉养老母，医药、饮食，如不是小臣料理，老母会不高兴；小臣若暂时远离，老母就会忧虑成病。臣又多病，近来加重。此前在道州效力六年，确实没有政绩，大多是虚名。臣曾多次请求停职，主管部门都不肯答应。

现今臣所任职的州被贼攻陷已经很久了，倒塌的城垣上古树青葱，而且地处边远炎热的荒野。辖区内那些州县大都没有归顺，先前十多年，军队的帐幕驻扎在野外。为臣一生要为国效力展能，即使赴死也不回避，还会惧怕艰难危险吗？只因为老母思念臣患疹病日久。这时候正值酷暑，前往容州的路途如同要跨过火山一般充满危险，全家人都处于漂泊不定的状态，犹如湖上的小舟。臣即将奉朝廷之命，独自奔赴寇贼占有地域，这让老母感到悲痛，听到母亲悲泣的人心里无不感到凄凉，臣的心情可想而知。臣想扶车护送老母，南下合浦，但老母气少体弱难以远行。臣想全然不顾家事离家赴任，可是母子之情，禽兽犹有，我怎能不顾。臣想久别老母，又怕会侮辱礼教、违背孝道；臣想直接不去赴任，又担心此举有违诏命。如此心情在臣的肝肠中，有似烈火般煎熬。

从前徐庶因母亲被曹操拘押而心乱如麻，刘备没有强迫他留下；李密写了《陈情表》陈述自己与祖母相依为命的情状，得到了晋武帝的允许。忠君孝亲是万代的规矩。俯请陛下用孝道教化万众，以仁慈滋育生物。臣的境况，实在值得怜悯。臣常读前代史书，战国时的吴起游宦四方，曾咬破自己的手臂以表决心不归。东晋的温峤为了国家大事，割掉衣服前襟辞母而去。臣常埋怨没有遇到这种人，让自己能够为了国家大义而舍弃家庭。臣之所以冒犯圣旨，乞求停止授命，愿在家中等待惩罚，是祈求能够奉养老母，按时缴纳赋税。臣的恳求心愿玷辱了皇上的威严，非常惶恐。

恭谨地派遣某官奉表陈述致谢。

【述评】

此表出于孝亲忠国，敢述隐情。作者提出此辞职不是逃避艰危，而是要奉养老母。文中细腻地陈述了其几经考虑，才作出待罪家门，以期能尽奉养责任的决定。情真意挚，很是感人。上此表后，作者亲身单车去容州做抚谕工作，没多久就收复了八州，足见他忠国之情。

但这次上表，作者辞官的目的未达到。母死后，元结在浯溪守孝三年，后为亡母归葬，他再次写了《再让容州表》，代宗答应了他的请求。

再让容州表

草土①臣结言：伏奉四月十三日敕，以臣前在容州殊有理政②，使司乞留，以遂人望。起复臣守金吾卫将军，员外置同正员，兼御史中丞，使持节都督容州诸军事，兼容州刺史，充本管经略守捉使，赐紫金鱼袋。忽奉恩诏，心魂惊悸，哀慕悲感，不任忧惧。臣某中谢③。臣闻苟伤④礼法，妄蒙寄任，古人所畏，臣敢不惧？

国家近年，切恶⑤薄俗。文官忧免⑥，许终丧制。臣素非战士，曾忝台省，墨缞⑦戎旅，实伤礼法。且容府陷没十二三年，管内诸州，多在贼境。臣前行营，日月甚浅，宣布圣泽，远人未知。有何政能，得在人口？使司过听，误有请留。遂令朝廷黩紊⑧法禁，至使愚弱秽污礼教。臣实不敢践古人可畏之迹，辱圣朝委任之命，敢以死请，乞追恩诏。

前者，陛下授臣容州，臣正任道州刺史。臣身病母老，不敢辞谢，实为道州地安，数年禄养，容州破陷，不宜辞避。臣以为安食其禄，蹈危不免，此乃人臣之节。其时臣便奉表陈乞，以母老地远，请解职任。陛下察臣恳至，追臣入朝。臣以为不贻忧叹，荣及膝下人子之分。不图恩敕未到，臣丁酷罚，哀号冤怨，无所迨及。今陛下又夺臣情⑨，礼授容州。臣遂行，则亡母旅榇⑩，归葬无日；几筵漂寄，奠祀无主。捧读诏书，不胜悲惧。

臣旧患风疾，近转增剧，荒忽迷忘，不自知觉。余生残喘，朝夕殒灭，岂堪金革，能伏叛人？特乞恩慈，允臣所请，收臣新授官诰，令臣终丧制，免生死羞愧，是臣恳愿。臣今寄住永州，请刺史王庭璬为臣进表陈乞以闻。

【注释】

①草土：通常用于表示臣子在服丧期间或心情沉重时的谦称。②理政：处理政事的能力，政绩。③中谢：唐代臣子受职后向朝廷谢恩，叫中谢。④苟伤：随便触犯礼法。⑤切恶：极力憎恶。⑥忧免：因守丧免除。⑦墨缞：黑色麻衣，古代礼制，在家居丧则丧服用白色。如果有战争或其他重大事件不能守制，则穿黑色丧服。⑧隳（huī）荼：毁弃。⑨夺臣情：夺情，丧服未满，朝廷强令出任。⑩旅榇（chèn）：在旅居之地停放灵柩。榇，棺。

【译文】

臣子元结上言：臣恭敬地接到了陛下在四月十三日颁发的敕令，皇上认为臣在容州任上很有政绩，当地的使司请求朝廷让臣子继续留任，以使百姓满足心愿。皇上决定起复臣为金吾卫将军，并特别任命臣为员外置同正员，兼任御史中丞。并进一步任命臣子为使持节，都督容州地区的军事事务，并兼任容州刺史，同时充本管经略守捉使，赐紫金鱼袋。臣忽然接到如此厚重的恩诏，心神惊恐不安，也因为感激而心生哀慕和悲感，心中充满了忧虑和恐惧。臣在此向圣上表达深深的谢意。臣听说，如果自己触犯了礼法，却妄自接受朝廷的任命，这是古人所畏惧的，我怎敢不畏惧呢？

　　国家近年来最是憎恶轻薄的风俗。对于文官守丧而请求免职的情况，也给予了更多理解。臣本非武将出身，曾有幸在朝廷的台省任职，现在却要穿着丧服、披上戎装，这实在是破坏了礼法。况且容州已沦陷了十二三年，管辖的那些州，大多在叛贼境地。臣先前由于在前线军营的时日不久，对于宣布皇上恩泽，偏远的人们都还不知道。我有什么管理的能力，可以让众口传说？使司过于听信，才错误地有乞求臣下留任之举。如果因为臣子的原因，导致朝廷毁弃了政令限禁，致使愚笨懦弱的人玷污了礼教。臣实在不敢重蹈古人所畏惧的覆辙，也不愿有辱圣上委任的命令，斗胆冒死申请，乞求朝廷收回恩诏。

　　此前，陛下授臣治理容州时，臣正担任道州刺史。臣有病而母亲年老，不敢辞官，实在是为了道州的安定，及数年来的俸禄足以供养母亲，容州失陷，我不应逃避责任。臣认为在享受国家给予俸禄的同时，也应当承担起在危难时刻挺身而出的责任，这是做臣子应有的操守。那时节，臣便上表请求解职，因母亲年迈且路途遥远，故申请解去职责。陛下体恤臣心恳切，召臣回到朝廷。臣认为这样既能避免让陛下担忧，也能尽到作为人子的责任。没料到恩诏还没到，臣就遭到母亲去世的惩罚，此时就算再痛哭埋怨，也无法挽回了。而今陛下又要求臣压抑心情，给予恩宠授职容州。臣如果前去，那么亡母的灵柩无法及时归葬故乡；灵柩只能漂泊在外，家中更是无人主持祭祀。捧读诏书，臣感到无比悲痛与恐惧。

　　臣久患风病，近来病情越来越严重，荒唐糊涂，甚至有时连自己都无法察觉自己的状态。臣深知自己已是风烛残年，朝不保夕，哪里还经受得了金戈铁马、平定叛乱的重任呢？特地乞求皇上赐予恩惠，答应臣的请求，收回最新授予臣的官职任命书，让臣完成丧制，以尽孝道，以上是臣恳切的心愿。臣现在寄居永州，请刺史王庭璪替臣进表陈述乞准。

【述评】

这篇《再让容州表》细腻地陈述元结安葬母柩的意愿和自己有疾受不了战争折腾的状况，特地请求朝廷收回新授官诰。对此，唐代宗给予批准是合理合法的。全文心诚语挚，甚是感人。

举处士张季秀状

臣州僻在岭隅^①，其实边裔。土风贪于货贿^②，旧俗多习吏事^③。独季秀能介直自全，退守廉让。文学^④为业，不求人知^⑤。寒馁切身，弥更守分。贵其所尚，愿老山林。

臣切以兵兴已来，人皆趋竞^⑥，苟利分寸。不愧其心，则如季秀者，不可不加褒异。臣特望天恩，令州县取其稳便，与造草舍十数间，给水田一两顷，免其当户徭役^⑦，令得保遂其志。此实圣朝旌退让之道，亦为士庶识^⑧廉耻之方。谨录奏闻。

【注释】

①岭隅：指岭南边上。②货贿：财帛。货，指金玉。③吏事：从政的事。④文学：指文章典籍。⑤知：赏识。⑥趋竞：奔走钻营，争名夺利。⑦徭役：封建社会的无偿劳役。⑧识：知道。

【译文】

臣的州治在岭南的边缘，实为边疆之地。当地的风气是贪求财帛，旧习俗中大都热衷于仕途与吏治之道。唯独有一位名叫季秀的人能够保持耿介正直，守住清廉谦让的品德。他以学习文章典籍为业，不追求别人的赏识。即便寒冻饥饿加身，更加坚守本分。他看重自己的追求，愿意在山林里终老。

臣深知自战乱发生以来，人们都竞相追逐名利，为谋得蝇头小利而不择手段。无愧于心的人，像张季秀这样，不能不表彰他的特异品行。臣希望陛下赐下天恩，下令州县选择恰当的地点，为他修建草屋几间，赐予水田一两顷，并免去他本户的徭役负担，让他能够如愿继续追求自己的志趣。这实际上是表明朝廷褒奖谦让的风气，也给士子和庶民指明了追求清廉谦让的努力方向。我恭敬地将此事奏报陛下。

【述评】

作者举此状的意图，是请求朝廷改变当时社会上贪财竞利的风气，努力形成人人懂得清廉谦让的风尚。同时，从文中人们也能认识到当时的社会风气是何等败坏。

管仲论

自兴兵已来，今三年，论者多云，得如管仲者一人，以辅人主，当见①天下太平矣。元子昇②之，曰："呜呼，何是言之误耶！彼管仲者，人耳，止③可与议私家畜养之计，止可以修乡里畎浍④之事，如此，仲当少⑤容与焉。至如相诸侯，材⑥量亦似不足；致齐及霸，材量极矣！使仲见帝王之道⑦，识兴国之礼，则天子之国不衰，诸侯之国不盛。如曰不然，请有所说。仲之相齐，及齐强富，则合请其君恢复王室，节⑧正⑨诸侯。君若惑之，则引祸福以喻之。君既听矣，然后约诸侯曰：'今王室将卑⑩，诸侯更强。文王风化，残削⑪向尽；武王疆域，割夺无几。礼乐不知其由，征伐何因而出。我是故谨疆域，勉日夜，望振兵威，可临列国，得与诸侯会盟。一旦能新复天子之正朔⑫，更定天子之封畿⑬，上奉天子复先王之风化，下令诸侯复先公之制度，以为何如？'"

"若皆不从，我则以兵临于鲁，鲁不敢不从。鲁从，则与鲁西临宋、郑。宋、郑从，则与三国北临燕、卫。燕、卫从，则与诸国西临秦、晋。秦、晋从，则与七国以尺简⑭约吴、楚。吴、楚从，则天下无不从之国，然后定约。若有果不从者，则约从者曰：吾属以礼义尊天子，以法度正诸侯，使小国不常患弱，大国不敢怙强。此诚长世之策。若天子国亡，则诸侯交争，兵戈相临，谁为强者，则安得世世礼让相服，宗庙血食⑮？我是故力劝诸侯尊天子。今谋国犹豫，宜往问之。若不从约，则与诸侯率兵伐之，分其疆土，迁其子孙，留百里之地，奉其宗社。下为诸侯广子孙之业，上为天子除不顺之臣，何如？如此，则诸侯谁敢不从。然后定天子封畿，诸侯疆域，与服器玩，礼乐法度，征赋贡输，自齐、鲁节正。节正既定，乃与盟曰。有贰约者，当请命天子，废其骄凶⑯，以立恭顺⑰；废其荒惑⑱，以立明哲⑲。敢不听者，伐而分之。如初约制定，于是诸侯先各造邸于天子之都，诸侯乃相率朝觐。已而从天子斋戒，拜宗庙，礼毕，天子誓曰：'於戏，王室之卑久矣！予不敢望皇天后土之所覆载⑳，将旦暮皂隶于诸侯。不可，则愿全肌骨㉑，下见先王。今诸侯不忘先王之大德，不忘先公之忠烈，共力正王室，俾予主先王宗祀。予若昏荒淫虐，不纳谏诤，失先王法度，上不能奉宗祀，下不能安人民，尔诸侯当理尔军卒，修尔矛戟，约尔列国，罪予凶恶，嗣立明辟㉒。予若能日勉屡弱，力遵先王法度，上奉宗祀，下安人民，尔诸侯当保尔疆域，安尔人民。修㉓尔贡赋，共予郊祀。予有此誓，岂云及予，将及来世。予敢以此誓誓于宗庙，予敢以此誓誓于天地。'诸侯闻天子之誓，相率盟曰：'天子有誓，俾我诸侯世世得力扶王室，使先王先公德业永长。诸侯其各铭天子之誓，传之后嗣。我诸侯重自约曰：诸侯有昏惑，当如前盟。若天子昏惑不嗣，虐乱天下，诸侯当力共规讽谏诤。如甚不可，则我诸侯共率礼兵，及王之畿，复谏诤如初，又甚不可，进礼兵及王之郊。终不可，进礼兵及王之宫。兵及王之宫矣，当以其宗庙之忧咨之，当以人民之怨咨之，当以天子昔誓咨之，当以诸侯昔盟咨之。以不敢欺先王先公告之，以不敢欺皇天后土告之。然后如天子昔誓，如诸侯昔盟。'"

"使管仲能如此，则周之天子，未为奴矣，诸侯之国，则未亡矣！秦于天下，未至是矣！如曰仲才及也，君不从也；仲智及也，时不可也。则仲曾是谋也乎；君不从之也欤？仲曾是为也乎，时之不可也欤？况今日之兵，不可以礼义节制，不可以盟誓禁止。如仲之辈，欲何为矣？"

【注释】

①见：同"现"，出现，显露。②异：以为异。③止：仅，只。④畎浍：田间水沟。⑤少：稍稍，稍微。⑥材：人的资质能力。⑦道：方式，方法。⑧节：节制。⑨正：纳入正轨，使合于正常。⑩卑：衰微，衰弱。⑪残削：犹败坏。⑫正朔：正统。⑬封畿：古指王都周围地区。⑭尺简：书信。⑮血食：谓受享祭品。古代杀牺取血以祭，故称。⑯骄凶：傲慢凶狠。⑰恭顺：恭敬并服从，恭谨顺从。《礼记·乐记》："庄敬恭顺，礼之制也。"⑱荒惑：荒诞，糊涂。⑲明哲：明智睿哲的人。⑳覆载：覆盖与承载。谓覆育与包容。㉑肌骨：代躯体。㉒明辟：明君。㉓修：设，置备。

【译文】

自举兵讨伐叛军以来，至今已经三年了，议论的人大多说，如能得到一个像管仲那样的人，让他辅佐国君，当能迎现太平盛世。元子对此持有异议，说："唉，这话多么错误啊！那管仲只是个普通人，只能跟他谈论家畜家禽的饲养问题，只能跟他说说乡里田间水沟的治理事情，像这样的事，管仲或许还可稍为参与一下。而如辅佐诸侯，他的才智、能力似乎就不够了；能够让齐国称霸，他的才智、能力已经到极点了。假若管仲能够认识辅佐帝王的道理，能够通晓兴国的礼仪与制度，那么天子的国家就不会衰落，诸侯的国也不会过分强盛。如果说不是这样，就请让我进一步阐述。当管仲担任齐国的相国，使齐国强大富裕之后，就应该请求齐王恢复周王室，调整并规范诸侯的行为，使天下重新归于有序。齐王如果疑惑，就应该拿国家的祸福来晓谕他。齐王已经听从了，然后邀请诸侯说：'如今王室势力衰弱，诸侯势力强大。周文王时的风尚教化被败坏得快完了；周武王时的疆土，被侵夺得所剩无几。礼乐制度失去了原有的根基，征伐战争不知因何而起。因此我们要谨慎地对待国家疆土，日夜努力勤政，希望能够振兴兵威，能够震慑列国，进而能够与诸侯会盟。一朝能够重新恢复天子的正统，重新划定天子的封畿范围，就能下令尊奉天子恢复先王时的风尚教化，就能下令让诸侯恢复各自先公时的制度，大家认为怎么样？'"

"如果诸侯不从，我们就先率兵到鲁国去，鲁国不敢不顺从。鲁国顺从了，我们再与鲁国一同往西兵临宋国、郑国。宋国、郑国若也顺从了，就与这三国向北兵临燕国、卫。燕国、卫国若顺从了，就与这些诸侯国向西兵临秦国、晋国。秦国、晋国若也顺从了，就与七国以书信或简单的盟约来规劝吴国、楚国。吴国、楚国也顺从了，那么天下就没有不顺从的诸侯国了，我们就可以确定并巩固这一盟约。如果真的有不顺从的国家，就约集已经顺从的诸侯国说：我们这些国家是以礼义来尊奉周天子，以礼法制度来匡正诸侯的，使小国不再因自己的弱小而常常担忧，大国不敢恃强凌弱。这确实是长久的太平策略。如果天子的国家灭亡了，那么诸侯国就会互相争斗，兵戎相见。谁是强国则能暂时占据上风，但又怎能保证世世代代都能以礼让相服，保持宗庙能够不断受享祭品呢？我因此尽力劝说诸侯要尊奉天子。我们在谋划国家大事时感到犹豫，那么就应该去征询天子的意见。如果有不顺从盟约的，那么我们就与诸侯们率兵讨伐他，分割他的土地，迁移他们的子孙后代，只留百里土地，让其仅能够供奉宗庙。这样做，一方面是诸侯因而能够扩大给子孙的家业，另一方面也是替天子铲除了不顺从的臣子，怎么样？这样一来，没有哪个诸侯敢不顺从。在成功平定诸侯之后，我们就可以重新划定天子的封地、诸侯的疆土，规定他们所使用的服饰器具、礼乐法令制度以及征收赋税、进贡物品的标准，这些标准可以从齐国、鲁国这样的礼仪之邦开始规范。当这些规章制度已经确定后，再与诸侯们共同盟誓。有二心于盟约的，就请求天子下令，废黜那些骄横凶恶的，扶持那些恭顺的；废黜那些荒诞糊涂的，立起那些明智通达的。有敢不听从的，就讨伐他，分割他的疆土。当最初的盟约制定并得到所有诸侯的认可后，诸侯们应首先在天子的都城建造各自的府邸，并相继前往朝见天子。在朝觐过程中，诸侯们需与天子一同斋戒，拜祭宗庙，礼节完成后，天子立誓道：'啊，王室衰微很久了！我不敢奢望能像皇天后土那样覆盖万物、承载一切，但我也绝不愿早晚都成为诸侯的奴仆。如果不能如愿，也希望能保全身体，死后能够有脸面去见先王。幸运的是，如今各位诸侯不忘先王的大恩德，不忘祖先的忠诚，共同出力维护王室的正统，使我能够继续主持先王的宗祀。我如果昏庸荒淫残暴，不听谏言，败坏先王的法度，导致上不能继承宗祀，下不能使人民安居，你们诸侯理应整顿军队，磨砺你们的兵器，联合列国，公布我的罪恶，另立明君。我如果能每天勤勉处事，遵守先王的法规制度，上能继承宗祀，下能使人民安居，你们诸侯就该各自保卫好你们的疆土，使你们的人民安居。并按时缴纳贡赋，与我共同到郊外祭祀。我在此立誓，不仅适用于我这一代，也将延续到后世子孙。我郑重地在宗庙里立下这一誓言，我郑重地面对天地立下这一誓言。'诸侯们听闻了天子的誓言，也相继盟誓道：天子既有此誓，我等诸侯定当世代力扶王室，使先王先祖的恩德事业永久保持。诸侯们各自铭记天子的誓言，传给后代子孙，勿忘今日之盟约。我们诸侯间也郑重地约定：若诸侯中有昏庸糊涂的，当依照先前盟约处置。如果天子昏庸糊涂不能继承先王遗志，残暴百姓、扰乱天下，诸侯应当协力共同规劝进谏。如果天子仍不悔改，那么我们诸侯就共同率兵到周王的封地，再次劝谏，还是不行，就率兵到周王的城郊，以示警诫。若还不行，就进兵到天子王宫。进兵到王宫了，就当以王室宗庙忧虑质问，就当以人民的怨愤质问，就当以天子昔日的立誓质问，就当以诸侯昔日的立誓质问。告诉他不敢欺骗先王先公在天之灵，不敢欺骗皇天后土的厚爱。我们应当按照天子昔日立誓而行事，按照诸侯昔日盟约而行事。'"

"如果管仲能够这样行事，那么周天子就不会沦为奴隶，各诸侯国也不会轻易灭亡！秦的势力更不可能在天下范围内达到如此猖獗的地步！如果说管仲的才能做得到这一切，只是君主没有听从；或者管仲的智慧能做到，只是时势使他不能作为。那么，管仲是否曾经有如此的谋划，而君主是否真的没有听从？还是说，管仲曾经这样做过，而时势不许可？再说今日叛军的叛乱，是不能用礼义约束来制止的，也不能用盟约立誓来禁止。就算有一个管仲那样的人，他又能有什么作为呢？"

【述评】

元结《管仲论》写于安史之乱的第三年，他从政治历史上将管仲所处的时代，周王朝与诸侯力量进行了对比，也将安史之乱的叛军不能用礼义节制，也不能用盟誓来约束禁止的现状进行了分析。有力地批驳了一些人认为的天下太平形势长期不能出现，是因为没有像管仲那样的治国人才的错误论调，告诫人们不能指望出现一两个管仲就能收拾江山，就能长享太平。

县令箴

古今所贵，有土之官。当其选授①，何尝不难？为其动静②，是人祸福。为其嘘翕③，作人寒燠④。烦⑤则人怨，猛则人惧。勿以赏罚，因其喜怒。太宽则慢，岂能行令；太简则疏，难与为政。既明且断，直焉无情。清而且惠⑥，果然必行。或曰："关由上官，事不自我，辞让而去，有何不可？"谁欲字人⑦，赠君此箴。岂独书绅⑧，可以铭心。

【注释】

①选授：任命。选，量才授官。授，除官、任命。②动静：举止。③嘘翕（xī）：吐纳呼吸。④寒燠（yù）：冷暖。⑤烦：又多又乱。⑥惠：仁爱，宽厚。《书·皋陶谟》："安民则惠，黎民怀之。"《传》："惠，爱也。"⑦字人：抚养人民。⑧书绅：把事记在大衣带上，表示牢记。

【译文】

古往今来，人们最重视的，就是那些拥有土地管辖权的地方官。在选拔任命他们时，怎能不艰难呢？因为他们的行动举止，都直接关系到百姓的灾殃与福祉。他们的呼吸之间，关系到人民的冷暖。如果政令多而乱，就会招来百姓的怨恨；如果手段过于严苛，又会使人恐惧。为官者不要因个人喜怒而随意赏罚。政令太宽松，就会导致懈怠，这样哪能推行政令？政令太简略就会显得粗疏，难以为政。理想的官员应该既明智又果断，正直无私，不掺杂个人情感。清廉而又仁爱，如能如此，一定行得通。有人说："官职的升迁和事务的决策都由上级决定，不由我决定。辞让官职，有什么不可以的呢？"如果谁真的有心造福百姓，那么我赠给你这篇箴言。不仅应该写在衣带上时刻提醒自己,更应该深深铭记在心中。

【述评】

元结《县令箴》是历史上首篇以县令为规箴对象的官箴,唐宣宗时曾被收录入法典汇纂。其中所阐述的宽、猛、简、烦适中的治政原则,以及明、直、清、惠等才能操守,既针对当时县政的现实问题,也来自他对牧守、县令为政状况的长期观察。元结以道德完美、品行端正为从政之本,并忠实地践行自己的为官理念。他做官时,秉公执法,关心民瘼,为民请命,彰显了中国传统民本思想的精髓。他的为官理念对后世影响很大。《县令箴》所概括的职责和才德,并不局限于县令,而具有通行于守令甚至整个官僚集团的品质,它代表着一个时代为官者的基本共识和崇尚。

问进士

第一

问:天下兴兵,今十二年矣,杀伤劳辱,人似未厌。控强兵、据要害者,外以奉王命为辞,内实理车甲,招宾客①,树爪牙②。国家亦因其所利,大者王而相之,亚者公侯,尚不满望。今欲散其士卒,使归乡里;收其器械,纳之王府;随其才分③,与之禄位。欲临之威武,则力未能制;欲责之以辞让④,则其心未喻。若舍而不问,则未睹太平。

秀才⑤通明古今,才识杰异,天下之兵须解,苍生须致仁寿。其策安出?子其昌言⑥。

【注释】

①宾客：指以宾客相待的外来人才。②爪牙：比喻坏人的党羽和帮凶。③才分：才能和智力。④辞让：谦让。⑤秀才：指进士。⑥昌言：指直言不讳。

【译文】

问道：国家发生战乱于今十二年了，人民仍在饱受杀戮伤残、劳苦屈辱之苦。而那些掌控强大兵力、占据要害地方的人，表面上以奉了王命为借口，实则暗中整治战车铠甲，招揽人才，结成党羽。朝廷也考虑了他们的实力，势力大的封王拜相，次一点的封为公侯，可还是没有满足他们的欲望。而今想解散他们的士卒，让其回归田园；收缴军械，藏入府库；根据他们才智能力，给予俸禄权位。想以武力使其屈服，但力量不够；想以谦让的道理要求他们，但对方内心并未真正理解或接受。如果抛开这些问题不去解决，那就看不到天下太平。

秀才们通晓明了了古往今来，才学见识突出不凡，天下的战乱应该消解，必须让百姓们仁爱长寿。那么，策略应该如何制定？请你们畅所欲言。

第二

问：往年天下太平，仕者非累资序①，积劳考②，二十许年，不离一尉。至于入廊庙③、总枢辖④，则当时名声籍甚⑤者得至焉。今商贾贱类、台隶⑥下品，数月之间，大者上污卿监⑦，小者下辱州县，至于廊庙，不无杂人。如专经以求进，主文⑧而望达者，若不困顿于林野，则必凄惶于道路。

今日国家行何道，得九流⑨鉴清？作何法，得侥幸⑩路绝？施何令，使人自知耻？设何教，使贤愚自分？

【注释】

①资序：资历，资格。②劳考：谓对官吏劳绩的考核。③廊庙：指代朝廷。④枢辖：枢要机关。⑤籍甚：盛大。⑥台隶：指旧时台院附属。⑦卿监：公卿、监察等官。⑧主文：以文章典籍为主。⑨九流：指儒、道、法、名、墨、阴阳、纵横、杂、农家九个学派。也作各学派的泛称。⑩侥幸：意外获得成功或免遭不幸。

【译文】

问道：往年天下太平时期，做官的若不凭借累积资历，积聚政绩考核、勤勉工作，二十年左右，也不过是一个县尉。至于进入朝廷、统辖枢要机关，只有当时声名盛大的人才能够做到。如今经商的卑贱者、府台的下等职员，几个月之间，有的做上大官跻身公卿监察之列，小的也官列州县，以至于朝堂之上，也混杂着不符合传统道德标准或专业能力不足的人员。而那些专门研究经书求取功名、主攻文章典籍希望官位显达的，如果不是潦倒在山林原野里，也一定是凄惨惶恐地奔走在道路上。

今天，国家采取什么样的措施，可以让各种学派的人都能如镜子般清楚？用什么方法，可以阻断心存侥幸做官之人的路？下什么命令，使人们自知羞耻？推行什么样的教化，使贤愚能自然分明？

第三

问：开元天宝①之中，耕者益力②，四海之内，高山绝壑，耒耜③亦满，人家粮储，皆及数岁。太仓④委积陈腐，不可校量⑤。忽遇凶年，谷犹耗尽。当今三河⑥膏壤，淮泗沃野，皆荆棘。已老则耕，可知太仓空虚，雀鼠犹饿。至于百姓，朝暮不足。而诸道⑦聚兵，百有余万。遭岁不稔⑧，将何为谋？

今欲劝人耕种，则丧亡之后，人自贫苦，寒馁不救，岂有生资⑨？今欲罢兵息戍，则又寇盗犹在，尚须防遏。使国家用何策，得人安俗阜⑩，不战无兵？用何谋，使纵遇凶年，亦无灾患？

【注释】

①开元天宝：都是唐玄宗的年号。②益力：努力。③耒耜：古代耕作工具。④太仓：京城储粮的大仓。⑤校量：计数，计量。⑥三河：指河东、河内、河南。《史记·货殖列传》："昔唐人（尧）都河东，殷人都河内，周人都河南。夫三河在天下之中，若鼎足，王者所更居也。"⑦道：行政单位名，唐朝分全国为十道。⑧稔：谷物成熟，丰收。⑨生资：指生产资料。⑩俗阜：当是"物阜"，物产丰富。

【译文】

问道：开元天宝年间，耕田种地的人努力，全国的高山险峻之地也都得到开发，成为耕种之地，每户人家储存的粮食都能吃上几年。京城太仓中堆积的谷物，年久腐坏，无法计算。当突然遇上灾年时，谷物还是消耗完了。现今，三河地区、淮水泗水的肥沃之地都长满了荆棘。老人还要耕种，可知太仓早已空空，连麻雀老鼠也要挨饿。至于老百姓，更是朝不保夕。可是全国各个地方聚集的军士有一百多万。遭遇年成失收时，这些军士要从哪里谋求粮食呢？

现在想要劝百姓耕种，可是经过战乱死伤后，百姓都很贫穷困苦，连受冻挨饿的问题都不能解决，哪里还有生产资料？现在想撤军息战，可是强盗还在，仍要去防御制止。国家要采用什么办法，才能使百姓安居，物产丰富起来，没有战事也没有乱兵？用什么谋略，纵然遇上凶年也没有灾患？

第四

问：往年粟①一斛②，估钱③四百，犹贵；近年粟一斗，估钱五百，尚贱。往年帛④一匹，估钱五百，犹贵；近年帛一匹，估钱二千，尚贱。今耕夫未尽，织妇犹在，何故往年耕织，计时量力⑤，劳苦忘倦，求免寒馁？何故今日甘心寒馁，惰游而已？

於戏！曩时粟帛至贱，衣食至易；今日粟帛至贵，衣食至难。而人心勤惰如此，其何故也？试一商之，欲闻其说。

【注释】

①粟：谷子。泛指粮食。②斛（hú）：旧量器。方形或圆形，原为十斗，后改五斗。③估钱：估计价钱。④帛：泛指丝织品。⑤计时量力：计算时间、估计力量。

【译文】

问道：往年粮食一斛，估价四百，还算是价贵的；最近几年粮食一斗，估价五百，还算是价低的。往年布帛一匹，估价五百，还算是价贵的；近几年帛一匹，估价两千，还算是价低的。而今耕种的男子还在，纺织的妇女也还在，为什么往年耕种纺织，计时量力去做，劳苦得忘记疲倦，以求不受寒冷不饿肚，如今他们却甘心受冻挨饿？难道是懒惰闲游罢了？

唉！从前粮食布帛价钱低贱，穿衣吃饭问题容易解决；今日粮食布帛价钱特别贵，穿衣吃饭问题很难解决。人性中有如此勤奋与懒惰并存的现象，这是什么原因呢？试着商讨一下，想听到你们的说法。

第五

问：古人识贵精通，学重兼得。不有激发，何以相求。三礼^①何篇可删？三传^②何者可废？墨氏《非乐》^③，其礼何以？儒家委命^④，此言当乎？彼天女天孙^⑤，不知何物？彼日兄月姊，弟妹是谁？驵侩^⑥与伧奴^⑦宁分？一纯将二精何说？孤竹之君何姓？新城老妇何名？棘竹出自何方？毒铜产于何国？何乡无水可饮？何地卧冰而温？何人恩信过于田横？何人壮勇等于关羽？何人凿坏而遁？何人终日扫门？无浅近^⑧之不为，悉说。

【注释】

①三礼：《周礼》《仪礼》和《礼记》，统称三礼。②三传：指《春秋左氏传》《春秋公羊传》《春秋穀梁传》。③《非乐》：《墨子》书中的篇章。集中反映了墨家学派反对享乐、主张禁止音乐的学说。④委命：听任命运支配。⑤天女天孙：指织女星。⑥驵（zǎng）侩：泛指经纪人、市侩。⑦伧奴：奴仆。⑧浅近：浅显，不深奥。

【译文】

问道：古代的人在追求知识时，非常注重深度和精通，做学问重在广博。没有一定的激发因素使之奋发，怎样才能促使人们主动地去探索？三礼哪一篇可以删去？三传哪一部可以废除？《墨子·非乐》中，反映出来的礼是什么样的？儒家关于命运和天命的理解，其说法是对的吗？那天女天孙，不知是什么物体？那日兄月姊，弟妹又是哪一个？驵侩与伧奴，怎么区分？一纯将二精是说什么？孤竹国君姓什么？新城老妇叫什么名字？棘竹生长在哪里？毒铜产自哪个国家？什么地方没有可饮用的水？什么地方卧在冰上就是温暖的？什么人恩德信义超越田横？什么人刚健英勇可比肩关羽？什么人凿坯而隐遁？什么人整天打扫院门？不要忽视任何浅显易懂或看似无关紧要的问题或知识，每一种都不能轻视。

【述评】

在中国古代科举制度中，通过最后一级即朝廷组织的考试者，称为进士。中国科举制度的产生是历史的必然和一大进步，给广大中小地主和平民百姓通过科举的阶梯而入仕的机会，并提供了一个公平竞争的平台、机会和条件。上述《问进士》的五篇短文，没有从四书五经中提问，而是从治乱、理政、农业生产、百姓生活、学识五个方面对进士的才智提出问题，考查他们处理政事的才能，这是元结务实政治主张的体现。可见，元结确实是一个"社稷之臣"而不是"禄位之臣"。

元鲁县①墓表②

天宝十三年，元子从兄③前鲁县大夫德秀卒。元子哭之哀。门人叔盈问曰："夫子哭从兄也哀，不哀过乎礼欤？"对曰："汝知礼之过，而不知情之至！"叔盈退谓其徒曰："夫子之哭元大夫也，兼师友之分，亦过矣！"

元子闻之，召叔盈谓曰："吾诚哀过，汝所云也。元大夫弱无所固，壮无所专，老无所存，死无所余，此非人情。人情所耽溺喜爱似可恶者，大夫无之，如戒如惧，如憎如恶，此其无情，此非有心。士君子知焉，不知也？"

"吾今之哀，汝知之焉而不知也。呜呼！元大夫生六十余年而卒。未尝识妇人而视锦绣，不颂之，何以戒荒淫修之徒也哉？未尝求足而言利，苟辞④而便色⑤，不颂之，何以戒贪猥佞媚之徒也哉？未尝主十亩之地、十尺之室、十岁之童，不颂之，何以戒占田千夫、室宇千柱、家童百指之徒也哉？未尝皂布帛而衣，具五味⑥而食，不颂之，何以戒绮纨粱肉之徒也哉？於戏！吾以元大夫德行遗来世清独君子、方直之士也欤！

【注释】

①元鲁县：即元德秀，曾做过鲁县县令，故称元鲁县。②墓表：墓碑。可立在墓前或埋到墓道内。用于表彰死者，故称墓表。③从兄：堂兄。④苟辞：随意的言辞。⑤便色：好神情，好脸色。⑥五味：酸、甜、苦、辣、咸。

【译文】

天宝十三载（公元754年），元子的堂兄、前鲁县大夫元德秀去世了。元子哭得很悲伤。元子的学生叔盈问道："老师为堂兄的去世哭泣得如此哀伤，不是超过礼仪规范了吗？"元子答道："你只知道礼节过重的情况，却不知道我们的情谊深到何种程度！"叔盈退出后对元子的学生说："老师痛哭元大夫，其中既有兄弟之情，也有师生和朋友之情还是过度了。"

元子听到叔盈这么说，叫来叔盈说："我确实悲哀过度，正如你所提到的。元大夫年轻时没有稳固的依靠，壮年时无专有的东西，年老了也没有留下什么，离世时也身无余物，这样的境遇，对于任何有感情的人来说，都是难以接受的。一般人沉溺于喜爱或厌恶的情感中，可能会显得过分或可憎，元大夫却没有这样的情感表现，如戒备、恐惧，如憎恨、厌恶，这种看似'无情'的表现，不是他有心这么做的。你们读书人知道，还是不知道呢？"

"我现在的悲哀，你或许只能理解其表面，不知道实际情况。唉！元大夫活了六十多年去世。他不曾沉迷于妇人美色，未曾过分追求美丽织物，若不称颂他，用什么来警戒荒淫的那类人呢？他从不言利，即便在言辞和神色间，也未曾表现出丝毫的贪婪和谄媚，若不称颂他，用什么来警戒贪婪谄媚的那类人呢？他未曾拥有过十亩田地、广大的屋舍、众多的家仆，若不称颂他，用什么来警戒占田上千亩、住房上千栋、家仆成百上千的那类人呢？他不曾穿过染色布帛做的衣服，不曾吃过五味俱全的食物，若不称颂他，用什么来警戒那些身穿精美丝绸、食美味佳肴追求享受的人呢？唉！我要把元大夫的道德品行留传给后世的高洁脱俗的君子、方正忠直的人呢！"

【述评】

这篇墓表述说元子在从兄鲁县县令元德秀去世时，最是悲痛，引起学生的质疑。通过阐释理由，元子赞扬了元德秀高洁的品质。作表的目的，一方面在于让后人继承元大夫德行并发扬下去，另一方面严正犀利地批判了那些荒淫侈靡、贪婪谄佞之徒。立意匡时救世。

哀丘表

乾元庚子①，元子理兵②于有泌之南。泌南③，至德丁酉为陷邑，乾元己亥为境上，杀伤劳苦，言可极耶？街郭乱骨如古屠肆④。于是收而藏之，命曰哀丘。

或曰："次山之命哀丘也，哀生人⑤将尽而乱骨不藏者乎？哀壮勇已死而名迹不显者乎？"

对曰："非也。吾哀凡人不能绝贪争毒乱之心，守正和⑥仁让之分，至令吾有哀丘之怨欤！"

【注释】

①乾元庚子：唐肃宗乾元庚子年（公元 760 年）。②理兵：治军。元结在泌阳

治军守险，保全了十五城。③泌南：河南泌水的南面。④屠肆：宰杀牲畜的地方，卖牲畜肉店。⑤生人：活人、生民。⑥正和：纯正和平。

【译文】

唐肃宗乾元庚子年，元子在河南泌水的南边治军。泌南，在至德丁酉年是陷落的县邑，乾元己亥年则成为边境地带，当地百姓遭到杀伤的苦楚说得完吗？城郭街头的杂乱骨骸像古代宰杀牲畜的屠宰场。于是，将尸骸收集掩埋，并取名"哀丘"。

有人说："次山把它叫'哀丘'，是为那些生命将尽而遗骨无人收葬的人哀悼吗？是哀悼那些英勇战士战死后，名声事迹被湮没了吗？"

元子回答说："都不是。我哀悼的是人们无法完全消灭贪婪争夺、狠毒扰乱的心思，不能坚守纯正和平、仁慈谦让的社会道德准则，以至于发生战争，使我不得不面对哀丘这样的惨状！"

【述评】

《哀丘表》纪念战死的勇士、被害的百姓，表示追念他们的深情。但作者鲜明强烈地提出"非也"，实是警戒世人应该"绝贪争毒乱之心，守正和仁让之分"，从而杜绝战争根源，免去再有哀丘之恨，立意深远。

左黄州表

乾元己亥①，赞善大夫②左振出为黄州刺史。下车，黄人歌曰："我欲逃乡里，我欲去坟墓。左公今既来，谁忍弃之去？"於戏！天下兵兴，今七年矣。淮河之北，千里荒草。自关已东，海滨之南，屯兵百万。不胜征税，岂独黄人？能使其人忍不去者，谁曰不可颂乎？

后一岁，黄人又歌曰："吾乡有鬼巫③，惑人人不知。天子正尊信，左公能杀之。"於戏！近年以来，以阴阳变怪，将鬼神之道，罔上惑下，得尊重于当时者，日见斯人。黄之巫女，亦以妖妄得蒙恩泽。朝廷不敢问，州县惟其意④。公忿而杀之。则彼可诛戮，岂独巫女？如左公者，谁曰不可颂乎？

居三年迁侍御史⑤，判金州刺史。将去黄，黄人多去思，故为黄人作表，如左氏世系⑥。左公历官，及黄之门生、故吏与巫女事，则南阳左公能悉记之。

【注释】

①乾元己亥：唐肃宗乾元二年（公元 759 年）。②赞善大夫：皇太子的从属，掌侍从赞助，比谏议大夫。③鬼巫：以歌舞降神为职业的人。④惟其意：任由那么做。⑤侍御史：御史台的官员。⑥世系：一姓世代相传的谱系。

【译文】

唐肃宗乾元己亥年，赞善大夫左振出京调任黄州刺史。他到黄州下了车，黄州人们歌唱道："我想逃离乡里，我想离开祖先坟墓。左公而今来了，谁肯忍心离弃他出走？"唉！天下自发生战乱以来，距今已七年了。淮水北面的千里之地荒草丛生。自关中以东至海滨之南，驻扎的军队有上百万。承担不了赋税重负的又何止黄州人？能够使黄州人不忍心逃走的官员，谁说不可以歌颂他呢？

隔了一年后，黄州人又歌唱道："我们乡里有装神弄鬼的鬼巫蒙惑人们，人们不了解。皇上对这种迷信正崇信的时候，左公却能够把她杀掉。"唉！近年来，借阴阳变怪的理论，拿迷信鬼神的说法，蒙蔽上级、迷惑百姓，而获得当时人们的尊重的很多，几乎每天都能见到这种人。黄州的巫婆，也凭荒诞虚妄的言行获得恩泽。朝廷不敢过问，州县任由她们那么做。左公对此很气愤，并杀了她们。那些该杀的哪里只是巫女？像左公这样的人，谁能说不应该歌颂呢？

　　左公在黄州三年，调任为侍御史，并兼任金州刺史。将要离开黄州，黄州人们对他表达了深深的思念之情，所以我替黄州人写了这篇表文，这篇表文的内容类似于左氏世系。这篇表文不仅记述了他的官职变迁，还记述了他在黄州时的门徒、旧同僚及他如何惩治巫女等事迹，南阳左公能完全记述它。

【述评】

　　《左黄州表》中，元子陈述了左振上任黄州时，华夏大地千里荒芜，各地屯兵百万，百姓承担不起赋税的情况。他在任上敢于杀掉那些以鬼神之道上惑朝廷州县的巫婆，受到黄州人称颂。因而他替州人作表，表明当时左振的惠民安国举措是"切合时宜"的。表文展现了左振作为一位贤能之官的形象和他在黄州期间所取得的政绩，及与百姓之间的深厚情谊。这也为后人了解当时的历史和人物提供了一份珍贵的资料。

吕公^①表

　　上元二年，置南都^②于荆州^③，为江陵府。使旧相东平吕公为江陵尹^④，兼御史大夫，分峡中^⑤湖南，及武陵、沣阳巴陵，凡一十七州为荆南节度观察使。公理荆南三年，年五十一薨^⑥于官。

　　呜呼！使公年寿之不将也，天其未厌兵革，不爱苍生欤？公明不尽人之私，惠不取人之爱，威不致人之惧，令不求人之犯，正不刑人之僻，直不指人之耻。故名不异俗，迹不矫时^⑦，内含端明^⑧，外与常规。其大雅君子全于终始者邪！

　　公所以进退其身，人不知其道；公所以再在台衡^⑨，人不知其德。颂元化^⑩

者，谁预颂乎？於戏！公将用于人而不见其用，人将得于公而公忘其所得乎！

结等迹参名业，尝在幕下，将纪盛德，示于来世。故刻金石，留于此邦。

【注释】

①吕公：即吕諲。②南都：南都督府。③荆州：古九州之一，疆域治所屡有变迁。④尹：府的最高官长。⑤峡中：长江自重庆奉节县瞿塘峡以下称为峡江。⑥薨（hōng）：古代称诸侯或大夫的死亡。⑦矫时：故意违反时俗。⑧端明：正直光明。⑨台衡：指台院。⑩元化：造化，大自然发展变化，古代帝王的德化。

【译文】

上元二年（公元761年），在荆州设置南都，称为江陵府。随后，派旧宰相东平吕公吕諲为江陵府尹，兼御史大夫，除分管江陵府的日常事务外，还分管峡中、湖南地区以及武陵、澧阳、巴陵共十七州的事务，担任荆南节度观察使。吕公管理荆南三年，年仅五十一岁时在官衙去世。

唉！竟没有使吕公年寿延长，或许是天公还不厌恶战争，不爱怜百姓吧？吕公明察而不谋取个人私利，仁慈宽厚而不轻易索取他人的爱戴，威严而不令人恐惧，发出政令而不希望人们触犯，正法纪而不惩处人们的偏激行为，坚持正直而不揭露他人的耻辱。所以，他的名节不背离世俗，行为不违反时风，内心正直光明，外表合乎常规。他确实是大雅君子，是品德始终如一的人啊！

吕公在仕途上进退，而人们并不完全了解他的道德和才能；再次在台院任职，人们也不知道他的德政。那些歌颂太平盛世的人，是否有人能够预见到并歌颂他呢？唉！吕公有着卓越的才能，可未能在生前得到充分的施展；人们虽然从他那里得到了很多，他自己却似乎忘记了所付出的努力。

元结等人曾与吕公的声名和事业紧密相连，曾经在其幕府效力，将要记述他的盛德向后世公开。所以把它刻在碑石上，留存在这块土地上。

【述评】

吕諲为荆南节度使三年，作者在他的幕府下，彼此了解关照甚是全面，吕公五十一岁病死任上。本表文赞颂他内含正直光明，外表合于当时常规，始终进退如一，对人谦让和顺，是大雅君子，于是作表刻石让其盛德垂世，表现了作者对他义重情深。

惠公禅居表

溯樊水①二百余里，有湧溪。入溪八九里，有蛇山之阳，是惠公禅居②。禅师以无情待人之有情，以有为全己之无欲。各因其性分③，莫不与善。知人困穷，喻使耕织；因人灾患，劝守仁信。故闾里相④化，耻为弋钓⑤。日勤种植，不五六年，沮泽⑥有沟塍，荒皋⑦有阡陌，桑果竹园如伊洛⑧间。所以爱禅师者，无全行⑨，无全道⑩，岂能及此。

乡人欲增修塔庙，托禅师以求福。禅师亦随人之意而制造焉。直门临溪，广堂背山。庭列双台，修廊⑪夏寒。松竹苍苍，周流清泉，岑岭复抱，群山回旋。斯亦旷绝⑫之殊境矣。

吾以所疑咨于禅师，禅师曰："我恐人忘善，以事诱人。及人将善。固不以事为累。"吾以所惑咨于禅师，禅师曰："公若以惑相问，我亦惑于问焉；公若无惑，我复何对？"於戏！吾漫浪者也，焉能尽禅师之意乎？县大夫孟彦深、王文渊识名显当世，必能尽禅师之意，故命之作赞。赞曰：圣者忘迹，达人化心。惠公之妙，无得而寻。如山出云，如水涵月。惠公得之，演用不竭。无情之化，可治群黎。将引天下，同于湧溪。

【注释】

①溯樊水：逆樊水上行。溯，《玉篇·水部》："溯，逆流而上也。"樊水，在湖北。②惠公禅居：当指唐代六祖慧能禅居。慧能死于公元 713 年。禅居，和尚静坐参禅的住所。③性分：天性。④相：教导。《国语》："问谁相礼，则华元……"⑤弋钓：指用弹弓射鸟和垂饵钓鱼。⑥沮泽：低洼的沼泽。⑦荒皋：荒芜的平原或高地。⑧伊洛：河南的伊水、洛水。⑨全行：高尚的言行。⑩全道：完满地掌握道。⑪修廊：长廊。⑫旷绝：罕见。

【译文】

逆樊水上行两百多里，有条湧溪。深入湧溪八九里，便到了蛇山南面，那里正是惠公禅居的地方。禅师自己脱于个人情感之外，以更广阔的视角来看待人们的情欲，以积极的行动来实现自己无欲无求的修行境界。顺着各人的天性对待人们，使得每个人都能向善。禅师知道人们困穷，就教导他们耕田织布；人们受了灾患，就劝导他们坚守仁爱诚信。因而百姓都听从其教导、教化，以射鸟和钓鱼为耻。在其影响下，百姓每天辛勤种植，不过五六年，低洼的沼泽有了沟渠田埂，荒芜的土地形成了阡陌小道，栽桑种果、建起竹木林园，如同伊洛那样富饶。百姓因此敬爱禅师，他的教化超越了单纯的道德行为或修行法门，达到了一个更高的境界，这是常人难以企及的。

乡里的百姓想扩建佛塔寺庙，请托禅师帮助求福。禅师也就顺从百姓的意愿参与了修建工作。正门直接面对着溪水，宽广厅堂背靠青山。庭院中并列着两座高台，长廊在夏日也显得凉爽宜人。松树竹林一片苍翠，清泉环流，层峦环抱，群山盘旋。这里也成了世所罕见的绝美之境。

我带着自己的疑问向禅师请教，禅师说："我担心人们会忘记善行，所以通过具体的事情来引导他们，等到人们把善事做好了，就不会再被这些事情所拖累了。"我又将自己的困惑告诉禅师，禅师说："你如果拿困惑的事来问我，我也会为你问的事感到困惑；你如果没有什么困惑，我又何必回答呢？"唉！我不过是个随性而为的人罢了，怎么能够完全了解禅师的心意呢？县令孟彦深、王文渊学识声名显扬当代，一定能够完全了解禅师的心意，所以我让他们写赞词。赞文说：圣明的人超越了世俗的痕迹，通达的人能感化人心。惠公的高妙，是无法用言语来描述的。他就像山上飘出的云雾，又好似水里倒映的明月。惠公领会了，推演运用无穷无尽。他通过超越个人情感的教化，使广大百姓受益，将引领天下之人，共同走向那如湧溪一般清澈、宁静的境界。

【述评】

惠公"喻使耕织""劝守仁信""闾里相化""日勤种植"，从而使得"沮泽有沟塍，荒皋有阡陌，桑果竹园如伊洛间"，建成了当地的殊境。难得的是禅师"以无情待人之有情，以有为全己之无欲"，赞语提出"达人化心"有如山云水月，"无情之化，可洽群黎"，赞扬了惠公的教化之功。

夏侯^①岳州表

癸卯岁，岳州刺史夏侯公殁于私家。门人弟子爱思不忘，愿旌遗德，将显来世。会予诏许优闲^②，家于樊上，故为公作表。

庚子中，公镇岳州，予时为尚书郎，在荆南幕府，尝因廉问^③到公之州。其时天下兵兴已六七年矣，人疲州小，比太平时力役^④百倍。公能清正^⑤宽恕，静以理之。故其人安和而服说，为当时法则⑥。及公罢归州里，公家与吾相邻。见公在州里与山野童儒与当道⑦辞色均若。语是非得丧，语夭寿⑧哀乐，恋意澹然⑨。吾是以知道胜于内⑩者，物莫能挠⑪；德充于外者，事不能诱。公之所至，其独有乎！於戏！公既寿而贵，保家全归，于今之世，谁不荣美！至于公之世嗣与公官，则本县大夫李公状著之矣！

【注释】

①夏侯：名不详，做过岳州刺史，故称夏侯岳州。②优闲：闲逸，安闲不做事。③廉问：察访查问。④力役：劳役，征用民力。⑤清正：清廉公正。⑥法则：准则，规则。⑦当道：当权者。⑧夭寿：夭亡长寿。⑨恋意：依恋的情意。澹然：恬静的样子。⑩道胜于内：指内心很有修养。⑪挠：阻挠，扰乱。

【译文】

癸卯年，岳州刺史夏侯公在自己家里去世。他的门客、学生对他充满了敬爱、思念而不能忘怀，希望能表扬他的遗德，显扬于后世。适逢我得到诏命，被允许在家安闲休息，且住在樊上，所以为他写了表文。

庚子年(公元760年)间，夏侯公镇守岳州，我当时做尚书郎，在荆南幕府任职，曾经因公务考察而到访了岳州。那时天下战乱已经六七年了，百姓疲乏困苦而州域又小，征用的劳力却比太平时节增加百倍。而夏侯公能够本着清廉公正、宽容体谅之心，妥善地处理。所以当地百姓都能安定和顺、听从管理，是当时各地治理的效仿典范。到公罢职回到州里，公的家与我家相邻，我目睹了夏侯公在州里跟山村的儿童、妇孺交往时及与当官的交往时的言辞神色都是一样的。谈论起是非得失、夭亡长寿、悲哀欢乐等时，总是那么淡然自若。我因此了解到内心有修养的人，外界的任何诱惑都无法扰乱他；道德显露在外的人，没有事情能诱惑到他。公所展现出的这种境界，仅他才有啊！唉！公能长寿并有尊贵的地位，能保全家族并全身而退，在当今这世上，谁人不羡慕呢！至于公的后代与官场上的成就，自有本县大夫李公详细记载下来了！

【述评】

本篇表文陈述了元子写表由来，肯定了夏侯公的清廉公正、为政的宽容体谅，赞扬夏侯公能平等对待百姓，看淡荣辱得失，不受外物诱惑的品质。文中对好友夏侯公能长寿而终也表达出一种既钦羡又怀念的情感。

崔潭州表

乙巳岁，潭州刺史崔瓘①去官，州人衡州司功参军②郑洄，为乡人某等请余为崔公作表。

公前在澧州，谣颂③之声，达于朝廷。褒异④之诏，与人为程。及领此州，在今日能使孤寡老弱无悲忧，单贫困穷安其乡，富豪强家无利害，贾人⑤就食之类各得其业，职役供给不匮⑥人而当于有司。若非清廉而信，正直而仁，则不能至。于观察御史中丞⑦孟公奏课⑧又第一，会国家以犬戎为虞⑨，未即征拜⑩。使苍生正暍⑪而去其麻荫⑫，使苍生正渴而敝⑬其清源。时艰道远，州人等不得诣阙冤诉，且欲刻石立表，以彰盛德。

於戏！刺史，有土官也，千里之内，品刑之属，不亦多乎。岂可令凶竖暴类贪夫奸党以货权家而至此官。如崔公有者，岂独真刺史耳。郑洄之为，岂苟媚其君而私于州里耶？盍惧清廉正直之道溺于时俗，君子遗爱之心不显来世，故采其意而已矣！

【注释】

①崔瓘：博陵人(今河北安平)，为人正派，任官清廉，唐代中期贤良之吏。曾一任澧州刺史，两任潭州刺史，政绩显著，颇享时誉。本表文应是在崔瓘第一次离任潭州后所写。②司功参军：州的佐吏，主管礼乐、祭祀、学校考试等事。③谣颂：歌谣赞颂。④褒异：表扬特异的诏告。⑤贾人：商人。⑥匮：缺乏。⑦中丞：御史大夫的佐官，管弹劾的事。⑧奏课：上奏考察政绩。⑨犬戎为虞：担心少数民族叛乱。⑩征拜：聘用授官。⑪暍(yē)：中暑。⑫庥(xiū)荫：庇荫、庇护。⑬敝：破坏。

【译文】

乙巳年，潭州刺史崔瓘离职，州里的衡州人司功参军郑洌，代表乡亲们请我给崔公写表。

崔公以前在澧州任上，歌谣赞颂声就广泛传播，甚至传到了朝廷。褒扬他的诏告，也随着人的行程传开。到他领受潭州，在当今的情势下能够使孤老寡弱者没有悲伤忧虑，单身无靠、穷困的人安居自己的乡土，富豪强横人家之间相处和睦而无利益纷争，商人和前来此地谋生的人各有自己的职业，职员差役供给不缺乏，既满足了百姓的需求，也符合朝廷的规定。假如不清廉而诚信、正直而仁厚，就不能做到这个地步。在观察御史中丞孟士源考察政绩的上奏里崔公名列第一，此时正碰上国家遭遇犬戎叛乱，没有随即召用其升迁。崔公的离任使得当地百姓如同正逢暑热却被撤去了庇荫，正口渴难耐却被破坏了清水源头。由于时势艰难、道路遥远，州里百姓不能亲自前往京城为崔公申述他们的感激与不舍，因此决定为他刻石立表，来彰显其盛德。

唉！刺史，是守土的地方官啊，千里境域内，这种职位的官员虽多，但怎么能让凶狠险恶、贪婪奸诈之徒，通过用财物贿赂权势者谋取这一官职呢？像崔公这样的人，才是真正的刺史啊。郑洄的做法，哪里是随意取媚上司而徇私州里人呢？实在是担心清廉正直的品行被时俗淹没，君子的仁爱美德不能显扬到后世，因此我采纳他的意愿写了这篇表文。

【述评】

此表文首先提到崔瓘在湖南澧州为政时有颂声，然后述他来潭州后能使孤寡无忧、贫穷安乡、富强无冲突、贾人乐业、供役不缺；御史中丞考核时，上奏其政绩第一，却因时局不稳未能升迁，州人便决定刻石立表以彰其盛德。表里指出他不仅仅是一位刺史，还是一位品行正直、关爱百姓、具有仁德的君子，是值得颂扬的。而这正是元结乐于挥笔的原因。

舜祠表

有唐乙巳岁①，使②持节道州诸军事守道州刺史元结，以虞舜葬于苍梧之九疑山，在我封内。是故申明③前诏，立祠于州西之山南，已而刻石为表。

於戏！孔氏作《虞书》④，明大舜德及生人之至，则大舜于生人，宜以类乎天地；生人奉大舜，宜万世而不厌⑤。考大舜南巡之年，时已一百一十二岁矣。自中国至苍梧，亦几有万里。苍梧山谷，深险可惧，帝竟入而不回。至今，山下之人，不知帝居之宫、帝葬之陵。

呜呼！在有虞氏之世，人民可夺其君耶？人民于大舜，能忘而不思耶？何为来而不归？何故死于空山？吾实感而作表。来者游于此邦，登乎九疑，谁能不惑也欤？

【注释】

　　①有唐乙巳岁：唐代宗乙巳年（公元765年）。有唐，即唐朝；有，助词。②使：指派去执行某种政务。③申明：申述、说明。④《虞书》：《尚书》的一部分，述写舜的政事。⑤厌：满足、憎恶。

【译文】

　　唐代宗乙巳年（公元765年），负责道州及周边地区的军事和行政事务的道州刺史元结，认为虞舜被葬在苍梧的九嶷山，而这块地方正好位于其管辖疆土之内。所以遵循并重申前朝的诏命，在道州城西的九嶷山南面为虞舜建立了舜祠，不久便刻石立碑为表。

　　噢！孔子撰写《虞书》，表明大舜的德行及对人民的深远影响，指出大舜对于生民来说，其地位应该如同天地一般；而生民奉祀大舜，应该到万世还不能满足他们的心愿。考察大舜到南方巡查时的年龄，他那时已有一百一十二岁了。从中原到苍梧，几乎有万里之遥。苍梧的山谷深邃险峻，令人畏惧，舜帝仍毅然前往，并最终没有返回。时至今日，苍梧山下的人们仍不知道舜帝曾经居住过的宫室、埋葬的陵墓所在。

　　唉！在有虞氏那个时代，人民会背叛他们的君王吗？人民对待大舜的恩德，能够忘掉而不去思念吗？为何大舜来了竟没有回去？死在空旷的山林里是什么缘故？我实在感到困惑因而写了此表文。未来有人到这里游览，登九嶷山时能够思考这些问题，共同探寻大舜南巡不归的真相。

【述评】

　　《舜祠表》开头点出为大舜立祠刻石为表，是因为舜的葬地在其封内，故应

"明大舜德及生人之至"。作者考察大舜南巡时已经一百一十二岁，从中原到苍梧将近万里，不易来到。至今山下人不知其宫陵何在。全文充满了对历史的沉思和对先贤的敬仰，也反映了古人对于忠诚、勇敢和奉献精神的崇尚。

张处士表

永泰丙午①中，处士②张秀卒。於戏！吾当验③古人，将老死岩谷、远迹④时世者，不必其心皆好山林。若非介直方正⑤、与时世不合，必识高行独⑥、与时世不合。不然，则刚褊⑦傲逸⑧，与时世不合。彼若遭逢不容，则身不足以为祸，将家族以随之。至于伤污⑨毁辱，何足说者？故使之矫然⑩绝世⑪，逃其不容。直为逸民⑫，竟为退士。枕石⑬饮水，终身而已。当时之君欲以禄位招士，有土之官欲以厚礼处之，彼惊惧抗绝⑭而去。时之见能如此，所以尤高尚焉。

呜呼！处士与时不合者耶，而未能矫然绝世，遭以礼法相检⑮不见容。悲夫！

【注释】

①永泰丙午：唐代宗永泰丙午年（公元766年）。②处士：没做官或不做官的读书人。③验：验证。④远迹：远离尘世。⑤介直方正：耿直公正。⑥行独：行为特殊。⑦刚褊（biǎn）：刚愎自用。⑧傲逸：傲慢放纵。⑨伤污：伤害玷污。⑩矫然：坚劲貌。⑪绝世：与社会隔绝。⑫逸民：古称避世隐居的人，也指前朝灭亡后，不为新朝做事的人。⑬枕石：把石头当枕头。⑭抗绝：拒绝。⑮相检：遭到束缚。

【译文】

唐代宗永泰丙午年间，隐士张季秀去世了。唉！我应当验证古人的说法，那些选择老死在山岩沟谷里、远离尘世的人，不一定都真正热爱山林。倘若不是耿直公正且与世俗不合，便是因为见识高远、行为特殊且与世俗不相合。不然的话，就是刚愎自用、孤傲超脱且与世俗不合。如果他们不幸遭遇世俗的排斥，那么个人或许还能勉强自保，但家族却可能受牵连。至于因此遭受的毁谤、侮辱，怎么能说得尽呢？因而，他们坚决与社会断绝，来逃避不为世人容纳的困境。最终成为真正的隐士，或是退隐的士人。过着睡石头、喝泉水的生活，直至老死。当时的君王想用高官厚禄来任用他们，地方官也想用厚礼来安置他们，他们都惊恐地拒绝远离了。他们的这种见识和勇气，在当时的社会中显得尤为高尚。

唉！那些与时代不合的隐士们，如果不能做到完全超脱世俗，仍受到礼法和世俗的束缚，或许就难以被容纳于世。这真是一件令人悲伤的事情啊！

【述评】

《张处士表》其实是一篇悼念性文章。作者曾考察古代"远迹时世"的人，他们或介直方正、或识高行独、或刚褊傲逸而不被世人容纳，最终成为逸民退士。作者在《举处士张季秀状》中曾对张处士的"介直自全，退守廉让。文学为业，不求人知"的品德给予充分肯定，结合此文，他对张处士的悼念，可以看出作者一贯的道德主张。

七、刚劲正直、情真意切的书信与书序、赠序

　　元结性格刚劲正直。他做官时尽心尽力，上为朝廷分忧，下解黎民之苦；隐居时也以天下为念。他在《送张玄武序》中就对唐玄宗出兵滇外的穷兵黩武行为进行了谴责。

　　他曾随父母有过一段时期"灌畦掇薪"的耕作体验，这就使得他有机会在一定程度上接近了解淳朴的农民。的确，元结极为了解人民的生活疾苦，正如他在《与韦尚书书》中所说，"能悉下情"，因此他会抓住一切机会向统治者陈述下情。希望能够改革时弊，希望统治者能从善如流。

　　他拜见宰相李揆，受到冷遇，"但礼文拜揖之外，无所问焉"（《与李相公书》）。他耐心陈述自己的过往经历，说明自己不是投机钻营之人，只是想阐明自己对时局的看法。坚持"待命屏外"，等待再度接见，耿直性格表露无遗。《与吕相公书》中说因吕諲属大雅君子，元结愿意恳挚地向他陈请，让他了解自己。

　　元结在文学创作上反对绮靡浮华而提倡淳古淡泊的文风。他在《箧中集序》《文编序》中指出当时文坛上存在的弊端，认为当时的文章已偏离了文学发展的正确轨道，并倡导不溺时、反流俗、扶雅正的写作主张。鲜明地提出作文在于救时劝俗，文为实用。元结的这些观点，在日渐注重声律和辞藻的盛唐中唐之际，

无疑起到了矫正时弊的作用，对于中唐时韩愈、柳宗元提倡的古文运动起了直接的导向作用。

在对朋友及后辈的赠序中，元结往往通过平实的语言、生活的细节，抒发相思离别之情。在《别孟校书往南海》中，元结写道："南海幕府有乐安任鸿，与次山最旧，请任公为次山一白府主，趣资装云卿使北归，慎勿令徘徊海上。"人们在送别时，多祝福朋友前程远大，然元结却期望朋友能早日归来，如非真正关心，不可能作有此语。又如《送谭山人归云阳序》："子去为吾谋于牧犊。近峻公有泉石老树，寿藤萦垂，水可灌田一区，火可烧种菽粟，近泉可为十数间茅舍。所诣才通小船，则吾往而家矣！"絮絮叨叨，如话家常，而相思之情遂生。

这样的文章多采用记叙和抒情的手法，写得文情并茂，情感表达充分，其艺术成就甚至高出他的诗歌。

与韦尚书书

某月日，前进士元结顿首①尚书公阁下②：

结每闻贤卿大夫③能以至公之道推引君子，使名声德业相继称显，则思见之；若不以至公之道推引君子，使祸恶凶辱，同日更受，则不思见之。结所以年四十，足不入于公卿之门，身不齿于④利禄之士，岂忘荣显？盖惧污辱。

昨者有诏，使结得诣京师。至汝上⑤逢山龟，亦承诏诣京师，结与山龟俱得乘邮⑥而来，邮长待结，颇如龟者。前日谒见尚书，俯拜阶下，本望齿乘邮与诸龟，结待命而退。不望⑦尚书不以结齿之于龟，以士君子见礼，问及词赋，许且休息。此结之幸，岂结望尚书之意？

古人所以爱经术⑧之士、重山野之客，采舆童之诵⑨者，盖为其能明古以论今，方正而不讳⑩，悉人之下情。结虽昧于经术，然自山野而来，能悉下情。尚书与国休戚⑪，能无问乎？事有在尚书力及，能不行乎？

结顿首。

【注释】

①顿首：古代的跪拜叩头礼，多用于书信署名的后面表示敬意。②阁下：敬称对方。旧时书信多于开头使用。③贤卿大夫：敬称韦尚书韦陟。乾元二年(公元759年)，韦陟为礼部尚书东都留守。唐玄宗时，韦陟被张九龄赞称是贤才，任礼部尚书时取士无遗才，肃宗时依为柱石。遭到李林甫、杨国忠的排挤，未能入相。代宗时，得到追赠。④齿于：列身于。⑤汝上：指汝水，源出河南鲁山县，流入淮河。⑥邮：指古时驿站。⑦不望：没想到。⑧经术：犹经学，是研究经书，为诸经作训诂或发挥经中义理之学。自汉以来推崇儒家，儒家经学成为历代帝王的统治思想，称儒学。⑨舆童之诵：即"舆人诵"，指众人的议论。⑩不讳：不隐瞒。⑪休戚：指福与祸，乐与忧，利与不利。

【译文】

某月某日，前科进士元结叩拜尚书公阁下：

元结屡次听到贤卿大夫能够以最公正的做法推荐提拔有品德、有才能的君子，使他们的名声与品德事业相继显扬，就想去拜见您；倘若贤卿大夫不能以最公正的做法推荐提拔有志操的君子，同时让其受到凶祸侮辱，那我就根本不想与这样的人见面。我之所以年纪到了四十，还没有踏入公卿的大门，也不与那些追求名利的人为伍，难道是因为不向往荣耀和显贵？实是由于害怕被污受辱。

近日，因为皇帝的诏令，我才能够前往京都。到了汝水上，遇到山龟也承诏命来京。我与山龟一同乘驿车前往，驿长待我如待山龟一样。前日谒见尚书，俯身拜倒在阶下，本想自己可能会像"山龟"一样，默默地等待命令退去。没想到尚书并没有将我与龟同列，而是以士君子的礼节来接待我，问到辞赋，并允诺我稍作休息。这是我的荣幸，也是我未敢奢望的尚书对我的态度。

古人之所以喜爱和尊重懂经学的读书人、看重山野的隐士，并乐于采纳他们的意见，实因为他们能够据古论今，做人端正不阿、敢于直言不讳，又熟知人民大众的情况。我虽然对经学的研究不够深入，但我来自山野，了解大众的真实情况。尚书与国家的祸福忧乐紧密相连，怎能不关心百姓的疾苦呢？有些事情是尚书力所能及的，又怎能不去做呢？

元结叩拜。

【述评】

此书中，元结首先表达对韦尚书能以"至公之道推引君子"的敬仰和自己惧受污辱的做人态度，接着诚挚地致谢尚书对自己"以士君子见礼"的厚意，然后提出"尚书与国休戚"，盼望尚书垂询下情的请求。立意切合实际，用语热情洋溢。韦陟如此接待元结的实况也被世人称道。

与李相公书^①

月日，新授右金吾兵曹参军摄^②监察御史元结顿首相公^③执事^④：某性愚弱，本不敢干时^⑤求进，十余年间，在山野。过^⑥为知己^⑦，猥^⑧见称誉。辱在乡选^⑨，名污上第^⑩。退而知耻，更自委顺^⑪，亦数年矣。中逢丧乱，奔走江海，当死复生，见有今日。林壑不保，敢思禄位？忽枉公诏，命诣京师。州县发遣，不得辞避。三四千里，烦劳公车，始命蹈舞^⑫帝庭。即日辞命担囊，乞丐复归海滨^⑬。今则过次授官。又令将命，谋人军者，谁曰易乎？相公见某，但礼文拜揖之外，无所问焉。忽然⑭狂妄⑮男子，不称任使，坐招败辱，相公如何？某所以尽所知见，闻于左右，不审相公以为可否？如曰不可，合正典刑⑯。欺上罔下，是某之罪。谨奉诏书及章服⑰，待命屏外。某顿首。

【注释】

①与李相公书：乾元二年元结奉诏北上，上奏《时议》三篇，详细地阐述了自己对时局的看法与政治主张。唐肃宗见后非常高兴，说："卿能破朕忧。"便提拔他为右金吾兵曹参军，摄监察御史。元结到京师后，拜访礼部尚书韦陟，得到礼遇。去拜访宰相李揆时，受到冷落。李相公，即李揆，字端卿，陇西成纪人，唐朝宰相。李揆在宰相职位上，决断大事，提出兴利除弊、官吏进退的主张，虽然非常博学善辩，但他生性热衷于追名逐利，深受人们非议。乾元二年，李揆为中书侍郎平章事。②摄：代理。③相公：宰相。④执事：对对方的敬称。⑤干时：努力求取时运或时机。《文选·曹植·求自试表》："干时求进者，道家之明忌也。"也作"干世"。⑥过：过分，过于，太甚。⑦知己：意思是了解、理解、赏识、懂自己。⑧猥：谦辞，犹"辱"。⑨乡选：乡举里选。乡举里选是古代官吏选拔制度。⑩上第：上等，第一。⑪委顺：顺应自然。唐代白居易《委顺》诗："宜怀齐远近，委顺随南北。"⑫蹈舞：犹"舞蹈"。臣下朝贺时对皇帝表示敬意的一种仪节。⑬海滨：指近海之处，海边。文中指家乡。⑭忽然：假如，倘或。⑮狂妄：用作书疏中自谦之词。⑯合正典刑：谓旧法常规。《诗·大雅·荡》："虽无老成人，尚有典刑。"郑玄笺："犹有常事故法可案用也。"⑰章服：唐、宋官员公服，三品以上紫色，五品以上绯色。有时官员品级不及而皇帝特许服紫或服绯，凡服绯、紫者须佩鱼袋，称章服。

【译文】

　　某月某日，新授右金吾兵曹参军代理监察御史元结致敬宰相阁下：我生性愚昧，本无意于干谒求进，十多年来，一直生活在山野间。但被人过分赏识，愧对人的称赞。被推举参加了乡选，并侥幸名列前茅。因自觉羞愧，退归山野，顺应自然，这样的生活也持续有好几年。中间经历了战乱，不得不四处奔波逃难，也遭遇过生死考验，才有今日。居于山林涧谷，都难保自身，哪里还敢追求俸禄官位？但突然得到皇命诏书，命我到京城。州县官员也差遣人传达诏令，使我无法推辞躲避。三四千里的路程，有劳公车护送，才有机会到朝堂拜见皇上。但我当天就辞别了任命，收拾行囊，请求能够回到家乡隐居。如今，却再次被破例授予官职。又诏令担任军职，谋划军事，谁能轻易承担呢？相公您接见我，只是限于礼文拜见仪式，没有询问什么。我担心自己像是突然出现的狂妄之人，不能胜任这样的使命，一旦给您招来羞辱，将如何面对相公和朝廷？我将自己所见到、听到的，全都告诉您，不知相公认为是否妥当？如果相公认为我不适合这个任务，就按照常规处置。如有欺骗隐瞒，博取信任，是我的罪责。我恭谨地奉着诏书并穿好官服，在屏风外等待您的进一步命令。元结顿首。

【述评】

　　本文是元结被皇帝授予官职后按礼节拜访宰相李揆后所作。从文中可以看出，元结的此次拜访受到了冷遇。书中陈述了自己的过往经历，说明自己并不是投机钻营之人，只是想要向宰相阐明自己对时局的看法与政治主张。文字展现了一个既有自知之明又敢于担当的官员形象。文中言辞诚恳而有力，既体现了元结对朝廷的忠诚，也表达了他对个人命运的无奈和对未来的期许。

与韦洪州①书

某月日，荆南节度判官水部员外郎兼殿中侍御史元结顿首。某闻古之贤达居权位也，令当世颂其德，后世师②其行，何以言之？在分君子小人，察视③邪正，使无冤④滥⑤而无愤痛耳。某不能远取古人，请以端公贤公中丞为喻⑥。前者获接端公余论⑦，某尝议及中丞，某以为赏中丞之功未当，论中丞之冤至滥，端公不知，情至泣涕交流。岂不为有冤滥未申而生此愤痛？某于端公颇为亲故⑧，官又差肩⑨，曾⑩不垂问⑪，便即责使。冤滥者岂独中丞而已乎？愤痛者岂独端公而已乎？所以至遣使者，试以自明。端公前牒⑫则请不交兵⑬，端公后牒则请速交兵，如此，岂端公自察辨误耶，有小人惑乱端公耶？端公又云，荆南将士侵暴⑭。端公岂能保荆南将士必侵暴乎，岂能保淮西将士必不侵暴乎？端公少垂察问。某又闻泗上邻家之事，请说以自喻。昔泗上有邻家，有朋友，游者⑮斗⑯之。游东家，则曰公之友贤，能益主人，西家之友愚，能损主人。游西家，则曰公之友智，能誉主人，东家之友狡，能毁主人。见其友，亦如斗主人之论。于是邻家之友相恶，将相害。邻家之翁怒，将相绝⑰。里有正信之士为辩⑱之。然后邻家通欢⑲，邻友相善。荆南与江西，犹邻家也，某其友乎？游者方相斗，谁为正信之士，一为辩之？某敢以此书献端公阁下。

【注释】

①韦洪州：韦某，名不详。时为洪州刺史江西观察史。用任官之地的地名来称呼，是古代官场常用的一种称谓。洪州，古代地名，今江西南昌。②师：以之为师。③察视：考察。④冤：冤枉，冤屈。⑤滥：程度深。⑥喻：说明。引申为沟通、知晓。⑦余论：指闲言碎语。⑧亲故：亲如老友。⑨差肩：谓并列，地位

相等。⑩曾：竟然。⑪垂问：俯问，下问。⑫牒：公文。⑬交兵：交战。⑭侵暴：侵扰冒犯。⑮游者：闲逛、悠闲无所事事的人。⑯斗：戏耍。此处意为挑拨离间。⑰绝：断绝交往。⑱辩：说明是非、真假。⑲通欢：往来交好。

【译文】

某月某日，荆南节度判官水部员外郎兼殿中侍御史元结顿首：我听说古代贤达之人居权位的，不仅能让当代人歌颂他的德行，还能让后世的人向他学习。为什么这么说？在于他们能分辨君子与小人，明察邪恶与正直，从而能使百姓不受冤屈、没有愤懑和痛苦。我不求拿古人来说事，就让我以贤明的端公中丞为例来说明。先前听闻端公与人的交谈，说我曾议论中丞，说我认为朝廷对中丞的嘉奖不合适，而关于中丞的冤屈却被滥论。端公不知道实情，以至于在讲述时泪流满面。这不就是因为被人冤枉没法申述而产生这样的愤懑吗？我与端公应该是老朋友了，官阶也不相上下，可端公竟然也不来问问意见，便直接责备我。这样，受冤屈的人就不只是中丞一个人了，痛苦愤懑的也不仅仅是端公了。我因此差人持信前来，试图申明自己。端公前一封公文请求不交兵，而后一封公文却请求速交兵，这是端公自己觉察到了失误，还是有小人迷惑淆乱端公？端公又说，荆南的将士侵扰凶暴。端公难道就能保证荆南的将士一定侵扰凶暴，淮西的将士一定不会侵扰凶暴吗？还请端公明察。我曾听说泗上邻居的事，就请让我以此来说明自己的观点。从前泗上有一对邻居，他们都有朋友，有一个无所事事的人挑拨他们。这闲人逛到东家时，就说您的朋友贤能，对主人有益，西家的朋友愚笨，会损害主人。游荡到西家时，就说您的朋友有智慧，能让主人受人称赞，东家的朋友狡猾，会损害到主人。当见到这两家的朋友时，就说些损毁两家主人的同样言论。于是，邻居友谊破裂，互相损毁。邻居家的老人十分生气，相互间将要断绝来往。乡里有位正直诚信的人出来替他们相互辩明。后来，两家和好，相互间友好相待。荆南与江西之间就如同那两个邻家，而我就是他们这两家之间的朋友，那无所事事的人正在他们中间挑拨，谁是那个正直诚信的人，能够替他们辩明调解呀？我斗胆以此书信献给端公阁下。

【述评】

本文是元结写给韦洪州的一封信，目的是向韦洪州说明情况，以化解相互间的误会。信中以邻家的事来比喻韦洪州与自己的过节，语气平和委婉，说理让人信服。这种写法跟《战国策》里《邹忌讽齐王纳谏》一文类似。

与吕相公书①

某月日，某官某再拜，相公阁下：

某尝见时人不能自守性分，俯仰于倾夺②之中，低徊于名利之下，至有伤污毁辱之患，灭身亡家之祸，则欲剧③为之箴④。于身岂愿逾性分？取祸辱而忘自箴者耶？某性荒浪，无拘限，每不能节酒。与人相见，适在一室，不能无欢于醉，醉欢之中，不能无过。少不学为吏，长又著书论自适⑤。昔天下太平，不敢绝世业⑥，亦欲求文学之官职员散冗⑦者，为子孙计耳。

自兵兴以来，此望亦绝。何哉？某一身奉亲，奔走万里，所望饮啄承欢膝下。今则辱在官，以逾其性分，触祸辱机兆⑧者，日未无之。某又三世单贫⑨，年过四十，弱子⑩无母，年未十岁，孤生⑪嫁娶者一人。相公视某，敢以身徇名利者乎？有如某者，以身徇名利，齿于奴隶尚可羞，而况士君子也欤？某甚愚钝，又无功劳，自布衣历官⑫，不十月，官至尚书郎，向三岁，官未削。人多相荣，某实自忧。相公忍令某渐至畏惧而死，甚令必受祸辱而已？

某前后所言，相公似未见信，故借纸笔，烦渎⑬门下⑭。某再拜。

【注释】

①与吕相公书：吕相公，当指吕谭。这是封陈情书。②倾夺：颠覆侵夺。③剧：急剧。④箴：规劝、告诫。⑤自适：自我适意，表达己见。⑥世业：世代相承的家业。⑦散冗：闲散、多余。⑧机兆：事物发展变化的征兆。⑨单贫：单传贫穷。⑩弱子：年幼的孩子。⑪孤生：孤独生活。⑫历官：担任官职。⑬烦渎（dú）：烦扰冒犯。⑭门下：此处不直接说相公，表示谦虚。

【译文】

某月某日，某官再拜丞相阁下：

我曾经见到现在的人往往不能坚守自己的天性，低头仰首在颠覆侵夺的局势中，屈身来回在求名争利的场合下，以致遭到被污秽沾染和受侮辱的灾患，甚至有灭身亡家的灾祸，于是急切地想给他们写一篇箴言来警醒世人。难道我愿意超越自己的本性和本分吗？难道我会为了追求名利而忘记自我警诫，最终招致灾祸和耻辱吗？我生性放浪，不受拘束，常常难以节制地饮酒。跟朋友相聚，身处一室的时候常在醉饮中求欢，欢醉当中甚至会有一些过失行为。年轻时没学习做官那一套举止，年长时又著书立论以自娱自乐。先前天下太平，不敢断了世代的家业，也想求得有关文学方面的闲散官职，考虑对子孙有利罢了。

自从战乱发生以来，这个为官的愿望也破灭了。为什么呢？因为我必须亲自侍奉双亲，为了生计而四处奔波，我最大的愿望就是能够留在父母身边，尽孝承欢，享受天伦之乐。而今虽然身居官职，但深感这违背自己本性，触及祸患和耻辱的苗头，每天都有可能因此而遭遇不幸。我家三代都是单传贫寒之家，我年纪已过四十，孩子年幼且没有母亲，还不到十岁，家中只有一个女儿已经出嫁。相公看我，是敢于不顾一切去谋取名利的吗？如今若有人像我一样，却还要以身追逐名利，那么即使与奴隶为伍也会感到羞愧，更何况是身为士君子的人呢？我很是愚笨鲁钝，又没有功劳，由普通百姓做官，不到十个月，官至尚书郎，已近三年，官职尚未被削除。虽然人们大多为此感到荣耀，但我实在是担心忧愁。希望相公您不要让我因为身居高位而逐渐心生畏惧，最终走向死亡，更不希望自己因为追求名利而遭受灾祸和耻辱。

我之前的言辞，相公似乎没有完全相信，因此我特地借助纸笔，再次向您陈述，烦扰冒犯到您。某再次叩拜。

【述评】

全文朴实地陈述了自己所见世人争夺权势名利致祸后受到的教育。剖析自己有放浪、喜饮酒、缺乏为官知识与修养的弱点，走上仕途是不敢绝世业、考虑为子孙谋划。可是战乱已破坏仕宦之路，其家庭处境、年龄也不宜久留官场，为官无功、升迁有愧，常怀忧惧想到退隐，上书陈情盼望谅解。

与何员外①书

月日，次山白②：何夫子执事③。皮弁④，时俗废⑤之久矣，非好古君子，谁能存之。忽蒙见赠，惊喜无喻。次山，漫浪者也，苦不爱便事之服，时世之巾。昔年在山野，曾作愚巾凡裘，异于制度⑥。凡裘，领，缁⑦界缁缘缁带，其余皆褐⑧，带联后缝，中腰前系；愚巾，顶方带方垂方，缁葛为之，玄⑨丝为緌⑩。次山自衣带巾裘，虽不为时人大恶，亦尝辱其嗤诮。方欲杂古人衣带，以自免辱。赠其皮弁，与凡裘正相宜。若风霜惨然，出行林野，次山则戴皮弁，衣凡裘。若大暑蒸湿，出见宾客，次山则戴愚巾，衣野服。野服，大抵缁褐布葛为之也。腰担为裳⑪，短襟⑫为衣，裳下及屦，衣垂及膝下。不审⑬夫子异时归休，适在山野，能衣戴此者不乎？若以为宜，当各造一副送往。元次山白。

【注释】

①何员外：何昌裕，时为户部员外。②白：禀告。③执事：对对方的敬称。④皮弁：弁是仅次于冕的礼冠。⑤废：不再使用，不再继续。⑥制度：指规定品级的服饰。⑦缁：黑色。⑧褐：黑黄色。⑨玄：赤黑色，黑中带红。⑩緌（ruí）：古时帽带打结后下垂的部分。⑪裳：古代指下衣。古时男女都穿，裙子的一种，但不同于现代的裙子。⑫襟：上衣或袍子的胸前部分。⑬审：知道。

【译文】

某月某日，元次山禀告：尊敬的何夫子，皮弁这种服饰，已经被世俗废弃很久了，不是那些喜好古制的君子，谁还会保存它？突然承蒙您赠送我皮弁，那种惊喜真是无法说出来的。次山是个散漫随意的人，很不喜欢便捷而流行的服饰，以及世俗所流行的头巾。从前居住在山间林野时，我曾经制作过愚巾与凡裘，与规定的服饰要求不同。凡裘的领子是黑色的，黑色的折褶、黑色的边、黑色的带子，其余的都是黑黄色的。它的带子从后面绕过，在前面系结；愚巾，顶是方形的，带子是方形的，下垂的部分也是方形的，用染黑的葛布做成，用赤黑丝做缨垂。次山自己穿戴的这种衣服方巾，虽然不至于被当代人深深厌恶，也常常受到讥笑嘲讽。我正想将古人的衣帽服饰融入，以此来避免自己受辱。您送给我的皮弁，与我的凡裘正相配。如果是寒风霜雪的极冷天气，去山间林野时，次山就戴着这皮弁，穿上凡裘。如果是大热汗蒸天气，外出会见宾客，次山就系戴上愚巾，穿上乡野土服。野服，大都是由黑色或黑黄色的粗布葛麻制成的。腰部围着一块像担子一样的布作为裳，上衣则是短襟，裳的下摆垂到鞋子处，上衣则垂到膝盖以下。不知您日后去职归养山林时，是否会愿意穿戴这样的服饰？如果您觉得可以，那么我将为您各做上一套送去。元次山禀告。

【述评】

这封书信首先述说自己得到何员外所赠皮弁后无以言表的欣喜之情，然后以大段说明性文字介绍自己喜爱的凡裘、愚巾，想象自己或戴皮弁或系愚巾、着凡裘、衣野服行走乡野、会见宾客的情景，刻画出一个不合时俗的漫浪人物形象。信的结尾还说要将自己喜爱的服饰送给知己朋友何员外。作者那率直纯真的性格于文中处处可见，让人十分喜爱。

箧中集①序

元结作《箧中集》，或问曰：公所集之诗，何以订之？对曰：风雅②不兴，几及千岁，溺于时者，世无人③哉！呜呼！有名位不显，年寿不终，独无知音，不见称颂，死而已矣，谁云无之！近世作者，更相沿袭，拘限声病④，喜尚形似，且以流易为辞，不知丧于雅正⑤，然哉！彼则指咏时物，会谐丝竹，与歌儿舞女，生污惑之声于私室可矣，若令方直之士、大雅君子，听而诵之，则未见其可也。

吴兴沈千运，独挺于流俗之中，强攘⑥于已溺之后，穷老不惑。五十余年，凡所为文，皆与时异。故朋友后生，稍见⑦师效，能似类者，有五六人。

於戏！自沈公及二三子，皆以正直无禄位，皆以忠信而久贫贱，皆以仁让而至丧亡。异于是者，显荣当世。谁为辩士，吾欲问之。兵兴于今六岁，人皆务武，斯⑧焉谁嗣？已长逝者，遗文散失；方祖师者，不见近作。尽箧中所有，总编次⑨之，命曰《箧中集》。且欲传之亲故，冀其不亡。于今凡七人，诗二十二首。时乾元三年也。

【注释】

①箧中集：诗集名。元结集沈迁运、赵微明、孟云卿、张彪、王季友等五言古诗共二十二首，命名为《箧中集》，元结作序。②风雅：原指《诗经》中的《国风》《大雅》《小雅》。文中指现实纯朴的诗风。③世无人：指当年没有懂风、雅的人。④声病：声律的毛病。⑤雅正：典雅纯正。⑥强攘：着力挺臂。⑦稍见：渐被。⑧斯：文中指正直、忠信、仁让。⑨编次：按一定次序编排。

【译文】

元结编成了《箧中集》。有人问道：您集编的这些诗歌是按什么标准选定的？我回答说：《诗经》中风雅的诗风已经衰落几乎上千年了，在这漫长的岁月里，都沉溺于世俗风气之中，这世界上少有继承风雅的人啊！唉！有才华却名位不显，或虽有名位却寿命不长，没有知音赏识，没有受到人们称许，他们难道不存在吗？有谁能说没有这种人？近代诗歌作者往往相互模仿、沿袭旧习，过分拘泥于声律格律，喜欢追求形式上的相似，并且以流畅易读为美，却忽略了诗歌应有的雅正之质。然而，那些只知道吟咏时令景物，迎合丝竹之音，与歌儿舞女在私室中唱污浊迷惑的诗歌，倘若让那些方正耿直的人、大雅君子来听来读，恐怕是无法接受的。

吴兴沈千运，在世俗的洪流中独自挺立，在诗歌已经逐渐沉溺于世俗趣味之后，依然坚持自己的创作道路，穷困衰老也不动摇。五十多年里，他所写诗文都与当时的主流风格迥异。因此，朋友与后生小辈逐渐以他为师，接近并模仿沈千运风格的有五六位。

唉！从沈千运到这些追随他的二三子，都正直立世而没有官职，都讲求忠信而长期贫贱，都仁让待人直至死亡。可是那些与他们不同的人，却能够在当世显达荣耀。谁是会说道理的人，我想请他解答。天下发生战乱已六年了，人们都在忙于军事，还有谁能继续沈千运等人的诗歌传统呢？那些已经去世的，遗留的诗文散失了；而那些正在追随沈千运风格的人，我们也很难见到他们近来的作品。我把箱箧里所收集的文稿合起来，按一定次序编排成册，取名《箧中集》。我希望能够将这些诗歌传给我的亲人和朋友，希望它们不至于遗失。诗集中共有作者七人，诗二十二首。编集时日，是唐肃宗乾元三年(公元760年)。

【述评】

此序文解说编诗成集的原因是：千年风雅不兴，近世作者沿袭旧习，追求声律、形式，失去雅正。沈迁运等人"独挺于流俗之中，强攘于已溺之后"，穷困到老也不动摇，朋友学生都愿仿效。元结认为风雅的风尚应该延续。可见，作者编成《箧中集》对匡正时俗、发扬优良传统，具有重大的积极意义。

文编序

天宝十二年①，漫叟以进士获荐，名在礼部。会有司考校②旧文，作《文编》纳于有司。当时叟方年少，在显名迹，切耻时人谄邪以取进，奸乱以致身。径欲填陷阱于方正之路，推时人于礼让之庭，不能得之。故优游于林壑，快恨③于当世。是以所为之文，可戒可劝，可安可顺。侍郎杨公④见《文编》叹曰："以上第污元子耳。"有司得元子是赖。叟少师友仲行公，公闻之，谕叟曰："於戏！吾尝恐直道绝而不续，不虞杨公于子相续如缕⑤。"明年，有司于都堂⑥策问⑦群士，叟竟在上第⑧。

尔来十五年矣，更经丧乱，所望全活。岂欲迹参戎旅，苟在冠冕，触践危机，以为荣利？盖辞谢⑨不免，未能逃命。故所为之文，多退让者，多激发者，多嗟恨者，多伤闵者。其意必欲劝之忠孝，诱以仁惠，急⑩于公直，守其节分⑪。如此，非救时劝俗之所须者欤？

叟在此州，今五年矣。地偏事简，得以文史自娱。乃次第⑫近作，合于旧编，凡二百三首，分为十卷，复命曰《文编》，示⑬门人子弟，可传之于筐篚⑭耳。

叟之命称，则著于《自释》云，不录。时大历二年丁未中冬也。

【注释】

①天宝十二年：唐玄宗天宝十二载（公元 753 年）。②考校(jiào)：考查之意。③怏(yàng)恨：不满意，怨恨。④杨公：杨浚，任礼部侍郎，赏识元结，举进士。⑤缕：长丝线。⑥都堂：唐朝有大厅在尚书省中间，称都堂。⑦策问：科举考试，以政事、经义为题，写在简策上，让考生依条作答。⑧上第：指考试成绩优秀的人。⑨辞谢：辞官卸职。⑩急：督促。⑪节分：气节职分。⑫次第：依次。⑬示：展示。⑭筐篚(fěi)：竹器。方叫筐，圆叫篚。

【译文】

天宝十二载（公元 753 年），漫叟以进士获得举荐，列名礼部。适逢官府要考查我旧时所写的文章，于是便整理了《文编》交给有关部门。当时，我正年轻，渴望在世间显露名声事迹，极其厌恶通过谄媚邪曲手段来获取进步，以及以奸邪乱道的方式来谋求个人地位的人。渴望能在方正的大道上填平坑害人的陷阱，把人们推引到礼法谦让的朝堂上，未能实现这样的理想。所以到山林谷壑中悠闲自得，对当时的社会感到很不满意。因此，所写的文章，可以警戒人们、劝导人们、安抚人们，以至教化人们。礼部侍郎杨浚见了《文编》后，慨叹道："希望不会因录取了你而侮辱了你的纯洁品质。"有赖于杨公，官府得到元子。我年轻时师从仲行公，仲行公听闻此事后，劝导漫叟说："唉！我曾担心正直之道会断绝，不能连续下去，没料到杨公让你连续起来，成了一条长丝线。"第二年，有关部门在都堂上，对众多士子进行了策问考试，我竟列到上第。

那时以来十五年了，其间又经过战乱，我只希望能保全性命。哪里想过要立身军旅、谋取官职的荣耀，而将自己置于危险之中，以谋得名位利禄？终究辞官卸职不了，不能逃脱命运的安排。因此，这期间所写的文章，大多是谦逊退让的，激励奋发的，也有嗟叹怨恨的，悲伤怜悯的。总的写作意愿，始终在于劝勉人们应履行忠孝，引导人们应心存仁慈贤惠，督促人们坚持正直，坚守个人的气节与本分。这么做，不正是挽救时局、劝勉纠正习俗必须做到的吗？

漫叟在这个州任职五年了。由于此地地处偏远，政事相对简单，我能够借文史自我消遣，于是便依次编排近来写的文章，并合到旧编里，共计二百零三篇，分成十卷，再次命名《文编》，传承给门人子弟，让它留传在书箱之中。

至于我个人的名称与字号，已在《自释》一文中有所阐述，此处便不再赘述。此时正是代宗大历二年丁未（公元767年）的冬天。

【述评】

这篇《文编》序，总的写明了文因事而作、名必起警世救时和劝俗的作用。文章开头针对当时仕途混乱的弊病，提出为文是可戒、可劝、可安、可顺的。杨公赞赏元结为文让直道不断，对《文编》评价很高。元子经过战乱后认识了社会现实，又摆出为文目的在于劝勉退让、激发忠孝仁惠、督促坚持公正气节，立意深切鲜明。

送张玄武序

乙未中，诏吴兴张公为玄（按：《全唐文》作元）武县大夫。公旧友河东柳潜夫、裴季安、扶风窦伯明、赵郡李长源、河南元次山，将辞宴言，悉以言赠。上有劝仁惠恤劳苦之风，下有惜离异戒①行役②之谕。元子闻之，中有所指③。国家将日极太宁，垂休八荒④。故自近年，兵出滇外。订者或曰：西南⑤少⑥疲，是以天子特有命也。将天之命⑦，斯未易然，於戏。蜀之遗民，化于秦汉，纯古之道⑧，其由未知。无置此焉，姑取废⑨也。如德以涵灌⑩，义以封植⑪。故教迟远。其人迎喝⑫，至乎不可。固未必也。则曰：保仁以敦⑬养，流惠以怀恤。知其所劳，示⑭其所安。无以丑之，当可然也。潜夫闻之，中兴不乐，叹曰：吾当与朋友有四方之异，不甚感人？如今之心，多问其故。对曰：嗟嗟。子能有是言也，吾故感焉！行有规矣，多无日我四十于此，无日我时禄位下哉。公乃复曰：当不失于二公之意，为异年观⑮会之方也已。敢戒行役，敢自清慎⑯。终不贻朋友之忧何如？

于是醉歌中堂，极乐而已。诸公有赠，递相编次。

【注释】

①戒：登程，出发。②行役：旅途。南朝宋谢瞻《答灵运》诗："叹彼行旅艰，深兹眷别情。"但从后文来看，作者似乎不单指旅途，还指恪守操行。③指：意旨，意向。④垂休八荒：形容毫不费力，便天下大治。⑤西南：大致包括巴蜀盆地、云贵高原、青藏高原。⑥少：稍。⑦将天之命：奉行天子的诏令。⑧纯古

之道：淳厚古朴的道义。⑨废：停止，中止。⑩涵灌：滋润灌溉。⑪封植：培植，栽培。⑫喁（yú）：相应和的声音。⑬敦：督理。⑭示：展示。⑮观：示范，显示。⑯清慎：清廉、谨慎、勤勉。

【译文】

乙未年中，皇帝诏命吴兴人张公担任玄武县大夫。张公的老朋友河东人柳潜夫、裴季安，扶风人窦伯明，赵郡人李长源以及河南的元次山，为他送行告别，都有诗文赠别。诗文中，上有劝勉张公施政仁惠、体恤劳苦的话，下有难舍别离、注意旅途辛劳、避免不必要的行役之苦的话语。元子听了，心中有所感触。国家太平、八方安定的日子已经很久了。近年来，曾出兵至滇外。有人议论道：为缓解西南地区的压力，天子特地下达了命令。虽是奉行天子的命令，但这并不容易做好。唉！蜀地的百姓，虽自秦汉时归化，但淳厚古朴的道理，他们却未曾知晓。对于这些被遗忘或忽视的古老道理，不要轻易放弃或置之不理。应当用仁德来滋润涵养人心，用道义来使人心坚固。由于教育的长期性和深远性，它所产生的效果往往不会立竿见影。当人们真正接受了这种教育并内化于心时，这种力量是无比强大且难以阻挡的。有人说：保持仁德，宽厚教导，施行惠政而且体恤百姓。了解他们的劳苦，使他们能够安定，不羞辱他们，应该就行了。潜夫听了，心里高兴不起来，叹息道：我与朋友们即将各奔东西，这不是很让人感伤吗？我如今的心里，只想多多了解百姓们的困苦。我答道：哎呀，您能有这句话，我们很感动呀！行为有准则了，不要总是说"我四十岁了，还这样"，也别说"我时下俸禄地位太低下了"！张公又说道：我应当不会让二位失望的，让我们期待未来哪一年里的见面吧。请让我恪守我的操行，请让我保持清廉、勤勉。最终不让朋友们为我担忧，你们觉得怎么样啊？

于是众人放歌欢醉于宴席上，享受到了极致的欢乐。各人都写有赠序，并依次编排起来了。

【述评】

这篇赠序写于安史之乱的前夕，虽是留言赠别之作，作者却在文中表达出对国家安危的担忧，对唐玄宗出兵滇外的穷兵黩武行为进行了谴责。提出了应施行仁政，主张德治的治政思想，也表露了自己对道德行为的追求。

别韩方源序

昔元次山与韩方源别于商馀，约不终岁，复相见于此山。忽八年，于今始获相见。悲欢之至，言可极耶！次山与方源昔年俱顺于山谷①，有终焉②之意。今方源得如其心，次山污其冠冕。次山一顾方源，再三惭羞。时复饮酒，求其安家。今方源欲安家肥阳，次山方理兵九江，相醉相辞，不必如昔年之约，此情岂易然者耶！乙未之前，次山有元子。乙未之后，次山有猗玕子。戊戌中，次山有浪说。悉赠方源，庶方源见次山之意。

【注释】

①顺于山谷：隐居山林、顺应自然的意思。②终焉：终老于此。

【译文】

昔日元次山与韩方源别离于商馀山时，约好一年内，再次在商馀山相见。倏忽八年过去了，于今日才得以重见。悲喜之情，可以说到了极点啊！次山与方源早年都隐居于山谷，有终老山林的意愿。如今韩方源能够按照自己心愿去做，而次山却有愧于自己的官帽。次山一看到方源，就会常常感觉惭愧。这次跟方源一起饮酒，劝他在我这里安家。现今方源想要在肥阳安家，而次山正在九江率兵，两人醉酒辞别，不再像早年那样再约定重聚的日子了，这样的情感是多么难得啊！乙未年之前，元次山著有《元子》。乙未年之后，次山又著有《猗玗子》。戊戌中，次山又著有《浪说》。这些都赠予了方源，这大概也是方源与次山见面的用意吧。

【述评】

本文是一篇送别赠序，记述了元子与韩方源分别八年后的重聚。字里行间表达出朋友间的真挚感情，也流露出作者对昔日身居商馀山时隐居生活的怀念，表现了元子对清静的精神世界的追求。

别王佐卿序

癸卯岁，京兆王契佐卿年四十六，河南元结次山年四十五。时次山须浪游①吴中，佐卿须日去西蜀。对酒欲别，此情易耶？在少年时，握手笑别，虽远不恨。以天下无事，志气犹壮。今与佐卿年近五十，又逢战争未息，相去万里，欲强笑②别，其可得乎？与佐卿去者，有清河崔异；与次山往者，有彭城刘湾。相醉相留，几日江畔。主人鄂州刺史韦延安令四座作诗，命予为序。以送远云。

【注释】

①浪游：到处漫游。②强笑：强颜欢笑。

【译文】

唐代宗癸卯年，京兆的王契，字佐卿，四十六岁；河南的元结，字次山，四十五岁。其时，次山要到吴中一带游历，佐卿即将去往西蜀。二人相对而坐，饮酒话别，这种心情会容易平静下来吗？若是在年轻时节，二人相互握手，笑着别离，即便远隔千里也不觉遗憾。因为那时天下太平，正充满壮志豪情。而今我与佐卿都年近五十，又正碰上战火纷飞，相隔万里，想要强颜欢笑话别，哪里能够做到呢？与佐卿同去的有清河的崔异，跟次山共往的有彭城的刘湾。我们相互敬酒醉饮，相互话别，连着好几日都不愿离去。

酒宴的主人鄂州刺史韦延安，要在座的人作诗，并请我写序，以纪念这次聚会和送别。

【述评】

送序不长，元子在年近半百，又适逢战乱时期，与朋友离别，心情难平，以至醉饮相留几日，友情之深厚由之可见一斑。

送王及之容州序①

乾元中，漫叟浪家于瀼溪之滨，以耕钓自全而已。九江之人未相喜爱，其意似惧叟衣食之不足耳，叟亦不促促②而从之。有王及者，异乎乡人焉，以文学③相求，不以羁旅④见惧。以相安为意，不以可否自择，及于叟也如是之多。叟在舂陵，及能相从游，岁余而去。

将行，规之曰："叟爱及者也，无惑叟言。及方壮，可强艺业⑤，勿以游方⑥为意。人生若不能师表朝廷，即当老死山谷。彼驱驱⑦于财货之末，局局⑧于权势之门，纵得钟鼎⑨，亦胡颜受纳。行矣，自爱。耿容州欢于叟者，及到容州，为叟谢主人。闻幕府野次⑩久矣，正宜收择谋夫，引信才士。有如及也，能收引乎？二三子赋送远之什，以系此云。"

【注释】

①送王及之容州序：这是一篇元结送钟爱门人王及远去广西容州的序文。②促促：意思为匆匆，拘谨小心貌。③文学：泛指文章经籍。④羁旅：寄居他乡。⑤艺业：指文学方面的学习。⑥游方：漫游四方。⑦驱驱：驱驰不止。⑧局局：局躅的样子。⑨钟鼎：指钟鸣鼎食的生活。⑩幕府：借指将帅。野次：野外止息之处。

【译文】

唐肃宗乾元年间，漫叟在瀼溪水滨过着浪漫的生活，依靠耕种捕鱼来满足生活所需。然而，九江的人们似乎并不太欢迎我，他们可能是担心我的衣食不足，我也没有急于迎合他们。有个叫王及的，与乡人有所不同，他在文章经籍方面向我求教，并不因为我寄居他乡而有所畏惧。我们都以安然相处为意，不因为自己的喜好或偏见而影响到交往，他在与我交往中表现得尤为突出和显著。我到湖南舂陵时，王及能够跟随我前去，一年以后才离开。

在王及将要出发的时候，我规劝他说："我喜爱你王及，因此请不要对我的话感到疑惑。你正当壮年，应该加强自己的学业和技艺，不要以漫游四方为重。人在世上如果不能在朝廷上作出表率，就应当终身在山谷中度过。那些追逐财物末业的人，奔走于权势之门的人，即使能够过上富贵荣华的日子，也是没有颜面去接受和享受的。你即将远行，请务必自爱呀！耿容州跟我的交情很好，你到容州后，代我向他表达感激之情。我知道耿容州幕府已经很久没有招募到合适的谋士和才子了，现在正是他选择录用智谋之人，引进信任才能之士的好时机，像你王及这样的人应该能够被收纳引进的吧！几位朋友也写了送别的诗章，以表达了他们的情意。"

【述评】

此序文记述了元结与王及不一般的情谊。文中规劝王及，用语恳切，关爱真忱之情跃然纸上。他向耿容州推荐人才，注重的是王及的品行。整段文字充满了对友情的珍视、对未来的期许以及对人生价值的深刻思考。

送谭山人①归云阳序

吾于九疑之下赏爱泉石，今几三年。能扁舟数千里来游者，独云阳谭子。谭子文学，隐名山野，隐身云阳之阿②，世如君何？牧犊③爱云阳之宰峻公，不出南岳三十年，今得云阳一峰，谭子又在焉，彼真可家之者耶？子去为吾谋于牧犊。近峻公有泉石老树，寿藤萦垂，水可灌田一区，火可烧种菽粟；近泉可为十数间茅舍，所诣才通小船，则吾往而家矣！此邦舜祠之奇怪，阳华④之殊异，㵲泉之胜绝，见峻公与牧犊，当一一说之。松竹满庭，水石满堂，石鱼⑤负樽，凫舫运觞，醉送谭子，归于云阳。漫叟元次山序。

【注释】

①谭山人：因谭子隐居云阳山野，故称。②阿：山坡，山丘。③牧犊：应是人名。④阳华：道州江华的阳华岩。⑤石鱼：指石鱼湖，在道州㵲泉之南。

【译文】

我在九嶷山下欣赏这里的泉水山石，快三年了。能够坐着小船不远千里来这里看望我的，只这云阳的谭子。谭子爱好文章典籍，埋名山野，隐居在云阳的山上，世间如谭君的有几人？牧犊因敬爱云阳之宰峻公，隐居南岳已有三十年了，如今又找到了云阳的一峰美景，谭子又恰在那里，那里是否真的可以安家呢？谭子你去替我跟牧犊商量商量吧。靠近峻公的地方有泉石老树，老藤缠绕，流水可以灌溉一处田地，火烧过的荒地可以种上豆子、粟子；靠近泉水的地方可以建造十来间茅舍，这个地方只需小船即可到达，那么我就前往安家了！我这里还有舜祠的神奇怪异，阳华岩的殊异，潓泉的胜景，等我见到峻公与牧犊时，都将一一告诉他们的。还有，这里的松树竹子布满庭院，厅堂上能见到流水山石，我们在石鱼湖浮杯运酒，欢畅醉饮中送谭子回云阳。于是，漫叟元次山写了送行序文。

【述评】

序中所写的谭山人，爱好"文学"，隐身山林，是个真正的隐者。由云阳不远千里前来看望作者，其间的深厚情谊可见。作者热情接待，醉送其回归云阳。文中还表示自己愿意到云阳安家，实际上是表示对牧犊和峻公的敬意，也透露出自己对隐居生活的向往未曾改变过。

别崔曼序

漫叟年将五十，与时世不合，垂①三十年。爱恶之声，纷纷人间。博陵人崔曼惑叟所为，游而辨之，数月未去。会潭州都督张正言②荐曼为属邑长，将行，叟谓曰："叟异时乃山林一病民③耳，宜不相罔④，行矣勿惑。吾子有才业，且明辩；又方年少，必能树勋庸⑤，垂名声。若求先达贤异能相扠拭⑥，正在张公。

张公往年在西域，主人能用其一言，遂开境千里，威震绝域⑦，宠荣当世。张公往在淮南，逡巡⑧指麾⑨，万夫风从。遭逢猜疑，弛⑩而不为。今海内兵革未息，张公必为时用。吾子勉之。所相规者，所宜缓步富贵，从容谋划。少节酒平气概耳。"

【注释】

①垂：将近。②张正言：唐代诗人张谓，字正言。大历年间任潭州刺史，后官至礼部侍郎。③病民：有缺点的人。④罔：无知。⑤勋庸：功劳。⑥扢拭：揩擦。⑦绝域：极远的地方，异国他乡。⑧逡巡：从容，不慌忙。⑨指麾：同"指挥"。⑩弛：解除。

【译文】

我元漫叟快五十岁了，与世俗不合已近三十年。喜爱与厌恶、赞扬与批评之声，在社会上多而杂乱。博陵的崔曼疑惑漫叟的行为，特地前来与我交游并辨析其中的道理，几个月了都没有离去。适逢湖南潭州都督张正言推荐崔曼担任属邑的长官，崔曼将要赴任时，漫叟对他说："漫叟只是山林中的一个有缺点的人，你不要受到蒙蔽，你去吧，不要被我所迷惑。你有才学并且能明辨是非；又正年轻，一定能够建功立业，留下名声的。若要得到先达贤能的帮助和指导，可仰仗张公。张公以前在西域，主人采纳他一条建议，就使得疆域扩张了千里之远，威名甚至传到了遥远的异域，荣耀当时。张公往年在淮南从容指挥，千万勇士如风般跟随着他的步伐。后遭遇猜疑，被解除职务后不能有所作为。如今国内战乱未止，张公一定会被重用。你应该尽力去做。要规劝你的，就是不要急着追求显赫，从容地筹谋策划。另外，你要稍稍节制酒量，平抑自己的气概罢了。"

【述评】

　　作为一篇临别赠言，本文并不以写人为主，作者对崔曼的刻画虽只有寥寥几笔，却给人深刻印象。崔曼因漫叟与时世不合，遭人议论，心有疑惑，"游而辨之，数月未去"，其认真、执着的性格如此。作者欣赏他"有才业，且明辨。又方年少"，规劝他"宜缓步富贵，从容谋划。少节酒平气概耳"，元结对后生晚辈的关爱之情让人动容。

后记

　　2017 年，浯溪碑林风景名胜区管理处党委站在文化自信的潮头，高举传承中华优秀传统文化的旗帜，成立了浯溪文化研究院，聘请周三好同志担负研究浯溪文化的重任。要研究浯溪历史文化，就不能不研究元结其人、其作品。元结作为唐代大诗人，一生忧国忧民，人品高尚，诗艺精湛，其诗词反映了当时社会矛盾和人民疾苦，深得杜甫、颜真卿等人推崇。他的传世著作，正是研究挖掘浯溪文化的重点。基于此，2018 年 3 月起，周三好同志先后奔上海，赴北京，跑广西梧州等地，搜寻元结的诗文，历时数月。为节约开支，他又钻进湖南图书馆，查阅了大量唐诗方面的书籍，又新发现了元结的二十余首诗词。金秋回祁后，周三好怀揣着搜集到的百余首元结诗词资料，找到对浯溪有着深厚情感、对先贤十分敬重的蒋炼老师，说明编辑元结诗词文集的想法，深得蒋老师的赞赏。畅谈后商定，编写出版《元结诗文译注》一书，由蒋炼老师与其子蒋民主承担写作任务。

　　着手这项工作时，蒋炼老师已九十四岁高龄，在蒋民主老师的协助下，蒋炼老师便着手为线装本《次山集》断句标点，这项工作大约做了半年。后又幸得孙望先生的《元次山集》版本做参照，随后蒋炼老师开始了书稿的注译工作。

目睹蒋炼老师拿着放大镜，逐字翻查《辞源》《康熙字典》的情景，我们才真正体会到其写作的不易。大约在 2020 年春，蒋炼老师将所选元结诗文的一百五十余篇译就。

哪承想此书稿竟成了蒋炼老师的封笔之作。2020 年 10 月 4 日，蒋炼老师与世长辞。悲痛之余，蒋民主老师将书稿交给中国社会科学院的李茂生老师，请他审阅。李老师阅后，肯定了编写的内容，但认为应该将能找到的元结全部诗文译出，这样才方便世人全方位了解元结其人、其诗。蒋民主老师接受了他的建议，并补译了初稿未选的四十余篇诗文。

有学者会问：为什么要编著《元结诗文译注》？要知道元结南来为官，将中原文化根植潇湘大地，点燃了潇湘大地一处文化圣火，推进了潇湘大地的文明进步。很多人曾赞誉晚清诗人何绍基学识渊博，何绍基却深有感慨地说："我家门对东洲山，日读元铭与瞿篆。"据《祁阳县志》记载，自唐朝后，受浯溪文化熏陶，祁阳自宋至清就出了几百名举人、进士。这从一个侧面证明了元结的影响。

诗词从不局限在诗人一方小小的书斋里，它还饱含着诗人心忧家国、胸怀天下的担当。元结为官，为百姓发出"州县忽乱亡，得罪复是谁？"的呼喊；元结为人，追求的是"吾今欲作洄溪翁，谁能住我舍西东"的洒脱自由；元结作诗《贼官吏》《舂陵行》，呐喊出"使臣将王命，岂不如贼焉"的愤慨。如今，编著《元结诗文译注》一书，就是为更多的人了解元结、研究元结打下基础。

本书在编写过程中充分参考了孙望《元次山年谱》、聂文郁《元结诗解》、桂多荪《浯溪志》、胡燕《论元结散文文体的创新性——以杂文、杂记、山水铭为中心》、张静杰《元结的诗史精神》、张明华《哲人玄想、政治家务实和隐士的情怀——对元结诗文的重新解读》、熊礼汇《论元结山水铭文的修辞策略和美学风格》、乔凤岐《元结的君道论》等前贤时彦的研究成果，在此一并表示感谢。

本书的出版，得到了祁阳市委、市政府领导的重视，得到了市财政局、市关工委、浯溪碑林风景名胜区（陶铸故居）管理处等部门的鼎力相助和大力支持，尤其是祁阳市政协原主席钟上元老领导的关注和支持，我们在此表示衷心的感谢……

由于我们学识水平有限，本书的译注肯定会存在一定的错误与遗漏之处，敬请读者不吝指正。

蒋民主　周三好

2024 年 1 月